LE VENGEUR

FREDERICK FORSYTH

Le Vengeur

ROMAN TRADUIT DE L'ANGLAIS PAR BERNARD COHEN

ALBIN MICHEL

Titre original :

AVENGER

Pour les Rats du Tunnel,
Vous qui avez accompli
ce que je n'aurais jamais pu me résoudre à tenter.

Prologue

Un meurtre

La septième fois où ils l'avaient plongé dans les immondices liquides de la fosse à purin, le jeune Américain n'avait plus été capable de résister. Il était mort là-dessous, bouche, oreilles, nez, yeux envahis par l'innommable boue.

Leur tâche terminée, les hommes avaient lâché leurs perches pour s'asseoir dans l'herbe en plaisantant et en fumant. Puis ils avaient achevé l'autre employé et les six orphelins avant de passer de l'autre côté de la montagne dans le tout-terrain de l'organisation humanitaire qu'ils venaient de s'annexer.

C'était le 15 mai 1995.

PREMIÈRE PARTIE

1

Un gars du bâtiment

S'engageant dans la montée, il se retrouve une fois encore devant son vieil ennemi. Combattre la douleur. Une torture, mais aussi une thérapie, et c'était pourquoi il recommençait.

Ceux qui savent de quoi ils parlent affirment souvent que le triathlon est l'épreuve sportive la plus contraignante, la plus impitoyable. Le décathlonien doit maîtriser un plus grand nombre de disciplines, déployer plus de force brute. Mais pour ce qui est de l'endurance, de la détermination à affronter la souffrance et à la vaincre, il y a peu de défis aussi redoutables que le triathlon.

Comme toujours lorsqu'il s'entraîne, le coureur s'est levé bien avant l'aube. Il s'est rendu jusqu'à un lac du New Jersey dans son pick-up, déposant au passage son vélo de course, qu'il a cadenassé à un arbre pour plus de sûreté. À cinq heures moins deux, il a passé le chronomètre à son poignet, l'a protégé sous la manche de sa combinaison en Néoprène et s'est engagé dans l'eau glacée.

Il pratique le triathlon olympique, qui a recours au

système métrique pour mesurer les distances. Quinze cents mètres à la nage – pas loin d'un mile et aussi dur ! –, puis reprendre pied à terre, se dépouiller en hâte de la combinaison de plongée, enfourcher la bicyclette en short et tee-shirt et partir couché sur le guidon pour quarante kilomètres au sprint. Il a soigneusement mesuré les distances le long du lac et sur les routes de campagne invariablement désertes à ce moment de la journée, jusqu'à l'arbre où il abandonnera son vélo pour courir. Dix kilomètres, ensuite, avec la barrière d'une ferme marquant les deux derniers. C'est elle qu'il vient de franchir pour attaquer la pente, l'épreuve finale, la bataille sans merci.

Si cela fait aussi mal, c'est parce que chaque phase de l'épreuve demande l'effort de muscles différents. Habituellement, un cycliste ou un coureur de marathon n'a pas besoin d'épaules, de biceps et d'un thorax puissants comme ceux d'un nageur. Ce n'est qu'un fardeau supplémentaire dans sa course. De même, le rythme effréné des jambes et des hanches sur un vélo ne concerne pas les mêmes muscles et tendons que ceux qui donnent au coureur de fond sa cadence régulière, sa foulée allongée. Également répétitif, chaque exercice répond à ses propres principes et l'adepte du triathlon doit les avoir tous assimilés pour rivaliser avec les meilleurs spécialistes des trois disciplines.

À vingt-cinq ans, c'est déjà un cruel défi lancé à soi-même. À cinquante et un, cela devrait presque être interdit par les Conventions de Genève. C'est l'âge que notre coureur a atteint au mois de janvier précédent. Un coup d'œil au chronomètre, un juron étouffé entre les dents : il a plusieurs minutes de retard sur son meilleur temps. Il doit forcer, charger avec plus de détermination son ennemi personnel.

Les athlètes olympiques cherchent les deux heures et vingt minutes. Cet homme lancé à travers la campagne du New Jersey est parvenu à deux heures et demie, d'autres fois. C'est presque le temps qu'il lui a fallu, jusque-là, mais il lui reste encore près de deux satanés kilomètres...

Après un tournant sur la route 30, les premières maisons de son village apparaissent. Pennington, une ancienne agglomération qui date d'avant la Révolution, se trouve juste à la sortie de la 95, l'autoroute qui relie New York à Philadelphie, Baltimore et Washington en traversant l'État du New Jersey. L'une de ces milliers de petites bourgades accueillantes et bien léchées qui, quoique dédaignées et sans prétention, forment le cœur des États-Unis d'Amérique. Un carrefour principal au centre, là où West Delaware Avenue croise la rue principale, quelques églises de trois congrégations différentes, toutes assidûment fréquentées, une agence de la First National Bank, une poignée de magasins et des maisons éparpillées le long des allées ombragées.

Parvenu au croisement, le coureur a encore cinq cents mètres devant lui. Il est trop tôt pour un café à la Tasse de Joe, ou un solide petit déjeuner chez Vito, mais si ces établissements avaient été ouverts il ne se serait pas arrêté.

Se dirigeant vers le sud, il dépasse une maison blanche en bardeaux, héritage de la Guerre civile, avec à la porte la plaque de Calvin Dexter, avocat à la cour. C'est là qu'il travaille et reçoit, sauf quand il disparaît pour s'occuper de son autre étude. Clients et voisins pensent qu'il part en expédition de pêche de temps à autre. Ils n'ont aucune idée du petit appartement qu'il conserve sous un nom d'emprunt à New York.

Ses jambes douloureuses le portent jusqu'à Chesapeake Drive, une allée à la sortie sud de l'agglomération. Il habite ici et c'est là, à ce coin, que se termine le calvaire qu'il s'est délibérément infligé. Il ralentit, s'arrête, s'adosse à un arbre, tête baissée, cherchant l'oxygène pour ses poumons brûlants. Deux heures trente-six. Son record personnel est loin. À deux cents kilomètres à la ronde, il n'y a sans doute personne de plus de cinquante ans capable d'approcher un temps similaire. Mais la question n'est pas là. Ce qu'il ne se risquera jamais à expliquer aux voisins qui à chaque fois lui adressent des félicitations en souriant, c'est qu'il se sert de cette souffrance afin d'en combattre une autre, celle qui ne le laisse jamais en paix. Celle de l'enfant, de l'amour, de tout ce qu'il a perdu.

Engagé dans sa rue, il parcourt les derniers mètres en marchant. De loin, il aperçoit le livreur de journaux qui jette un gros paquet sur son perron. En passant devant lui, le garçon le salue de la main et Cal Dexter lui rend la politesse.

Plus tard, il ira chercher son pick-up en scooter, le hissera sur la plate-forme et reviendra à la maison en s'arrêtant pour reprendre le vélo de course. D'abord il lui faut une douche, quelques barres protéinées et le jus de plusieurs oranges. Il ramasse la liasse de journaux et de lettres sur ses marches, rompt le lien qui les tenait ensemble, les regarde.

Cal Dexter, l'avocat de Pennington au sourire égal et aux cheveux d'un blond délavé, est arrivé dans ce monde sans pratiquement rien qui le prédisposât à une vie facile. Il a vu le jour en janvier 1950 dans un faubourg de Newark envahi par les cafards et les rats, fils d'un ouvrier du bâtiment et d'une serveuse du snack local. Conformément à la morale de l'époque, ses parents n'avaient eu d'autre choix que de se marier après une soirée au dancing du quartier, quelques verres de trop et un moment d'égarement qui avait conduit à sa conception.

Son père n'était pas un sale type, au total. Après Pearl Harbor, il s'était porté volontaire mais les services de recrutement l'avaient jugé plus utile à l'arrière, là où son expérience de maçon lui permettrait de participer à l'effort de guerre qui exigeait sans cesse la construction de nouvelles usines, de nouveaux ports, de nouveaux bâtiments administratifs. C'était un homme rude, dont les poings parlaient facilement, mais c'était la règle dans le monde ouvrier. Il s'efforçait cependant de mener une vie respectable, rapportant sa paie à la maison sans ouvrir l'enveloppe, tentant d'élever son gamin dans l'amour et le respect du Drapeau, de la Constitution et de Joe DiMaggio. À la fin de la guerre de Corée, néanmoins, les offres d'emploi allaient se tarir. L'industrie se rouillait, les syndicats étaient aux mains de la Mafia.

Calvin avait cinq ans quand sa mère était partie. Il était trop jeune pour comprendre ses raisons, entrevoir l'union sans joie qui avait existé entre ses parents. Avec la philosophie résignée des tout-petits, il s'était convaincu que les adultes ne pouvaient vivre qu'en criant et en se chamaillant. Il ne soupçonnait pas l'existence du voyageur de commerce qui avait promis à sa mère un meilleur logis, de plus beaux atours. On lui avait simplement dit qu'elle n'était plus là.

Il avait accepté que son père rentre tôt chaque soir pour être avec lui au lieu d'aller boire quelques bières avec des camarades de travail, et reste là, un regard morne posé sur l'écran de télévision brouillé. C'est seulement à l'adolescence qu'il avait appris que sa mère, à son tour abandonnée par le volage représentant, avait vainement tenté de retourner au bercail, son ex-mari ayant accumulé trop d'amertume et de colère pour la laisser revenir.

Calvin avait sept ans lorsque son père avait découvert le moyen de résoudre à la fois le problème du loyer et la nécessité d'aller chercher un emploi, parfois très loin : il avait acheté une caravane d'occasion, qui allait être leur maison pour les dix années à venir. Ils se déplaçaient ainsi de boulot en boulot, le garçon dépenaillé fréquentant l'école du coin quand il y était toléré. C'était le temps d'Elvis Presley, de Del Shannon, de Roy Orbison et des Beatles, ces derniers dans un pays dont Cal connaissait à peine l'existence. L'ère de Kennedy, de la Guerre froide et du Viêtnam.

Les chantiers se présentaient, se terminaient. Père et fils sillonnaient le nord de l'État, East Orange, Union, Elizabeth, puis le New Brunswick, Trenton... Ils avaient vécu un temps dans les forêts côtières du New Jersey, où Dexter senior avait été contremaître sur un projet de petite urbanisation. Ensuite, cap au sud, Atlantic City. De huit à seize ans, Cal avait connu pas moins de neuf établissements scolaires. Son éducation laissait à désirer mais il avait accumulé un autre savoir, la science de la rue et de la bagarre. Il était resté de taille modeste, comme sa mère, dépassant de peu le mètre soixante-dix, et s'il n'avait pas la corpulente musculature de son père il vibrait d'une redoutable énergie et ses punchs étaient foudroyants.

Un jour, à la foire, il était monté sur le ring et avait mis KO le boxeur professionnel, empochant les vingt-cinq dollars de récompense. Un inconnu qui empestait l'eau de Cologne bon marché était venu proposer à son père de le laisser fréquenter son gymnase mais ils étaient partis vers une autre ville, un autre emploi. Comme il n'y avait pas d'argent pour les vacances, le garçon accompagnait son père sur les chantiers quand l'école était finie. Il préparait du café, donnait un coup de main, rendait de petits services. L'un d'eux consistait à porter des enveloppes à différentes adresses d'Atlantic City sans en parler à personne. L'homme qui le lui avait demandé disait que c'était un « job d'été » et ainsi, sans le soupçonner, Cal était devenu en 1965 coursier pour un bookmaker.

Même dans les plus bas échelons de la société, un gosse futé a des yeux pour voir. Souvent, Cal Dexter se glissait sans payer dans le cinéma local, découvrant avec émerveillement les élégantes d'Hollywood, les paysages majestueux du Far West, le faste des comédies musicales ou les hilarantes facéties de cabotins comme Dean Martin et Jerry Lewis. À la télévision, il regardait les spots publicitaires où, dans des maisons impeccables et des cuisines rutilantes, des familles dont les parents semblaient capables d'amour souriaient à la caméra. Sur les panneaux le long des routes, il contemplait les limousines et les décapotables aux chromes étincelants.

Il n'avait rien contre les gars du bâtiment, brusques et grossiers mais généralement bien intentionnés à son égard. Comme le voulait le règlement, il mettait un casque, lui aussi, et il était pratiquement convenu qu'une fois parvenu à l'âge requis il embrasserait la profession de son père. En secret, pourtant, il nourrissait d'autres idées. Quel que soit son avenir, s'était-il juré, sa vie se passerait loin du fracas des marteaux-piqueurs et de la poussière âpre des bétonneuses.

Il avait fini par se rendre compte qu'il n'avait rien à proposer en échange d'une existence plus facile, plus confortable. Il avait pensé au cinéma, certes, mais tous les acteurs avaient une stature imposante. L'idée ne lui en était venue que parce qu'une barmaid avait affirmé un jour qu'il ressemblait un peu à James Dean, mais il y avait renoncé en entendant l'éclat de rire général que la remarque avait suscité parmi les collègues de son père. Il y avait aussi le sport, qui pouvait sortir un jeune de la misère et le conduire à la célébrité, mais sa vie errante ne lui avait pas permis de s'entraîner régulièrement, d'appartenir à une équipe scolaire.

Les diplômes étant pour lui hors de question, il ne lui restait que des emplois à la périphérie de la classe ouvrière. Serveur, portier, mécano, livreur, la liste était sans fin mais n'offrait rien de mieux que la carrière d'ouvrier du bâtiment, mieux payée que d'autres en raison de sa dureté physique et des dangers encourus.

Il y avait encore la vie hors la loi. Quand on a grandi dans les ports et les chantiers du New Jersey, on ne peut ignorer que le crime organisé peut vous donner accès à un bel appartement, aux voitures de course et aux femmes faciles. On disait que cela pouvait vous envoyer en taule, aussi, mais beaucoup plus rarement. Il n'avait pas d'origine italo-américaine, ce qui l'exclurait forcément de l'aristocratie de la Mafia, mais il y en avait d'autres dans son cas qui étaient arrivés assez haut...

À dix-sept ans, il avait quitté le collège pour rejoindre aussitôt le chantier de son père, un lotissement aux abords de Camden. Un mois plus tard, le conducteur du bulldozer était tombé malade. Il n'y avait pas de remplaçant. C'était un emploi qualifié. Cal avait jeté un coup d'œil aux manettes dans la cabine. Ça n'avait pas l'air sorcier. « Je pourrais le faire », avait-il annoncé. Le contremaître hésitait, cependant. Ce serait enfreindre tous les règlements, et si un inspecteur du travail s'avisait de débarquer il se retrouverait à la rue, lui. D'un autre côté, toute l'équipe était paralysée, attendant que des montagnes de terre soient déplacées pour pouvoir continuer le travail.

« Avec tous ces leviers et ces pédales qu'il y a là-dedans ?

– Faites-moi confiance », avait répliqué le gamin.

Il lui avait fallu une vingtaine de minutes pour avoir la machine bien en main. Il avait relevé le défi, obtenu une augmentation, mais ce n'était tout de même pas une carrière.

En janvier 1968, à ses dix-huit ans, le Viêtcong lançait l'offensive du Têt. Il regardait les nouvelles à la télévision dans un bar de Camden quand, après quelques pages de publicité, il y avait eu un spot invitant les jeunes à rejoindre l'armée. Aux bons soldats, l'armée promettait une formation supérieure. Le lendemain, il se présentait au bureau de recrutement de la ville.

À cette époque, la conscription restait obligatoire aux États-Unis et personne ne pouvait y échapper sauf raisons exceptionnelles ou exil volontaire, même si l'écrasante majorité des jeunes, et leurs parents, ne désiraient rien d'autre. Entendant ce garçon proclamer : « Je veux m'engager », le sergent-chef l'avait observé par-dessus son bureau, interloqué. « Je me porte volontaire », avait insisté Cal. Sans le quitter du regard, tel un furet qui ne veut pas laisser échapper un lapin, le sous-officier lui avait tendu un formulaire :

« Eh bien, t'as eu une bonne idée, mon gars. Très bonne. Crois-en l'expérience d'un vieux briscard.

– Ouais.

– Prends-en pour trois ans, au lieu de deux. Tu auras de meilleures affectations, davantage de choix de carrière. »

Il s'était penché sur Cal comme s'il s'apprêtait à divulguer un secret d'État.

« Et comme ça, tu pourrais même échapper au Viêtnam.

– Mais je *veux* y aller ! » avait proclamé le gamin au jean taché.

Le sergent recruteur avait eu besoin d'un moment pour assimiler l'information, avant de lancer un « D'accord... » qui sonnait plutôt comme un « On ne discute pas des goûts et des couleurs ». Puis : « Allez, lève ta main droite et répète... »

Trente-trois ans plus tard, l'ancien gars du bâtiment place quatre oranges dans la centrifugeuse, passe à nouveau la serviette-éponge sur sa tête. Avec son courrier et son verre, il va s'asseoir au salon. Il y a le journal local, un de Washington, un de New York, et une revue sous cellophane. C'est celle-ci qu'il examine en premier. *Avions d'autrefois* est un magazine plutôt confidentiel, destiné aux amoureux de l'aviation et des vieux coucous de la Seconde Guerre mondiale. Dans une ville comme Pennington, on ne peut l'obtenir que par abonnement. Calvin Dexter va à la section des petites annonces. Son regard s'immobilise sur l'une d'elles. Il en oublie le verre de jus d'orange qu'il était en train de porter à ses lèvres, relit encore : « Cherche VENGEUR. Offre sérieuse. Pas de limite de prix. Merci appeler... »

Il ne s'agit pas d'acheter un Grumman Vengeur, l'un de ces bombardiers de la campagne du Pacifique dont les derniers exemplaires se trouvent dans des musées. Quelqu'un a utilisé le code convenu. Le numéro de téléphone correspond à un portable, visiblement. Et l'annonce porte une date : 13 mai 2001.

2

Une victime

Ricky Colenso n'était pas né pour mourir à vingt ans dans une fosse septique de Bosnie. Il n'aurait jamais dû terminer ainsi. Il était destiné à sortir d'une bonne université puis à vivre une existence paisible aux États-Unis, avec femme, enfants et un droit raisonnable à la santé, à la liberté et à ce qu'il est convenu d'appeler le bonheur. C'est son bon cœur qui l'a perdu.

En 1970, un jeune et brillant mathématicien, Adrian Colenso, obtenait un poste de maître-assistant à l'université de Georgetown, une nomination remarquable pour son âge. Trois ans plus tard, Annie Edmond, une ravissante étudiante, décidait d'assister au cours d'été qu'il donnait à Toronto. Bien que n'ayant pas tout compris à cet exposé de hautes mathématiques, elle était tombée sous le charme. Elle avait demandé à des amis proches d'organiser une rencontre avec le jeune professeur.

Le conférencier n'avait jamais entendu parler du père d'Annie, ce qui constituait pour elle une agréable surprise, car elle avait déjà eu à subir les attentions empressées d'une bonne demi-douzaine de coureurs de dot. Dans la voiture, de retour à son hôtel, elle avait constaté qu'outre sa maîtrise exceptionnelle des nombres quantiques ce jeune homme savait plutôt bien embrasser.

Une semaine plus tard, Colenso était rentré à Washington. Mais il en fallait plus pour décontenancer Miss Edmond. Abandonnant son travail, elle avait obtenu un modeste poste au consulat du Canada et loué un appartement près de Wisconsin Avenue avant de débarquer avec dix valises. Deux mois plus tard, c'était le mariage. Noces traditionnelles à Windsor, dans l'Ontario, puis lune de miel à Caneel Bay, aux îles Vierges des États-Unis.

Le cadeau du père de la mariée avait été une belle demeure sur Foxhall Road, l'une des zones les plus champêtres, et donc les plus cotées de la capitale, avec un hectare de bois, piscine et court de tennis. La rente qu'il versait à sa fille couvrant l'entretien de la propriété, et le salaire du jeune marié permettant d'assurer les dépenses supplémentaires, le couple s'était installé dans un confort harmonieux. Né en avril 1975, Richard Eric Steven répondrait bientôt au surnom de Ricky.

Comme des millions d'autres bébés américains, il allait grandir environné de bien-être et d'attention, mener la vie de tant de garçons de son pays, camps de vacances l'été, initiation aux mystères fascinants des filles et des voitures de sport, angoisse des examens et routine de la faculté. Intelligent, il n'avait pas hérité des exceptionnelles capacités mentales de son père mais de son sourire désarmant et de la beauté de sa mère. Tout le monde le trouvait charmant et il ne refusait son aide à personne. Mais il n'aurait jamais dû partir pour la Bosnie.

En 1994, le lycée achevé, il était accepté à Harvard. Cet hiver-là, il avait été témoin, à la télévision, de la brutalité sadique du « nettoyage ethnique », de l'ordalie des réfugiés et de l'effort humanitaire dans cette contrée perdue qu'on appelait la Bosnie. Il avait décidé de se rendre utile, lui aussi. Sa mère avait tenté de le convaincre qu'il pourrait mettre en pratique ses généreuses aspirations en Amérique mais ces images de villages saccagés, d'orphelins en pleurs, de paysans hagards fuyant l'horreur l'avaient atteint au plus profond. Ce serait la Bosnie.

En quelques coups de fil, son père avait vérifié que l'autorité de tutelle était le Haut-Commissariat aux réfugiés des Nations unies, et que le HCR disposait d'un important bureau à New York. Après avoir supplié ses parents de le laisser partir au moins pour l'été, Ricky s'était rendu là-bas afin de se porter candidat. C'était le début du printemps 1995. Les trois années de guerre civile qui avaient démembré l'ex-République fédérale de Yougoslavie laissaient la province bosniaque exsangue. Le HCR y était massivement présent, avec près de quatre cents volontaires internationaux et plusieurs centaines d'employés recrutés sur place, le tout placé sous les ordres d'un ancien soldat britannique, le très barbu et très énergique Larry Hollingworth que Ricky avait souvent vu à la télévision.

À l'antenne de New York, on s'était montré accueillant envers ce jeune homme plein de bonnes intentions, mais plus que réservé. Les volontaires sans expérience étaient légion, les entretiens se succédaient toute la

26

journée, et puis c'était la machinerie de l'ONU : six mois de démarches bureaucratiques, assez de paperasserie pour remplir une fourgonnette et probablement une réponse négative à la fin, puisque Ricky devait être à Cambridge à l'automne...

L'heure du déjeuner approchait. Déçu, la mine longue, le garçon allait reprendre l'ascenseur quand une secrétaire d'un certain âge l'avait arrêté avec un sourire plein de compréhension et un bon tuyau : « Si vous voulez vraiment aider, vous devriez contacter directement la direction régionale à Zagreb. Ils recrutent sur place et c'est beaucoup moins compliqué, là-bas. »

Jadis partie intégrante d'une Yougoslavie en complète désintégration, la Croatie avait déjà obtenu son indépendance et nombre d'organisations internationales, dont le HCR, avaient opté pour la sécurité et la stabilité de sa capitale, Zagreb. Après une longue conversation téléphonique avec ses parents qui lui avait permis d'obtenir leur très réticente autorisation, Ricky avait sauté dans un avion pour Vienne, puis Zagreb. Mais la situation n'y était guère plus encourageante : encore des liasses de formulaires à remplir, priorité donnée aux contrats de longue durée. Les volontaires de la période estivale constituaient plus un fardeau qu'un réel apport. « Vous feriez mieux d'essayer une ONG, lui avait suggéré le chef d'antenne. Ils ont une permanence au café d'à côté. »

L'aide humanitaire est une industrie en soi, une carrière pour des milliers d'individus. Au-delà de l'autorité mondiale du HCR et des initiatives particulières de telle ou telle nation, il existe une kyrielle d'organisations non gouvernementales qui se vouent à cette tâche, dont plus de trois cents alors engagées en Bosnie. Guère plus d'une dizaine sont plus ou moins connues du grand public : « Sauvons les enfants » en Angleterre, « Alimentons les enfants » en Amérique, Médecins sans Frontières... Mais elles étaient toutes présentes dans l'ex-Yougoslavie, certaines d'inspiration religieuse, d'autres laïques, les plus modestes tout simplement nées de l'indignation provoquée par les terribles images dont les télévisions ne cessaient d'abreuver l'Occident. Au niveau le plus rudimentaire, c'était un simple camion de nourriture piloté à travers l'Europe par deux jeunes idéalistes qui avaient préalablement collecté de modestes fonds à leur bar habituel. Pour ceux-ci, le point de déchargement, la dernière étape en direction de la zone de guerre, était soit Zagreb, soit le port de Split sur l'Adriatique.

Ayant trouvé l'établissement en question, Ricky avait pris un café et une slivovitz pour combattre le froid glacial de ce mois de mars, tout en guettant un possible contact parmi les consommateurs. Au bout de deux heures, un mastard barbu en grosse veste à carreaux était entré. Il avait commandé un café et un cognac. Accent de Caroline du Nord ou du Sud, avait estimé Ricky, qui s'était levé pour aller lui parler. Il était bien tombé : John Slack représentait ici « La multiplication des pains », une organisation de bienfaisance américaine, récent ajout aux multiples activités que déployait dans ce monde de pécheurs le révérend Billy Jones, télévangéliste et grand rédempteur d'âmes – à condition de recevoir de conséquentes donations en retour, bien entendu –, basée dans la bonne ville de

Charleston, en Caroline du Sud. Après avoir écouté Ricky d'une oreille blasée, Slack avait demandé :

« Tu peux conduire un cametard, fiston ?

– Oui. »

Ce n'était pas la pure vérité, mais il imaginait qu'entre un gros 4 × 4 et un petit camion, la différence ne devrait pas être énorme.

« Tu sais te débrouiller avec une carte ?

– Bien sûr.

– Et tu attends un bon salaire, évidemment.

– Non. Mon grand-père me verse une rente. »

John Slack avait ouvert de grands yeux.

« Quoi, tu ne veux rien ? Juste aider ?

– Exactement.

– OK, on y va. Ce n'est pas une grosse organisation, je te préviens. J'achète par ici de la bouffe de première nécessité, des habits, des couvertures, ce que je peux trouver, surtout en Autriche. J'envoie tout ça par la route à Zagreb, on refait le plein d'essence et on continue en Bosnie. Notre base est à Travnik. Il y a des milliers de réfugiés, là-bas.

– Ça me convient parfaitement. Je paie pour tous mes frais. »

Slack avait vidé le reste de son café-cognac.

« En route, fiston. »

Son véhicule était un Hanomag, un dix tonnes de fabrication allemande, que Ricky avait appris à manœuvrer avant d'arriver à la frontière. Ensuite, il leur avait fallu dix heures pour atteindre Travnik en se relayant au volant. Il était minuit passé quand ils avaient atteint le baraquement de « La multiplication des pains », aux abords de la ville. Slack lui avait jeté quelques couvertures dans les bras : « Tu dors dans le camion. On te trouvera un pieu demain matin. »

Les ressources de l'organisation étaient limitées, en effet. Elles consistaient en un deuxième poids lourd conduit par un Suédois plus que taciturne qui s'apprêtait à partir chercher du matériel au nord, une petite base partagée avec d'autres ONG et entourée de barbelés à cause des pillards, avec un minuscule bureau improvisé dans les restes d'une cabane de chantier, un abri baptisé entrepôt qui accueillait les vivres non encore distribués, trois aides bosniaques et deux tout-terrain Toyota noirs, neufs, affectés aux distributions de moindre envergure. Présenté à la ronde par Slack, Ricky avait trouvé un logement avant la fin de l'après-midi, chez une veuve qui habitait dans le centre-ville. Pour ses allées et venues entre son cantonnement et la base, il avait acheté un vieux vélo, puisant dans la banane qu'il portait à la ceinture et que Slack avait remarquée.

« Je peux demander combien tu trimbales là-dedans ?

– J'ai amené un millier de dollars, avait répondu Ricky, ingénu. Juste en cas d'urgence.

– La vache... Bon, ne les exhibe pas sous le nez des gens si tu ne veux pas en créer un, de cas d'urgence. Ces types pourraient survivre là-dessus avec leur famille tout l'été. »

Le jeune Américain avait promis d'être discret. Il avait également découvert que la poste était aussi inexistante en Bosnie que le moindre appareil d'État. Les institutions yougoslaves avaient volé en éclats et rien ne les avait remplacées. Slack lui ayant expliqué que les chauffeurs se rendant en Croatie ou en Autriche se chargeaient volontiers du courrier, il avait écrit en hâte l'une des cartes postales dont il avait fait l'emplette à l'aéroport de Vienne. Le Suédois l'avait emportée avec lui. Celle-ci, sa mère allait la recevoir au bout d'une semaine.

Travnik avait jadis été un marché agricole important, une ville prospère où Serbes, Croates et musulmans bosniaques cohabitaient. Les églises qui subsistaient témoignaient de ce passé : une catholique pour les Croates qui avaient depuis quitté les lieux, une orthodoxe pour les Serbes, également disparus. Il y avait aussi une douzaine de mosquées destinées à la majorité musulmane, ceux qui continuaient à s'appeler bosniaques. La guerre civile avait mis fin à cette longue coexistence intercommunautaire. Parvenant sans cesse de tout le pays, les nouvelles des pogroms avaient ruiné la confiance réciproque. Les Serbes s'étaient retirés au nord, sur la chaîne de montagnes qui domine la ville, dans la vallée de la Lasva et vers Banja Luka, de l'autre côté. Chassés eux aussi, les Croates étaient pour la plupart partis à une vingtaine de kilomètres sur la route de Vitez.

Trois bastions ethniques s'étaient ainsi constitués, chacun envahi par des réfugiés de la même origine. Dans la presse internationale, les Serbes avaient été présentés comme les auteurs de tous les pogroms, et ce même si des communautés serbes avaient elles aussi été massacrées lorsqu'elles se trouvaient en minorité, coupées des leurs. La raison était que, hégémoniques dans l'ancienne armée yougoslave, ils s'étaient tout simplement emparés de la majeure partie de l'armement lourd pendant l'implosion de la Fédération, s'arrogeant ainsi une écrasante supériorité militaire.

Ayant vu leur légitimité reconnue avec une hâte irresponsable par le chancelier allemand Helmut Kohl, les Croates, qui n'avaient guère plus de vague à l'âme lorsqu'il s'agissait de trucider ceux qui n'étaient pas leurs semblables, avaient été libres d'acheter des armes sur le marché mondial. Quant aux Bosniaques, militairement peu équipés et encouragés par nombre de responsables politiques européens à demeurer dans cette situation, ils avaient en conséquence été les principales victimes de la violence. C'étaient les Américains qui, lassés de contempler la boucherie sans lever le petit doigt, avaient décidé à la fin du printemps 1995 de donner une bonne correction aux Serbes, forçant ainsi toutes les parties à s'asseoir autour de la table du sommet de Dayton, dans l'Ohio. Les accords qui en avaient résulté allaient commencer à être mis en application au mois de novembre de la même année, mais Ricky Colenso ne serait plus de ce monde pour le voir.

Au moment où le jeune volontaire était arrivé à Travnik, la ville avait déjà subi plusieurs bombardements venus des positions serbes sur la montagne. La plupart des maisons étaient protégées par des planches de bois collées contre les murs extérieurs, qu'un obus transformerait en allumettes mais qui absorberaient l'essentiel de l'impact. Presque toutes les vitres manquaient, remplacées par du film en plastique transparent. Bien que peinte en couleurs voyantes, la mosquée principale avait été pratiquement épargnée. Les deux principaux bâtiments, le lycée et l'école de musique, jadis réputée, étaient envahis par les réfugiés. Privée d'accès à la campagne environnante et donc aux récoltes à venir, la population, qui avait presque triplé depuis le début des hostilités, dépendait à peu près entièrement de l'aide humanitaire internationale. C'était pour cela que l'organisation de John Slack ainsi qu'une douzaine d'ONG encore plus modestes avaient décidé d'opérer à Travnik.

La pénurie était tout aussi dramatique, si ce n'est plus, dans les villages et hameaux avoisinants, approvisionnés sans relâche par les deux Toyota charriant près de trois cents kilos de nourriture. Ricky était trop content d'aider à les charger avant de parcourir les routes escarpées du Sud. Oui, quatre mois après cet aperçu télévisé de la détresse humaine dans le confort de Georgetown, il était heureux. Il accomplissait ce pour quoi il était venu jusqu'ici. Et il était touché par la gratitude des paysans épuisés, de leurs enfants aux immenses yeux bruns, lorsqu'il déposait ses sacs de blé, de maïs, de lait en poudre et de bouillon concentré sur la place d'un village isolé où la famine sévissait depuis une semaine. Il avait la ferme conviction de rendre ainsi grâce à un Dieu miséricordieux, dans lequel il croyait de tout son cœur, pour les bienfaits dont il avait été gratifié par le seul fait de naître américain.

Il ne parlait pas un mot de serbo-croate, la langue commune à toute la Yougoslavie, ni de bosniaque. Il ignorait tout de la géographie locale, des dangers que pouvaient receler ces chemins de montagne, du destin auquel ils pouvaient conduire. John Slack l'avait donc associé à l'un de ses « locaux », Fadel Souleïmane, un jeune Bosniaque qui gardait de l'école un anglais passable et qui servait à Ricky de guide, d'interprète et de navigateur.

Durant tout le mois d'avril et la première quinzaine de mai, il envoyait chaque semaine à ses parents une lettre ou une carte qui arrivait plus ou moins rapidement selon la route du chauffeur, avec le cachet de la poste croate ou autrichienne.

C'est à la mi-mai que Ricky s'était retrouvé seul à la tête de toute l'opération. Lars, le Suédois, avait subi une panne mécanique sur une route écartée de Croatie, au nord de la frontière, et Slack était parti l'aider à remettre le camion en état avec l'un des deux tout-terrain. Et là, Fadel Souleïmane lui avait demandé un service.

À l'instar de milliers de réfugiés à Travnik, il avait dû fuir sa maison à l'approche des combats et il se rongeait de ne pas savoir ce qu'il était advenu de la petite ferme de ses parents sur les contreforts de la Vlasic. Avait-elle été incendiée, ou l'ennemi l'avait-elle épargnée ? Au début de la guerre, son père avait enterré les biens les plus précieux de la famille au pied d'une grange. Avaient-ils été découverts ou restaient-ils enfouis là-bas ? Bref, pouvait-il retourner à son ancienne vie pour la première fois en trois ans ? Ricky l'avait volontiers autorisé à prendre quelques jours, sans toutefois répondre au fond de sa requête : avec les pluies printanières, les chemins d'accès ne seraient praticables que pour un 4 × 4. Ce dont il était question, c'était d'emprunter le deuxième Toyota.

Ricky se trouvait devant un sérieux dilemme. Il ne demandait qu'à obliger Fadel, il paierait l'essence, mais ce secteur de la montagne était-il sûr ? Des

34

patrouilles serbes n'y avaient-elles pas pris position afin de pilonner Travnik des hauteurs ? Oui, mais cela s'était passé un an plus tôt, avait rétorqué Fadel. Le flanc méridional de la montagne, là où se situait la ferme familiale, était désormais sans danger. D'abord hésitant, Ricky avait fini par se rendre à ses arguments. Quelle épreuve cela devait être, d'être tenu loin de l'endroit où l'on avait grandi... Il avait mis une condition, toutefois : il ne le laisserait pas y aller tout seul.

Sous un beau soleil de mai, l'expédition se révèle agréable, même. Une fois quitté la ville, ils ont emprunté la grande route de Donji Vakuf pendant une vingtaine de kilomètres avant de tourner à droite. Aussitôt, la montée s'accentue et il n'y a plus qu'une piste grimpant hardiment à travers les hêtres, les frênes et les chênes dont les jeunes feuilles forment un dense rideau. On se croirait dans les collines de la Shenandoah, pense Ricky, ce coin de Virginie où il est allé une fois camper avec sa classe de lycée. Sentant le véhicule déraper et peiner sous eux, il reconnaît qu'un tout-terrain était indispensable, en effet.

Ils sont environnés de conifères, maintenant. À quinze cents mètres d'altitude, ils atteignent un haut plateau invisible d'en bas, une cachette naturelle au milieu de laquelle s'élève la ferme, ou plutôt ce qu'il en reste : le conduit de cheminée en pierre, environné de ruines. Le feu a cependant épargné les vieilles granges derrière les enclos à bestiaux. « Je suis désolé », murmure Ricky en voyant l'expression du jeune homme.

Il attend dans la voiture tandis que Fadel parcourt les cendres gorgées d'eau, expédiant de temps à autre un coup de pied à ces pauvres traces de son enfance, puis finit par le suivre lorsqu'il contourne l'enclos et la fosse à purin remplie à ras bord par les pluies de la saison, cherchant le hangar sous lequel son père a voulu garder d'humbles trésors hors de portée des maraudeurs. Un bruit étrange arrête leurs pas. Des gémissements étouffés, semble-t-il.

Ils sont dissimulés sous une bâche trempée qui empeste le goudron et la saleté. Six petits d'homme recroquevillés les uns contre les autres, affolés. Quatre garçons et deux filles, dont la plus âgée, dix ans à peine, fait visiblement office de mère et d'âme du groupe. Tétanisés par la peur, ils regardent les deux inconnus les regarder. Fadel se met à leur parler d'une voix rassurante. La fille l'écoute, finit par répondre.

« Ils sont de Gorica, là-bas, explique le Bosniaque. C'est à huit ou neuf kilomètres. J'y allais, dans le temps.

– Qu'est-ce qui s'est passé ? » demande Ricky.

Fadel pose encore des questions dans leur dialecte. La fille bredouille quelques mots, fond en larmes.

« Des hommes sont venus. Des Serbes. Miliciens, traduit Fadel.

– Et puis ?

– Ah... C'est un tout petit village, Gorica. Quatre familles, vingt adultes, une douzaine d'enfants. Tous morts, maintenant. Quand les autres ont commencé à tirer, leurs parents leur ont crié de courir. Il faisait... obscur, ils ont pu s'échapper, eux.

– Ce sont des orphelins ? Tous ?

– Tous.

– On va les ramener avec nous. À la ville. Il le faut. »

36

Ils entraînent les enfants hors de l'abri, dans la vive lumière du soleil. Les petits avancent en se tenant la main, par rang d'âge, de l'aînée à celui qui n'a pas plus de quatre ans.

Des silhouettes à la lisière du bois. Dix hommes, avec deux Jeep GAZ russes. Ils sont en treillis, fortement armés.

Trois semaines plus tard, après avoir encore à nouveau inspecté sa boîte aux lettres sans y trouver la carte attendue, Annie Colenso appelle un numéro à Windsor, dans l'Ontario. Elle obtient une réponse dès la deuxième sonnerie, reconnaît aussitôt la voix de la secrétaire personnelle de son père.

« Bonjour, Jean. C'est Annie. Est ce que Papa est joignable ?

– Bien sûr, Mrs Colenso. Je vous le passe tout de suite. »

3

Un magnat

Il y avait dix jeunes pilotes dans la baraque A, huit autres dans la B. Sur l'herbe verte du terrain d'aviation, deux ou trois Hurricane attendaient, reconnaissables à cette allure un peu bossue que leur donnait le renflement derrière le cockpit. Ils étaient loin d'être neufs et des raccords en tissu signalaient les cicatrices laissées par deux semaines de combats dans le ciel de France.

L'ambiance dans les deux chambrées contrastait notablement avec cette belle et chaude journée du 25 juin 1940 sur l'aérodrome de Coltishall, dans le Norfolk anglais. En fait, le moral de l'escadrille 242 de la Royal Air Force, plus simplement appelée l'escadrille Canada dans les autres unités, n'avait sans doute jamais été aussi bas. Il y avait de bonnes raisons.

La 242 avait été en action pratiquement depuis le premier coup de feu sur le front occidental. Ils s'étaient battus en reculant de l'est de la France jusqu'aux côtes de la Manche. Alors que l'énorme machine de guerre hitlérienne avançait en repoussant d'une pichenette l'armée française, les pilotes qui tentaient de contenir cette marée découvraient au retour d'opérations que leur base avait été entre-temps évacuée plus à l'ouest. Ils devaient sans cesse improviser pour trouver de quoi manger, un toit sous lequel dormir, des pièces de rechange, du carburant. Quiconque a appartenu à des forces armées battant en retraite sait qu'un mot résume mieux que tout ce dont il est question : le chaos.

Passés sur les côtes anglaises, ils avaient livré la deuxième bataille, au-dessus des dunes de Dunkerque. À l'abri de leurs ailes, l'armée britannique tentait de sauver les restes de la débâcle, s'emparant de tout ce qui pouvait flotter afin de regagner l'Angleterre, dont les falaises blanches semblaient si proches par-delà une mer d'huile.

Quand le dernier fantassin avait été évacué de cette sinistre plage, et les ultimes défenseurs du périmètre captifs des Allemands pour les cinq ans à venir, les aviateurs canadiens avaient accusé le coup de la fatigue. Leurs pertes étaient terribles : neuf morts, trois blessés, trois autres touchés en vol et faits prisonniers. Vingt jours plus tard, ils restaient cloués au sol à Coltishall, les pièces et les outils dont ils auraient eu besoin pour réparer leurs appareils ayant été abandonnés en France. Gravement malade depuis des semaines, leur chef d'escadrille, « Papa » Gobiel, n'était plus en mesure de reprendre son poste. Les Britanniques avaient promis de leur envoyer un nouvel officier, dont ils attendaient l'arrivée imminente.

Contournant les hangars, une petite décapotable s'était garée devant les deux baraques en rondins. Le conducteur s'était péniblement extrait de l'habitacle. Personne n'était sorti l'accueillir. Après être entré en boitant dans la cabine A, il y était resté quelques minutes avant de gagner la B. Par la fenêtre, les pilotes canadiens l'avaient regardé venir, observant sa démarche claudicante, ses pieds étrangement écartés. La porte s'était ouverte. Il portait les barrettes de chef d'escadrille sur les épaules. Personne ne s'était levé à son entrée.

« Qui commande, ici ? » avait-il demandé d'une voix irritée.

Près de Steve Edmond affalé sur une chaise, un Franco-Canadien trapu s'était redressé, les yeux posés sur le nouveau venu à travers la fumée grise des cigarettes : « Moi, je présume. » Encore à ses débuts, Stan Turner avait déjà deux avions ennemis à son actif. Il allait finir la guerre avec un total de quatorze à son tableau de chasse, et une kyrielle de décorations.

L'officier britannique au regard furieux avait pivoté sur ses talons, se dirigeant lentement vers l'un des Hurricane. Sans se presser, les pilotes canadiens étaient sortis de leurs baraquements pour voir ce qu'il fabriquait. « Je ne peux pas y croire, avait chuchoté Johnny Latta à Edmond : Ces salauds nous ont assigné un commandant cul-de-jatte ! »

Il disait vrai : ce type avançait sur deux prothèses. Après s'être casé dans le cockpit de l'avion, il avait lancé le moteur Rolls Royce Merlin, s'était placé dans le sens du vent et avait décollé. Au cours de la demi-heure suivante, il avait exécuté toutes les acrobaties connues des aviateurs, et même quelques autres de son cru.

Sa maestria venait de ce qu'il avait été un as du pilotage avant l'accident qui lui avait coûté ses deux jambes, à une époque où la guerre était encore loin,

40

aussi loin que son infirmité, précisément. Lorsqu'un pilote vire serré ou sort d'une descente en piqué, deux manœuvres essentielles dans un combat aérien, il soumet son corps aux contraintes de la gravitation. Celle-ci entraîne le sang dans ses membres inférieurs, jusqu'à provoquer parfois l'évanouissement. Privé de jambes, ce pilote gardait tout son flux sanguin dans la partie supérieure de l'organisme, plus près du cerveau qui restait sans cesse irrigué. Les hommes de son escadrille allaient bientôt se rendre compte qu'il était capable d'effectuer des changements de cap plus audacieux que quiconque.

Finalement, il avait posé le Hurricane et rejoint de sa démarche de canard le groupe de Canadiens réduits au silence. « Je m'appelle Douglas Bader, leur avait-il annoncé, et nous allons devenir la meilleure escadrille de toute la satanée aviation ! »

Il ne parlait pas en vain. Après la défaite de la France, et l'affrontement de Dunkerque qui faisait figure de sanglant match nul, la partie décisive approchait. Le chef de la Luftwaffe, Goering, avait promis à Hitler le contrôle absolu du ciel qui rendrait possible l'invasion des îles Britanniques. La bataille d'Angleterre allait se dérouler pour l'essentiel dans les airs. À son dénouement, les Canadiens de la 242 et leur « commandant cul-de-jatte » présentaient le meilleur palmarès de toutes les forces aériennes. La fin de l'automne venue, la Luftwaffe renonçait et se repliait en France. Après avoir vertement tancé Goering, Hitler reportait son attention vers l'est, vers la Russie.

Au cours des trois affrontements qui s'étaient succédé en seulement six mois de l'été 1940, les hommes de la 242 avaient envoyé au tapis quatre-vingt-huit chasseurs ennemis, chiffre confirmé, dont soixante-sept pendant la seule bataille d'Angleterre. Mais ils avaient aussi perdu dix-sept pilotes, tous franco-canadiens à l'exception de trois d'entre eux.

Cinquante-cinq ans plus tard, Steve Edmond abandonne son fauteuil pour venir se planter, comme il l'a déjà fait si souvent, devant une photographie encadrée au mur. Elle ne regroupe pas tous les hommes avec lesquels il a volé, certains ayant été tués auparavant, d'autres n'ayant pas encore été affectés à l'escadrille. Ce sont simplement les dix-sept Canadiens par une radieuse journée de la fin août à Duxford, à l'apogée de la bataille.

Ils ne sont plus de ce monde, pour la plupart. Le plus grand nombre est mort au champ d'honneur. Ils avaient de dix-neuf à vingt-deux ans. Jeunes visages rayonnant d'énergie, de confiance, tournés vers un avenir encore entièrement devant eux mais qu'ils n'auront jamais eu la chance de connaître.

Steve Edmond fait un autre pas, plisse les yeux. Il y a là Benzie, toujours près de lui en formation, abattu au-dessus de l'estuaire de la Tamise le 7 septembre, quinze jours après avoir posé pour la photo. Solanders, le petit gars de Terre-Neuve tué le lendemain. Johnny Latta et Willie McKnight, côte à côte comme lorsqu'ils volaient, disparus au large des côtes françaises de l'Atlantique en janvier 1941. « Tu étais le meilleur de nous tous, Willie », murmure le vieil homme. McKnight, l'as absolu, neuf scores confirmés durant ses dix-sept premiers jours en action, vingt et une victoires à sa mort, dix mois après sa sortie initiale. Il avait vingt et un ans, lui aussi.

Steve Edmond s'en est tiré. Et il est devenu riche, très riche, sans doute le plus puissant magnat de l'industrie minière de l'Ontario. Toutes ces années, pourtant, il a gardé cette photographie avec lui, depuis l'époque où il vivait avec son piolet à côté de la mine jusqu'à celle où il a atteint son premier million, et, particulièrement, à ce moment où le magazine *Forbes* l'a classé parmi les milliardaires du continent. Pour lui, c'est un rappel de ce que la vie peut avoir de terriblement éphémère. Quand il repense à ce temps-là, il est souvent surpris d'avoir survécu. Touché une première fois, il était à l'hôpital lorsque l'escadrille 242 avait été envoyée en Extrême-Orient, au mois de décembre 1941. À son rétablissement, il avait été nommé chef-instructeur mais il avait rué dans les brancards, bombardé la hiérarchie de lettres demandant sa réaffectation sur le front. Elle avait été acceptée juste à temps pour qu'il participe au débarquement de Normandie aux commandes du nouveau Typhoon, un chasseur dont la rapidité et la puissance de feu faisaient merveille contre les chars.

Son appareil avait été abattu une deuxième fois, près de Remagen, alors qu'il couvrait la percée des Américains sur le Rhin avec une douzaine d'autres Typhoon britanniques. Un impact dans le moteur, quelques secondes pour regagner de l'altitude, s'éjecter et ouvrir la voilure avant que l'avion n'explose. Manquant de hauteur, cependant, il avait subi un atterrissage difficile. Les deux jambes fracturées, à moitié évanoui de douleur dans la neige, vaguement conscient des casques de fer qui convergeaient vers lui, il était toutefois encore assez lucide pour se rappeler que les Allemands vouaient une haine particulière aux pilotes de Typhoon, et que la colonne qu'il avait pilonnée quelques minutes auparavant était une division de panzers SS, peu réputés pour leur magnanimité.

Un visage emmitouflé était penché sur lui. « Tiens, qui c'est qu'on a là ? » Il avait lâché son souffle, après l'avoir si longtemps retenu : parmi la crème de l'armée d'Adolf, il y en avait peu qui s'exprimaient avec l'accent du Mississippi.

Les Américains l'avaient ramené de l'autre côté du Rhin, bourré de morphine, puis il avait été renvoyé en Angleterre par avion sanitaire. Quand il avait retrouvé l'usage de ses jambes, on avait estimé qu'il devait libérer un lit d'hôpital pour de nouveaux blessés arrivant du front et on l'avait expédié en convalescence sur la côte sud, le temps de réapprendre à marcher avant d'être rapatrié au Canada. Il s'était plu au manoir de Dilbury, une immense demeure de style Tudor chargée d'histoire, avec ses pelouses aussi vertes et soignées qu'un tapis de billard, et quelques très jolies infirmières. À vingt-cinq ans tout juste, il avait le grade de lieutenant-colonel. Les chambres réservées aux officiers étaient prévues pour deux pensionnaires, mais il s'était écoulé une semaine avant qu'un autre occupant y soit affecté. C'était un Américain à peu près du même âge que lui, en civil, blessé au bras et à l'épaule gauches lors d'un échange de tirs au nord de l'Italie. Ces détails suggéraient quelque opération clandestine derrière les lignes ennemies, l'appartenance aux Forces spéciales de l'armée américaine.

« Salut. Moi, c'est Peter Lucas. Vous jouez aux échecs ? »

Venu du rude pays minier de l'Est canadien, Steve Edmond avait rejoint les forces aériennes de son pays en 1938, fuyant le chômage qui accablait la région depuis que le reste du monde avait perdu tout intérêt pour le nickel de l'Ontario. Ironiquement, cependant, ce même métal entrerait dans la composition de la moindre pièce des moteurs qui allaient lui permettre de prendre les airs. Lucas, pour sa part, issu de l'élite sociale de la Nouvelle-Angleterre, était habitué à une existence de privilégié depuis sa naissance.

Les deux jeunes officiers étaient dehors, un échiquier entre eux, lorsque la voix du speaker de la BBC, avec les inflexions incroyablement maniérées des présentateurs de l'époque, leur était parvenue de la salle à manger par les fenêtres ouvertes : dans les landes de Lunebourg, le maréchal von Runstedt venait de signer une reddition inconditionnelle. On était le 8 mai 1945. La guerre était terminée en Europe. Sans dire un mot, le Canadien et l'Américain avaient pensé à tous les amis qui ne reviendraient jamais au pays. Plus tard, chacun d'eux se rappellerait que c'était la dernière fois qu'il avait pleuré devant quelqu'un. Une semaine plus tard, ils regagnaient leurs pays respectifs mais l'amitié qui s'était formée dans cette maison de repos de la côte anglaise allait durer toute leur vie.

Steve Edmond avait beaucoup changé, son pays aussi. C'était un héros de guerre bardé de médailles qui revenait dans un Canada en pleine expansion économique. Fils et petit-fils de mineur, il appartenait à une famille liée au bassin de Sudbury depuis 1885. Ayant découvert que l'armée de l'air lui devait des arriérés de solde, il s'était servi de cet argent pour entrer à l'université, premier du nom à avoir ce privilège. Sans surprise, il avait choisi la filière minière, y ajoutant un diplôme d'ingénierie de la métallurgie. Sorti avec les honneurs dans les deux disciplines en 1948, il avait été aussitôt choisi par Inco, l'International Nickel Company, le principal employeur dans le bassin de Sudbury. Fondée en 1902, Inco avait grandement contribué à transformer le Canada en principal producteur mondial de nickel. Devenu l'un des chefs ingénieurs du gisement de l'Ontario, il aurait pu passer le reste de sa vie dans une routine confortable sans la curiosité, l'inquiétude qui le poussaient sans cesse de l'avant et lui répétaient : « Il y a forcément autre chose, autre part. »

Sur les bancs de la faculté, il avait appris que la pentlandite, le principal composant du nickel, contenait d'autres métaux tels que le platine, le palladium, l'iridium, le ruthénium, le rhodium, le tellurium, le sélénium, le cobalt et aussi, parfois, l'argent et l'or. Il avait entrepris d'étudier chacun d'eux et de réfléchir à leur utilisation éventuelle. En raison de leur présence souvent infime, ces métaux n'intéressaient personne : leur séparation ayant été jugée trop peu rentable, ils finissaient dans les terrils, avec les déchets.

À la base de la majorité des grandes fortunes, il y a une idée de génie et le courage de tenter de la mettre en œuvre. L'opiniâtreté et la chance peuvent servir, également. Celle d'Edmond avait été de reprendre le chemin du laboratoire à l'heure où les collègues de son âge aidaient à la récolte du houblon en buvant des litres de bière. Ce qu'il allait découvrir ainsi est depuis lors connu sous le nom de « filtrage par pression acide » : en gros, cela consistait à dissoudre les particules de ces métaux rares contenus par les scories et à les reconstituer dans leur intégralité. S'il avait confié cette découverte à l'Inco, il aurait sans doute eu droit à quelques tapes sur l'épaule, voire à un bon gueuleton. Au lieu de cela, il avait donné sa démission, acheté un billet de train pour Toronto en troisième classe et s'était rendu au Bureau d'enregistrement des brevets. Il avait trente ans et de la suite dans les idées.

Il avait dû emprunter, bien sûr, mais sans excès, car ce qu'il avait en vue ne demandait pas un gros investissement de départ. Alors que les gisements de pentlandite s'épuisaient ou devenaient trop coûteux à exploiter, chaque puits de mine avait laissé d'énormes crassiers, du rebut dont personne ne voulait, sinon Edmond. Il les avait rachetés pour une bouchée de pain et avait fondé la compagnie Edmond Metals, bientôt connue sous le sobriquet d'« Emmys » sur le marché financier de Toronto. La valeur de l'action était montée sans qu'il ne cède jamais aux flagorneries ou aux coups que banques et spécialistes boursiers lui proposaient. Évitant les effets de bulle comme les dégringolades, il était devenu multimillionnaire avant la quarantaine. En 1985, à soixante-cinq ans, le mirage s'était confirmé et il était milliardaire, sans pour autant oublier d'où il venait, ni de donner aux œuvres, se tenant loin de la politique tout en restant en bons termes avec chacun. Au cours de ces années, il y avait eu certes quelques inconscients pour confondre la simplicité de ses manières avec de la crédulité, essayant d'en tirer avantage. Trop tard pour eux, ils avaient découvert que l'acier entrait dans la composition de ce caractère dans la même proportion que dans celle des avions qu'il avait pilotés.

Il s'était marié une seule fois, juste avant sa grande découverte, en 1949. Un mariage d'amour qui avait duré jusqu'à ce qu'une sclérose latérale amyotrophique emporte Fay, son épouse, en 1994. Ils avaient eu une fille, Annie, née en 1950, que Steve Edmond continuait à choyer tout en se montrant extrêmement satisfait de son gendre, Adrian Colenso, le professeur de l'université de Georgetown, et en adulant son unique petit-fils, Ricky, qui venait d'atteindre ses vingt ans.

S'il était la plupart du temps un homme comblé qui n'avait certes pas volé sa félicité, il y avait des jours où Steve Edmond se sentait tendu, préoccupé. Dans ces moments-là, il traversait son vaste bureau situé en haut d'un gratte-ciel qui dominait Windsor, Ontario, et observait sans un mot ces jeunes visages sur la photo, ces souvenirs d'un passé enfui.

La sonnerie de la ligne intérieure le ramène à sa table.

« Oui, Jean.

— Mrs Colenso au téléphone.

— Très bien. Passez-la-moi. »

Il reprend son grand fauteuil en attendant la communication.

« Bonjour, ma chérie. Quoi de neuf ? »

Son sourire s'efface d'un coup et il se penche en avant, presque plié en deux.

« Comment ça, disparu ? Tu as essayé d'appeler ? Impossible ? Annie, tu sais bien que les jeunes n'écrivent plus de lettres, de nos jours... Ou c'est la poste ? Bon, je comprends, il avait promis, mais... D'accord, laisse-moi voir ce que je peux faire. Avec qui il travaille, tu dis ? »

Il note sur un calepin. Après avoir raccroché, il réfléchit quelques secondes, puis forme le numéro de poste de son directeur général.

« Parmi tous ces jeunes turcs que vous avez dans votre équipe, il y en a qui seraient capables de faire une recherche sur Internet ?

– Mais... Évidemment. Des tas.

– Bon. Je veux le nom et le numéro personnel du responsable d'une organisation charitable américaine qui s'appelle... "La multiplication des pains". Et je veux ça vite. »

Dix minutes plus tard, il a ce qu'il cherchait. Une heure après, il achève un long échange téléphonique en relation avec le rutilant QG d'un télévangéliste connu, une espèce pour laquelle Steve Edmond n'a que mépris. Celui-ci, précisément, spécule sur la crédulité humaine à Charleston, en Caroline du Sud. « La multiplication des pains » est la branche humanitaire de ce consortium, destinée à collecter des fonds pour les réfugiés de Bosnie. Quelle proportion de cet argent va aux victimes de la guerre civile, et quelle proportion à l'entretien de la flotte de limousines du révérend, cela demeure un mystère mais il se trouve que Ricky Colenso travaille pour cette organisation en tant que volontaire en Bosnie, ainsi que son interlocuteur de

Charleston le lui confirme, dans un centre de distribution à Travnik.

« Jean ? Vous vous souvenez de cette affaire il y a deux ans et quelque ? Un type de Toronto qui avait été cambriolé, avec des tableaux de maîtres barbotés ? Et ils les ont retrouvés, brusquement. Je me rappelle que quelqu'un au club m'avait raconté qu'il avait fait appel à une sorte d'agence de détectives privés, une organisation très spécialisée qui avait remonté la trace des tableaux. Il me faut le nom de ce bonhomme. J'attends. »

Cette information n'est pas facilement trouvable sur Internet mais Jean Searle, sa fidèle assistante depuis des années, a ses propres réseaux. Et l'une de ses amies est la secrétaire du chef de la police, et donc...

« Rubinstein, vous dites ? Très bien. Trouvez-moi ce Mr Rubinstein à Toronto, ou ailleurs. »

Une heure, pas plus, et ce collectionneur distingué est localisé aux abords du Rijksmuseum d'Amsterdam où il est allé contempler, une fois encore, l'un de ses Rembrandt de prédilection, *La Ronde de nuit*. Avec les six heures de décalage horaire, il a été interrompu pendant son dîner mais sa conversation n'en est pas moins intéressante.

« Jean ? fait Steve Edmond après la communication transatlantique. Appelez l'aéroport, je vous prie. Que le Grumman soit prêt à décoller. Tout de suite. Il faut que j'aille à Londres. Pas Londres, Ontario : Londres, Grande-Bretagne ! Au lever du jour. »

4

Un soldat

Cal Dexter avait à peine fini de prêter serment qu'il partait faire ses classes en camp d'entraînement. Il n'avait pas à aller très loin, puisque Fort Dix se trouve dans le New Jersey.

Au printemps 1968, des dizaines de milliers d'Américains affluaient sous les drapeaux. Quinze pour cent d'entre eux étaient des conscrits partis contre leur gré, mais les sergents instructeurs n'en avaient cure : ils étaient là pour transformer cette masse de jeunes mâles au crâne rasé en quelque chose qui ressemblerait à une armée. Les bleus n'avaient que trois mois pour se préparer à leur première véritable affectation. D'où ils venaient, de qui ils étaient le fils, quelle grande école ils avaient ou non fréquentée, tout cela ne rencontrait qu'une grandiose indifférence. Tous se retrouvaient égaux devant la préparation militaire comme ils le seraient devant la mort. L'étape suivante, pour certains.

Naturellement rebelle, Dexter était aussi plus débrouillard que la majorité de ses compagnons. Le rata n'était pas fameux ? Il avait vu pire sur bien des chantiers, et donc il dévorait sa ration. Contrairement

51

aux conscrits issus de familles aisées, l'ambiance de dortoir, la toilette en plein air ou la nécessité de ranger ses quelques affaires dans un placard exigu ne le traumatisaient pas. N'ayant jamais eu personne pour s'occuper de lui, il n'attendait surtout pas de l'armée que d'autres nettoient ses effets personnels ou fassent son lit pour lui. Ceux qui avaient connu une vie plus facile se retrouvaient souvent à trotter autour de l'esplanade ou à enchaîner les pompes sous l'œil courroucé d'un sous-off.

La plupart des règlements et des usages militaires lui avaient d'emblée paru absurdes mais il était assez malin pour ne pas exprimer cette opinion tout haut. Et s'il n'acceptait pas trente secondes le principe selon lequel n'importe quel sergent avait toujours raison et lui toujours tort, l'avantage d'avoir signé pour trois ans n'allait pas tarder à se manifester ; le petit encadrement, dont le pouvoir dans un camp de préparation militaire est quasi illimité, s'était vite repassé le mot : il serait bientôt « un des leurs », et se montrait plus indulgent à son égard qu'envers les « gosses de riches ». Au bout de quinze jours, il avait eu son premier entretien d'évaluation, ce qui impliquait de comparaître devant un officier, créature inaccessible pour l'immense majorité de la troupe. Un lieutenant-colonel, en l'occurrence. « Une qualification particulière ? » lui avait demandé celui-ci avec le ton las de qui a posé cette question dix mille fois.

« Je sais conduire un bulldozer, mon colonel. »

L'officier avait levé les yeux de ses papiers.

« Oui ? Et c'était quand, ça ?

– L'an dernier, mon colonel. Avant de m'engager.

– Je vois que vous avez dix-huit ans, d'après ce dossier. Donc vous deviez en avoir dix-sept.

– Oui, mon colonel.

– C'est contraire à la loi.

– Dieu du ciel, mon colonel ! Je n'avais pas idée. Pardon pour ça. »

Il voyait que le caporal qui se tenait à côté de lui droit comme un I avait du mal à réprimer un sourire. Pour l'officier, c'était simplement un problème réglé :

« Donc pour vous ce sera le génie, il faut croire. Pas d'objection ?

– Non, mon colonel. »

On ne quittait pas Fort Dix avec des larmes dans les yeux, en général. Les classes n'avaient rien de la colonie de vacances. Mais la plupart des recrues ressortaient de là en ayant appris à se tenir droites, avec les épaules carrées, une coupe en brosse, un uniforme présentable, un sac à dos et la feuille de route pour leur nouvelle affectation. Dans le cas de Dexter, il s'agissait de Fort Leonard, dans le Missouri, un centre de perfectionnement du génie. On attendait de lui qu'il conduise non seulement un bulldozer mais tout ce qui avait des roues ou des chenilles, et qu'il assimile une cinquantaine de cours théoriques auxquels il était censé assister s'il en avait le temps. Trois mois plus tard, muni de son certificat, il était transféré à Fort Knox.

Généralement, cette ville du Kentucky est connue pour abriter les réserves d'or du Trésor public américain, ce rêve impossible de tous les braqueurs de banque qui a inspiré tant de livres et de films. C'est aussi une gigantesque base militaire, qui accueille le Centre d'instruction des unités blindées. Dans un complexe militaire de cette taille, il y a toujours un chantier en cours, de nouveaux bâtiments à construire, des fossés anti-chars à creuser. Après six mois de travail ininterrompu, Cal Dexter avait été convoqué au QG. Il venait de fêter ses dix-neuf ans et avait été promu soldat de première classe. Le commandant qui l'avait reçu arborait un air lugubrement solennel, qui avait conduit le garçon à penser qu'il était arrivé quelque chose à son père.

« C'est le Viêtnam pour vous, avait annoncé l'officier.

– Super ! »

Le commandant, qui s'apprêtait à couler des jours tranquilles avec femme et enfants dans son appartement de fonction, était resté muet de surprise. Finalement, il avait maugréé un « Bon, ce sera tout » et donné congé au soldat. Au bout de quinze jours, Cal Dexter avait bouclé son sac, dit au revoir aux copains qu'il s'était faits sur la base avant de monter dans le bus qui allait l'emporter avec une douzaine d'autres mobilisés. Encore une semaine et il débarquait d'un C5 Galaxy dans la touffeur moite de l'aéroport de Saigon, zone militaire.

« C'est quoi, ta branche ? lui avait demandé le chauffeur qui les conduisait à la base.

– Les bulldozers.

– Ah ! Donc tu vas être un ESP comme nous tous par ici, avait conclu le caporal avec un petit rire.

– C'est quoi, ça ?

– "Enfoiré de salaud de planqué" ! »

C'était son initiation à la hiérarchie très particulière en vigueur parmi les forces d'intervention au Viêtnam.

Quatre-vingt-dix pour cent des GI envoyés là-bas n'avaient jamais vu un Viêtcong, jamais tiré un coup de feu et rarement entendu un obus tomber. Les cinquante mille noms gravés sur le mur du Souvenir à Washington allaient provenir essentiellement de l'infime minorité des dix pour cent restants. Même avec le renfort d'une deuxième armée de cuisiniers et d'hommes à tout faire vietnamiens, il fallait neuf GI à l'arrière afin d'en entretenir un seul qui essayait de gagner la guerre dans la jungle.

« Tu es basé où ? avait demandé le chauffeur.

– Bataillon du génie, 1re division d'infanterie. »

Le chauffeur avait poussé un cri étranglé.

« Hé, pardooooon ! J'ai causé trop vite. Ça, c'est Lai Khe, au bord du Triangle de fer. J'aimerais pas être à ta place.

– Ça sent mauvais, là-bas ?

– Dante a décrit ça comme le cœur de l'enfer, mon pote. »

N'ayant jamais entendu parler de l'auteur de *La Divine Comédie*, Dexter s'était dit qu'il s'agissait d'un type affecté à une autre unité. Il avait haussé les épaules.

De Saigon, on pouvait encore rejoindre Lai Khe par la route 13, en passant par Phu Cuong, le long de l'extrémité occidentale du Triangle jusqu'à Ben Cat, puis sur encore une trentaine de kilomètres. Il eût été imprudent de l'emprunter sans escorte blindée, ou après la nuit tombée, car dans cette zone très boisée les embuscades étaient fréquentes. Pour sa part, Cal Dexter avait rejoint la base fortifiée de la 1re division en hélicoptère. Paquetage sur le dos, il avait demandé son chemin pour le QG de son bataillon. En passant devant le parking, il avait remarqué un engin dont l'apparence l'avait cloué sur place.

« C'est quoi, ce machin ? avait-il lancé à un soldat qui se trouvait là.

– Mais une gueule de cochon ! Pour dégager le terrain. »

Avec la 25e division d'infanterie Orage tropical venue de Hawaii, la 1re – surnommée « The Big Red One » parmi la troupe – s'était vu confier la région la plus dangereuse de toute la péninsule, dite le Triangle de fer. Ici, la jungle était tellement impénétrable, et offrait une couverture si efficace à la guérilla, que le seul moyen trouvé par les forces régulières américaines pour niveler la zone était de la défricher.

Pour ce faire, les ingénieurs du génie avaient conçu deux types d'étonnants véhicules. L'un, le tankdozer, était un char M-48 muni d'un godet à l'avant qui permettait à l'équipage de déblayer la végétation en restant à l'abri de la tourelle. Et puis il y avait, plus puissante et imposante encore, la « charrue de Rome », ou « gueule de cochon » pour les habitués, un monstre sur chenilles de soixante tonnes, un véhicule blindé D7E équipé d'une lame courbe en acier ultrarésistant capable de sectionner un tronc d'un mètre de circonférence. L'unique opérateur contrôlait la machine tout en haut, protégé par une « barre anti-migraines » qui lui évitait d'être écrasé par une branche et par un contrefort blindé destiné à repousser les balles d'un franctireur.

« Rome », dans ce contexte, n'était pas une référence historique au « hérisson » des légions romaines mais désignait la ville de Rome, en Géorgie, où était assemblé cet engin dont le seul passage suffisait à empêcher la guérilla viêtcong d'utiliser son abri naturel, la jungle.

Se présentant au commandant de service, le nouveau venu était allé droit au but :

« Soldat de première classe Calvin Dexter au rapport, mon commandant. Je suis là pour m'occuper de votre gueule de cochon. »

Achevant son service au Viêtnam et ayant nettement refusé d'en reprendre pour un an, l'officier avait lâché un soupir exaspéré. Il vomissait ce pays, l'ennemi invisible et cependant redoutable, l'humidité, la chaleur accablante, les moustiques, et le nouvel accès de démangeaison qui torturait son bas-ventre et son postérieur. Au bord de la nausée dans son bureau surchauffé, il n'avait aucune patience à accorder à un petit plaisantin, qu'il avait envoyé paître sans merci. Mais Cal Dexter était tenace, et après quinze jours de requêtes et de récriminations il avait obtenu sa « charrue ». Après avoir écouté les conseils d'un conducteur déjà habitué au monstre, il était monté sur son perchoir et parti toute la journée pour une intervention combinée à un ratissage de l'infanterie. Il avait appris à se servir de l'engin avec une efficacité qui avait attiré la discrète attention d'un lieutenant de son bataillon dont la fonction semblait être d'observer les recrues en silence. Au bout de quelques jours, celui-ci avait décidé de mettre ce garçon peu commun à l'épreuve : « Il a du caractère, s'était dit l'officier. Il a du toupet, et du talent, et il aime se débrouiller tout seul. Voyons s'il est facilement intimidé. »

Même si le mitrailleur à la carrure impressionnante n'avait aucune raison visible de s'en prendre à ce conducteur d'engin plus petit que lui, pour autant il n'arrêtait pas. Sa troisième agression verbale allait se conclure aux poings, mais non ouvertement. Il avait été décidé que les deux hommes régleraient leur différend après le crépuscule, sur un bout de terrain peu fréquenté derrière le mess.

À la lumière des torches de casque, une centaine de soldats avaient formé un cercle autour d'eux et pris les paris, la plupart en défaveur du garçon du New Jersey, d'apparence plus frêle. Ils s'attendaient à voir une nouvelle version de l'inégal combat entre George Kennedy et Paul Newman dans *Luke la main froide*. Ils se trompaient.

Comme personne n'avait stipulé que le combat devrait se dérouler selon les règles de la boxe édictées par le marquis de Queensbury en 1867, le petit gars était allé droit sur le gros mitrailleur, avait esquivé un swing capable de décapiter n'importe qui, et lui avait décoché un coup de pied dans le tibia, puis deux directs au foie et un genou sous la ceinture. Au moment où la tête du mastard parti en avant arrivait à sa portée, ses jointures de la main droite avaient atteint la tempe gauche du mitrailleur, pour lequel tout s'était éteint un long moment.

« Hé, tu te bats pas correct ! avait protesté le bookmaker improvisé quand Dexter s'était approché pour empocher ses gains.

– Non, et je perds pas souvent non plus. »

À l'extérieur du cercle, dans la pénombre, le lieutenant avait fait signe aux deux hommes de la police militaire qui l'accompagnaient. Ils avaient procédé à l'arrestation du jeune soldat. Par la suite, le mitrailleur avait reçu les vingt dollars qui lui avaient été promis.

Comme Dexter refusait de donner le nom de son adversaire, la punition était incompressible : trente jours au trou. La première nuit, il dormait comme un bienheureux sur la planche en bois brut de sa cellule lorsque quelqu'un s'était mis à racler une cuillère sur les barreaux. L'aube pointait.

« Levez-vous, soldat. » Aussitôt réveillé, le prisonnier s'était approché de la porte et mis au garde-à-vous, car l'inconnu portait la barrette d'argent de lieutenant au col.

« Un mois là-dedans, quelle perte de temps...

– Il faudra bien, mon lieutenant, avait répondu le simple soldat Dexter, déchu de son rang après son arrestation.

– Mais vous pouvez sortir maintenant, aussi.

– Je pense qu'il y aurait une contrepartie à ça.

– Et comment ! Vous oubliez ces gros joujoux et vous venez rejoindre mon unité. Et là, on verra si vous êtes autant un dur que vous vous l'imaginez.

– Quelle unité est-ce, mon lieutenant ?

– Moi, on m'appelle Rat numéro six. Bon, on y va ? »

Après avoir signé sa décharge, l'officier l'avait conduit au mess le plus exclusif de toute la 1re division pour un petit déjeuner très matinal. L'accès était réservé à quatorze membres et à leurs invités. Quinze, avec Dexter, puis treize la semaine suivante, quand deux d'entre eux allaient connaître la mort.

Un étrange emblème ornait la porte de ce club confidentiel, surnommé « la Picole » par ses membres : un rongeur levé sur ses pattes de derrière, visage sardonique, langue phallique, un revolver et une bouteille de gnôle dans ses griffes. Cal Dexter venait de rejoindre la compagnie des Rats du Tunnel.

Au cours des six années à venir, cette équipe triée sur le volet et sans cesse renouvelée allait accomplir les missions les plus rebutantes, les plus périlleuses et de loin les plus effrayantes de la guerre du Viêtnam, dans un secret tellement épais qu'encore aujourd'hui son existence demeure inconnue du plus grand nombre, y compris en Amérique.

En tout, l'opération n'aura sans doute impliqué que trois cent cinquante hommes, recrutés à parts égales parmi les sapeurs de la 1re division et ceux de la 25e. Une centaine d'entre eux ne sont jamais revenus. Le même nombre a dû être évacué de la zone des combats, en état de choc ou en pleine crise nerveuse, pour subir un long traitement psychologique, sans jamais revoir le feu. Les restants, une fois rentrés aux États-Unis, ont gardé sur cette expérience un silence qui correspondait bien à leur nature de solitaires taciturnes. Leur pays, pourtant enclin à célébrer ses héros de guerre, ne leur a offert ni grand discours ni plaque commémorative. Surgis de l'ombre, ils ont accompli leur devoir parce qu'il le fallait, puis ils ont regagné l'anonymat. Et toute leur histoire a commencé par une douleur dans la fesse d'un sergent à bout de forces et de nerfs.

Les États-Unis ont été les derniers envahisseurs du Viêtnam, mais non les premiers. Avant eux, les Français avaient annexé à leur Empire les trois provinces du Tonkin au nord, de l'Annam au centre et de la Cochinchine au sud, en plus du Laos et du Cambodge. En 1942, ils allaient en être chassés par les troupes d'invasion nippones. Avec la défaite du Japon en 1945, les Vietnamiens ont cru que l'heure de l'unité et de l'indépendance était enfin arrivée, mais les Français avaient d'autres projets : ils sont revenus. Au sein d'un mouvement indépendantiste au début très diversifié, le dirigeant communiste Hô Chi Minh s'est rapidement imposé. L'Armée de libération nationale qu'il allait fonder s'est repliée dans la jungle pour se battre et résister aussi longtemps qu'il le faudrait.

L'un de ses principaux bastions était la zone très boisée au nord-ouest de Saigon, le long de la frontière cambodgienne. Les Français, comme les Américains ensuite, lui ont consacré d'innombrables expéditions punitives, sans résultat probant. Les paysans ont trouvé leur salut non dans la fuite, mais dans les profondeurs de la terre.

Sans ressources technologiques, ils avaient pour eux leur obstination de fourmis ouvrières, leur patience, leur connaissance du terrain et leur ingéniosité, ainsi que des pioches, des pelles et des paniers en fibres de palme. On ne saura jamais combien de millions de tonnes de terre ils ont pu ainsi déplacer, creusant toujours plus profond. Lorsque les Français ont quitté le Viêtnam après leur défaite en 1954, tout le Triangle était devenu un immense terrier de conduits et de tunnels percés dans le secret le plus total.

Puis les Américains ont débarqué, imposant un régime que les Vietnamiens tenaient pour fantoche, instrument d'un autre pouvoir colonial encore. Ils sont repartis dans la jungle, ont repris les armes de la guérilla... et les pioches. En 1964, il disposaient de près de quatre cents kilomètres de passages souterrains, de caches reliées entre elles ou non. Peu à peu, les envahisseurs se sont rendu compte de la sidérante complexité de ce système aux puits d'accès totalement dissimulés dans la végétation, aux galeries souvent superposées sur cinq niveaux dont le plus profond pouvait se trouver à cent cinquante mètres, elles-mêmes reliées par des passages si étroits que seul un Vietnamien, ou un Blanc particulièrement fluet, pouvait s'y faufiler. Il y avait aussi des trappes dissimulées dans ce qui semblait des impasses, des entre-pôts, des points de rassemblement, des dortoirs, des ateliers, des réfectoires et même des hôpitaux. Vers 1966, une brigade entière aurait pu se cacher ainsi sous terre, mais jusqu'à l'offensive du Têt les Vietnamiens n'avaient pas eu besoin de masser de telles forces.

Quand l'envahisseur finissait par découvrir un puits d'accès, il risquait fort d'être astucieusement miné. Tirer de la surface ne servait à rien, car les galeries n'étaient jamais rectilignes et les balles allaient se perdre dans les parois. La dynamite n'était pas une solution, non plus : dans cet immense dédale, il existait des dizaines d'issues secondaires, connues de ses seuls habitants. Et ceux-ci avaient même prévu de se proté-ger d'une attaque aux gaz par des retenues d'eau qui agissaient comme le siphon d'un WC.

Commençant pratiquement dans les faubourgs de Saigon, la toile d'araignée souterraine s'étendait presque jusqu'à la frontière cambodgienne. Dans toute sa trame, rien n'approchait la complexité inexpugnable des tunnels de Cu Chi, du nom de la ville la plus proche. Ici, l'argile de latérite était facile à creuser et à déblayer au moment de la mousson. Une fois sèche, elle devenait aussi dure que du béton.

Après la mort de Kennedy, les Américains commencèrent à arriver en force, et non plus en « conseillers », mais pour se battre. À partir du printemps 1964, ils avaient la supériorité numérique, une puissance de feu incomparable, des armes plus sophistiquées, et cependant ils n'obtenaient rien, ne voyaient rien sinon le cadavre d'un soldat ennemi, de temps à autre. Et eux-mêmes subissaient des pertes de plus en plus préoccupantes. Au début, ils se contentèrent de la théorie selon laquelle le Viêtcong était une armée de paysans anonymes, perdus parmi des millions revêtus de la même tenue noire, qui se transformaient en guérilleros la nuit venue. Oui, mais dans ce cas pourquoi tant d'Américains se faisaient-ils tuer en plein jour, sans jamais trouver sur qui riposter ? En janvier 1966, la Big Red One décidait de lancer l'opération Crêpage : il s'agissait, ni plus ni moins, de ratisser l'ensemble du Triangle de fer.

Ils commencèrent à un bout, se déployèrent et poursuivirent leur avance, avec assez de munitions pour détruire toute l'Indochine. Arrivés à l'autre extrémité, ils n'avaient découvert personne. Derrière leurs lignes, cependant, les francs-tireurs se mettaient en action. Cinq GI au tapis, soudain. Les balles sortaient de vieilles pétoires soviétiques mais, à bout portant, leur effet n'était pas moins mortel.

La 1re division fit demi-tour pour écumer à nouveau le même terrain. Rien. L'ennemi restait invisible. Mais les Américains connaissaient de nouvelles pertes, chaque fois des hommes atteints dans le dos. Quelques tranchées, quelques abris antiaériens abandonnés. Pas même une silhouette en fuite sur qui tirer.

Le quatrième jour de marche, le sergent Stewart Green, aussi excédé que ses camarades, s'était assis par terre pour souffler un moment. Il s'était relevé d'un bond en se tenant la fesse. Fourmis venimeuses, scorpions, serpents, le Viêtnam regorgeait de ces aimables bestioles et il était certain d'avoir été piqué. En regardant bien, cependant, il avait découvert que son postérieur venait d'être agressé par une pointe de clou, laquelle dépassait d'une plaque de bois, laquelle fermait un puits qui plongeait dans le noir. La puissante armée américaine venait de découvrir d'où venaient les francs-tireurs : cela faisait deux ans qu'elle arpentait le sol au-dessus de leurs têtes.

Le pays qui, trois ans plus tard, allait envoyer deux hommes sur la Lune n'avait aucun moyen technologique pour détecter et combattre les résistants qui vivaient et opéraient dans ce monde souterrain, dans le dédale des tunnels de Cu Chi. Il n'y avait qu'un seul recours : ne garder qu'un léger pantalon en coton sur soi, se munir d'un pistolet, d'un couteau et d'une torche, descendre dans ce labyrinthe inconnu, étouffant, où la mort guettait à chaque tournant, et abattre le Viêtcong dans son propre repaire.

Tout le monde n'était pas apte à une telle mission. Les hommes corpulents étaient inutiles, et ceux qui souffraient de claustrophobie, et ceux qui parlaient trop, et ceux qui ne pouvaient agir en solitaire. Il fallait de fortes personnalités au sang-froid à toute épreuve, aux nerfs d'acier, pour aller chercher le véritable ennemi si loin sous terre. Peu connue pour son sens des formules ramassées, la bureaucratie militaire les avait baptisées « unités d'exploration souterraine ». Eux-mêmes, ces éléments soigneusement sélectionnés, se désignaient sous le nom de Rats du Tunnel.

À l'arrivée de Cal Dexter au Viêtnam, cette section, en activité depuis trois ans, présentait le meilleur palmarès militaire de toutes les forces américaines. Son commandant était le Rat Six, et chaque homme portait son propre numéro. Soudés entre eux, ils inspiraient au reste de l'armée cette sorte de respect craintif que l'on éprouve en présence d'un condamné à mort.

Le Rat Six avait eu raison d'écouter son instinct : ce petit dur venu des chantiers du New Jersey, tout en nerfs et en muscles, avec ses yeux à la Paul Newman et son flegme inébranlable, était une recrue de choix.

Après une heure passée avec lui dans les tunnels de Cu Chi, le commandant était convaincu qu'il avait là son meilleur élément. Ils allaient opérer ensemble, en paire inséparable dans ce monde souterrain où les rangs et les médailles n'existaient plus. Se battre et tuer au milieu des ténèbres, jusqu'à ce qu'Henry Kissinger rencontre Lê Duc Tho et accepte d'évacuer le Viêtnam. Après, cela ne rimerait plus à rien.

Au sein de la 1re division, ce duo allait prendre la dimension d'une légende évoquée à voix basse, dans laquelle le commandant s'appelait le Blaireau et son jeune partenaire, bientôt promu sergent, la Taupe.

5

Un Rat

Six petites années de différence, à l'armée, peuvent
être l'équivalent d'une génération entre deux jeunes
soldats, le plus âgé acquérant souvent une dimension
de figure paternelle aux yeux de l'autre. Telle était la
relation entre la Taupe et le Blaireau, qui à vingt-cinq
ans en avait six de plus que sa jeune recrue. Issu d'un
milieu social plus favorisé, l'officier était aussi doté
d'une bien meilleure éducation. Après le lycée, il avait
fait son « tour » de l'Europe culturelle pendant une
année, visitant les hauts lieux de la Grèce et de la Rome
classiques tout comme Londres, Paris et Berlin.
Ensuite, son diplôme d'ingénieur du génie civil en
poche, il avait choisi de s'engager pour trois ans, lui
aussi, et avait été aussitôt envoyé à l'École des aspi-
rants de Fort Belvoir, en Virginie.

Cette institution produisait alors de jeunes officiers
à la cadence d'une bonne centaine par mois. Capitaine
au bout de trois trimestres, il avait été promu lieutenant
en rejoignant le bataillon de génie de la 1re division au
Viêtnam. Comme Cal Dexter, il avait été incorporé aux
Rats du Tunnel, que ses qualités l'avaient amené à

commander lorsque le chef précédent avait eu terminé son service actif. Il lui restait neuf mois sur son année d'opérations au Viêtnam, deux de moins que Dexter.

Au bout de quelques semaines, cependant, il était devenu clair que la relation entre les deux hommes s'inversait dès qu'ils descendaient sous terre : le Blaireau se rangeait sous l'autorité de la Taupe, reconnaissant que le flair du jeune conducteur d'engins, son sixième sens, lorsqu'il fallait détecter un conduit piégé ou une sentinelle silencieuse derrière un coude dans une galerie, valait plus que les cours de la meilleure université. Ces qualités devaient leur sauver la vie plus d'une fois.

Avant même leur arrivée au Viêtnam, le haut commandement avait conclu qu'il ne servirait à rien d'essayer de faire exploser le réseau souterrain : la latérite séchée était trop résistante, le système trop élaboré pour que les effets de la dynamite portent loin. Les tentatives pour inonder les galeries n'avaient pas abouti, pas plus que celles pour les gazer. Il ne restait qu'à envoyer des hommes déterminés qui s'efforceraient de trouver là, sous terre, le quartier général de la Zone C pour les forces viêtcongs. On estimait qu'il devait être quelque part entre la pointe sud du Triangle de fer, au confluent des fleuves Saigon et Thi Tinh, et la forêt de Boi Loi du côté de la frontière cambodgienne. Localiser le QG, éliminer la tête de la hiérarchie militaire ennemie, récolter toute l'information accumulée dans le secret du labyrinthe, c'était un objectif dont le succès n'aurait pas de prix. En réalité, le QG était caché sous les bois de Ho Bo, au bord du Saigon, et ne serait jamais découvert. Mais à chaque fois que les tankdozers ou les « charrues de Rome » mettaient à nu une nouvelle entrée, les Rats descendaient en enfer pour chercher et chercher encore.

Les conduits d'accès étaient immanquablement verticaux, ce qui constituait le danger initial. Engager d'abord les pieds, c'était s'exposer à un Viêtcong qui ne demanderait qu'à enfoncer une lance de bambou dans les entrailles de l'intrus avant de regagner les ténèbres. Le temps que ses camarades le retirent du puits, gênés par la lance qui se bloquait entre les parois et dont la pointe continuait à diffuser son poison, il avait très peu de chances d'avoir la vie sauve. Descendre la tête la première, c'était risquer de se retrouver la gorge tranchée par une baïonnette. Apparemment, la méthode la plus sûre était de s'avancer prudemment sur les deux premiers mètres, puis de dégringoler au plus vite, en faisant feu au moindre mouvement suspect. À la base du puits, néanmoins, il pouvait y avoir un piège dissimulé sous des branchages, des piques empoisonnées, incurvées en forme d'hameçon, qui perçaient la semelle des rangers et plantaient leurs dents acérées dans le pied.

Une fois dans la galerie, où il fallait avancer en rampant, le risque venait d'un Viêtcong guettant derrière une courbe, mais surtout des mines antipersonnel, jamais semblables, toujours ingénieusement cachées, et que l'on devait désactiver avant de pouvoir continuer. D'autres horreurs guettaient alors, qui n'avaient nul besoin de la résistance vietnamienne : grappes de chauves-souris ayant fui la lumière, araignées géantes tapissant les parois avec une telle densité que celles-ci paraissaient animées de leur propre vie, fourmis venimeuses en plus grand nombre encore... Aucune de ces créatures n'était mortelle, toutefois, cet honneur revenant à la « vipère de bambou », dont la morsure provoquait une affreuse agonie en une demi-heure. C'était un mètre de bambou dissimulé dans la partie supérieure de la galerie et dont la pointe émergeait d'à peine deux centimètres. À l'intérieur du tube, le serpent emprisonné par un bouchon d'étoupe ne demandait qu'à jaillir, furieux. Du fil de pêche était tendu à partir de la fermeture jusqu'au sol. Si le soldat rampait dessus par inadvertance, il libérait la vipère juste au-dessus de son cou.

Et puis il y avait les rats, les vrais, qui avaient trouvé là un paradis et se reproduisaient furieusement. De même que les GI ne laissaient jamais un blessé ou un mort dans les tunnels, le Viêtcong répugnait à abandonner les siens à la surface, là où les Américains les ajouteraient à leur fervent décompte des pertes ennemies. Ils rapportaient les cadavres sous terre et les inhumaient en position fœtale dans les parois des galeries, simplement recouverts d'une couche d'argile mouillée. Cette protection était un jeu pour les griffes des rongeurs, qui disposaient là d'une source inépuisable de nourriture et prospéraient jusqu'à atteindre la taille de gros chats.

Les Vietnamiens arrivaient à vivre pendant des semaines, voire des mois, au sein de ce monde de ténèbres permanentes, de chaleur étouffante, et en si peu plaisante compagnie. Les Américains qu'ils forçaient à s'y risquer finissaient eux aussi par s'habituer à un milieu à ce point hostile, et notamment à l'odeur, épouvantable car les miliciens viêtcongs faisaient leurs besoins dans des pots en terre cuite qu'ils enterraient ensuite sous l'argile mais auxquels les rats, là encore, trouvaient accès.

Appartenant à la plus puissante armée au monde, les soldats choisis pour devenir Rats du Tunnel devaient oublier la technologie et revenir à la condition d'hommes des cavernes. Un couteau de chasse, un revolver, une torche, un chargeur de cartouches et deux piles de rechange, c'était tout ce dont ils pouvaient s'embarrasser. Parfois une grenade à main, dont l'utilisation était cependant dangereuse, voire mortelle, dans un espace aussi réduit où la déflagration risquait non seulement de percer les tympans du soldat mais aussi de l'asphyxier en expulsant l'oxygène sur des dizaines de mètres de galeries.

Avoir recours à son arme ou à sa lampe plaçait immédiatement le GI en danger. C'était signaler sa présence à un ennemi qui connaissait chaque pouce de tunnel et guettait en silence, bénéficiant toujours d'un avantage écrasant sur l'intrus. Mais le plus éprouvant pour les nerfs, et la principale cause des pertes américaines, c'étaient les passages secrets qui reliaient les différents niveaux. Souvent, le tunnel semblait se terminer en impasse. Mais alors, pourquoi l'avaient-ils creusé ? Cherchant à tâtons une ouverture dans les murs de latérite, le GI n'avait bientôt plus d'autre recours que d'allumer sa torche, découvrant alors une trappe sur la paroi de droite, ou de gauche, ou au plafond, ou dans le sol. Il fallait l'ouvrir, donc. Qu'y avait-il derrière ? Un Viêtcong aux aguets et l'éclaireur finirait la gorge tranchée, ou prise dans l'étau mortel d'un garrot. S'il y risquait d'abord les jambes, la lance de

70

bambou l'attendait peut-être encore et il agoniserait bloqué entre deux niveaux.

Dexter avait demandé aux armuriers de la division de lui fabriquer des grenades plus petites, de la taille d'une mandarine, avec moins d'explosif mais plus de billes à l'intérieur. À deux reprises pendant ses six premiers mois, il allait ouvrir la trappe, jeter l'une de ces grenades modifiées et munies d'un retardateur à trois secondes, refermer la trappe. Il descendait un peu plus tard, sa torche découvrant un charnier de corps déchiquetés.

Parfois, les Rats du Tunnel rencontraient l'un des siphons contre une attaque aux gaz, une mare d'eau croupie qui leur barrait la route mais prouvait que la galerie continuait plus loin. La seule solution était de se mettre sur le dos, de prendre sa respiration et d'avancer le plus rapidement possible en s'accrochant des doigts au plafond. Autrement, c'était la noyade dans un goulot obscur. Le travail en équipe était alors indispensable. Avant de passer, le premier homme nouait une corde à sa cheville et laissait l'autre extrémité à son compagnon. S'il n'avait pas tiré dessus au bout d'une minute et demie, lui indiquant qu'il était sain et sauf de l'autre côté, le deuxième devait le ramener au plus vite avec la corde.

Malgré tous ces pièges, et l'angoisse permanente, il arrivait aux Rats du Tunnel de tomber sur un trésor, par exemple une salle souterraine qui venait apparemment d'être évacuée d'urgence et contenait encore les documents et les cartes d'un QG opérationnel, mine d'informations pour les experts du G2, les services de renseignements militaires. Le Blaireau et la Taupe avaient ainsi trouvé deux de ces cavernes d'Ali Baba. Leurs supérieurs, toujours un peu mal à l'aise devant ces jeunes qui sortaient tellement de l'ordinaire, les avaient couverts de distinctions et de grands mots. Mais le service de propagande, toujours avide de hauts faits prouvant au monde que la guerre était en train d'être gagnée, avait été prié de se taire. Une visite guidée avait cependant été organisée, qui allait tourner court lorsque le reporter serait pris de panique au bout de quinze mètres dans un tunnel pourtant « sécurisé ». Après cette expérience, le silence avait régné sur les activités des Rats.

Comme tous les soldats au Viêtnam, il arrivait à ces derniers de connaître une période d'inactivité. Certains dormaient toute la journée, d'autres écrivaient des lettres en comptant les jours qui les séparaient du retour au pays. Certains buvaient pour tuer le temps, d'autres jouaient aux cartes ou aux dés. Beaucoup fumaient, et pas seulement des Marlboro. Certains se laissaient prendre par la drogue, d'autres lisaient. Cal Dexter était de ceux-là. Ses conversations avec son supérieur et ami l'ayant rendu conscient des sérieuses limites de sa culture générale, il avait décidé de repartir de zéro, et s'était découvert une passion pour l'histoire. Ravi d'avoir un lecteur aussi zélé, le bibliothécaire de la base avait dressé pour lui de longues listes d'ouvrages qu'il faisait ensuite venir de Saigon.

Étudiant la Grèce et la Rome antiques, le jeune sergent avait été fasciné par Alexandre qui, le jour de ses trente et un ans, avait pleuré en constatant qu'il dominait tout l'univers connu et qu'il ne restait plus de nouveaux mondes à conquérir. Il avait dévoré tout ce qui était disponible sur la chute de l'Empire romain, le Moyen Âge, la Renaissance, les Lumières, l'âge de l'Élégance et celui de la Raison. Il était particulièrement captivé par la création des colonies d'Amérique, la Révolution, la brutale guerre civile qui avait déchiré son pays seulement quatre-vingt-dix ans avant sa propre naissance.

Pendant les longs moments où les pluies le confinaient à la base, il allait aussi compléter son savoir sur un plan important : avec l'aide du vieux Vietnamien qui nettoyait leur club, il avait assimilé suffisamment de la langue locale pour se faire comprendre, et surtout pour comprendre ce qui pouvait se dire.

Il avait accompli neuf mois au Viêtnam lorsqu'il avait été blessé pour la première fois, et le Blaireau avait achevé sa période.

La balle était venue d'un Viêtcong embusqué dans un tunnel alors que Dexter arrivait par le puits d'entrée. Il avait mis au point une technique pour se prémunir contre ce genre de surprise : il jetait une grenade d'en haut, puis descendait rapidement, à la corde. De cette manière, si l'explosion ne mettait pas à découvert un piège de piques empoisonnées, c'est qu'il n'y en avait pas ; dans le cas contraire, il pouvait s'arrêter avant de les atteindre. La grenade mettait également hors de combat un guetteur surveillant le puits, mais ce jour-là le milicien viêtcong était resté assez loin pour n'être que blessé et arriver à tirer sur l'intrus avec sa kalachnikov AK47. Dès qu'il avait touché le sol, Dexter avait fait feu, à trois reprises. Le Vietnamien s'était traîné dans la galerie et on l'avait retrouvé plus tard, mort. La blessure de l'Américain, à l'épaule gauche, était assez

superficielle mais allait lui interdire le monde souterrain pendant un mois. En fait, ce coup de malchance
était encore plus dur pour le Blaireau.

Les soldats l'avouent, les policiers le confirment :
quand on travaille en duo, personne ne peut remplacer
un partenaire dans lequel on a une confiance absolue.
En neuf mois, ces deux-là, devenus inséparables, n'auraient pas imaginé opérer dans les tunnels avec qui que
ce soit d'autre. Dexter avait vu quatre Rats du Tunnel
mourir là-dessous. Un autre, blessé, avait été porté à la
surface, victime d'une crise de nerfs. Des semaines de
traitements psychologiques n'avaient rien pu faire : il
n'était plus jamais redescendu. Un autre encore n'avait
jamais pu remonter mais le Blaireau et la Taupe avaient
fini par retrouver son cadavre et l'avaient hissé dehors
avec des cordes afin de lui assurer un enterrement chrétien. Il avait été à moitié décapité par un coup de couteau : cercueil scellé pour la famille. Sur les treize de
l'équipe de départ, quatre avaient démissionné à la fin
de leur temps. Six nouvelles recrues étaient arrivées.
Ils étaient désormais onze, en tout.

« Je ne redescendrai avec personne d'autre que toi »,
avait dit Dexter à son partenaire lorsque celui-ci était
venu lui rendre visite à l'hôpital de la base. « Pareil
pour moi », avait répondu le Blaireau, et ainsi ils
avaient convenu ensemble que Rat Six se porterait
volontaire une année de plus et que la Taupe ferait de
même à la fin de ses trois derniers mois. Retour aux
tunnels ensemble, donc. Embarrassé par la reconnaissance qu'il était forcé d'éprouver envers ces deux éléments, le commandant de la division leur avait attribué
de nouvelles médailles.

Ne jamais descendre seul, c'était l'une des règles incontournables du code non écrit des Rats, et grâce à ses remarquables antennes la Taupe gardait sans cesse un contact silencieux avec le Blaireau, même quand celui-ci était loin derrière lui. Une autre exigeait de ne jamais utiliser ses six balles à la fois, car le Viêtcong savait alors que l'intrus était désarmé. En mai 1970, au deuxième mois de son second engagement au Viêtnam, Cal Dexter allait être assez chanceux pour survivre en étant sur le point d'enfreindre, involontairement, ces deux commandements.

Le duo venait d'entrer dans un puits récemment découvert au milieu de la forêt de Ho Bo. À environ trois cents mètres d'un tunnel qui avait déjà changé de direction à quatre reprises, Dexter avait repéré sous ses doigts deux mines antipersonnel, qu'il avait désamorcées avant de continuer. Il n'avait pas remarqué que le Blaireau, derrière lui, venait de succomber à la seule phobie qu'il n'arrivait pas à maîtriser : deux chauves-souris s'étant prises dans ses cheveux, il était tétanisé sur place, muet.

Rampant toujours, la Taupe avait cru apercevoir une faible lueur venant du coude suivant dans la galerie, si faible qu'il s'était demandé s'il ne s'agissait pas d'une illusion d'optique. Arrivé plus près, il s'était immobilisé, revolver chargé dans sa main droite. La lumière ne bougeait plus, désormais. Dexter était ainsi resté aux aguets dix minutes, sans imaginer que le Blaireau, paralysé par le dégoût, restait si loin de lui. Soudain, il avait décidé de mettre fin à l'attente et il avait passé le coin d'un bond. À dix mètres, il y avait un Viêtcong à quatre pattes au-dessus de la source de cette lueur, une petite veilleuse remplie d'huile de coco. Visiblement, il avançait de cette manière dans la galerie en vérifiant les mines. Pendant une demi-seconde, les deux ennemis s'étaient contemplés mutuellement avant de réagir.

D'un geste brusque, le Vietnamien avait envoyé la lampe à la figure de l'Américain. La flamme s'était immédiatement éteinte. Dans le noir, Dexter avait senti l'huile brûler la main qu'il avait instinctivement levée pour se protéger. De l'autre, il avait tiré à trois reprises. Il y avait eu le bruit d'un corps rampant péniblement vers l'autre côté de la galerie. La tentation était grande d'utiliser ses trois autres balles mais il ne savait pas s'il y avait encore des ennemis à la ronde. Ce qu'ils ignoraient, lui et le Blaireau, c'était qu'ils étaient tout près du QG opérationnel souterrain de l'ensemble de la zone de résistance, gardé par cinquante éléments d'élite.

À même moment, aux États-Unis, il existait une petite structure secrète baptisée Laboratoire d'études de la guerre limitée. Bien que n'étant eux-mêmes jamais descendus sous terre, ces scientifiques allaient passer toute la durée du conflit à concevoir d'audacieuses et souvent fumeuses idées en vue d'aider les Rats du Tunnel. Ils envoyaient régulièrement leurs suggestions aux gars, qui les expérimentaient volontiers sur le terrain, les trouvaient magnifiquement inadaptées et les retournaient à l'expéditeur.

À l'été 1970, toutefois, le laboratoire avait mis au point une nouvelle arme de combat rapproché dans un environnement confiné, qui pour une fois allait se révéler une trouvaille très utile. C'était un 44 Magnum au canon raccourci pour ne pas gêner dans une galerie, et fourni avec des balles spéciales, qui une fois mises à feu se fragmentaient en quatre projectiles. Les Rats avaient trouvé ce pistolet particulièrement efficace dans le milieu où ils évoluaient : deux coups tirés signifiaient huit balles, et donc de bien meilleures chances d'atteindre un ennemi dans les ténèbres des boyaux souterrains. Réalisée en soixante-quinze exemplaires seulement, l'arme allait leur être utile pendant six mois, avant de leur être soudain retirée, quelqu'un ayant découvert qu'elle contrevenait aux Conventions de Genève. Soixante-quatorze Smith & Wesson furent donc réexpédiés en Amérique, pour disparaître dans les dédales de l'administration.

Les Rats du Tunnel avaient une prière à eux, aussi courte que simple : « Si je dois prendre une balle, tant pis. Si c'est un couteau, pas de bol. Mais s'il te plaît, Seigneur, ne m'enterre jamais vivant là-bas dessous ! » C'est ce même été 1970 que le Blaireau devait connaître ce sort. Était-ce que les Rats n'auraient pas dû être de sortie ce jour-là, ou que les B52 venus de Guam n'étaient pas censés bombarder ce secteur à dix mille mètres d'altitude ? Quelqu'un avait donné l'ordre aux pilotes, en tout cas, puis oublié de prévenir l'unité concernée. Ce sont des choses qui arrivent. Pas souvent, mais assez pour que quiconque étant passé par l'armée puisse reconnaître la proverbiale « couille dans le potage ». Laquelle découlait de la nouvelle doctrine en vogue : les gigantesques bombes larguées par les B52 finiraient par ébranler et ensevelir le dédale souterrain du Viêtcong.

Cette idée, à son tour, avait pour cause le changement des mentalités aux États-Unis, où toute l'opinion publique était désormais opposée à la guerre, les parents rejoignant leurs enfants dans les manifestations contre l'intervention au Viêtnam. Sur le front même, le traumatisme de l'offensive du Têt, qui remontait déjà à trente mois, se faisait toujours sentir. La détermination des troupes fondait dans la touffeur de la jungle et si elle restait encore tabou au sein du haut commandement, l'hypothèse que cette guerre serait impossible à gagner se répandait toujours plus. Il allait s'écouler encore trois ans avant que le dernier GI ne quitte le Viêtnam à bord du dernier avion américain, mais à l'été 1970 il avait été décidé de détruire les tunnels par des bombardements aériens dans toutes les « zones de pilonnage libre ». Le Triangle de fer en faisait partie.

Comme la 25e division était cantonnée dans cette région, les pilotes avaient pour instruction de conserver un périmètre de sécurité de deux miles autour des unités américaines sur le terrain. Ce jour-là, pourtant, le commandement opérationnel avait oublié l'existence du Blaireau et de la Taupe, qui appartenaient à une autre division.

Ils étaient au second niveau d'un réseau de galeries proche de Ben Suc lorsqu'ils avaient senti, plutôt qu'entendu, le premier impact au-dessus d'eux. Encore un autre et la terre avait commencé à se convulser. Ils avaient rampé frénétiquement en sens inverse, sans plus se soucier des guetteurs viêtcongs, afin de retrouver le puits de remontée vers le premier niveau.

La Taupe était à dix mètres dans l'ultime conduit avant la sortie quand le passage s'était éboulé juste derrière lui. Il avait crié le nom de son camarade sans obtenir de réponse. Noyé de sueur, il s'était traîné jusqu'à un petit renforcement qu'il se rappelait avoir noté à l'aller pour reprendre son souffle avant de revenir attaquer le mur de terre meuble avec ses doigts. Au bout d'un moment, il avait senti une main sous la sienne, puis une deuxième, mais il fallait dégager encore plus de terre qu'il était obligé de rejeter derrière lui, se barrant ainsi le passage du retour vers la lumière du jour.

Il lui avait fallu cinq minutes pour libérer la tête de son partenaire, cinq autres pour exhumer son torse. Le bombardement avait cessé mais l'air passait de plus en plus mal dans le tunnel effondré. Ils commençaient à manquer d'oxygène.

« Sors-toi de là, Cal, avait chuchoté le Blaireau dans les ténèbres. Tu reviendras avec du secours. Ça ira pour moi. » Mais Dexter avait continué à s'obstiner. Deux de ses ongles avaient sauté, déjà, mais il savait qu'il lui faudrait au moins une heure pour trouver de l'aide, et que son camarade serait alors mort asphyxié depuis longtemps. Il avait glissé sa torche dans la main du Blaireau : « Tiens ça, éclaire-moi par-dessus ton épaule. » Le faisceau jaune balayant la masse de terre qui emprisonnait les jambes de son ami, il avait travaillé encore une trentaine de minutes. Ensuite, il avait fallu contourner le tas qu'il avait formé derrière lui, se traîner vers le puits avec son compagnon à moitié inconscient, jusqu'à ce que ses poumons brûlants reçoivent l'air venu du puits d'entrée...

En janvier 1971, la deuxième année du Blaireau au Viêtnam s'était achevée. Il n'était pas autorisé à en demander une troisième mais il en avait assez, de toute façon. La veille de son retour aux États-Unis, la Taupe avait obtenu une permission pour accompagner son ami à Saigon. Ils avaient gagné la capitale avec un convoi blindé, Dexter espérant bien trouver une place dans un hélicoptère pour rentrer le jour suivant. Ils avaient eu un fameux dîner, puis ils avaient fait la tournée des bars, évitant les nuées de prostituées pour lever le coude sans distraction futile.

À deux heures du matin, pas mal partis mais d'excellente humeur, ils s'étaient retrouvés quelque part à Cholon, le quartier chinois de la ville, sur l'autre rive du fleuve. Il y avait un tatoueur encore ouvert, surtout pour les clients qui payaient en dollars. C'était un Chinois qui, très sagement, se préparait déjà un avenir loin du Viêtnam. En le quittant pour reprendre le ferry, les deux jeunes soldats avaient chacun un tatouage sur l'avant-bras gauche. C'était un rat, mais non la bestiole agressive affichée sur la porte de « la Picole » à Lai Khe : un rat à l'air sardonique, qui vous regardait par-dessus son épaule, pantalon tombé, en vous montrant son postérieur. Ils en riaient encore plusieurs heures après, avant que l'effet de l'alcool ne se dissipe. Et ensuite, c'était trop tard.

Le Blaireau était rentré en Amérique le jour même, la Taupe dix semaines plus tard, à la mi-mars. Le 7 avril 1971, l'unité des Rats du Tunnel cessait d'exister. Ce même jour, et malgré les exhortations de ses supérieurs, Cal Dexter abandonnait la carrière militaire pour revenir à la vie civile.

6

Un limier

Il y a peu de structures militaires aussi discrètes que le Special Air Service britannique, et cependant il en est une qui ferait passer les SAS muets comme la tombe pour des bavards impénitents, et c'est le Dét. La 14ᵉ compagnie de renseignements, appelée aussi « le Détachement » ou tout simplement le Dét, recrute au sein de l'armée régulière, avec une proportion notable de femmes soldats contrairement au SAS exclusivement masculin.

Même s'il peut passer à l'action avec une redoutable efficacité en cas de besoin, le Dét a pour fonction essentielle de localiser, surveiller, écouter et espionner les méchants. Il opère dans le plus grand secret et ses micros sont tellement sophistiqués qu'il est fort rare de les découvrir. L'intervention typique consiste à filer un terroriste qui vous conduira au repaire principal, à se glisser discrètement à l'intérieur pour le truffer d'écoutes et à surveiller ainsi les méchants pendant des jours, des semaines. Une fois leurs intentions connues, il s'agit de refiler le tuyau au SAS, qui pourra alors monter une jolie petite embuscade et, au premier coup de feu tiré par un terroriste, liquider toute la bande sur place. Le tout dans la plus grande légalité. Légitime défense.

Jusqu'en 1995, la majeure partie des activités du Dét a eu pour théâtre l'Irlande du Nord. Les renseignements qu'il a pu collecter ont été à l'origine des pires revers subis par l'IRA. Ce sont ses agents qui ont eu l'idée de cacher des micros dans le cercueil des activistes, qu'ils soient républicains ou unionistes. La raison en était que les parrains du terrorisme, se sachant constamment surveillés, profitaient des enterrements pour se réunir et tenir des conciliabules au-dessus de la dépouille d'un fidèle. Les télescopes cherchant à lire sur leurs lèvres de l'autre côté du mur du cimetière ne parvenaient pas à la moitié de ce qu'obtenaient les cercueils sur écoutes. Cet ingénieux système a donné de bons résultats pendant des années.

Les années suivantes, c'est encore le Dét qui allait mener les opérations de « reconnaissance rapprochée » sur les criminels de guerre bosniaques, permettant aux commandos du SAS de les appréhender et de les traîner devant le tribunal de La Haye. Quant à « Gestion des risques », l'agence dont Steve Edmond avait appris le nom par le collectionneur d'art de Toronto, ce Mr Rubinstein qui avait si mystérieusement retrouvé ses tableaux, la très discrète organisation installée dans le quartier londonien de Victoria a pour particularité d'employer un grand nombre d'anciens du Détachement.

Ses principaux revenus proviennent des activités intitulées « Protection des biens », la surveillance de possessions de très grande valeur pour le compte de

leurs tout aussi riches propriétaires, interventions limitées à certaines occasions particulières. Vient ensuite
la « Protection personnelle », là encore sur la base de
contrats ponctuels même si, dans un centre d'instruction de la campagne du Wiltshire, l'agence peut assurer
la formation et le perfectionnement des gardes du corps
d'un banquier ou d'une vedette prêts à payer le prix
fort. La plus petite et la plus confidentielle de ses
branches, R&R – pour « Repérage et Récupération » –,
était celle à laquelle Mr Rubinstein avait eu recours
pour retrouver la trace de ses chefs-d'œuvre manquants
et en négocier la restitution.

Deux jours après le coup de fil désespéré de sa fille,
Steve Edmond rencontre en tête à tête le directeur
général de « Gestion des risques », et lui résume ce
qu'il attend de lui : « Retrouvez mon petit-fils. Il n'y a
pas de limite au budget. » L'ancien cadre des Forces
spéciales hoche la tête, satisfait. Même les soldats en
retraite doivent payer l'éducation de leurs enfants,
n'est-ce pas ? Le lendemain, il appelle de sa maison de
campagne Phil Gracey, ex-capitaine des parachutistes
avec dix ans de bons et loyaux services au sein du Dét,
où il était connu sous le surnom du « Limier ». Gracey
s'entretient à son tour avec le Canadien, le soumettant
à un interrogatoire en règle sur les habitudes, les goûts
et même les vices de Ricky Colenso : si le garçon est
toujours en vie, le moindre détail pourrait être précieux
dans la recherche. Après avoir empoché deux bonnes
photographies du disparu et noté le numéro de téléphone cellulaire du grand-père, il le salue et s'en va.

Le Limier passe les deux journées suivantes au téléphone. Il n'a pas l'intention de se mettre en route tant

qu'il ne sait pas exactement où il va, comment, et vers quel objectif. Il étudie également une importante documentation sur la guerre civile en Bosnie, l'aide humanitaire et la présence militaire internationale sur place. Et il finit par trouver un filon.

Pour la Bosnie, les Nations unies ont créé une nouvelle force de « maintien de la paix » – cette absurdité d'envoyer des soldats « maintenir » une paix qui n'existe pas tout en leur interdisant de l'imposer et en les contraignant à assister aux massacres, impuissants. La Forpronu, qui bénéficie alors d'un important contingent britannique, est basée à Vitez, à moins de vingt kilomètres sur la route de Travnik.

Le régiment affecté là en juin 1995 n'est sur place que depuis deux mois. Le Limier n'a pas de mal à retrouver la trace du colonel qui commandait les forces précédentes, en instruction au dépôt de la Garde royale, à Pirbright. L'homme se révèle une mine d'informations. Trois jours après sa conversation avec le Canadien, le Limier s'envole pour les Balkans, avec un premier arrêt à Split car il est impossible de rejoindre directement la Bosnie. Il voyage sous l'identité d'un journaliste free-lance, couverture très utile puisque improuvable, même si à tout hasard il s'est muni d'une lettre d'un grand journal londonien du dimanche lui commandant une série de reportages sur l'aide humanitaire.

Au bout de vingt-quatre heures dans le port croate, qui connaît une prospérité inattendue pour être devenu la tête de pont vers la Bosnie centrale, il fait l'acquisition d'un vieux mais solide 4 × 4 et, à tout hasard encore, d'un revolver. De la côte à Travnik par les montagnes, la route est longue et difficile mais il juge fiables les informations dont il dispose, et selon lesquelles il n'aura pas à traverser de zones de combat. Elles le sont, en effet.

C'est une drôle de guerre civile, celle de Bosnie. Pratiquement pas de lignes de front, et jamais une véritable bataille, mais un patchwork de communautés vivant dans la peur permanente, des centaines de villages et hameaux ravagés par le « nettoyage ethnique » et, autour d'eux, une soldatesque issue des armées « nationales » environnantes, des groupes de mercenaires, de simples pillards et des miliciens parant leur folie criminelle des oripeaux du patriotisme. Eux, ce sont les pires de tous.

Dès son arrivée à Travnik, le Limier tombe sur son premier os : John Slack a quitté la ville. Très vite, il apprend que l'Américain a rejoint « Nourrissons les enfants », une ONG beaucoup plus importante que celle du révérend, et qu'il est maintenant basé à Zagreb. Après une nuit dans un sac de couchage à l'arrière de son tout-terrain, Gracey reprend le volant pour un autre trajet épuisant jusqu'à la capitale croate, localise Slack et n'en tire pas grand-chose.

« Je n'ai pas la moindre idée d'où il est passé, ni pourquoi, ni comment, déclare celui-ci d'un ton plutôt excédé. Vous voyez, nous avons dû tout arrêter le mois dernier et ce gamin est en partie responsable de ça. Il a fichu le camp avec l'un de mes deux Landcruiser tout neufs, cinquante pour cent de mes moyens de transport. Et en plus, il disparaît en entraînant l'un de nos trois employés locaux ! Ils n'ont pas vraiment apprécié, à Charleston, je peux vous le dire ! Comme on parle de plus en plus de paix, ils ont préféré laisser tomber. Moi, je leur ai expliqué qu'il y avait encore du pain sur la planche, et beaucoup, mais c'était décidé : fin des opérations. J'ai encore eu de la chance de me trouver un job ici.

– Et ce Bosniaque avec qui il est parti ?

– Qui, Fadel ? Impossible qu'il soit responsable de ça. Un brave type. Il passait un temps fou à ruminer sur sa famille. S'il avait la haine, c'était contre les Serbes, croyez-moi, pas contre les Américains.

– Cette ceinture avec son argent liquide, on l'a retrouvée ?

– Ah, ça, je l'avais prévenu. C'était vraiment une idiotie. Beaucoup trop grosse somme pour se balader avec, ou même la laisser en ville. Mais je ne pense pas que Fadel aurait tué pour ce fric.

– Vous, John, vous étiez où ?

– C'est bien le problème ! Si j'avais été là, ça ne serait jamais arrivé. J'aurais dit non, tu ne bouges sous aucun prétexte. Mais voilà, j'étais quelque part dans les montagnes au Sud, à trouver quelqu'un pour me remorquer un camion qui avait serré. Crétin de Suédois ! Ça vous viendrait à l'idée, de conduire un came-tard sans une goutte d'huile dans le moteur ?

– Qu'est-ce que vous avez pu reconstituer des faits ?

– À mon retour ? Bon, il s'est pointé à la base, il a pris un Toyota et il s'est barré avec Fadel. Ibrahim, un autre de nos Bosniaques, les a vus s'en aller mais ils ne lui ont rien dit. C'était quatre jours avant que je revienne. Ensuite, j'ai essayé de trouver une raison, mais rien ! Ça m'a rendu assez dingue, en fait. J'ai même cru qu'ils étaient partis faire la fiesta quelque

86

part. Au début, j'étais plus en pétard qu'inquiet, franchement.

– Quelle direction ils ont prise, vous avez une idée ?

– D'après Ibrahim, ils ont pris la route du Nord. C'est-à-dire qu'ils sont partis vers le centre-ville. Après, allez savoir ! Personne ne s'est rappelé les avoir vus passer.

– Vous avez quand même une hypothèse quelconque, John ?

– Ouais. M'est idée qu'il a reçu un appel. Ou plutôt, que Fadel l'a pris et lui a fait un topo. Toujours prêt à se décarcasser pour les autres, Ricky. Admettons une urgence médicale quelque part dans un coin paumé là-haut. Il a sauté dans la caisse et il a foncé là-bas. Sans même penser à laisser un message. Vous avez vu le secteur, mon vieux ? Vous avez conduit un peu là-bas, avec toutes ces montagnes, ces vallées à pic, ces rivières ? À mon avis, ils se sont viandés dans un précipice. D'ici le prochain hiver, quand les arbres vont se dégarnir, je parie que quelqu'un finira par repérer l'épave au milieu des rochers. »

De retour à Travnik, le Limier se trouve deux chambres faisant office de bureau et de logement, puis recrute en tant que guide-interprète un Ibrahim trop content d'avoir à nouveau un emploi. Il a avec lui un téléphone satellite muni d'un brouilleur de conversations, uniquement pour ses contacts avec l'agence à Londres, qui dispose de moyens dont il est privé ici. Avant d'aller plus loin, il sélectionne quatre possibilités.

La première, et la plus farfelue de toutes, serait que Ricky Colenso ait volé le Landcruiser pour gagner Belgrade, vendu le véhicule et tracé un trait sur sa vie précédente pour mener une existence de clochard dans la capitale serbe. Impossible, selon lui. Cela ne cadre pas une minute avec ce qu'il sait de Ricky Colenso. Et puis à quoi bon chiper un 4×4 quand votre papy peut vous payer toute la chaîne de montage ? La seconde serait que ce Souleïmane ait persuadé Ricky de l'emmener quelque part dans le seul but de l'assassiner et de lui voler son argent et la voiture. Envisageable. Mais un musulman bosniaque sans passeport comme Fadel n'irait pas loin en Croatie ou en Serbie, deux territoires également hostiles pour lui. Et un Landcruiser tout neuf ne passerait pas inaperçu sur le marché.

Selon la troisième hypothèse, ils ont rencontré quelqu'un, ou un groupe, qui les a éliminés pour la même raison. Parmi la variété de tueurs et de pillards opérant à leur propre compte, il existe alors en Bosnie quelques poignées de moudjahidines, des fanatiques musulmans du Moyen-Orient venus « aider » leurs coreligionnaires opprimés. Il a été prouvé qu'ils ont déjà liquidé deux mercenaires européens, qui luttaient pourtant dans le même camp, ainsi qu'un employé humanitaire et un garagiste musulman qui avait refusé de leur donner de l'essence pour la bonne cause.

Mais c'est la théorie de John Slack, quatrième possibilité, qui paraît au Limier de loin la plus probable. Suivi par Ibrahim dans une autre voiture, il entreprend donc de passer au peigne fin toutes les routes voisines de Travnik où un accident aurait pu arriver. C'est dans ce genre de travail qu'il excelle. Lentement, avec une patience infinie et une vigilance de tous les instants, il inspecte les traces de pneus, les signes de dérapage, les buissons qui semblent avoir été écrasés par des roues. À trois reprises, il descend dans des ravins par une corde attachée à sa Lada, sans résultat. Il observe les vallons à la jumelle, cherchant un reflet de vitre ou de métal. Rien.

Au bout de dix jours, il doit conclure que l'hypothèse de Slack est erronée. Un véhicule de la taille du Landcruiser aurait laissé une trace en basculant dans le vide. Même limitée, et même plus d'un mois après, il l'aurait vue, lui. Il décide d'offrir une alléchante récompense pour toute information valable sur le jeune Américain. La nouvelle se répand parmi les réfugiés de la ville, on vient le trouver pour lui dire que le véhicule a été aperçu alors qu'il traversait Travnik, mais c'est tout. Après deux semaines, il plie bagage et se replie sur Vitez, le QG du régiment britannique déployé dans la région. Il obtient un lit de camp dans l'école transformée en centre de presse, dans une rue qui a été rebaptisée chemin des Télés, à l'extérieur de la base militaire mais dans un périmètre relativement sûr. Sachant en quelle estime la plupart des officiers tiennent les journalistes, il oublie son statut de reporter free-lance pour solliciter un entretien avec le colonel qui commande la place, se servant plutôt de son prestige d'ancien des Forces spéciales. Le commandant a un frère qui sert dans une unité parachutiste d'élite, justement. Il ne demande qu'à aider.

Il a entendu parler de ce petit Américain, oui. Sale histoire. Ses patrouilles ont été informées mais n'ont rien trouvé. Le Limier ayant offert une généreuse donation au Fonds de solidarité de l'armée, le colonel organise une petite mission de reconnaissance avec un avion prêté par les artilleurs. En compagnie du pilote, le Limier survole les montagnes et les précipices pendant plus d'une heure. Rien.

« Je pense qu'il faut que vous envisagiez un acte criminel, lui confie le colonel alors qu'ils dînent ensemble.

– Les moudjahidines ?

– Très possible. Ce sont de vils salopards, vous savez. Si vous n'êtes pas musulman, ou même si vous ne l'êtes pas assez à leur goût, ils vous zigouillent en moins de deux. Le 15 mai, nous n'étions ici que depuis quinze jours. On en était encore à reconnaître le terrain. J'ai vérifié le livre des rapports, cependant. Aucun incident signalé dans la zone. Vous devriez jeter un coup d'œil aux bulletins de la MSCE, peut-être. C'est plutôt bidon mais j'en ai toute une pile dans mon bureau, qui remontent sans doute jusqu'au 15 mai. »

La Mission de surveillance de la Communauté européenne était une opération de relations publiques de la bureaucratie de Bruxelles. La question bosniaque avait été l'apanage de l'ONU jusqu'à ce que les Américains se chargent de la régler. Mais les Européens voulaient jouer un rôle, eux aussi, et une équipe d'inspecteurs avait donc été nommée afin de satisfaire ces prétentions.

Le lendemain, le Limier épluche les rapports de ces observateurs européens, en majorité des officiers mis à disposition par diverses armées de la CE parce qu'ils n'avaient rien de mieux à faire. Essaimés à travers toute la Bosnie, ils disposent chacun d'un bureau, d'un logement, d'une voiture et de frais de représentation. Certains de leurs bilans d'activité ressemblent plus à une page de carnet mondain qu'à autre chose. En se concentrant sur les rapports rendus autour du 15 mai, le Limier s'arrête sur l'un d'eux, daté de Banja Luka le 16.

L'officier de la MSCE dans ce bastion serbe au nord de Travnik, de l'autre côté des montagnes de Vlasic, était alors un lieutenant-colonel de l'armée danoise, Lasse Bjerregaard. D'après son rapport, il prenait un verre au bar de l'hôtel Bosna le 15 au soir lorsqu'il avait été témoin d'une bruyante dispute entre deux Serbes en treillis. Le plus âgé, visiblement fou de rage, avait giflé l'autre à plusieurs reprises après l'avoir agoni d'injures. Sans que sa victime ne réplique, ce qui semblait indiquer un rapport de hiérarchie entre eux. Quand ils étaient sortis, l'officier danois avait tenté d'obtenir une explication du barman, qui pouvait s'exprimer en anglais, mais celui-ci lui avait tourné abruptement le dos, un comportement très étonnant de sa part. Le lendemain, les deux Serbes avaient disparu et le Danois ne les avait plus revus.

Tout en se disant que c'est sans doute un coup d'épée dans l'eau, le Limier téléphone à l'antenne de la MSCE à Banja Luka. Encore les mutations : c'est un Grec qui lui répond, lui apprenant que le Danois est rentré au pays la semaine précédente. Le Limier appelle ses collègues à Londres pour leur demander de contacter le ministère de la Défense danois. Il obtient la réponse au bout de trois heures. Par chance, Bjerregaard est un nom moins commun que Jensen, disons. Le lieutenant-colonel est en permission chez lui, à Odense. Il répond à l'appel du Limier alors qu'il revient d'une journée en mer avec sa famille, fuyant la vague de chaleur qui s'abat alors sur les pays scandinaves. Il est plein de bonne volonté et il se souvient encore bien de cette soirée du 15 mai. La vérité, c'est qu'il n'y avait pas grand-chose à faire à Banja Luka, pour un Danois. Dans un poste aussi ennuyeux, chaque détail sortant un peu de l'ordinaire reste inscrit dans la mémoire.

Comme tous les soirs, donc, il est allé au bar prendre une bière avant le dîner, vers dix-neuf heures trente. Une demi-heure plus tard, un petit groupe de Serbes en treillis a fait son entrée. Ils n'appartenaient pas à l'armée yougoslave régulière, selon lui, parce qu'ils ne portaient pas l'écusson de leur unité à l'épaule. Très arrogants, ils ont commandé à boire. Slivovitz et bière, une combinaison redoutable. Encore une demi-heure et le lieutenant-colonel s'apprêtait à gagner la salle à manger, excédé par leur tapage, quand un autre Serbe est arrivé. Leur commandant, sans doute, car la bande s'est aussitôt calmée.

En serbe, il leur a certainement demandé de le suivre puisque les hommes ont entrepris de vider leurs bocks et de rempocher leurs paquets de cigarettes. L'un d'eux a fait mine de payer la note, et là le chef a été pris d'une terrible colère. Devant les autres, muets de stupéfaction comme le reste des clients et le barman, il s'est mis à invectiver le jeune, l'a violemment giflé, puis il est ressorti d'un pas furieux. Penauds, la mine longue, les miliciens l'ont suivi. Leurs nombreuses consommations sont restées à la charge de l'hôtel.

« Est-ce qu'il s'en est pris à quelqu'un d'autre ?

– Non, juste celui qui avait voulu payer.

– Mais pourquoi lui ? Vous n'avancez aucune raison visible, dans votre rapport.

– Non ? Ah, je suis désolé. Je crois... Je crois que c'est parce que ce jeune avait sorti un billet de cent dollars. »

7

Un volontaire

Après avoir fait son sac une nouvelle fois, le Limier prend la route du Nord à partir de Travnik. Il passe ainsi de la zone musulmane en territoire contrôlé par les Serbes, mais l'Union Jack flotte sur l'antenne de sa Lada, ce qui avec un peu de chance devrait lui éviter d'être canardé de loin. Au cas où il serait arrêté à un barrage, il compte sur son passeport, sur son histoire de reporter dont l'intérêt se limite à l'action humanitaire et sur une généreuse distribution des cigarettes américaines qu'il a achetées au magasin de la base de Vitez. Si aucun de ces arguments ne marche, il lui reste son revolver, chargé, à portée de main, et dont il sait se servir. En fait, il est stoppé à deux reprises, la première par une patrouille bosniaque, la seconde à un contrôle de l'armée yougoslave. Les deux fois il se montre convaincant et cinq heures plus tard il entre dans Banja Luka.

L'hôtel Bosna n'est certes pas un concurrent sérieux pour le Ritz, mais il n'y en a pas d'autre en ville et il y descend. L'établissement n'est pas bondé, loin de là. Avec une équipe de la télévision française, il pense être le seul étranger à avoir une chambre ici. À sept heures, il va au bar. Il n'y a que trois autres clients, tous serbes, assis à des tables. Il prend un tabouret.

« Bonjour. Vous devez être Dusko, non ? »

Il est souriant, amical. Le barman serre la main qu'il lui tend.

« Vous déjà être ici ?

– Non. C'est la première fois. Très agréable, ce bar. Sympathique.

– Comment vous connaître mon nom ?

– Un ami à moi a été en poste ici. Un Danois. Lasse Bjerregaard. Il m'a demandé de vous dire bonjour de sa part si je passais par là. »

Le barman paraît fortement soulagé. Rien de dangereux en vue.

« Vous danois aussi ?

– Non, britannique.

– Militaire ?

– Dieu m'en préserve ! Non, journaliste. Je fais une série sur l'aide humanitaire. Vous prenez un verre avec moi ? »

Dusko se sert une rasade de son meilleur cognac.

« Je voudrais être un journaliste un jour. Pour voyager. Voir le monde.

– Pourquoi pas ? Essayez avec le journal local, et ensuite vous partez à la ville. C'est ce que j'ai fait, moi-même.

– Ici ? – Le barman pousse un soupir résigné. – Pas de journal, à Banja Luka.

– Tentez votre chance à Sarajevo, alors. Ou même à Belgrade. Vous êtes serbe, vous pouvez sortir d'ici. La guerre finira bien par s'arrêter.

– Il faut l'argent, pour partir. Pas de travail, pas d'argent. Pas d'argent, pas de voyage, pas de travail.

– Eh oui, l'argent, c'est toujours le problème. Mais des fois non... »

Sans préavis, l'Anglais sort une liasse de billets de cent dollars américains et se met à les compter devant lui.

« Je suis de la vieille école, moi. Je pense qu'on doit tous s'entraider. Ça rend la vie plus facile, non ? Vous, Dusko, vous m'aideriez ? »

Le barman contemple les mille dollars entassés à quelques centimètres de ses doigts. Les yeux exorbités, il chuchote, maintenant :

« Qu'est-ce que vous cherchez ? Vous faire quoi ici ? Vous pas journaliste.

– D'une certaine manière je le suis, si. Je pose des questions. Et je suis riche, en plus. Vous aimeriez être riche comme moi, Dusko ?

– Vous vouloir quoi ? murmure encore le barman en surveillant avec inquiétude les autres consomma-teurs, qui les regardent avec insistance.

– Un billet comme ceux-ci, vous en avez déjà vu un. Une coupure de cent. En mai, c'était. Le 15, n'est-ce pas ? Un jeune soldat a essayé de payer avec et ça a déclenché tout un raffut. Lasse, mon ami, était là. C'est lui qui m'a raconté. Expliquez-moi ce qui s'est passé, et pourquoi.

– Pas ici, pas maintenant ! » siffle le barman entre ses dents, affolé.

L'un des clients s'est levé et s'approche du comp-toir. Habilement, Dusko laisse tomber son torchon sur le tas de billets. « Je ferme à dix heures. Revenez. »

Ce même soir, sur une banquette dans le bar à peine éclairé, portes closes, les deux hommes reprennent leur conversation.

« Eux pas soldats, pas armée yougoslave, explique Dusko. Des miliciens. Des... sales types. Ils sont restés trois jours. Meilleures chambres, meilleurs dîners, beaucoup boire. Ils partent sans payer.

— Mais l'un d'eux a essayé.

— Oui. Un seul. Un bon gars. Pas comme eux autres. Je pas comprendre pourquoi il est avec eux. Bien élevé. Les autres, des voyous, des... ordures.

— Et vous n'avez rien dit, qu'ils s'en aillent sans payer comme ça ?

— Dire ? Dire quoi ? Ils ont des armes, ces... brutes. Ils tuer, même d'autres Serbes. Tous des tueurs.

— Bon. Quand ce garçon a voulu payer, lui, qui est celui qui lui est tombé dessus ? »

Dans la pénombre, le Limier sent le barman s'agiter.

« Pas savoir ! Lui, c'est chef de groupe. Patron. Mais pas de nom. Ils disent juste "Chef".

— Tous ces irréguliers ont un nom, Dusko. "Arkan et ses Tigres", "la bande à Frankie"... Ils aiment se vanter, être connus et craints.

— Pas lui ! Je jure ! »

Le Limier est sûr qu'il ment. Cet assassin soi-disant anonyme inspire une sainte terreur à ses compatriotes, visiblement.

« Mais le jeune, le gentil gars, il avait un nom, lui ?

— Jamais entendu.

— Écoute, Dusko, on parle de beaucoup d'argent, là. Tu ne le reverras jamais, moi non plus, et tu auras de quoi redémarrer à Sarajevo après la guerre. Ce petit, comment il s'appelle ?

– Il payait, lui. Le dernier jour. Comme s'il avait honte des autres. Il est revenu et il payait avec chèque.

– Sans provision ? Il a été refusé ? Tu l'as encore ?

– Non, bon chèque ! Dinars yougoslaves. Toute la note.

– Donc tu ne l'as plus ?

– Il sera dans banque à Belgrade. Certainement détruit, déjà. Mais, mais... Je écrire son numéro d'identité, juste pour sécurité.

– Où ça ? Tu l'as encore ?

– Derrière le carnet de commandes. Stylo à bille. »

Le Limier s'empare du bloc, qui n'a plus que deux pages tant le barman a l'habitude de noter de longues listes de boissons trop compliquées pour être retenues de mémoire. Un jour de plus et il aurait fini à la poubelle. Sur le dos cartonné, un numéro à sept chiffres et deux lettres. Vieux de huit semaines mais encore lisible.

Le Limier lui laisse mille dollars de Mr Steve Edmond et prend le chemin de Belgrade. Le plus court : gagner la Croatie au nord, puis un avion au départ de Zagreb.

L'ex-République fédérale de Yougoslavie aux sept provinces se désintègre depuis cinq ans dans le sang, les larmes et l'anarchie. Au nord, la Slovénie a été la première à s'en aller, pacifiquement ; au sud, la Macédoine a proclamé son indépendance unilatéralement, mais au centre le dictateur serbe Slobodan Milosevic tente encore de retenir dans un étau sans pitié la Bosnie, le Kosovo, le Monténégro et sa Serbie natale. La

Croatie lui a échappé mais sa soif de pouvoir belliqueux demeure inextinguible.

La capitale yougoslave dans laquelle le Limier débarque en 1995 reste épargnée. Ce sera le conflit du Kosovo qui abattra sur elle la calamité.

Londres a indiqué au Limier les coordonnées d'une agence de détectives privés créée par un ancien inspecteur de police dont ils ont déjà utilisé les services et qui, sans grande originalité, a baptisé sa société Chandler. Guère difficile à localiser, donc.

« Je dois trouver le nom d'un jeune type dont je connais seulement le numéro de carte d'identité, explique-t-il à Dragan Stojic, le patron de Chandler.

— Hmm ! Qu'est-ce qu'il a fait ?

— Rien, à ma connaissance. Mais il a vu quelque chose. Ou peut-être pas.

— Juste ça, son nom ?

— Ensuite, j'aimerais lui parler. Je n'ai pas de véhicule ici, je ne connais pas le serbo-croate. Il se débrouille peut-être en anglais. Ou peut-être pas. »

Stojic pousse encore un grognement. C'est sa signature, apparemment. Il a dû lire tous les romans et voir tous les films de Philip Marlowe. Il essaie de ressembler à Robert Mitchum dans *Le Grand Sommeil* mais avec son mètre soixante-deux et sa calvitie il a encore du travail devant lui.

« Mes conditions... », commence-t-il.

Une autre liasse de dix billets de cent dollars surgit de la poche du Limier.

« J'ai besoin de toute votre attention, à partir de maintenant. »

Stojic est transporté : on se croirait dans un dialogue d'*Adieu ma jolie*.

« Vous l'avez ! »

Pour rendre à César ce qui lui est dû, l'ex-inspecteur, bien qu'assez miteux, sait agir vite. Dans un panache de fumée noire, son break Yugo les emmène à Konjarnik, au coin de la rue Lermontova où se trouve le commandement de la police de Belgrade. C'était et cela reste un gros bâtiment très laid peint en brun et jaune, qui fait penser à un énorme bourdon affalé sur le flanc.

« Attendez-moi dans la voiture », suggère Stojic au Limier. Il revient au bout d'une demi-heure, ayant sans doute échangé quelques civilités avec un ancien collègue car son haleine est chargée de l'odeur de prune de la slivovitz. Mais il a une feuille de papier à la main.

« La carte est celle de Milan Rajak, vingt-quatre ans. Étudiant en droit, d'après la déclaration. Le père est un avocat connu. Famille aisée. Vous êtes sûr que c'est lui que vous cherchez ?

– À moins qu'il ait un double, ce garçon et sa carte d'identité étaient à Banja Luka le mois dernier.

– Qu'est-ce qu'il fichait là-bas ?

– Il était en uniforme. Dans un bar. »

Stojic réfléchit au dossier que la police l'a autorisé à consulter, mais non à copier.

« Il a fait son service militaire, oui. Comme tous les Yougoslaves entre dix-huit et vingt et un ans. C'est obligatoire.

– Dans une unité combattante ?

– Non, les transmissions. Opérateur radio.

– Jamais vu le feu, donc. Peut-être qu'il l'a regretté.

Peut-être qu'il a voulu rejoindre un groupe en Bosnie, combattre pour la cause serbe. Un volontaire qui perd ses illusions. Possible ?

– Oui, bien sûr. Mais ces irréguliers, ce sont tous des crapules. Sans foi ni loi. Qu'est-ce qu'un honnête étudiant en droit aurait fait avec eux ?

– Passer son congé d'été ? avance le Limier.

– Avec quel groupe, alors ? On lui demande ? – Stojic jette un coup d'œil à la feuille. – Son adresse est à Senjak. Moins d'une demi-heure d'ici.

– Allons-y. »

Ils trouvent sans difficultés la villa cossue, rue Istarska. M. Sanjak père s'est visiblement bien tiré d'années d'allégeance au maréchal Tito, puis à Milosevic. Une femme d'une quarantaine d'années, paraissant plus âgée, leur ouvre la porte. Elle est pâle, l'air préoccupé. Elle échange quelques mots en serbo-croate avec Stojic.

« C'est la mère de Milan. Il est là, oui. Elle demande ce que vous lui voulez.

– Lui parler. Une interview. Pour la presse de Grande-Bretagne. »

Visiblement stupéfaite, Mme Rajak les fait entrer dans le salon, hèle son fils. Un garçon apparaît dans le couloir. Après un échange à voix basse avec sa mère, il rejoint les visiteurs. La surprise, l'inquiétude et même la peur se lisent sur son visage. Arborant son sourire le plus rassurant, le Limier lui serre la main. Par la porte restée entrouverte, il entend Mme Rajak parler au téléphone d'un ton précipité. Stojic lance un regard d'avertissement à l'Anglais, comme pour dire : « Je ne sais pas ce que vous cherchez mais dans tous les cas soyez bref, parce que la riposte va bientôt arriver. »

Le Limier sort le carnet de commande, avec encore deux feuilles portant le nom de l'hôtel Bosna. Il montre les sept chiffres et les deux lettres au stylo-bille sur le dos cartonné.

« C'était très chic de votre part, Milan. Régler la note pour tout le monde. Le barman a beaucoup apprécié. Mais le chèque est revenu impayé, malheureusement.

– Non. Impossible ! C'était un... » Le jeune homme s'interrompt. Il est devenu blanc comme un linge.

« Personne ne vous accuse de quoi que ce soit, Milan. Racontez-moi juste ce que vous faisiez à Banja Luka.

– Je... Je rendais visite à...

– Des amis ?

– Oui !

– En treillis ? C'est une zone de guerre, Milan. Il y a deux mois, il s'est passé quelque chose. Quoi ?

– Je ne comprends pas ce que vous dites. » Et il poursuit en serbo-croate. Le Limier lance un coup d'œil interrogateur au détective.

« Le papa arrive, murmure celui-ci.

– Vous étiez dans un groupe de dix hommes, là-bas. Tous en uniforme, et armés. Qui sont ces gens ? »

Le front perlé de sueur, Milan Rajak donne l'impression d'être sur le point de fondre en larmes. Il est dans un état de nerfs préoccupant, juge le Limier.

« Vous êtes anglais ? Mais pas journaliste, hein ? Pourquoi vous êtes venu ici ? Pourquoi vous me poursuivez ? Je ne sais rien ! »

Des pneus qui hurlent dehors, des pas pressés sur le trottoir. Quelques secondes plus tard, Mrs Rajak pousse la porte du salon et son mari apparaît, échevelé, furieux. Appartenant à l'ancienne génération, il ne parle pas anglais, à l'évidence, mais il hurle très bien en serbo-croate.

« Il veut savoir ce que vous faites chez lui, à persécuter son fils, traduit Stojic.

– Je ne persécute personne, répond calmement le Limier. Je pose juste une question : qu'est-ce que ce jeune homme fabriquait à Banja Luka il y a huit semaines, et qui étaient ces gens avec lui ? »

Stojic continue à jouer les interprètes. Rajak père se remet à crier.

« Il dit que son fils ne sait rien et qu'il n'a jamais été là-bas. Il a passé tout l'été ici. Il dit que si vous ne partez pas, il appelle la police. Personnellement, je pense que nous devrions filer. Il a beaucoup de pouvoir, ici.

– OK. Une dernière question, alors. »

À la demande du Limier, le patron de « Gestion des risques » a eu un très discret déjeuner avec l'un de ses contacts au SIS, le service de contre-espionnage britannique, et le chef de la section des Balkans s'est montré aussi volubile que son devoir de réserve le lui permettait.

« Qui sont les "Loups de Zoran" ? Est-ce que l'homme qui vous a giflé à Banja Luka était Zoran Zilic lui-même ? »

Stojic commence à traduire et s'arrête, effaré, mais Milan a déjà tout compris en anglais. L'effet est double : d'abord un silence glacé, puis une confusion de cris et de mouvements, comme si une grenade venait d'exploser dans le salon. Avec un seul hurlement très aigu, la mère se jette hors de la pièce tandis que son fils s'effondre dans un fauteuil, frissonnant, la tête entre les mains, et que le père, le visage cendreux, vocifère un mot répété sans cesse, le doigt tendu vers le couloir, un mot que Gracey n'a pas de mal à comprendre : « Dehors ! » Stojic bat déjà en retraite, suivi par le Limier qui, en passant, se penche sur le jeune homme et glisse une carte de visite dans la pochette de sa veste : « Si vous changez d'avis, murmure-t-il, appelez-moi. Ou écrivez. Je viendrai tout de suite. »

Sur la route de l'aéroport, un silence pesant règne dans la voiture. Visiblement, Dragan Stojic estime qu'il a mérité jusqu'au dernier cent les mille dollars que le Limier lui a remis. Sorti du véhicule devant la porte des départs internationaux, il s'adresse à l'Anglais pardessus le toit de la Yugo : « Si jamais vous revenez à Belgrade, mon ami, je vous conseille fortement de ne pas prononcer ce mot. Même pour plaisanter. Surtout pas pour plaisanter. Ce qui s'est passé aujourd'hui n'existe pas. »

En quarante-huit heures, le Limier a terminé et transmis son rapport à Stephen Edmond, avec sa note de frais. Le texte se conclut ainsi :

Je dois malheureusement considérer que les circonstances qui ont entraîné la mort de votre petit-fils, la cause du décès et l'emplacement de la dépouille resteront sans doute à jamais inconnus. Avancer qu'il existe une chance que le garçon soit encore en vie, ce serait inspirer des espoirs infondés. À ce stade, et dans un avenir prévisible, le seul constat justifié est : disparu, probablement assassiné.

Ayant personnellement inspecté chacun des ravins et précipices aux alentours de la ville, je ne pense pas que son accompagnateur bosniaque et lui aient été victimes d'un accident de la route. Je ne crois pas non plus que cet employé local l'ait tué pour s'emparer du véhicule, de son porte-billets ou des deux.

Ma conviction est qu'ils se sont retrouvés par inadvertance devant un danger, et qu'ils ont été tués par un ou des inconnus. Il pourrait s'agir d'une bande criminelle d'irréguliers serbes dont la présence dans la région au moment des faits paraît certaine. Sans preuve ni identification formelles, sans aveu ni témoignage dûment recueillis, tout recours en justice est pour l'instant exclu.

C'est avec le plus grand regret que je dois vous communiquer ces conclusions, mais j'estime qu'elles sont hélas valides.

Veuillez croire, Monsieur, en l'expression de mes respectueuses considérations.

Philip Gracey

Le rapport est daté du 22 juillet 1995.

8

Un avocat

Calvin Dexter avait une raison déterminante pour quitter l'armée, mais il ne l'avait jamais mentionnée, craignant d'attirer les moqueries sur lui : il avait décidé de suivre des études supérieures, d'obtenir son diplôme de droit et de devenir avocat. Pour ce faire, il avait mis de côté plusieurs milliers de dollars pendant son service au Viêtnam et il était décidé à demander l'aide financière au titre de la *GI Bill*, la loi qui permettait aux soldats démobilisés d'obtenir des bourses d'enseignement. Les seules conditions posées par l'administration étaient que le postulant n'ait pas été radié des cadres militaires, et que l'établissement universitaire confirme son assiduité aux cours.

Tout en sachant qu'une université de seconde catégorie serait moins coûteuse, il voulait un campus qui dispose de sa propre faculté de droit et sur ce plan New York offrait bien plus de possibilités que le New Jersey. Après avoir consulté une cinquantaine de dépliants, il avait posé sa candidature à Fordham, à New York même, joignant son certificat de démobilisation, le DD214 avec lequel chaque GI quittait l'armée. C'était la fin de l'automne, juste avant la date limite.

Auparavant, le sentiment antiguerre, particulièrement fort sur les campus, ne se retournait pas contre les anciens soldats, considérés comme des victimes du système plutôt que des complices. Mais après la pathétique déroute de 1973, que d'aucuns appelaient une authentique débandade, les esprits avaient changé. Malgré les efforts de Richard Nixon et de Henry Kissinger pour enjoliver la situation et malgré le soulagement général à voir ce conflit désastreux se conclure, force était de reconnaître la défaite. Or, s'il est une idée que l'Américain moyen a du mal à supporter, c'est celle d'avoir été battu. À partir de 1971, les GI qui rentraient au pays en pensant être accueillis à bras ouverts, voir la population saluer leur courage, leurs souffrances et leurs amis tués, trouvaient devant eux un mur d'indifférence, voire d'hostilité. La gauche, elle, était surtout occupée par le massacre de My Lai.

Avec celle d'autres postulants, la candidature de Dexter avait été acceptée pour un cursus de quatre ans en sciences politiques. Dans la rubrique « Expérience personnelle », ses trois années dans l'enfer vietnamien avaient été jugées positives, encore qu'il aurait pu s'en passer s'il était arrivé un peu plus tard.

Le jeune ancien combattant avait trouvé un petit studio dans le Bronx, non loin du campus de Rose Hill. D'après ses calculs, il pourrait tenir jusqu'au diplôme en se rendant aux cours à pied ou en bus, en mangeant frugalement et en profitant des longues vacances d'été pour travailler dans le bâtiment. Au cours des trois années suivantes, il allait notamment être employé sur le chantier de la nouvelle merveille du monde, les tours du World Trade Center qui s'élevaient peu à peu...

Deux événements allaient changer le cours de sa vie en 1974. D'abord, il était tombé amoureux d'Angela Marozzi, une belle et énergique Italo-Américaine employée chez un fleuriste de Bathgate Avenue. Ils s'étaient mariés à l'été et, avec leurs ressources mises en commun, ils avaient pu déménager dans un logement plus spacieux. Ensuite, à l'automne, il avait postulé à la faculté de droit de Fordham, une branche de l'université qui se trouvait de l'autre côté du fleuve, à Manhattan. Les places y étaient rares, et très convoitées. Cela signifiait aussi trois années d'études supplémentaires après la fin de son premier cycle en 1975, puis l'examen d'admission au barreau et enfin le droit d'exercer en tant que juriste dans tout l'État de New York.

Il n'y avait pas d'entretien personnel, mais une masse de documents à fournir à la commission de sélection, depuis les bulletins scolaires du secondaire, épouvantables dans le cas de Dexter, jusqu'aux avis écrits de ses professeurs à l'université, excellents. Au milieu de cette paperasse, son DD214 déjà ancien. Il était parvenu à la sélection finale, arbitrée par un comité de six membres sous la direction du professeur Howard Kell, un septuagénaire frais comme un gardon qui avait oublié l'âge de la retraite et qui trônait là comme un patriarche.

La dernière place était en jeu entre Cal Dexter et un autre candidat, et les avis étaient très partagés. Au bout d'un moment, le professeur Kell s'était levé pour aller devant la fenêtre contempler le ciel d'été tout bleu.

« Pas facile, hein, Howard ? Qui est votre favori, des deux ? »

Le vieil homme avait tendu l'une des feuilles qu'il tenait dans sa main au vice-président de la commission. Une longue liste de médailles et de distinctions militaires, dont le vice-président avait achevé la lecture avec un sifflement admiratif.

« Et il les a eues avant ses vingt et un ans.

– Qu'est-ce qu'il a bien pu faire pour ça ?

– Il a gagné son droit de tenter sa chance dans notre école, voilà ce qu'il a fait », avait répliqué le professeur.

Ils étaient retournés à la table pour voter. Trois contre trois, mais la voix du président comptait double. Il avait expliqué ses raisons, leur demandant de consulter le DD214 de Dexter à leur tour.

« Mais il pourrait être violent, avait objecté le représentant de l'association des étudiants, très "politiquement correct" avant l'heure.

– J'espère bien ! avait rétorqué le professeur Kell. Je n'aimerais pas savoir qu'on distribue toutes ces médailles pour rien, de nos jours ! »

Cal Dexter avait appris la bonne nouvelle deux jours plus tard. Allongé sur le lit avec Angela, une main sur le ventre déjà gros de l'enfant qu'elle portait, il avait parlé de l'avenir, du jour où il serait un avocat prospère et où ils auraient une belle maison à Westchester ou Fairfield.

Amanda Jane, leur fille, était née au début du printemps 1975 mais il y avait eu des complications. Malgré les efforts des obstétriciens, le diagnostic avait été sans appel : le couple ne pourrait plus engendrer. Il restait l'adoption, bien sûr. Le curé de la paroisse d'Angela lui avait expliqué que c'était là le dessein de Dieu, et qu'elle devait l'accepter.

Peu après, Cal Dexter avait terminé parmi les cinq premiers de sa promotion. Il commençait la faculté de droit à l'automne suivant, pour trois années. Leur vie n'était pas facile mais la famille Marozzi avait fait bloc avec eux, la grand-mère s'occupant d'Amanda Jane pendant qu'Angela travaillait comme serveuse. Cal préférait éviter de s'inscrire aux cours du soir, ce qui aurait allongé d'un an le cursus. Les deux premiers étés, il avait encore été ouvrier du bâtiment. Le troisième, il avait été accepté en tant que stagiaire dans le très réputé cabinet Honeyman Fleischer, à Manhattan.

C'est à ce moment, en 1978, que son père était mort. Depuis que Cal était revenu du Viêtnam, leurs relations s'étaient tendues, le vieux Dexter ne comprenant pas que son fils refuse de se contenter de la dure vie de maçon. Empruntant la voiture de Mr Marozzi, le jeune couple lui avait cependant rendu visite quelquefois, et lui avait présenté sa petite-fille. La fin avait été soudaine : une crise cardiaque foudroyante, sur un chantier. Cal était allé aux modestes funérailles sans Angela. Il avait espéré que son père serait présent à la remise des diplômes, éprouverait enfin de la fierté pour son fils, mais le destin en avait décidé autrement.

En attendant l'admission au bureau, il avait obtenu une place subalterne mais permanente chez Honeyman Fleischer. Jouissant d'une solide réputation de libéraux dotés d'une conscience sociale aiguë, les fondateurs du cabinet mettaient un point d'honneur à se charger bénévolement de la défense de la veuve et de l'orphelin, tout en confiant ce genre de dossiers à leurs collaborateurs plus jeunes et moins payés. À l'automne 1978, Dexter était le dernier arrivé, tout en bas de l'échelle, mais il ne rechignait pas à la tâche car il avait besoin de cet argent, et il était passionné par son travail. Au lieu de se limiter d'emblée à une spécialité, il avait ainsi la possibilité de pratiquer le droit sous tous ses aspects, même les plus humbles et les plus obscurs : petite délinquance, demandes de pensions alimentaires impayées, contestations diverses qui finissaient ou non en cour d'appel...

Un jour, l'une des secrétaires avait passé la tête par la porte de son bureau exigu, brandissant un dossier.

« C'est quoi ?

– Requête contre le service d'immigration. Roger dit qu'il n'a pas le temps de s'en occuper. »

Le supérieur de Dexter ne gardait pour lui que la crème des dossiers plaidés bénévolement, et les problèmes d'immigration, de toute évidence, n'étaient que de la petite bière.

Avec un soupir, Cal Dexter s'était plongé dans cette nouvelle affaire. L'audience était fixée au jour suivant.

9

Un réfugié

À cette époque, il existait une organisation de bien-faisance new-yorkaise appelée SOS Réfugiés. Ses membres se considéraient comme des « citoyens concernés », quand des observateurs plus critiques auraient parlé de « bonnes âmes ». Ils avaient décidé, par eux-mêmes, de couver d'un œil attendri les épaves de l'humanité qui, rejetées sur les côtes américaines, cherchaient à prendre au pied de la lettre les proclamations gravées sur le socle de la statue de la Liberté et, tout simplement, à s'incruster.

La plupart du temps, il s'agissait de pauvres hères fuyant une bonne centaine de contrées, baragouinant à peine l'anglais et ayant englouti leurs dernières économies dans cette tentative désespérée.

Leur premier interlocuteur était le Service de l'immigration et de la naturalisation, le redoutable INS, dont le credo collectif voulait apparemment que 99,9 pour cent des candidats soient des falsificateurs qui ne méritaient rien d'autre que d'être renvoyés à leur point d'origine, ou en tout cas quelque part loin des États-Unis.

Le dossier imposé à Cal Dexter ce matin de l'hiver 1978 concernait un couple cambodgien, Mr et Mrs Hom Moung. Traduit du français – la langue des Cambodgiens éduqués –, le long rapport du mari, qui semblait s'exprimer au nom des deux, dressait un tableau éloquent de leur situation.

Réalité déjà bien connue aux États-Unis et qui allait encore être illustrée par le film *La Déchirure*, le Cambodge était depuis 1975 aux mains d'un tyran criminel, Pol Pot, et de son armée de fanatiques, les Khmers rouges. Caressant le rêve dément de ramener son pays à une sorte d'âge de pierre agreste, le dictateur vouait une haine pathologique aux gens des villes et à tous ceux qui étaient allés à l'école. Pour eux, ses projets aberrants prévoyaient l'extermination pure et simple. Mr Moung, qui disait avoir été directeur du lycée de la capitale, Phnom Penh, et sa femme, infirmière dans une clinique privée, appartenaient sans aucun doute à la catégorie que les Khmers rouges voulaient liquider. Passés dans la clandestinité, ils avaient vécu cachés par des amis qui eux-mêmes avaient été l'un après l'autre arrêtés et déportés. D'après Mr Moung, il leur aurait été impossible de rejoindre la frontière vietnamienne ou thaïlandaise en se faisant passer pour des paysans, car la campagne était infestée de délateurs et de soldats. Il avait cependant réussi à soudoyer un chauffeur de camion qui les avait fait sortir secrètement de Phnom Penh et les avait conduits au port de Kompong Son. Avec le reste de ses économies, il avait convaincu le capitaine d'un cargo sud-coréen de les emporter loin de cet enfer que leur patrie était devenue.

Il ne s'était même pas enquis de la destination du

bateau. En fait, l'*Inchon Star* faisait route vers New York avec une cargaison de teck. Dès leur arrivée, les Moung s'étaient présentés aux autorités et avaient demandé l'asile.

Dexter avait passé la nuit précédant l'audience à étudier le dossier sur la table de la cuisine, sa femme et sa fille endormies dans la pièce d'à côté. C'était la première fois qu'il s'occupait d'un cas impliquant les complexes lois américaines sur l'immigration et il voulait donner toutes leurs chances à ses clients. Après la déclaration de Moung, il s'était penché sur la réponse de l'INS. Elle était peu clémente.

Dans chaque ville des États-Unis, pour l'INS le seul maître après Dieu est le directeur régional, dont les bureaux constituent un premier et formidable obstacle. Son collaborateur avait rejeté la demande d'asile des Moung sous le curieux prétexte que le couple aurait dû la déposer à l'ambassade ou au consulat américain de leur pays et attendre patiemment en faisant la queue, selon la vieille et solide tradition américaine. Dexter avait facilement trouvé la réplique à ce douteux argument : depuis l'invasion de la capitale par les Khmers rouges, il ne restait pas un seul membre du personnel diplomatique américain à Phnom Penh.

Mais le rejet initial avait enclenché la suite de la procédure bureaucratique, de sorte que les Moung étaient désormais placés sous un arrêté d'expulsion. C'est là que SOS Réfugiés, ayant appris leur situation, avait décidé de brandir le gourdin. Légalement, le couple avait la possibilité de faire appel de la décision au niveau administratif, et de réclamer une audience devant le responsable local des droits d'asile.

Dexter avait remarqué que l'INS avait également justifié sa demande de bannissement sous le prétexte que les Moung ne pouvaient prouver qu'ils avaient été victimes de persécutions au titre des cinq critères retenus par l'administration : race, nationalité, religion, convictions politiques et/ou statut social. Il se faisait fort de démontrer que Mr Moung, directeur d'école et fervent anticommuniste – ce qu'il allait lui conseiller de devenir au plus vite –, répondait à au moins deux de ces conditions. À l'audience, il allait donc invoquer la provision appelée « Suspension d'expulsion », au titre de l'article 243 (h) de la loi sur l'immigration et la nationalité.

Sur l'un des papiers préparés par SOS Réfugiés, il était précisé en petits caractères que la cour serait présidée par un certain Norman Ross. Ce que Dexter allait apprendre à son sujet ne manquait pas d'intérêt.

Une heure avant le début de l'audience, il retrouvait ses clients au siège de l'INS, 26 Federal Plaza. Il n'était pas gros lui-même, mais en comparaison les deux Cambodgiens paraissaient tout menus. Mme Moung faisait penser à une poupée en porcelaine qui regardait le monde à travers des lunettes aussi épaisses que le fond des anciennes bouteilles de Coca-Cola. Elle avait quarante-cinq ans, son mari trois de plus. Ce dernier se montrait calme, résigné. SOS Réfugiés avait prévu une interprète, car Dexter ne parlait pas français. Il avait relu leur déclaration avec eux mais il n'y avait rien à ajouter, ni à retrancher.

On les avait fait entrer ensuite dans un simple bureau transformé en salle d'audience par l'ajout de deux rangées de chaises. Comme Dexter s'y attendait, le représentant du directeur régional de l'INS avait repris les conclusions ayant conduit au refus du droit d'asile, là encore à la lettre. Derrière son bureau, Mr Ross suivait la lecture des arguments qu'il avait déjà sous les yeux, dans le dossier. Puis il avait donné la parole à ce petit jeune envoyé par Honeyman Fleischer. Derrière Dexter, Mr Moung avait chuchoté à l'oreille de sa femme : « Il faut espérer qu'il sait ce qu'il fait. Sinon, ils vont nous renvoyer à la mort. » Il l'avait dit dans sa langue maternelle.

Dexter s'était attaqué au premier point avancé par l'INS. Il n'y avait plus de représentation diplomatique américaine au Cambodge depuis l'avènement du régime sanguinaire de Pol Pot. Le consulat le plus proche eût été Bangkok, impossible à atteindre par les Moung. Il avait noté que Ross réprimait un sourire tandis que le représentant de l'INS piquait un fard.

Ensuite, il s'était employé à démontrer qu'un anti-communiste patenté tel que son client était irrémédiablement voué à la torture et à la mort sous la terreur khmère. Le simple fait d'avoir dirigé un établissement scolaire dans la capitale le placerait au premier rang des persécutés.

Ce qu'il avait appris la nuit précédente, c'était que le président de séance ne s'était pas toujours appelé Ross : Samuel Rosen, son père, avait fui un *shtetl* de Pologne au début du siècle, alors que les pogroms cosaques encouragés par le tsar faisaient rage.

« Il est très facile, monsieur, de repousser ceux qui arrivent vers nous les mains vides, sans demander rien d'autre qu'une nouvelle chance dans la vie, avait-il plaidé. Il est facile de leur dire "non" et de leur tourner le dos. Il est facile de décider que ces deux Asiatiques n'ont pas leur place ici et qu'ils doivent retourner à une arrestation certaine, aux chambres de torture et au peloton d'exécution. Mais je dois poser la question : si nos pères avaient eu cette attitude, et avant eux leurs parents, combien d'êtres renvoyés à leur pays d'origine, devenu terre de désolation et de mort, combien auraient dit : "Je suis allé vers la liberté, j'ai demandé une chance, mais ils m'ont fermé leur porte et m'ont rendu à mes bourreaux" ? Combien, Mr Ross ? Un million ? Dix millions, plutôt. Plus qu'un point de droit, une subtile controverse juridique, ce que je vous prie de considérer ici, c'est ce que Shakespeare appelait "la noblesse de la pitié". Vous pouvez décider que, dans ce vaste pays qui est le nôtre, il y a en effet une place pour ce couple qui a tout perdu, sinon la vie et l'espoir. »

Norman Ross l'avait observé longtemps d'un regard intense, scrutateur, avant d'abattre son crayon sur la table comme s'il s'était agi du marteau d'un juge : « Expulsion suspendue. Affaire suivante. »

L'interprète de SOS Réfugiés avait traduit la sentence en français pour les Moung. À partir de là, son organisation pourrait se charger des formalités administratives sans avoir besoin des services d'un avocat. Le couple était autorisé à rester aux États-Unis, à obtenir un permis de travail, le droit d'asile puis, en temps voulu, la naturalisation. Après avoir pris congé de la traductrice avec un sourire, Dexter s'était tourné vers Mr Moung : « Et maintenant, allons à la cafétéria, que vous m'expliquiez qui vous êtes vraiment et ce que

116

vous faites ici. » Il s'était exprimé dans la langue maternelle de son client, le vietnamien.

À une table à l'écart, il avait examiné leurs papiers d'identité cambodgiens. « Les meilleurs experts d'Occident ont pensé qu'ils étaient authentiques. Où les avez-vous trouvés ? » Le réfugié avait jeté un coup d'œil à sa fragile épouse : « C'est elle qui les a fabriqués. C'est une Nghi. »

Le clan vietnamien des Nghis, dont sont issus la plupart des lettrés de la région de Hué, a produit traditionnellement les meilleurs scribes du pays, qui calligraphiaient les documents de la cour impériale. À l'époque moderne, et notamment avec le début de l'insurrection contre la présence française en 1945, ils ont employé leur incroyable savoir-faire et leur infinie patience à devenir de remarquables faussaires.

Durant toute la guerre, cette petite femme fluette s'était abîmé les yeux dans un atelier clandestin, réalisant des papiers d'identité tellement parfaits que les agents du Viêtcong en leur possession avaient pu passer tous les contrôles sud-vietnamiens sans encombre. Cal Dexter leur avait rendu les passeports. « Je répète : qui êtes-vous, et quelle est la raison de votre présence ici ? »

Elle s'était mise à pleurer en silence. Son mari avait posé une main réconfortante sur la sienne.

« Je m'appelle Nguyen Van Tran. Je suis là parce que je me suis échappé après trois ans dans un camp de concentration au Viêtnam. Cette partie-là de l'histoire au moins est vraie.

– Mais pourquoi vous être fait passer pour des Cambodgiens ? L'Amérique a accueilli plein de Sud-Vietnamiens qui ont combattu à nos côtés pendant la guerre.

– Parce que j'ai été officier dans l'armée viêtcong.

– Ah... Ça, ce pourrait être un problème, en effet. Bon, racontez-moi tout.

– Je suis né en 1930, dans le Sud, tout près de la frontière cambodgienne. C'est pour cette raison que je me débrouille en khmer. Ma famille n'a jamais été communiste mais mon père était très engagé dans le mouvement nationaliste. Il voulait la fin de la domination coloniale française et il m'a élevé dans ces idées.

– Je comprends parfaitement. Mais pourquoi êtes-vous devenu communiste, vous ?

– C'est justement pour cette raison que j'ai été interné en camp. Je n'étais pas communiste, je faisais semblant.

– Expliquez.

– Dans mon enfance, j'ai suivi l'enseignement du lycée français, mais je n'avais qu'une idée : être assez âgé pour rejoindre la lutte anti-indépendantiste. En 1942, les Japonais sont arrivés et ils ont mis dehors les Français, même si le régime de Vichy était de leur côté, avec l'Axe. Nous les avons combattus, eux aussi. Les communistes d'Hô Chi Minh étaient mieux organisés, plus disciplinés et plus déterminés que les nationalistes. Beaucoup se sont joints à eux, mais pas mon père. Après la défaite des Japonais en 1945, Hô Chi Minh était déjà un héros national. Moi, j'avais quinze ans et je participais à la mobilisation.

« Les Français sont revenus, il y a eu neuf ans de guerre pendant lesquels la résistance communiste a purement et simplement absorbé les autres mouvements indépendantistes. Ceux qui n'étaient pas d'accord étaient liquidés. J'ai été l'une de ces fourmis humaines qui portaient les canons, pièce par pièce, au sommet des montagnes entourant Diên Biên Phu, là où les Français ont été écrasés en 1954. Ensuite, il y a eu les accords de Genève, et encore une autre calamité : mon pays a été divisé, entre le Nord et le Sud.

– Et vous êtes retourné à la guerre ?

– Pas tout de suite. Il y a eu une brève période de paix. Nous attendions le référendum prévu par les accords, mais la dynastie des Diêm, qui régnait au Sud, s'y refusait parce qu'ils savaient qu'ils le perdraient. Alors, nous avons repris les armes. Le choix était entre les Diêm, leur régime corrompu au Sud, ou Hô Chi Minh et le général Giap au Nord. J'avais combattu sous les ordres de Giap, j'avais une admiration sans bornes pour lui. J'ai choisi les communistes.

– Vous étiez déjà marié ?

– Oui. Avec ma première femme. Nous avions trois enfants.

– Ils sont toujours là-bas ?

– Non. Ils sont morts, tous.

– Comment ?

– Les B52.

– Continuez.

– Les premiers Américains sont arrivés. Sous Kennedy. "Conseillers", soi-disant. Pour nous, le régime de Diêm était juste une marionnette entre leurs mains, comme ceux imposés par les Français et les Japonais avant. Le pays était à nouveau sous la coupe des étrangers. Je suis reparti dans la jungle pour me battre.

– C'était quand ?

– 1963.

– Et là, encore dix ans ?

– Oui. Quand ça a été terminé, j'avais quarante-deux ans et j'avais passé la moitié de ma vie comme une bête, en proie à la faim, aux maladies, à la peur, au danger permanent.

– Après 1972, cependant, vous avez dû avoir un sentiment de victoire, non ?

– Oh non ! Vous ne comprenez pas ce qui s'est passé après la mort de Hô en 68. Le Parti et le Gouvernement provisoire sont tombés dans des mains différentes. La plupart d'entre nous luttaient pour un pays où il y aurait une certaine tolérance, du pluralisme. Mais les successeurs de Hô avaient d'autres plans. Les patriotes étaient arrêtés l'un après l'autre, fusillés. Lê Duan et Lê Duc Tho n'avaient ni le prestige ni la force morale de Hô. Pour assurer leur domination, ils devaient tout détruire autour d'eux. Leur police secrète a eu des pouvoirs de plus en plus étendus. Et puis il y a eu l'offensive du Têt...

– Oui ?

– Vous autres Américains, vous avez cru que c'était une victoire pour nous. Pas du tout. L'opération a été conçue à Hanoï. On pensait que c'était l'œuvre de Giap mais en fait il n'avait aucune autorité, face à Lê Duan. Le plan a été imposé au Viêtcong, sans discussion possible. Une calamité pour nous, exactement ce qu'ils voulaient : quarante mille de nos meilleurs éléments tués dans des missions suicide, dont tous les principaux cadres du Sud. Hanoï avait la voie libre. Après le Têt, c'est l'armée nord-vietnamienne qui a pris le contrôle, juste à temps pour rafler la victoire. Moi, j'étais l'un

120

des derniers nationalistes du Sud survivants. Je souhaitais un Viêtnam réunifié et indépendant, oui, mais aussi la liberté d'expression culturelle, le droit à l'entreprise privée, l'agriculture libre... Je me suis lourdement trompé.

– C'est-à-dire ?

– Après la conquête définitive du Sud en 1975, les pogroms ont commencé. Contre les Chinois. Deux millions d'entre eux spoliés, contraints au travail forcé ou expulsés. Ce sont eux qu'on a appelés les *boat people*. J'ai protesté, j'ai dit que c'était mal. Ensuite, ils ont créé les premiers camps de concentration pour les dissidents vietnamiens. Deux cent mille personnes s'y trouvent encore, originaires du Sud en majorité. Fin 1975, le Cong Ang, la police politique, est venu m'arrêter. J'avais écrit trop de lettres de protestation, j'avais dit que tous les idéaux pour lesquels je m'étais battu étaient bafoués. Ils n'ont pas aimé.

– Vous avez été condamné ?

– Trois ans de rééducation, la peine habituelle. Et ensuite trois ans d'assignation à résidence. Un camp dans la province de Hatay, à une soixantaine de kilomètres de Hanoï. Ils vous envoient toujours le plus loin possible de chez vous, pour décourager les évasions...

– Mais vous avez réussi, finalement ?

– Grâce à ma femme. Elle est vraiment infirmière, vous savez. En plus de faussaire. Et moi, j'ai vraiment été directeur d'école, pendant les quelques années de paix. Nous nous sommes connus au camp. Elle travaillait à l'hôpital. J'avais des abcès aux deux jambes. On s'est parlé, on s'est plu. C'est elle qui m'a sorti de là-bas. Elle avait encore quelques babioles en or qu'ils ne lui avaient pas confisquées parce qu'elle les avait bien cachées. Cela nous a permis de payer la traversée sur un cargo. Le reste, vous le connaissez déjà.

– Et vous pensez que je vais vous croire ?

– Vous parlez notre langue. Vous avez été là-bas, donc ?

– Oui.

– Vous avez combattu ?

– En effet.

– Alors, de soldat à soldat, je vous dirai qu'il faut savoir reconnaître la défaite quand elle est là. Celle-ci est complète, irréversible. On y va, maintenant ?

– Où donc ?

– Devant les gens de l'INS. Vous allez devoir nous dénoncer. »

Cal Dexter avait terminé son café et s'était levé. D'une main sur l'épaule, il avait empêché Nguyen Van Tran de l'imiter : « Je n'ai que deux choses à vous dire, commandant. La guerre est finie. Essayez de profiter de la vie qui vous reste. »

Frappé de stupeur, le Vietnamien n'avait pu qu'acquiescer de la tête.

En descendant le perron, Dexter restait troublé par quelque chose dans le visage de cet officier viêtcong, surtout lorsqu'il avait eu cette expression d'étonnement et de surprise... Les passants se retournaient sur le jeune avocat qui, au milieu de la rue, venait d'éclater de rire devant ce tour incroyable que lui jouait le destin. Machinalement, il frottait sa main gauche, là où la lampe à huile de son ancien ennemi l'avait jadis brûlé.

C'était le 22 novembre 1978.

10

Un petit génie

En 1985, Cal Dexter avait quitté le cabinet Honeyman Fleischer, mais ce n'était pas pour une situation
qui lui paierait la maison de ses rêves à Westchester :
il avait rejoint les services de l'assistance judiciaire de
New York, devenant l'un de ces avocats commis d'office pour des prévenus qui n'avaient pas les moyens de
s'en payer un. Un travail peu prestigieux, et modeste-
ment rémunéré, mais qui lui apportait plus de satisfaction professionnelle qu'une carrière en droit des
affaires ou fiscal.

Angela avait mieux accepté son choix qu'il ne
l'avait d'abord cru. Pour elle, le prestige social n'était
pas une priorité. Elle venait d'une vraie famille italienne du Bronx, unie comme les doigts de la main,
toujours prête à s'entraider. Amanda Jane s'épanouis-
sait dans une école qu'elle aimait. Que demander de
plus ?

Le nouveau travail de Dexter demandait des heures
et des heures d'efforts en vue de défendre ceux qui
avaient été oubliés par le Grand Rêve américain. Pour
lui, le fait d'être pauvre et sans prestance ne signifiait

pas forcément être coupable. Il éprouvait toujours la même satisfaction lorsque l'un de ses « clients », sans doute imparfait mais en tout cas innocent des charges retenues contre lui, retrouvait la liberté avec un mélange de stupéfaction et de gratitude.

C'est par une chaude soirée d'été, en 1988, qu'il allait croiser la route de Washington Lee.

À elle seule, la circonscription de Manhattan brassait alors plus de cent dix mille affaires criminelles par an, sans compter les procédures en droit civil. Sans cesse au bord de la surcharge, le système judiciaire arrivait on ne sait comment à éviter la paralysie totale, en partie grâce aux audiences qui se succédaient à la chaîne, vingt-quatre heures sur vingt-quatre, dans le grand bâtiment en granit du 100, Center Street. Tel un bon music-hall du temps jadis, le tribunal de justice de Manhattan pourrait afficher à l'entrée « Nous ne fermons jamais », et si l'ensemble de la comédie humaine ne s'y donne pas en spectacle il en accueille une partie non négligeable, dans tout ce qu'elle peut avoir de glauque.

Cette nuit de juillet 1988, Dexter était de permanence, attendant qu'un magistrat surmené lui confie l'un des cas qui se présenteraient. À deux heures du matin, il avait pensé s'esquiver quand un coup de fil l'avait convoqué à la salle AR2A. Il avait soupiré, se sachant pris au piège : personne ne traitait les injonctions du juge Hasselblad à la légère.

Au pied de la tribune, un procureur adjoint attendait déjà, un dossier à la main.

« Vous avez l'air fatigué, Mr Dexter.

– Je pense que nous le sommes tous, Votre Honneur.

124

– Oui. Enfin, il y a encore une affaire que j'aimerais vous confier. Pas pour demain. Pour tout de suite. Regardez le dossier. Ce garçon est dans de sales draps, apparemment.

– Vos désirs sont des ordres, Votre Honneur. »

Hasselblad avait grimacé un sourire.

« Ah, le respect, qu'est-ce que j'aime ça... »

Il était reparti avec le procureur. La chemise, qui avait déjà changé de mains, portait sur la couverture : « La population de l'État de New York contre Washington Lee ».

« Où est-il ?

– Ici, dans une cellule. »

D'après les photos de police jointes au dossier, son nouveau client était un jeune type maigrichon dont le visage exprimait cette perplexité angoissée du citoyen lambda qui se retrouve soudain happé dans l'engrenage judiciaire. Il avait l'air paumé plus qu'autre chose. Dix-huit ans, natif du peu attrayant quartier de Bedford Stuyvesant, une sorte de ghetto noir en plein Brooklyn. Ce détail, à lui seul, avait éveillé la curiosité de Dexter : pourquoi était-il présenté à la justice de Manhattan ? Avait-il traversé le fleuve pour voler une voiture ou son portefeuille à un passant ?

Le délit mentionné était celui de fraude bancaire, pourtant. Utilisation d'un faux chèque, d'une carte bancaire signalée perdue, ou encore le vieux truc consistant à opérer des retraits simultanés sur un compte factice ? Non plus. Le procureur avait formulé une plainte peu commune : réduite à l'essentiel, elle concernait une escroquerie touchant « une somme supérieure à dix mille dollars ». La victime était la banque East River Savings dont le siège social se situait à Manhattan, ce qui expliquait pourquoi l'affaire était jugée sur l'île et non à Brooklyn. L'opération frauduleuse avait été détectée par le service de sécurité de l'établissement, qui selon sa politique habituelle cherchait à obtenir la sanction la plus sévère en un minimum de temps.

Avec un sourire encourageant, Dexter s'était présenté au prisonnier et lui avait proposé une cigarette après s'être assis. Lui-même ne fumait pas mais l'immense majorité de ses clients accueillaient avec soulagement l'apparition d'une cibiche. Washington Lee, pour sa part, avait refusé d'un geste.

« Pas bon pour la santé, mec. »

Dexter avait été tenté de lui rétorquer que sept ans à l'ombre n'étaient pas idéal pour l'organisme non plus, mais il s'était ravisé. Ce garçon n'était pas seulement un peu simplet, avait-il noté : il avait une dégaine impossible. Comment il avait réussi à convaincre la banque de lui confier une telle somme, cela demeurait incompréhensible. En le voyant avachi dans son coin, on avait du mal à l'imaginer autorisé à fouler le sol en marbre de Carrare de ce très exclusif établissement.

Calvin Dexter aurait eu besoin de temps, bien plus que ce dont il disposait. Dans l'immédiat, il fallait faire face à l'inculpation formelle du prévenu et se préparer à demander la liberté sous caution, objectif qui semblait peu envisageable. Une heure après, il se présentait avec le procureur devant le juge. Les traits du jeune accusé étaient figés par la stupeur.

« Sommes-nous prêts à poursuivre ?

– Avec la permission de la Cour, je suis contraint de solliciter un délai, avait annoncé l'avocat.

– Approchez-vous, avait ordonné Hasselblad. Vous avez un problème, Mr Dexter ?

– C'est une affaire plus complexe qu'il ne paraît, Votre Honneur. Il ne s'agit pas d'un vol à la tire. L'accusation parle de plus de dix mille dollars détournés au détriment d'une importante banque d'investissement. Il me faut du temps pour travailler ce dossier. »

Le juge avait consulté du regard le procureur, qui s'était contenté d'un haussement d'épaules, signifiant qu'il n'y voyait pas d'objections.

« Une semaine à compter d'aujourd'hui.

– J'aimerais demander la liberté sous caution.

– Nous nous y opposons, Votre Honneur, avait déclaré le procureur.

– Je fixe la caution à la somme minimale mentionnée dans l'acte d'accusation : dix mille dollars. »

C'était impossible, comme ils le savaient tous : Washington Lee n'avait pas un rond, ni un seul garant qui aurait pu avancer autant d'argent. Pour lui, c'était la prison. En quittant la salle de tribunal, Dexter avait soufflé au procureur :

« Soyez gentil, ne l'envoyez pas sur l'île : laissez-le aux Tombes, d'accord ?

– Pas de problème. Et essayez de dormir un peu, hein ? »

Les tribunaux de Manhattan disposaient de deux centres de détention provisoire. Malgré ce nom évocateur de catacombes, « les Tombes » étaient en réalité une tour entière de cellules, tout près du 100, Center Street et donc bien plus pratique pour les avocats que le pénitencier de l'île de Riker, lorsqu'ils devaient rendre visite à leurs clients. Quant au sommeil que le procureur avait conseillé à Dexter de prendre, c'était un luxe que la complexité du dossier lui interdisait : s'il voulait avoir un entretien sérieux avec Washington Lee le lendemain matin, il avait de la lecture devant lui.

Son œil expérimenté n'avait pas tardé à reconstituer le film des événements à partir de cette épaisse liasse de documents. Repérée au niveau interne, l'escroquerie avait été attribuée à Lee par le chef de la sécurité de la banque, un certain Dan Mitkowski. Ancien inspecteur de la police new-yorkaise, celui-ci avait persuadé certains de ses ex-collègues d'aller arrêter le jeune homme à Brooklyn. D'abord expédié dans une maison d'arrêt de la ville, son client avait été transféré au centre de détention du tribunal quand de nouveaux truands étaient arrivés en surnombre dans le premier établissement, et soumis depuis lors à l'invariable régime de sandwiches saucisson-fromage.

Dès lors, l'implacable engrenage judiciaire était lancé. Son casier ayant révélé une succession de petits délits antérieurs – détention de stupéfiants, détérioration de distributeurs, vol à l'étalage –, il était bon pour l'inculpation. Et c'était là que le juge Hasselblad avait demandé pour lui un avocat commis d'office.

La question, néanmoins, était troublante : comment ce jeune paumé, apparemment promis à un triste avenir incluant de fréquents séjours sous les verrous, avait-il pu soutirer dix mille dollars ou plus à une banque réputée qui n'avait même pas de succursale dans le quartier miteux où il vivait ? Pas de réponse, du moins dans le dossier. Rien qu'une inculpation expéditive, à la demande d'une puissante institution bancaire de Manhattan animée par un farouche besoin de vengeance. Vol qualifié, et au troisième degré : sept ans ferme.

Ayant tout de même réussi à se reposer trois heures, Dexter avait dit au revoir à sa fille déjà prête pour l'école, avait embrassé Angela, était retourné Center Street et là, assis face au jeune Noir dans une salle de visite des Tombes, avait réussi à obtenir toute l'histoire.

À l'école, il avait été un cancre fini, dans toutes les matières. Voué à la marginalité et au crime, il avait eu la chance de croiser la route de l'un des professeurs dont la clairvoyance, peut-être, ou tout simplement la générosité, avait permis à ce sujet ingrat de s'initier à l'informatique sur son ordinateur personnel. C'est du moins ce que Dexter avait pu reconstituer à partir d'un récit confus et ponctué de silences.

C'était comme donner à un jeune Yehudi Menuhin la possibilité de prendre un violon dans ses mains. Après avoir observé le clavier et l'écran, tâtonné quelques instants, le garçon avait commencé à composer sa propre musique. L'enseignant devait être un fou d'informatique, sans doute, car à l'époque les ordinateurs étaient encore peu répandus chez les simples particuliers. Cela s'était passé cinq ans avant l'arrestation.

Washington Lee s'était mis à apprendre, à étudier, et aussi à économiser. Lorsqu'il dévalisait des distributeurs de boissons, il ne fumait pas le fruit de son larcin, ni ne se l'injectait dans les veines, ni ne s'achetait des vêtements de marque. Il le mettait de côté dans le but de s'acheter un ordinateur plutôt rudimentaire, de seconde main, dans quelque vente aux enchères.

« Oui, mais quel rapport avec l'escroquerie à l'East River Savings ?

– J'ai forcé leur système. »

Pendant un court instant, Dexter avait imaginé son client muni d'une pince-monseigneur, et devant sa perplexité le jeune Noir s'était enfin animé. Ils abordaient le seul terrain qu'il connaissait parfaitement, et qui le passionnait.

« Ah, mec, t'as pas idée de la nullité des systèmes de défense de certaines bases de données ! »

L'avocat avait aisément reconnu que le problème ne l'avait jamais obsédé. Comme la plupart des philistins en la matière, il savait seulement que les informaticiens conçoivent des « pare-feu » afin de protéger les données les plus sensibles. De quelle manière ils s'y prennent, il n'en avait pas idée ; comment y passer outre, encore moins. Il avait amené Washington à le lui expliquer.

À l'instar de toutes les grandes banques, celle-ci avait déjà entré le compte de chacun de ses clients dans une gigantesque mémoire informatique. Confidentialité oblige, son accès n'était possible que si les employés de l'établissement formaient une série de mots de passe codés. Si un seul d'entre eux était erroné, le message « Accès refusé » clignotait sur l'écran. À la troisième tentative incorrecte, une alarme se déclenchait sur les terminaux de la direction. Washington Lee, lui, avait réussi à déchiffrer les codes sans déclencher le signal d'alerte, au point que l'ordinateur central, enterré quelque part sous le siège de la banque à Manhattan, lui obéissait au doigt et à l'œil. Bref, il avait pratiqué le *coitus non interruptus* avec une très coûteuse merveille de la technologie.

Les ordres qu'il lui avait donnés étaient simples : d'abord, dresser la liste des intérêts mensuels générés par tous les comptes courants de la banque ; puis prélever vingt-cinq cents sur chacun, et les virer en sa faveur. Comme il n'avait pas de compte bancaire lui-même, il en avait ouvert un à la Chase Manhattan de son quartier. S'il avait été assez avisé pour transférer ces fonds quelque part aux Bahamas, il s'en serait sans doute sorti sans encombre.

Il faut avoir de la patience, et du temps, pour vérifier à vingt-cinq cents près les intérêts accumulés chaque mois, calculés sur des taux variables. La plupart des clients font confiance à leur banque sur ce terrain. Pas Mr Tolstoy. À quatre-vingts ans passés, il avait encore toute sa tête et des heures entières à tuer dans son minuscule appartement de la 108ᵉ Rue Ouest. Après avoir été toute sa vie actuaire dans une grande compagnie d'assurances, il était persuadé que l'argent devait se compter au cent près et rêvait de trouver une erreur dans les relevés que sa banque lui envoyait. Un jour, il y était parvenu : il avait établi que vingt-cinq cents manquaient sur ses intérêts du mois d'avril. Il avait vérifié mars : même chose. Et encore les deux mois précédents ! Il fallait réclamer.

Le directeur de son agence aurait été tenté de lui donner ce dollar manquant et de tout oublier, mais le règlement l'obligeait à faire suivre la réclamation. À l'échelon supérieur, on avait pensé qu'il s'agissait d'une regrettable défaillance ayant affecté un compte isolé. Pour plus de sûreté, cependant, d'autres avaient été vérifiés au hasard. Ils présentaient le même défaut. Alertés, les informaticiens avaient constaté que l'ordinateur central répétait cette même erreur sur tous les clients, et ce depuis vingt mois. Ils lui avaient demandé pourquoi.

« Parce que vous m'avez donné cet ordre, avait répondu la machine.

– Non, pas du tout.

– Eh bien quelqu'un me l'a donné, en tout cas. »

C'est là que Dan Mitkowski était entré dans la danse. Il ne lui avait pas fallu longtemps pour découvrir que tous ces vingt-cinq cents partaient sur un compte de la Chase Manhattan à Brooklyn. Nom du titulaire : Washington Lee.

« Dites, ça vous a rapporté combien, en tout ? l'avait interrogé Dexter.

– Ben, presque un million... »

L'avocat avait mordillé son stylo. Guère étonnant que l'acte d'inculpation soit resté aussi vague. « Une somme supérieure à dix mille dollars » : et comment ! L'énormité du vol lui avait inspiré une idée.

Mr Lou Ackerman était en train de savourer son petit déjeuner, à son goût le meilleur repas de la journée puisqu'il n'était pas soumis à la hâte de midi et n'avait pas la lourdeur des longs dîners d'affaires. Il appréciait le coup de fouet d'un verre de jus de fruits glacé, la craquante fermeté des céréales, la légèreté d'impeccables œufs brouillés, le riche arôme d'un café Blue Mountain. Sur son balcon dominant Central Park, dans la fraîcheur du matin, avant que la chaleur estivale ne vienne écraser la ville, tout cela était un enchantement, que Calvin Dexter aurait dû avoir honte de venir troubler.

Il avait froncé les sourcils devant la carte de visite que son majordome philippin venait de lui apporter. Un avocat, chez lui, à une heure pareille... Le nom lui disait quelque chose, cependant. Il s'apprêtait à demander au domestique d'instruire le visiteur de venir le voir à la banque plus tard dans la matinée, lorsqu'une voix s'était élevée derrière le Philippin : « Je sais que j'abuse, Mr Ackerman, et je vous prie de m'en excuser, mais si vous m'accordez dix minutes je suis sûr que vous vous féliciterez d'avoir eu cette conversation dans un cadre plus discret que votre bureau. »

Levant les yeux au ciel, Ackerman avait désigné une chaise à l'intrus avant de commander au majordome : « Dites à madame que je suis en réunion sur la terrasse. » Puis : « Soyez bref, Mr Dexter.

– C'est promis. Vous avez réclamé des poursuites contre mon client, Mr Washington Lee, sur la présomption qu'il aurait détourné près d'un million de dollars de votre banque. Eh bien, je pense qu'il serait judicieux de les abandonner. »

Le PDG de l'East River Savings Bank se serait giflé : voilà, vous vous montrez accommodant et qu'est-ce que vous obtenez en retour ? Un enquiquineur venu gâcher votre petit déjeuner !

« Hors de question, Mr Dexter. Cette conversation est terminée. Il devra payer pour ce qu'il a fait, ce petit. Si l'on ne dissuade pas ce genre de choses, où va-t-on ?

C'est la politique de notre établissement. Je vous souhaite une bonne journée.

– Dommage. Parce que tout de même, c'est fascinant, ce qu'il a réussi à faire. Entrer dans votre ordinateur central au nez et à la barbe de tous vos systèmes de défense et de tous vos vigiles. C'est inimaginable, presque. Et pourtant il a réussi.

– Vos cinq minutes sont passées, Mr Dexter.

– Quelques secondes de plus, merci. Vous en aurez d'autres, des petits déjeuners. Et vous avez aussi près d'un million de clients, persuadés que leurs comptes courants ou de dépôt sont en sécurité chez vous. Or, dans moins d'une semaine, un petit Black du ghetto va déposer devant un tribunal. Il va expliquer que n'importe quel pirate informatique amateur aurait pu arriver à ce qu'il a accompli, et même rafler toutes les économies de vos clients. Vous pensez qu'ils vont aimer ? »

Ackerman avait reposé sa tasse de café, le regard sur la cime des arbres.

« Ce que vous dites est faux. Pourquoi croiraient-ils de pareilles sornettes ?

– Parce que toute la presse sera là, les radios, les télés... À mon avis, plus de vingt-cinq pour cent de vos clients vont décider de changer de banque. Sur-le-champ.

– Nous allons annoncer que nous nous dotons d'un nouveau dispositif de protection informatique. Le meilleur existant.

– Mais c'est ce que vous étiez déjà censés avoir, non ? Sauf qu'un gosse de la zone qui n'a même pas fini le lycée a réussi à le pénétrer ? Vous avez eu de la chance : vous l'avez entièrement récupéré, ce million.

Mais supposons que cela se reproduise encore : dix millions, cette fois, envolés aux îles Caïmans en l'espace d'un horrible week-end. Votre banque serait obligée de reprovisionner. Est-ce que votre conseil d'administration apprécierait cette gifle publique ? »

Lou Ackerman avait pensé à son CA, où siégeaient des pointures telles que Shearson Lehman et Morgan Stanley. Des gens qui avaient horreur d'être humiliés, des gens qui n'hésiteraient pas à réclamer sa tête.

« C'est mauvais à ce point, alors ? avait-il chuchoté.

– J'en ai peur.

– Entendu. Je vais appeler les services du procureur pour leur dire que nous abandonnons la plainte, puisque nous avons récupéré tout l'argent. Remarquez qu'ils peuvent poursuivre l'action en justice, s'ils veulent, eux.

– Dans ce cas, vous vous montrerez très persuasif, Mr Ackerman. Il vous suffira de dire : "Arnaque ? Quelle arnaque ?" Et ensuite, bouche cousue, non ? »

Il s'était levé, prêt à prendre congé. Ackerman était un bon perdant :

« Dites, Mr Dexter ? Un avocat compétent, cela peut toujours nous intéresser, savez-vous ?

– J'ai une meilleure idée : embauchez Washington Lee. Cinquante mille annuels seraient un salaire correct, je pense. »

Ackerman était debout, la nappe blanche tachée par le café qu'il venait de renverser.

« Comment ? En quoi aurais-je besoin de ce voyou parmi mon personnel ?

– En ce qu'il est un as de l'informatique. Et il l'a prouvé. Il a percé un système de défense qui vous avait

135

coûté les yeux de la tête avec un ouvre-boîte à deux ronds. Il est capable de vous entourer votre ordinateur de la muraille la plus impénétrable qui soit. Je vois déjà les titres : "Une sécurité bancaire à faire pâlir d'envie les Suisses." Bon argument commercial, ça. Croyez-moi, il vaut mieux l'avoir avec vous que contre vous, ce gamin. »

Washington Lee avait été remis en liberté vingt-quatre heures plus tard, sans être sûr de comprendre pourquoi. Le procureur non plus, d'ailleurs, mais puisque la banque semblait avoir été prise d'un accès d'amnésie, il y avait suffisamment d'autres dossiers en souffrance pour ne pas s'appesantir.

À sa sortie des Tombes, une limousine de l'East River Savings l'attendait. Le garçon n'avait jamais pensé qu'il lui arriverait de prendre place à l'arrière d'un pareil véhicule. Il avait regardé l'avocat, penché par la fenêtre ouverte, pour lui dire au revoir :

« Je ne sais pas ce que tu as pu faire pour ça, mec, ni comment tu t'y es pris. Mais je te revaudrai ça un jour, si je peux.

– OK, Washington. Un jour, peut-être. »

11

Un tueur

Au temps où la Yougoslavie vivait sous la férule du maréchal Tito, la criminalité y était pratiquement inconnue. Agresser un touriste était impensable, les rues restaient sans danger pour les femmes, il n'y avait pas de racketteurs. Situation paradoxale, puisque les sept provinces réunies par les Alliés en 1918 pour former ce pays avaient de tout temps été la terre natale des plus dangereux criminels de toute l'Europe.

L'explication résidait dans le pacte secret que les autorités yougoslaves avaient passé avec le « milieu » local après 1948. « Vous pouvez faire ce qui vous chante, avaient-elles annoncé aux mafieux, et nous fermerons les yeux, mais à une seule et unique condition : faites-le ailleurs. » Belgrade avait tout simplement exporté ses malfrats à l'étranger.

Les cibles privilégiées de ces derniers allaient être l'Italie, l'Autriche, l'Allemagne et la Suède. Là encore, la raison était simple : au milieu des années soixante, les Turcs et les Yougoslaves constituaient la première vague de travailleurs immigrés au sein des pays riches du Nord. Ils étaient invités à venir prendre les sales boulots devant lesquels le prolétariat local, gâté et choyé, faisait la fine bouche. Or, toute immigration massive emmène avec elle sa criminalité nationale : la mafia italienne a débarqué de cette façon à New York, et les malfaiteurs turcs en Europe, de même que les bandits yougoslaves. Mais dans ce dernier cas, la collaboration entre le milieu et le gouvernement était plus organisée et structurée.

Belgrade était gagnante sur tous les fronts. Les milliers de travailleurs émigrés yougoslaves envoyaient chaque semaine au pays les devises fortes qu'ils gagnaient ailleurs, apport régulier qui permettait de masquer la pagaille économique propre à tous les États communistes. Pourvu qu'il continue à rejeter Moscou, les États-Unis et l'OTAN se montraient plutôt indulgents envers Tito, considéré comme l'un des principaux dirigeants non alignés tout au long de la Guerre froide. Et puis la splendide côte dalmate devenait une destination touristique de choix, ce qui augmentait encore les réserves en devises du régime titiste. Implacable envers dissidents et opposants, celui-ci menait une répression plutôt discrète. De même, le pacte conclu avec les gangs était surtout du ressort de la police secrète, la DB – Sécurité de l'État –, qui en surveillait l'application.

À ce titre, les criminels opérant au sein des communautés yougoslaves dans l'immigration étaient autorisés à revenir prendre du bon temps au pays lorsqu'ils en avaient envie. Ils se construisaient de somptueuses villas sur la côte adriatique, des palais dans la capitale. Versant scrupuleusement leur obole aux fonds de retraite destinés aux huiles de la DB, il ne leur était demandé en contrepartie que d'exécuter occasionnelle-ment telle ou telle basse besogne du régime, bien entendu sans laisser de traces. Le cerveau de cet accord si pratique était l'inamovible chef des services secrets, un Slovène adipeux, le redouté Stane Dolanc.

En Yougoslavie même, la prostitution était peu développée et soigneusement contrôlée par la police locale. La contrebande, lucrative, servait elle aussi à alimenter les caisses de retraite de l'administration. La violence, autre que celle exercée par l'État, était exclue. Il ne restait aux jeunes coqs de la zone qu'à braquer les voitures – à condition qu'elles n'appartien-nent pas à des touristes – et à rouler des mécaniques. S'ils voulaient tâter à plus sérieux, ils devaient partir à l'étranger. Ceux qui avaient eu du mal à comprendre ces règles de base échouaient dans quelque lointain camp de prisonniers, la clé de leur cellule jetée au fond d'un puits.

Le maréchal Tito était malin, mais également mortel. Après son décès en 1980, ce système si bien huilé allait commencer à se gripper.

Dans le quartier ouvrier de Zemum, à Belgrade, Zoran Zilic, fils d'un garagiste, avait vu le jour en 1956. Très tôt, son tempérament excessivement brutal avait été reconnu autour de lui, au point qu'il inspirait la terreur aux instituteurs dès l'âge de dix ans. Mais il avait un avantage qui le distinguerait plus tard d'autres gangsters de la capitale tels que Zeljko Raznatovic, dit Arkan : il avait oublié d'être bête.

Abandonnant l'école à quatorze ans, Zilic avait pris

la tête d'une bande de jeunes voyous adonnés à ces plaisirs convenus qui consistaient à forcer les portières d'automobiles, à déclencher de rapides bagarres, à s'enivrer et à reluquer les filles. Après une « rencontre » particulièrement brutale avec un groupe rival, dont trois membres étaient restés entre la vie et la mort plusieurs jours durant pour avoir été sauvagement battus avec des chaînes de vélo, le responsable de la police du quartier avait décidé de mettre le holà. Traîné dans les sous-sols du commissariat par deux matons, Zilic avait reçu une terrible correction au câble en caoutchouc. Il n'y avait aucune méchanceté gratuite, ici : les autorités voulaient simplement lui rappeler qu'il devait prêter une plus grande attention à ce qu'ils voulaient lui faire comprendre. Et le petit discours que lui avait ensuite tenu le commissaire avait eu son effet puisque le garçon avait quitté la Yougoslavie une semaine plus tard.

On était en 1972, et Zilic avait seize ans mais il disposait déjà de bons contacts et dès son arrivée en Allemagne il s'était joint à la bande de Lyuba Zemunac, dont le surnom venait de son quartier natal, le même que celui de Zilic : Zemun.

Dix années durant, le jeune Zilic allait seconder son aîné, une crapule impressionnante de méchanceté, qui finirait abattu en plein tribunal en Allemagne mais qui allait lui vouer une grande admiration, reconnaissant un sadisme de la même intensité chez son émule. Inspirer la terreur est essentiel, dans la pratique du chantage et du racket. Non seulement Zilic ne reculait devant aucune méthode d'intimidation, mais il y prenait un vif plaisir.

En 1982, à vingt-six ans, ce dernier se trouvait à la tête de son propre gang, qu'il avait constitué de son côté. Une guerre de territoires aurait pu alors éclater avec son vieux maître, mais comme celui-ci avait eu le bon goût de casser sa pipe, Zilic était encore resté cinq années en exil, imposant son autorité en RFA et en Autriche. De retour au pays, il maîtrisait bien l'anglais et l'allemand, et il allait trouver une situation fort différente.

Personne n'avait l'envergure suffisante pour remplacer le maréchal Tito, auquel son passé de résistant antinazi et sa très forte personnalité conféraient assez d'autorité pour avoir imposé si longtemps une union contre nature aux sept provinces. Tout au long des années quatre-vingt, les gouvernements de coalition allaient se succéder, impuissants face aux tendances sécessionnistes de plus en plus fortes en Slovénie et en Croatie au nord, en Macédoine au sud.

En 1987, Zilic décidait de parier sur un ancien apparatchik du Parti, triste sire peu apprécié mais présentant deux traits de caractère qui plaisaient au gangster : une soif de pouvoir qu'aucun scrupule ne venait freiner, une grande capacité à entortiller et duper ses rivaux avant de leur porter le coup fatal. Voyant en lui l'homme de la situation, il allait proposer à Slobodan Milosevic de se « charger » de ses opposants, un service de courtoisie aussitôt accepté. Deux ans après, comprenant que le communisme était mort et enterré, Milosevic choisissait d'enfourcher le cheval du nationalisme serbe le plus outrancier, entraînant ainsi quatre cavaliers de l'Apocalypse à travers son malheureux pays. Zilic allait l'épauler presque jusqu'à la fin.

Dans une Yougoslavie qui partait en morceaux, Milosevic jouait le sauveur de l'union, s'abstenant de préciser qu'il entendait parvenir à ce but en perpétrant un génocide, plus tard connu sous les termes de « nettoyage ethnique ». En Serbie, dans la contrée qui entourait Belgrade, sa popularité ne cessait de progresser tant il apparaissait comme un garant de la sécurité des Serbes, où qu'ils vivent. Pour ce faire, ces derniers devaient apparaître comme des victimes de la persécution raciale. Croates et Bosniaques devaient être poussés dans cette voie. Un petit massacre isolé entraînait une réaction hostile envers la minorité serbe, que Milosevic prétendait alors protéger en envoyant l'armée. Ses agents provocateurs n'étaient autres que les mafieux déguisés en « milices patriotiques ». Alors que ses prédécesseurs avaient pris soin de tenir les gangsters yougoslaves à distance, Milosevic allait les utiliser systématiquement.

Comme tous les médiocres parvenus soudain à la tête d'un État, il était fasciné par l'argent. L'immensité des sommes brassées agissait sur lui à l'instar de la flûte d'un charmeur de serpents sur un cobra. Ce n'était pas le luxe qui l'attirait, et il allait conserver un train de vie frugal jusqu'à sa chute : c'était l'argent en tant que forme de pouvoir, authentique obsession. Après sa défaite, on devait découvrir que lui et ses complices avaient détourné sur des comptes à l'étranger près de vingt milliards de dollars. Tout le monde n'était pas économe comme lui, dans son entourage, à commencer par son épouvantable épouse et ses non moins répugnants rejetons, un fils et une fille. Comparés à la famille Milosevic, les *Munsters* passeraient pour *La Petite Maison dans la prairie*.

Quant à Zoran Zilic, il allait devenir l'un des plus proches serviteurs du despote, son exécuteur des basses œuvres. La récompense ne venait jamais en espèces, mais par l'attribution de trafics particulièrement juteux, doublée d'une garantie de totale immunité. La police officielle ne pouvait rien faire contre les protégés du tyran même lorsqu'ils volaient, torturaient, violaient, tuaient. Ce régime de bandits transformés en grands patriotes allait abuser de la crédulité des Serbes, et des dirigeants politiques d'Europe occidentale, pendant des années.

Malgré la férocité et les bains de sang, Milosevic ne pouvait cependant sauver la Fédération yougoslave, ni même réaliser son rêve d'une Grande Serbie. La Slovénie s'était détachée, suivie par la Macédoine et la Croatie puis, après les accords de Dayton en novembre 1995, par la Bosnie. En juin 1999, le dictateur avait non seulement perdu le Kosovo mais aussi provoqué la ruine partielle de la Serbie sous les bombes de l'OTAN.

Comme Arkan, Zilic était à la tête d'une petite unité de miliciens, non sans ressemblance avec les « Gars de Frankie », le sinistre groupe paramilitaire de Frankie Stamatovic, qui n'était même pas serbe, d'ailleurs, mais un traître croate venu d'Istrie. Au contraire du très tapageur Arkan, qui finirait abattu en plein hall du Holiday Inn de Belgrade, Zilic maintenait ses activités et ses hommes dans l'invisibilité. À trois reprises, sa bande allait fondre sur cette pauvre province du Nord pour violer, torturer et massacrer de-ci de-là, jusqu'à ce que l'intervention américaine mette un point final à ces horreurs.

La troisième incursion avait eu lieu en avril 1995. Alors que Arkan entretenait plusieurs dizaines de ses « Tigres », Zilic demandait à ses « Loups » d'opérer en très petit nombre. Cette fois, ils étaient à peine une douzaine, tous des tueurs aguerris sauf un seul, un jeune recommandé par l'un des proches de Zilic, dont le frère était en faculté de droit avec lui : comme le groupe avait besoin d'un opérateur radio, celui-ci avait fait savoir que son ami avait justement été dans les transmissions pendant son service militaire, et qu'il était prêt à rejoindre les Loups au cours de ses vacances de Pâques. La nouvelle recrue n'avait jamais vu le feu ? Commentaire de Zilic : « Si c'est le cas, il n'a sans doute jamais tué personne non plus. Cette petite expédition sera pleine d'enseignements pour lui. »

Retardée par des problèmes techniques avec leurs Jeep de fabrication russe, la troupe avait pris la route du Nord la première semaine de mai. Ils étaient passés par Pale, ancienne station de ski propulsée capitale de la « Republika Serbska », ce tiers de la Bosnie demeuré à cent pour cent serbe après avoir subi un intense « nettoyage ethnique ». Après avoir contourné Sarajevo, qui avait jadis accueilli les Jeux olympiques d'hiver mais n'était plus qu'un champ de ruines, ils s'étaient engagés en Bosnie proprement dite, rayonnant à partir du bastion avancé de Banja Luka. Évitant les patrouilles de volontaires musulmans, Zilic avait cherché des cibles plus faciles parmi les secteurs de la population laissés sans protection militaire. Le 14 mai, ils avaient découvert un petit hameau dans les montagnes, l'avaient attaqué par surprise et avaient massacré ses habitants. Après avoir passé la nuit dans les bois environnants, ils étaient de retour à Banja Luka le lendemain soir.

Le 16, le petit jeune les avait quittés en pleurnichant qu'il avait réfléchi et qu'il préférait retourner à ses chères études. Zilic l'avait laissé partir, non sans l'avertir que s'il disait un seul mot au sujet de cette opération, lui, Zilic, se chargerait personnellement de lui couper la queue avec un verre cassé et de lui faire avaler le tout. Il n'avait pas aimé ce morveux, de toute façon, le trouvant empoté et geignard.

Après les accords de Dayton, ces expéditions de chasse allaient se déplacer de Bosnie au Kosovo. En 1998, Zilic opérait dans cette dernière région, prétendant décimer l'Armée de libération du Kosovo mais s'occupant surtout de terroriser les petits villages et de piller pour son propre compte. Il ne perdait pourtant pas de vue son alliance stratégique avec Slobodan Milosevic, les dividendes qu'il recevait pour « services » rendus au dictateur et cette immunité que lui auraient enviée les mafieux du monde entier. Avec Arkan, le seul autre gangster à entretenir de telles relations avec la présidence, il avait droit à d'importantes franchises sur le commerce des cigarettes, des parfums, des alcools et autres produits de luxe. Même s'il devait payer des pots-de-vin pour se garantir des protections à divers échelons, il était déjà millionnaire au milieu des années quatre-vingt-dix, quand il s'était attaqué à d'autres activités : prostitution, trafic de drogue et d'armes.

Parlant couramment allemand et anglais, il était mieux placé que la plupart de ses compatriotes pour traiter avec les trafiquants internationaux. Les stupéfiants et les armes rapportaient gros, très gros. Alors que sa fortune en dollars ne cessait d'augmenter, son nom était apparu dans les dossiers de la DEA (l'agence américaine antidrogue), de la CIA, de la DIA (le service américain de contrôle des trafics d'armes) et du FBI. Amollis par le luxe et la corruption, les sycophantes de l'entourage de Milosevic s'installaient dans de paresseuses certitudes, convaincus que la bonne vie allait toujours durer. Ce n'était pas le cas de Zilic.

Il avait dédaigné les banques serbes que ses comparses utilisaient habituellement pour entasser ou exporter leurs richesses, plaçant ses gains à l'étranger à travers des canaux qui échappaient au contrôle de l'État. Ses arrières assurés, il attendait de voir les premières fissures apparaître dans le plâtre du régime : tôt ou tard, se disait-il avec raison, les responsables politiques et diplomatiques de Grande-Bretagne et de l'Union européenne, bien que d'une rare pleutrerie, finiraient par découvrir le vrai visage de Milosevic et par décider que le petit jeu était terminé. C'était le Kosovo qui allait précipiter le dénouement.

Cette province essentiellement agricole était, avec le Monténégro, le dernier fief de la Serbie au sein de l'ancienne Fédération. Elle était peuplée de cent quatre-vingt mille Kosovars, musulmans qui présentent maintes ressemblances avec leurs voisins albanais, et de deux cent mille Serbes. Pendant dix ans, Milosevic avait harcelé et persécuté les Kosovars, entraînant la renaissance d'une armée de libération du Kosovo qui avait pratiquement disparu. La stratégie était toujours la même : provoquer une réaction indignée des locaux, dénoncer les « terroristes », entrer en force dans le but proclamé de protéger les Serbes et « rétablir l'ordre ». L'OTAN avait déclaré que la coupe était pleine, mais Milosevic n'y croyait pas. Erreur : cette fois, c'était sérieux.

Le nettoyage ethnique du Kosovo avait commencé au printemps 1999. Ses instruments étaient la III armée – la force d'occupation serbe –, la police secrète et les groupes paramilitaires, à savoir les Tigres d'Arkan, les Gars de Frankie et les Loups de Zoran Zilic. Comme prévu, des centaines de milliers de civils allaient fuir vers l'Albanie et la Macédoine, terrorisés. Selon les plans de Milosevic, l'Occident se résignerait à les accueillir comme réfugiés et à se taire une fois encore. Au lieu de cela, les premières bombes alliées étaient tombées sur la Serbie.

Belgrade allait tenir soixante-dix-huit jours. En surface, les sentiments anti-OTAN dominaient parmi les Serbes, mais en privé ceux-ci commençaient à dire que c'était ce malade de Milosevic qui avait attiré la calamité sur eux. Il est toujours édifiant d'observer comment les passions belliqueuses s'émoussent dès que les toits s'effondrent au-dessus des têtes. Zilic, lui, écoutait ce qui se murmurait tout bas.

Le 3 juin 1999, Milosevic acceptait de « négocier », selon la terminologie officielle. Pour Zilic, il s'agissait tout bonnement d'une capitulation sans conditions. L'heure était venue de gagner d'autres horizons.

Les combats avaient cessé. Peu affectée par les bombardements à haute altitude de l'OTAN, la III armée s'était repliée avec son équipement. Les Alliés avaient occupé la province et les Serbes encore sur place avaient rejoint la mère patrie, emportant leur colère et

leur ressentiment avec eux, une indignation qui se diri-
geait désormais moins vers l'OTAN que sur Milosevic,
le responsable du désastre.

Ayant placé en sûreté les derniers acquis de sa fortune, Zilic se préparait au départ. Les manifestations
de rue contre le dictateur allaient se succéder durant
tout l'automne 1999. En novembre, au cours d'un
entretien privé avec le tyran, Zilic avait cherché à le
convaincre de reconnaître que le sort en était jeté : il
devait réimposer son autorité par un coup d'État tant
que l'armée lui restait fidèle, supprimer toute opposition et toute apparence de vie démocratique. Mais
Milosevic nageait alors dans ses illusions, persuadé
qu'il demeurait populaire parmi ses sujets.

Zilic l'avait quitté, s'étonnant de voir encore une fois
comment la perte du pouvoir, chez ceux qui en avaient
usé et abusé, conduisait rapidement à leur ruine personnelle. Tel un château de sable balayé par les vagues,
ils perdaient leur courage, leur volonté, leur lucidité,
leur détermination et jusqu'à la perception de la réalité.
Un mois après, Milosevic n'était plus que l'ombre de
lui-même, un despote agrippé à son trône dans un
palais déserté. Zilic avait hâté ses préparatifs.

Il avait plus de cinq cents millions de dollars devant
lui, et un refuge sûr. Arkan était mort, abattu pour avoir
pris ses distances avec le dictateur. Les principaux responsables du nettoyage ethnique en Bosnie, à savoir
Karadzic et le général Mladic, auteurs du massacre de
Srebrenica, étaient traqués tels des chiens enragés à travers la « République serbe » de Bosnie. D'autres
avaient déjà été traînés devant le tribunal contre les
crimes de guerre qui venait de se constituer à La Haye.

Milosevic était fini. En guise de dernière carte, il convoquait des élections présidentielles pour le 24 septembre 2000. Bourrage des urnes, puis refus de reconnaître les résultats n'allaient servir à rien : il avait perdu. La foule allait prendre d'assaut le Parlement et imposer son successeur, dont l'une des premières initiatives serait de créer une commission d'enquête sur la période Milosevic, ses meurtres et les vingt milliards de dollars disparus des caisses de l'État.

Le tyran déchu s'était enfermé dans sa villa de la banlieue chic de Dedinje. Le 1er avril 2001, s'estimant prêt, le président Kostunica avait enfin fait procéder à son arrestation.

Mais Zoran Zilic n'était plus là depuis longtemps. Depuis janvier 2000, exactement, lorsqu'il s'était évanoui dans les airs, sans un au revoir et sans même une valise. Il partait dans un autre monde, vers une autre vie, où il n'aurait nul besoin de ses vieilles frusques. Il s'en était allé sans rien ni personne, sauf son garde du corps, Kulac, un géant d'une fidélité à toute épreuve. En quelques jours, il s'était installé dans la cachette qu'il avait préparée pendant plus d'un an à le recevoir.

Dans le monde du renseignement international, sa disparition allait passer inaperçue. Seul un Américain discret avait noté, avec le plus grand intérêt, la nouvelle et secrète résidence de Zoran Zilic.

12

Un moine

C'était ce rêve, toujours le même. Il ne pouvait y échapper. Chaque nuit, il se réveillait en hurlant, noyé de sueur, sa mère accourue à son chevet pour tenter de le réconforter.

Il était devenu une énigme aux yeux de ses parents, car il lui était impossible de leur décrire ce cauchemar. Tout ce que sa mère savait, c'est qu'il n'en avait jamais eu d'aussi effrayants avant son voyage en Bosnie.

Le rêve ne changeait jamais. Un visage dans une mare noirâtre, ovale pâle au milieu d'excréments en décomposition, certains humains, d'autres animaux. La bouche ouverte criait, demandait pitié, demandait la vie. Il ne comprenait pas l'anglais comme Zilic, lui, mais des mots comme « Non, non, assez ! » traversent aisément les frontières.

Les hommes riaient, riaient encore et le repoussaient avec leurs bâtons. Et le visage revenait toujours, jusqu'à ce que Zilic enfonce sa perche entre les dents et maintienne ainsi le garçon sous la surface, mort dans la boue noire. Alors il se réveillait en gémissant et en hurlant, et sa mère le prenait dans ses bras, lui répétait que tout allait bien, qu'il était chez lui, dans sa chambre à Senjak. Seulement il ne pouvait pas lui expliquer ce qu'il avait commis, ce à quoi il avait été mêlé alors qu'il pensait faire son devoir de patriote serbe.

Son père se montrait moins compréhensif. Il travaillait dur, il avait besoin de dormir en paix, clamait-il. À l'automne 1995, Milan Rajak avait eu un premier entretien avec un thérapeute réputé. Deux fois par semaine, il se rendait à l'hôpital psychiatrique de la rue Palmoticeva, le meilleur de la ville. Dans le grand immeuble grisâtre de cinq étages, pourtant, les spécialistes allaient s'avouer impuissants, puisqu'il refusait de parler de son secret. La guérison, lui répétait-on, ne pourrait venir que de la confession. Seulement, Milosevic était toujours au pouvoir et, plus effrayant encore, il y avait les yeux féroces de Zoran Zilic ce matin-là, à Banja Luka, quand le jeune homme avait osé annoncer qu'il voulait rentrer à Belgrade, et ses horribles menaces de mutilation et de mort...

Ayant grandi sous le régime de Tito en serviteur fidèle du Parti, son père était résolument athée. Sa mère, par contre, avait conservé son attachement à l'Église orthodoxe serbe, l'un des rites chrétiens orientaux avec les Églises grecque et russe. Depuis toujours, elle se rendait chaque matin à la messe malgré les moqueries de son mari et de son fils. À la fin de l'année 1995, Milan en était venu à l'y accompagner. Une certaine sérénité l'envahissait au milieu du long office, des chants, de l'encens. Dans la petite église de quartier que sa mère fréquentait, le rêve abominable semblait reculer, s'estomper.

En 1996, il échouait à ses examens de droit, au grand

151

désespoir de son père, qui allait arpenter la maison pendant deux jours en pestant et maugréant. Si ce coup était déjà rude, la nouvelle que Milan s'apprêtait à lui donner devait le laisser sans voix : « Je ne veux pas être avocat, père. J'ai l'intention de rejoindre l'Église. »

Avec le temps, et non sans difficulté, Rajak avait fini par se résigner à la décision de ce fils qu'il avait du mal à reconnaître. La prêtrise, c'était tout de même une profession. Peu lucrative, mais respectable. Il était possible d'annoncer sans baisser la tête : « Mon fils est dans les ordres, voyez-vous. » Il s'était renseigné : la charge demandait des années d'études, principalement au séminaire. Mais Milan avait d'autres intentions : il voulait quitter le monde séculier, et au plus vite. Il serait moine, il ferait vœu de pauvreté.

Il avait trouvé ce qu'il cherchait à une vingtaine de kilomètres de Belgrade, dans le hameau de Slanci. Le monastère Saint-Stéphane n'accueillait pas plus d'une douzaine de frères sous l'autorité de l'higoumène, le père supérieur. Acceptant les donations des rares pèlerins et visiteurs, les moines cultivaient leurs champs, se nourrissaient de leur jardin, méditaient et priaient. Pour y entrer, cependant, il y avait une liste d'attente et aucun passe-droit ne valait, ici.

Le sort avait aidé, pourtant. En se présentant devant l'abbé Vasilije, le père de Milan avait été frappé de stupeur en reconnaissant sous l'imposante barbe poivre et sel Goran Tomic, son camarade de classe quarante ans plus tôt. L'higoumène avait accepté de rencontrer son fils et de parler de son éventuelle carrière ecclésiastique.

Avec son expérience, il n'avait pas tardé à deviner que le jeune homme vivait un drame intérieur qui l'empêchait de trouver la paix dans le monde profane. Il avait déjà vu des cas similaires. S'il lui était impossible de lui accorder d'emblée une place au monastère, il était en mesure de lui proposer une « retraite spirituelle », un séjour parmi eux auquel ils invitaient parfois certains laïcs.

À l'été 1996, la guerre de Bosnie terminée, Milan Rajak était donc venu à Slanci récolter tomates et concombres, s'absorber en méditations et en oraisons. Au bout d'un mois, alors que le rêve revenait de moins en moins souvent, le père Vasilije lui avait proposé de se confesser. À la lumière de l'unique bougie sur l'autel et sous le regard de l'homme de Nazareth, Milan avait murmuré sa terrible histoire. Après s'être signé à plusieurs reprises, le supérieur avait prié, prié pour l'âme du garçon dans la fosse et pour ce pénitent dont il venait de recueillir l'aveu. Puis il l'avait pressé d'aller dénoncer les vrais responsables aux autorités.

Mais le pouvoir de Milosevic demeurait absolu, et la peur inspirée par Zilic toujours cuisante. S'il était impensable que lesdites autorités lèvent le petit doigt contre lui, la probabilité qu'il réalise sa vengeance en toute impunité était des plus fortes. Alors, Milan s'était à nouveau muré dans le silence.

La douleur était apparue à l'hiver 2000, particulièrement aiguë lorsqu'il faisait ses besoins. Au bout de deux mois, il avait osé en parler à son père, qui avait pensé à quelque « microbe » plus ou moins avouable mais qui avait néanmoins pris rendez-vous pour lui au Klinicki Centar, l'hôpital général de Belgrade. Dans une ville qui s'enorgueillissait de son système de santé, cet établissement médical assurait les meilleurs examens préventifs. Après une série d'analyses et de consultations en proctologie, urologie et oncologie, Milan avait été finalement convoqué par le chef de ce dernier service.

« J'ai cru comprendre que vous vouliez entrer dans les ordres ?

– Oui.

– Vous croyez en Dieu, donc ?

– Oui.

– J'aimerais en faire autant, des fois, mais je ne peux pas. Enfin, le moment est venu de mettre votre foi à l'épreuve. J'ai de mauvaises nouvelles pour vous.

– Je vous écoute.

– Eh bien, c'est ce que nous appelons un cancer colorectal et...

– Opérable ?

– Non. Je regrette.

– Aucun traitement ? Même la chimiothérapie ?

– Trop tard. Je suis vraiment désolé. »

Le jeune homme avait laissé son regard errer à travers la fenêtre. Il venait d'entendre sa sentence de mort.

« Combien de temps, professeur ?

– C'est toujours la question que l'on pose, et il est toujours impossible d'y répondre. Avec de l'hygiène, des soins, un régime alimentaire particulier, quelques rayons, ce sera, disons... un an. Peut-être moins, peut-être plus. Mais pas beaucoup plus. »

154

On était en mars 2001. Milan était rentré à Slanci. Informé, l'higoumène avait pleuré sur celui qu'il considérait désormais comme le fils qu'il n'avait jamais eu.

Le 1er avril, la police arrêtait Slobodan Milosevic. Grâce à ses contacts haut placés, le père de Milan avait eu la confirmation que Zoran Zilic, le plus puissant chef de bande encore en vie, avait disparu depuis plus d'un an, caché quelque part à l'étranger. Son pouvoir était parti en fumée. Le 2 avril, Milan Rajak avait cherché une carte de visite jaunie dans ses papiers, puis il avait rédigé une lettre destinée à une adresse londonienne. La première phrase résumait tout son drame : « J'ai changé d'avis, je suis prêt à témoigner. »

Trois jours plus tard, le Limier en prenait connaissance et le lendemain, après une brève conversation téléphonique avec Stephen Edmond dans l'Ontario, il revenait à Belgrade. La déposition qu'il allait recueillir en anglais se déroula en présence d'un interprète certifié et d'un notaire, puis elle fut paraphée et signée :

À cette époque, en 1995, nous autres, jeunes de Serbie, nous avions l'habitude de croire tout ce que l'on nous disait. Je n'étais pas une exception. Maintenant, après toutes les atrocités que nous avons commises en Croatie et en Bosnie puis au Kosovo, cela paraît absurde, mais en ce temps-là on nous racontait que les victimes étaient les communautés serbes isolées dans ces contrées hostiles, et j'en étais convaincu. Personne n'aurait pu imaginer que notre armée massacrait des femmes, des enfants, des vieillards. Il n'y avait que les Croates et les Bosniaques pour faire des choses pareilles, nous répétaient nos dirigeants. *Les forces serbes n'étaient là que pour protéger nos minorités.*

En avril 1995, lorsqu'un camarade de faculté m'a annoncé que son frère partait avec des amis protéger les Serbes de Bosnie et qu'ils avaient besoin d'un opérateur radio, je n'y ai rien vu de suspect. J'avais été formé à cette tâche au cours de mon service militaire, sans jamais aller au front. J'ai accepté de renoncer à mes vacances de printemps pour aider mes compatriotes.

En découvrant la douzaine de volontaires que j'allais accompagner, je me suis dit qu'ils n'avaient pas l'air commode, mais j'ai mis cela sur le compte de leur expérience de soldats endurcis et je me suis reproché d'avoir eu une existence d'enfant gâté, loin des réalités. Nous sommes partis en colonne de quatre Jeep. Douze hommes en tout, y compris le chef, qui s'est joint à nous à la dernière minute. C'est seulement à ce moment que j'ai su qu'il s'agissait de Zoran Zilic, sur le compte duquel j'avais entendu des rumeurs assez sinistres, mais plutôt vagues. Nous avons mis deux jours pour gagner le centre de la Bosnie et nous avons établi notre base à Banja Luka, plus précisément à l'hôtel Bosna où nous dormions, prenions nos repas et buvions, aussi.

Nous avons patrouillé au nord, à l'est et à l'ouest, sans trouver d'adversaires ni de villages serbes en danger. Le 14, nous avons essayé les montagnes au sud. Nous savions que derrière la chaîne de Vlasic il y avait Travnik et Vitez, territoires ennemis pour nous. En fin d'après-midi, en montant une route forestière, nous avons rencontré deux petites filles.

156

Zilic est descendu de voiture pour leur parler. Il souriait, je pensais qu'il ne leur voulait pas de mal. L'une des deux lui a dit qu'elle s'appelait Leila et là je n'ai pas compris, sur le coup, mais elle venait de signer son arrêt de mort, pour elle et pour son village : c'est un prénom musulman.

Zilic les a fait monter dans la Jeep et elles l'ont guidé vers leur hameau dans les bois. Sept fermes, des granges, une vingtaine d'adultes, une douzaine d'enfants, des enclos. C'est quand j'ai vu la petite mosquée avec le croissant au-dessus que j'ai compris qu'ils étaient musulmans. Mais ils n'avaient rien de menaçant, ils n'étaient certainement pas armés.

Les autres ont mis pied à terre et ils ont dit à tout le monde de se rassembler. Quand ils ont commencé à inspecter les maisons, je me suis dit qu'ils cherchaient sans doute ces fanatiques islamistes venus du Moyen-Orient, d'Iran, d'Arabie Saoudite, dont on parlait tant à Belgrade. Il y en avait peut-être qui se cachaient là. Ils pillaient et tuaient tous ceux qui n'étaient pas comme eux. Quand la fouille a été terminée, Zilic est allé se placer derrière la mitrailleuse montée à l'arrière de sa Jeep. Il nous a crié de nous mettre de côté et brusquement il a ouvert le feu sur les paysans regroupés dans le corral. Cela s'est passé si vite que je n'ai pas compris tout de suite. Les autres miliciens ont commencé à tirer avec leurs fusils, aussi. Les gens sautaient, titubaient sous les balles, certains essayaient de protéger les enfants de leur corps. J'en ai vu quelques-uns échapper de cette façon à la mort et s'enfuir entre les arbres. Il y en a eu six, je l'ai su plus tard.

J'ai eu la nausée. L'odeur était horrible avec tout ce sang, ces ventres déchirés. Dans les films américains, on ne vous donne pas cette puanteur. À part sur l'écran, je n'avais jamais vu des êtres humains se faire tuer. Et ceux-là n'étaient même pas des soldats ou des partisans. On n'avait trouvé dans tout le hameau qu'une vieille carabine qui servait à tirer les lapins et les corneilles.

Après, les autres ont été très déçus. Il n'y avait pas d'alcool ni d'objets de valeur, rien à emporter. Alors ils ont mis le feu aux bâtiments et nous sommes partis. Nous avons passé la nuit dans les bois. Ils avaient apporté de la gnôle de Banja Luka, ils se sont saoulés. J'ai essayé de boire, moi aussi, mais j'ai tout rendu. Je me suis enfoncé dans mon sac de couchage et j'ai compris que j'avais commis une erreur terrible : ce n'était pas de patriotes que j'étais entouré, mais de bandits, de pillards qui tuaient pour le plaisir.

Le lendemain, nous sommes partis à la recherche de la piste que nous avions empruntée pour venir d'en bas, et c'est de cette manière que nous sommes tombés sur une ferme isolée, dans une petite vallée au milieu des bois. J'ai vu Zilic se lever dans sa Jeep, lancer une main en l'air pour nous commander d'arrêter et de couper les moteurs. Les chauffeurs ont obéi. Dans le silence, nous avons entendu des voix.

Nous nous sommes déployés tout doucement, fusil à la main. À une centaine de mètres dans la clairière, il y avait deux hommes en train de faire sortir six enfants d'une grange. Ils n'étaient pas armés ni en uniforme. Plus loin, une ferme incendiée et, devant, un Toyota Landcruiser noir, tout neuf, avec des mots en anglais sur la portière. Ils se sont retournés et nous ont vus. La plus âgée des enfants, une fillette d'une dizaine d'années, s'est mise à pleurer. J'ai reconnu son foulard. C'était Leila.

Zilic a avancé en pointant son fusil sur eux, mais ils n'ont pas fait mine de riposter ou de s'enfuir. Nous, nous les avons encerclés en fer à cheval. Le plus grand des deux hommes a dit quelque chose, j'ai compris que c'était un Américain, et Zilic aussi, parce qu'il parlait bien anglais. « Vous êtes qui, les gars ? » Zilic n'a rien répondu. Il s'est approché du 4×4 pour l'examiner. À ce moment, la fillette a cherché à s'enfuir, l'un des hommes a essayé de la retenir mais elle était trop rapide. Zilic a pivoté sur ses talons, il a sorti son revolver et il l'a touchée en pleine tête. Il était très fier de son habileté au tir.

L'Américain, qui se trouvait à deux ou trois mètres de Zilic, s'est jeté en avant et lui a envoyé son poing dans la figure, de côté mais de toutes ses forces. S'il avait encore une chance de s'en sortir, il venait de la perdre. Zilic a été surpris, cela se voyait, parce que personne en Yougoslavie n'aurait osé lever la main sur lui. Il y a eu un instant de flottement, d'incrédulité, quand il est tombé au sol, la bouche en sang. Aussitôt, sept de nos hommes sont arrivés sur l'Américain. Ils se sont acharnés sur lui à coups de bottes, de crosses. Je crois qu'ils l'auraient tué là, sur place, mais Zilic s'est interposé. Il s'était relevé en se tenant la mâchoire. Il leur a crié d'arrêter.

L'Américain était par terre, chemise déchirée, le visage très abîmé, mais toujours vivant. On voyait qu'il portait une grosse poche à la ceinture. Zilic a fait signe à un homme de la prendre et de l'ouvrir. Elle était pleine de billets de cent dollars. Zilic observait celui qui avait eu l'audace de le frapper : « Eh bien, eh bien, que de sang ! Tu as besoin d'un bon bain glacé, mon ami. De quoi te remettre d'aplomb ! » Les miliciens écoutaient, stupéfaits, sans comprendre cette apparente sollicitude. Mais c'est que Zilic avait vu la fosse à purin, remplie à ras bord de bouse et de déjections humaines que les pluies récentes avaient ramollies et liquéfiées. Un seul ordre de Zilic et l'Américain s'est retrouvé dedans.

Le froid de la fosse a dû le ranimer, parce qu'il a trouvé le fond avec ses pieds et il est revenu à la surface en se débattant. Il y avait les débris d'une ancienne clôture à côté, de longs bouts de bois que les hommes ont utilisés comme des perches pour le repousser dans la vase. À chaque fois qu'il réémergeait, il criait au secours, il les suppliait... À la sixième ou septième fois, Zilic a attrapé un bâton et il l'a enfoncé dans la bouche ouverte de l'Américain, en lui cassant presque toutes les dents. Ensuite, il a pesé dessus, jusqu'à ce que l'homme reste au fond. Mort.

Je suis allé sous un arbre, j'ai vomi le saucisson et le pain noir que j'avais eus pour le petit déjeuner. J'aurais voulu tous les tuer, mais ils étaient trop *nombreux et j'avais trop peur. Soudain, j'ai entendu des rafales d'armes automatiques : ils venaient d'assassiner les cinq autres enfants et le Bosniaque qui avait amené l'Américain ici. Ils ont jeté les corps dans la fosse à purin, sur laquelle ils ont flotté un moment avant de s'enfoncer lentement. L'un des hommes a découvert que le nom de l'organisation humanitaire sur les portières était formé de lettres en pellicule adhésive, qui s'enlevaient facilement.*

Quand nous avons quitté les lieux, il n'y avait pour toute trace des meurtres que les éclaboussures du sang rouge vif des enfants sur l'herbe et quelques cartouches vides qui brillaient au soleil sur le sol. Ce soir-là, Zilic a partagé le butin. Nous avions droit à cent dollars chacun. Moi, j'ai refusé le billet mais il a insisté, il voulait que je le prenne pour prouver que je faisais « partie de l'équipe ». Plus tard, j'ai essayé de m'en débarrasser au bar, en payant la note. Il m'a vu, il est devenu fou de rage. Le lendemain, quand je lui ai dit que je voulais retourner à Belgrade, il m'a promis une punition horrible si je disais un seul mot.

Je sais depuis longtemps que je ne suis pas courageux. C'est la peur qui m'a obligé à garder le silence, même quand un Anglais est venu me poser des questions à ce sujet pendant l'été 1995. Mais désormais je suis en paix avec moi-même. Aussi longtemps que le Seigneur me prêtera vie, je suis prêt à témoigner devant n'importe quel tribunal, en Hollande ou en Amérique.

Devant l'Éternel, je, soussigné Milan Rajak, jure avoir dit la vérité et rien que la vérité.

Fait à Senjak, Belgrade, le 7 avril 2001.

Ce même soir, le Limier envoyait un long message à Edmond, dans l'Ontario. Les instructions qu'il allait recevoir en retour étaient nettes et précises : « Allez où vous devez aller, faites ce que vous avez à faire. Trouvez mon petit-fils, ou ce qui reste de lui, et ramenez-le ici. »

13

Une fosse

La paix est revenue en Bosnie au mois de novembre 1995, mais plus de cinq ans après, les plaies de la guerre demeurent visibles, et même béantes.

Ce pays n'a jamais été riche. Pas de rivage côtier pour attirer les touristes, pas de réserves minières, juste une agriculture rudimentaire, cantonnée aux vallées coincées entre montagnes et forêts. Les pertes économiques sont considérables, mais c'est la société elle-même qui a été le plus touchée : on a du mal à imaginer que Serbes, Croates et Bosniaques musulmans pourront à nouveau vivre en harmonie avant une génération ou deux, et non dans leurs camps retranchés respectifs.

D'autant qu'au lieu d'assumer la douloureuse nécessité de la partition territoriale, la communauté internationale a préféré servir les sermons habituels sur la réunification et la reconstruction de la confiance mutuelle, justifiant ainsi le retour à l'absurde situation antérieure. Ces contrées dévastées ont été placées sous l'autorité du haut représentant des Nations unies, une sorte de proconsul jouissant pratiquement des pleins pouvoirs et s'appuyant sur les soldats de la Forpronu.

Parmi les humbles tâches de la reconstruction, tombées sur ceux qui ne cherchent pas le vedettariat politique mais font avancer les choses en pratique, la plus ingrate revient alors à la CIPD, la Commission internationale pour les personnes disparues.

Dirigé avec discrétion mais une remarquable efficacité par Gordon Bacon, un ancien policier britannique, cet organisme a d'abord pour mission d'écouter les dizaines de milliers de parents de « disparus », d'enregistrer leurs dépositions et de partir sur la trace des centaines de massacres à petite échelle qui se sont produits depuis 1992. Ensuite, il s'agit de comparer les témoignages et les restes humains retrouvés, puis de remettre le tas d'ossements adéquat à la famille concernée pour inhumation, religieuse ou non.

Impossible sans un test d'ADN, l'identification des dépouilles est désormais aisément praticable. Une goutte de sang prélevée sur un parent vivant, un copeau d'os venu du cadavre et l'identité peut être confirmée sans l'ombre d'un doute. En l'an 2000, le laboratoire d'ADN le plus efficace d'Europe ne se trouve pas dans quelque riche capitale d'Occident mais à Sarajevo, avec un modeste budget géré par Gordon Bacon. Et c'est pour s'entretenir avec ce dernier que le Limier se rend là-bas en voiture deux jours après avoir fait signer à Milan Rajak son témoignage.

Celui-ci lui a appris que, peu avant d'être abattu, Fadel Souleïmane, l'employé de l'organisation humanitaire, a dit à ses assassins que cette ferme incendiée avait jadis été celle de son père. Gordon Bacon lit le récit du jeune homme avec un intérêt poli. Il en a eu des centaines de ce genre sous les yeux, déjà. Mais

164

c'est la première fois qu'il en voit un provenant de l'un des responsables du meurtre, et non d'une victime épargnée. La première fois, aussi, qu'il est question d'un Américain. Et du coup, il se rend compte qu'il a sans doute devant lui la clé de ce « mystère Colenso » dont il a entendu parler plusieurs fois. Aussitôt, il téléphone au représentant de la CIPD à Travnik, lui demandant d'offrir toute l'aide nécessaire à un Mr Gracey lorsque celui-ci arrivera. Après avoir passé la nuit dans la chambre d'amis chez son compatriote, le Limier prend la route du nord le lendemain.

Comme il n'y a que deux heures de trajet, il est sur place avant midi. Il a contacté Stephen Edmond une nouvelle fois : un échantillon sanguin du grand-père est déjà parti de l'Ontario par courrier express. Le 11 avril, une petite équipe d'exhumation quitte Travnik pour les montagnes avec un guide local dans le premier tout-terrain, un homme qui fréquentait la même mosquée que Souleïmane et qui se rappelle l'emplacement de la ferme familiale. Ils ont avec eux des combinaisons protectrices, des masques, des pelles, des brosses, des tamis, des sacs en plastique, bref l'attirail nécessaire à leur macabre mission.

En six ans, la petite vallée a été envahie par les ronces. Personne n'a cherché à reprendre la ferme incendiée. Apparemment, la famille Souleïmane est éteinte. Ils trouvent cependant la fosse à purin sans trop de difficulté. Cette année, les pluies printanières ont été moins abondantes qu'en 1995 et son contenu s'est figé en argile à l'odeur pestilentielle. Les hommes enfilent des cuissardes de pêcheur et se mettent à l'ouvrage, indifférents à la puanteur.

D'après le témoignage de Rajak, la fosse était remplie à ras bord au moment du meurtre, mais Ricky Colenso a tout de même touché le fond avec son pied. Elle doit donc mesurer moins de deux mètres de profondeur, et une soixantaine de centimètres en moins quand elle n'est pas inondée. Après avoir dégagé une première couche à la pelle, les chercheurs, sur l'ordre du représentant de la CIPD, continuent à la truelle. Une heure après, les premiers ossements apparaissent. Encore une heure d'un travail plus délicat, au grattoir et au pinceau, et le massacre est enfin révélé.

Dans le fond de la fosse hermétiquement protégé de l'air, les asticots n'ont pu se développer. La décomposition a donc été l'œuvre des enzymes et des bacilles, qui ont laissé les ossements complètement à nu. Une fois essuyé, le premier crâne à être exhumé est d'une blancheur éclatante. Il y a aussi des lambeaux de cuir provenant des bottes des deux hommes, une boucle de ceinture qui paraît d'origine américaine, des boutons en métal et des rivets de jeans. À genoux, l'un des hommes lance une exclamation et brandit une montre. L'inscription au dos n'a pas été effacée par cette immersion de soixante-dix mois : « Maman pour Ricky, diplômé 1994. »

Les enfants, déjà morts quand ils ont été jetés dans la fosse, gisent en tas les uns sur les autres, enchevêtrement d'os assez petits pour que l'on comprenne d'où ils proviennent. Le squelette de Souleïmane est un peu plus loin, étalé en croix sur le dos dans la position où le cadavre a échoué ici. D'en haut, son ami l'a vu et adresse ses prières à Allah. Plus tard, il confirmera que le malheureux mesurait un peu plus d'un mètre soixante-dix.

Le dernier gisant, le plus grand de tous, est sur l'un des bords, comme si le garçon mourant avait tenté de se traîner à travers la puanteur noire. Les ossements sont blottis en position fœtale, et c'est dans cet amas que l'on a retrouvé la montre et la boucle de tissu. Rapporté en haut, le crâne présente toutes les dents de devant cassées, ainsi que Rajak l'a indiqué dans son témoignage.

Le soleil se couche lorsque les derniers vestiges sont retirés de la fosse. Chaque homme est dans un sac différent, les restes des enfants ont été réunis dans un troisième, la recomposition des six petits cadavres étant plus facile à opérer à la morgue de Travnik.

Le Limier passe la nuit à Vitez, abandonnée par l'armée britannique mais où il retrouve facilement la pension où il s'était logé lors de son précédent voyage. Le lendemain, il rejoint le représentant de la CIPD à Travnik. Celui-ci a reçu de Gordon Bacon l'autorisation de confier les restes de Ricky Colenso au commandant Gracey, alias le Limier, afin qu'il les emporte à Sarajevo. Là-bas, l'échantillon sanguin de Stephen Edmond est déjà arrivé. En deux jours seulement, avec une remarquable célérité, le laboratoire a achevé le test d'ADN. Bacon peut certifier que le squelette est celui de Richard « Ricky » Colenso, mais il lui faut une autorisation écrite de la famille pour le confier aux bons soins de Philip Gracey, résidant à Andover, Hampshire, GB. Elle lui parviendra en deux jours.

Entre-temps, selon les instructions reçues, le Limier a fait l'acquisition d'un cercueil. Les employés du meilleur funérarium de Sarajevo ont disposé les ossements en les lestant de telle manière que le cercueil ait le même poids que s'il avait contenu un véritable cadavre. Puis il est scellé à jamais.

Le 16 avril, le Grumman IV du milliardaire canadien se pose à Sarajevo, porteur des documents nécessaires. Le Limier remet la dépouille mortelle et le gros dossier concernant l'affaire au commandant du jet, puis rejoint la verte Angleterre. Le même jour, lorsque l'appareil se pose sur l'aéroport international de Washington après une escale technique à Shannon, Stephen Edmond est présent pour accueillir le cercueil, emporté en corbillard dans la chapelle ardente où il demeurera deux jours, le temps que les dernières formalités concernant les obsèques soient réglées. Elles ont lieu le 18, au très chic cimetière de Oak Hill, à Georgetown. Durant la cérémonie intime, de rite catholique, la mère du garçon, Annie Colenso née Edmond, est soutenue par son mari tandis qu'elle pleure doucement. Les yeux rouges, le professeur lance à plusieurs reprises un regard perplexe à son beau-père, comme s'il cherchait un conseil, un soutien.

De l'autre côté de la tombe, l'octogénaire canadien en grand deuil se tient aussi droit qu'une colonne de cette pentlandite qui lui a valu sa fortune, fixant le cercueil de son petit-fils sans tressaillir. Il n'a montré ni à sa fille ni à son gendre le rapport du Limier, et encore moins le témoignage de Milan Rajak. D'après la version donnée aux parents, un témoin s'est soudain souvenu d'avoir vu le Toyota dans une vallée, et c'est ce qui a permis de découvrir les deux corps, enterrés après

168

le meurtre. Il n'y avait pas d'autre explication possible pour ces six années écoulées.

Après la prière, l'assistance se retire pour laisser œuvrer les fossoyeurs. Annie court se jeter dans les bras de son père, pressant son visage contre la chemise impeccable. Il lui caresse gentiment les cheveux, comme au temps où, petite fille, elle avait soudain été effrayée par quelque chose. Au bout d'un moment, elle relève la tête et lui dit : « Je veux qu'on retrouve celui qui a fait cela à mon enfant, Papa. Je ne veux pas qu'il ait une mort rapide. Je veux qu'il se réveille chaque matin dans une prison en sachant qu'il en sera ainsi jusqu'à son dernier jour, et je veux qu'il réfléchisse à la raison, qu'il se rappelle que c'est parce qu'il a assassiné sans pitié mon garçon. » Le vieil homme, qui a déjà pris sa résolution, répond d'une voix sourde : « Il faudra que je remue le ciel et l'enfer, sans doute. Mais je ferai tout ce qui est nécessaire. »

Il s'écarte, adresse un signe de tête à son gendre et regagne sa limousine. Le chauffeur s'est à peine engagé dans R Street, à la sortie du cimetière, que Stephen Edmond s'empare du téléphone de voiture. Au Capitole, une secrétaire lui répond.

« Passez-moi le sénateur Peter Lucas, s'il vous plaît. »

En recevant le message, le vieil élu du New Hampshire hausse les sourcils, puis sourit. Les amitiés tissées en temps de guerre peuvent durer une heure, ou toute une vie. Il y a cinquante-cinq ans que, dans une belle maison de repos de la côte anglaise, Stephen Edmond et Peter Lucas ont pleuré ensemble sur tous leurs jeunes compatriotes qui ne reviendraient pas au pays, mais l'estime réciproque est demeurée intacte. Ils sont tels deux frères, presque. Chacun d'eux sait qu'il marchera sur des charbons ardents si son ami le lui demande. Et là, le Canadien s'apprête à solliciter son aide.

L'un des traits les plus remarquables de Franklin Delano Roosevelt est que, tout en restant un Démocrate convaincu, il n'a jamais hésité à reconnaître les compétences là où il les trouvait. Juste après Pearl Harbor, c'est ainsi un Républicain conservateur qu'il a convoqué dans l'intention de lui confier la création de l'OSS, les premiers services de renseignements internationaux dont les États-Unis se soient dotés. Le général William Donovan, dit Bill le Fonceur, assistait à un match de football. Fils d'immigrants irlandais, il avait commandé le 69e régiment sur le front occidental durant la Première Guerre mondiale. Devenu un avocat réputé, il avait été procureur général adjoint sous Herbert Hoover avant de devenir l'un des meilleurs spécialistes en droit des affaires à Wall Street. Ce n'était pourtant pas ses talents de juriste que Roosevelt recherchait, mais sa légendaire pugnacité, qualité indispensable à la fondation de la première agence de contre-espionnage et d'opérations spéciales du pays.

Sans beaucoup hésiter, le vieux soldat allait s'atteler à la tâche, s'entourant de collaborateurs plus jeunes, tous d'une grande intelligence et munis de sérieux carnets d'adresses. Parmi eux, Arthur Schlesinger, David

Bruce ou Henry Hyde, qui devaient poursuivre de brillantes carrières.

À cette époque, Peter Lucas coulait des jours heureux entre Manhattan et Long Island et venait d'entrer à Princeton. Le soir de Pearl Harbor, cependant, il avait résolu de partir en guerre, lui aussi. Mais son père s'y opposait fermement. En février 1942, n'ayant plus le moindre goût pour les études et résolu à désobéir aux ordres paternels, il quittait l'université, cherchant quelle pourrait être sa contribution. Caressant l'idée de devenir pilote de chasse, il avait pris des cours de pilotage, seulement pour découvrir qu'il était atteint d'un mal de l'air chronique. Quatre mois plus tard, apprenant la création de l'OSS, il s'était porté immédiatement volontaire et avait été accepté. Il se voyait déjà derrière les lignes allemandes, le visage passé à la suie. À la place, le plus clair de son temps se déroulait dans des réceptions mondaines : le général Donovan attendait de lui qu'il soit un aide de camp impeccable et partout à l'aise.

Ayant suivi de près les préparatifs des débarquements de Sicile et de Salerne, auxquels les hommes de l'OSS allaient prendre une part importante, il avait supplié qu'on le laisse partir à son tour. Patience, lui répondait-on. Il était comme un gamin devant l'étal d'une confiserie : il avait le droit de regarder, mais non de toucher. À bout de nerfs, il avait fini par déclarer tout de go au général : « Ou je pars au charbon dans votre service, ou je m'engage dans les paras. » Bill le Fonceur, qui ne tolérait d'ultimatums de personne, avait peut-être soudain revu la tête brûlée qu'il avait lui-même été un quart de siècle plus tôt. Il l'avait fixé longuement avant de lâcher : « Faites les deux, mais dans l'ordre inverse. »

Avec le soutien de Donovan, toutes les portes s'étaient ouvertes devant lui. Se dépouillant de la tenue civile qu'il ne supportait plus, Peter Lucas avait suivi la filière accélérée à Fort Benning, devenant sous-lieutenant parachutiste en trois mois. Pas assez vite pour participer au débarquement de Normandie, certes, mais sitôt son brevet en poche, il était revenu trouver le vieux général et lui avait rappelé sa promesse. Et il avait enfin eu son parachutage clandestin par une nuit d'automne dans le nord de l'Italie, en territoire contrôlé par les nazis.

Il avait connu les résistants italiens, de fervents communistes, et les collègues des Forces spéciales britanniques, dont la décontraction apparente lui avait d'abord paru peu crédible mais dont il avait découvert la vraie nature en quelques semaines, le groupe auquel il s'était joint comportant d'authentiques tueurs, parmi les plus féroces de toutes les troupes alliées. Ayant survécu au cruel hiver 1944, il semblait presque destiné à finir la guerre sain et sauf lorsque, en mars 1945, il était tombé avec cinq de ses camarades sur un escadron de SS attardés dans la région à leur insu, et aucunement disposés à se rendre. Au cours de l'affrontement qui avait éclaté, Lucas avait reçu deux balles de mitraillette Schmeisser dans le bras et l'épaule gauches.

Ils étaient loin de tout, sans morphine. Une semaine de marche épuisante leur avait permis de trouver une unité de l'avant-garde britannique, avec une opération en catastrophe à l'hôpital de campagne, puis le rapatriement sanitaire à Londres dans un Libérateur et une

172

nouvelle intervention chirurgicale dans de bien meilleures conditions.

Ensuite, cela avait été la maison de repos du Sussex, avec pour compagnon de chambre un pilote canadien se remettant de fractures aux deux jambes, les parties d'échecs pour tromper l'attente... De retour au pays, il avait de l'énergie à revendre et le monde semblait à lui. Il avait rejoint le cabinet de son père à Wall Street, puis lui avait succédé avec brio et s'était lancé dans la carrière politique à soixante ans. En avril 2001, il assistait à l'élection d'un Président issu de son parti alors qu'il en était à son quatrième et dernier mandat de sénateur républicain du New Hampshire.

Au nom que la secrétaire vient de lui donner, Peter Lucas prend le téléphone et demande à ne plus être dérangé. À quelques kilomètres de là, sa voix résonne dans la limousine :

« Steve ! Comme je suis content de t'entendre ! Où es-tu ?

– Ici, à Washington. Il faut que je te voie, Peter. C'est sérieux. »

Au ton de son ami, le sénateur a compris.

« Bien sûr, mon vieux. Dis-moi.

– À déjeuner, tu pourrais ?

– Je me libère. On se retrouve au Hay Adams. Demande ma table habituelle, on pourra parler tranquillement. À une heure. »

Le Canadien est déjà arrivé lorsque Lucas fait son entrée. Il n'y a pas de préambule :

« Je sors du cimetière de Georgetown. Je viens d'enterrer mon petit-fils. »

Les traits du sénateur expriment sa compassion.

« Ah, mon vieil ami, je suis navré, navré...

– Asseyons-nous. J'ai quelque chose à te montrer. »

Une fois à la table, Stephen Edmond devance la question :

« Il a été assassiné. Froidement. Pas ici, non. Et pas récemment. Il y a six ans, en Bosnie. »

Il résume l'élan de générosité du garçon, ses tribulations jusqu'à Travnik, sa décision d'aider un employé local à revenir à sa maison natale, puis il passe à la confession de Milan Rajak. Leurs martinis arrivent. Le sénateur commande une assiette de saumon fumé, du pain de seigle, un meursault bien glacé. Edmond hoche la tête pour dire : « Pareil pour moi. »

Habitué à parcourir un document très vite, le sénateur doit cependant ralentir à mi-chemin, après avoir poussé un soupir étranglé. Pendant qu'il tourne les dernières pages, Edmond observe la salle autour d'eux. Son ami a bien choisi : leur table est derrière le grand piano, dans un coin discret près d'une fenêtre à travers laquelle on aperçoit la Maison-Blanche. Le Lafayette de l'hôtel Hay Adams n'a pas son pareil. On se croirait davantage dans la salle à manger d'une demeure seigneuriale du XVIIIe siècle que dans un restaurant du cœur administratif des États-Unis.

Ils grappillent dans leur assiette en silence. Au bout d'un moment, Peter Lucas le regarde : « Je ne sais pas quoi dire, Steve. C'est sans doute la chose la plus affreuse que j'aie jamais lue. Qu'attends-tu de moi ? » Ils se taisent encore quand le garçon vient desservir et leur amène un café serré et un verre d'armagnac. Steve Edmond contemple leurs mains sur la nappe blanche. Des mains de vieux, striées de veines, aux doigts enflés, mais qui ont jadis lancé un chasseur à la poursuite de bombardiers Dornier et vidé un fusil M-1 dans une taverne pleine de SS aux abords de Bolzano. Des mains qui ont livré des combats, caressé des femmes, soulevé des nouveau-nés, signé des chèques, amassé des fortunes, changé le monde. Jadis.

Surprenant son regard, Peter Lucas lit dans les pensées du Canadien :

« Oui, nous sommes vieux, désormais. Mais toujours en vie. Que veux-tu que je fasse, alors ?

– Peut-être une dernière bonne action, pour toi et moi. Mon petit-fils avait la nationalité américaine, les États-Unis sont en droit d'exiger l'extradition de ce monstre, où qu'il se trouve. Et de le juger ici, pour meurtre au premier degré. Cela implique que le Département d'État et celui de la Justice fassent pression conjointement sur les autorités qui abritent une telle ordure. Tu pourrais leur en parler ?

– Si tu ne peux obtenir justice, ici, à Washington, c'est que tu ne le pourras nulle part, mon ami. » Il lève son verre : « À notre dernière bonne action, donc. »

Mais il n'a pas tout vu.

14

Un père

Cela avait été une simple dispute familiale, qui aurait dû se terminer par un baiser et des réconciliations. Mais elle avait éclaté entre une fille au tempérament volcanique et son obstiné de père.

À l'été 1991, Amanda Jane Dexter était une beauté de seize ans. Son héritage napolitain du côté des Marozzi lui avait donné une silhouette à faire se retourner un évêque dans la rue, tandis que la blondeur anglo-saxonne des Dexter conférait à son délicieux visage des allures de Bardot jeune. Tous les garçons lui couraient après, ce que son père devait bien accepter. Mais il n'aimait pas Emilio.

Il n'avait aucun préjugé contre les Hispaniques. C'était seulement qu'il y avait quelque chose de déplaisant, voire de rebutant, dans ce bellâtre de cinéma. La cruauté du prédateur, même. Ce qui n'empêchait pas Amanda Jane d'être folle de lui, et les longues vacances estivales allaient précipiter la crise. Emilio lui avait proposé un séjour à la mer, et il avait bien soigné ses arguments : il y aurait d'autres adolescents, et des adultes autour, et beaucoup de volley-ball sur la plage,

et l'air de l'Atlantique... Tout paraissait normal, innocent, idyllique, et pourtant le garçon n'avait pas une
seule fois croisé le regard du père lorsqu'il avait exposé
son plan. Et donc celui-ci avait dit non.

Elle s'était enfuie une semaine plus tard. Dans le
mot qu'elle avait laissé, elle demandait à ses parents
de ne pas s'inquiéter. Mais elle n'était plus une enfant,
elle était une femme et elle entendait être traitée
comme telle. Et elle avait disparu.

Les vacances s'étaient terminées. Toujours pas
d'Amanda Jane. Sa mère, qui avait d'abord approuvé
son désir d'indépendance, avait décidé d'écouter enfin
son mari. Ils n'avaient aucune adresse sur la côte,
aucune information sur la famille d'Emilio ni même
sur son vrai domicile, car les coordonnées dans le
Bronx qu'il leur avait données correspondaient en fait
à un meublé. Sa voiture était immatriculée en Virginie,
se souvenait Dexter, mais après vérification il avait
appris qu'elle avait été vendue au mois de juillet.
Contre espèces. Même le nom du garçon, Gonzalez,
n'offrait guère de piste puisqu'il est aussi commun que
Smith, aux États-Unis...

Grâce à ses contacts, Cal Dexter avait pu joindre
un responsable du service des personnes disparues à la
police new-yorkaise, qui s'était montré compatissant
mais sceptique : « À cet âge, de nos jours, ce sont des
adultes. Ils couchent ensemble, partent en voyage
ensemble, prennent un appartement ensemble... » On
ne pouvait lancer de recherches que dans les cas où il y
avait des preuves de menaces, de violences physiques,
d'usage de stupéfiants, etc. Dexter lui avait alors révélé
que leur fille avait appelé une seule fois, à un moment

de la journée où elle savait que ses parents seraient au travail. Elle avait laissé un message sur le répondeur, disant que tout allait pour le mieux, qu'elle était heureuse et qu'elle les reverrait lorsqu'elle se sentirait prête. Dexter avait établi que l'appel avait été passé d'un portable à cartes renouvelables, dont le propriétaire ne pouvait être retrouvé. Il avait fait écouter la cassette au responsable du service qui, comme tous ses semblables à travers le territoire, croulait sous les dossiers. Cette histoire-là n'avait rien d'urgent, apparemment.

Noël était arrivé. Une triste fête, la première que les Dexter passaient sans leur enfant depuis seize ans.

C'est un certain Hugh Lamport qui découvrit le cadavre. Dirigeant d'une petite société d'informatique, cet honnête citoyen voulait rester en forme, ce qui pour lui consistait à courir cinq kilomètres entre six heures et demie et sept heures – au mieux – quelle que soit la météo, y compris ce lugubre et glacial matin du 18 février 1992. Il faisait son jogging sur le bord de l'Indian River à Virginia Beach, son lieu de résidence. Il préférait l'herbe au béton ou au bitume. C'était meilleur pour les chevilles. Arrivé devant un ponton qui enjambait une canalisation à ciel ouvert, il avait préféré sauter par-dessus le fossé. À cet instant, ses yeux avaient saisi une forme indistincte au fond, plus pâle que le reste dans la pénombre de l'aube. Il s'était arrêté pour revenir se pencher au-dessus du trou. Elle était là, comme désarticulée par la mort, à moitié dans l'eau saumâtre.

Lançant un regard affolé à la ronde, il avait remarqué une faible lumière à travers les arbres, à quatre cents mètres environ. Un autre lève-tôt préparant un café dans sa cuisine. Non plus au trot, mais au galop, il avait atteint la maison, expliqué en haletant ce qu'il venait de voir, et on l'avait laissé entrer. L'appel était parvenu au service des urgences de la police de Virginia City, dans les sous-sols de leurs locaux de Princess Anne Road. La policière de garde avait établi que l'unique véhicule de patrouille du premier district se trouvait à moins de deux kilomètres de la canalisation. Les deux flics étaient tombés sur un homme en survêtement et un autre en robe de chambre, qui les attendaient fébrilement devant la porte. Ensuite, alerter la brigade criminelle et le médecin légiste, accepter avec reconnaissance le café offert par le voisin, et attendre.

Cette zone de la Virginie-Occidentale est une succession de six villes mitoyennes, un long chapelet de quartiers essaimés de bases navales et aériennes qui s'étend sur des kilomètres jusqu'à la baie de Chesapeake et à l'Atlantique. De toutes ces agglomérations – Norfolk, Portsmouth, Hampton, James City et Chesapeake –, Virginia Beach est de loin la plus importante avec ses quatre cent trente mille habitants sur un total d'un million et demi que compte la région, et ses près de six cents kilomètres carrés. Alors que les policiers des second, troisième et quatrième districts opèrent en milieu urbain, ceux du premier couvrent une vaste étendue essentiellement rurale, trois cent douze kilomètres carrés qui vont jusqu'à la frontière de la Caroline du Nord et que l'Indian River coupe en deux.

Une demi-heure plus tard, les inspecteurs et techniciens de la brigade étaient sur place, suivis à cinq minutes par le médecin légiste. L'aube venait de poindre, si on pouvait appeler ainsi ce ciel blafard et rayé de pluie. Après avoir été conduit chez lui pour prendre une douche rapide, Lamport était allé donner sa déposition. L'homme qui passait son café dans la cuisine avait lui aussi témoigné, jurant qu'il n'avait rien entendu ni vu de suspect durant toute la nuit.

Rapidement, le médecin légiste avait établi que la victime, une jeune Blanche, était morte sans doute ailleurs et que son corps avait été jeté dans le fossé, probablement d'une voiture. Le cadavre avait été photographié, puis convoyé en ambulance jusqu'à Norfolk dont la morgue était commune aux six villes. Pendant ce temps, les inspecteurs notaient que si le ou les coupables avaient eu un peu de jugeote et un semblant d'humanité, il leur aurait suffi de parcourir cinq kilomètres pour atteindre les marais de Back Bay, là où un corps lesté pouvait disparaître à jamais dans la vase. Apparemment à bout de patience, ils avaient préféré se débarrasser de leur sinistre charge en chemin, et déclencher ainsi la chasse à l'homme.

À Norfolk, l'autopsie avait commencé afin d'établir la cause, l'heure et si possible le lieu du décès, ainsi que de rechercher des moyens d'identification du cadavre. La deuxième inspection n'avait rien donné : des sous-vêtements raffinés mais non provocants, une robe moulante déchirée en plusieurs endroits. Pas de médaillon, ni de bracelet, ni de sac à main, ni de tatouages... Le visage, marqué de bleus et de coupures qui révélaient une sauvage agression, avait été photographié une nouvelle fois, et le cliché avait été envoyé aux brigades des mœurs des six villes car la tenue de la victime semblait indiquer qu'elle pouvait avoir pris part à ce que l'euphémisme convenu appelait « la vie nocturne ».

Ensuite, il y avait eu les empreintes digitales et l'analyse de sang, sur lesquelles les enquêteurs fondaient leurs principaux espoirs. Les premières, n'ayant donné aucun résultat dans la zone, avaient été envoyées à Richmond, où fonctionne une base de données dactyloscopiques pour toute la Virginie. Après plusieurs jours, la réponse était arrivée, négative, et il avait donc fallu se tourner vers le FBI, qui couvrait l'ensemble des États-Unis avec son IAFIS, Système d'identification dactyloscopique automatisé.

Le rapport final du médecin légiste avait de quoi faire frémir même les inspecteurs les plus endurcis. La fille avait à peine dix-huit ans à sa mort, sans doute moins. Elle avait été très jolie, également, mais son mode de vie et son bourreau avaient ruiné tout cela. Elle présentait en effet une dilatation anale et vaginale prouvant qu'elle avait été brutalement pénétrée par des objets bien plus gros qu'un pénis de taille normale, et ce à plusieurs reprises. Et avant les coups terribles qui avaient provoqué la mort, il y en avait eu d'autres. Et elle avait pris régulièrement de l'héroïne, mais seulement dans une période récente, environ six mois. Pour les enquêteurs de la criminelle et des mœurs à New York, tout cela pointait vers une seule conclusion : prostitution. Celle-ci s'accompagnait souvent d'une accoutumance à la drogue, le souteneur faisant office de fournisseur exclusif et, en cas de besoin, remettant au pas les récalcitrantes par des violences qui pouvaient inclure des pratiques sadomasochistes ou zoophiles. Dans ce cas, la victime rapportait encore de l'argent, et il y avait toujours des êtres assez vils pour payer le spectacle, et donc d'autres pour le mettre en scène.

Le rapport avait été versé au dossier, la recherche d'identité s'était poursuivie. Soudain, un inspecteur de Portsmouth avait pensé reconnaître la fille sur la photo, toute défigurée qu'elle eût été. Il pensait qu'il devait s'agir d'une prostituée locale répondant au nom de Lorraine. Une rapide enquête avait établi que cette dernière avait disparu depuis plusieurs semaines. Auparavant, elle faisait le trottoir pour le compte d'un gang hispanique particulièrement brutal qui se servait de ses garçons les plus séduisants pour mettre la main sur de jolies filles du Nord et les attirer au sud de l'État en leur promettant le mariage, ou des vacances à la mer, ou n'importe quoi. Cuisinés par la police, les maquereaux avaient juré qu'ils ne l'avaient jamais connue sous un autre nom, que c'était déjà une professionnelle lorsqu'elle était arrivée à Portsmouth et qu'elle était partie de son plein gré, affirmant vouloir retourner en Californie.

Sauf que la fille allait être enfin identifiée, à Washington, et grâce aux empreintes digitales. Ayant parié avec des amies qu'elle était capable de tromper la surveillance d'un supermarché, Amanda Jane Dexter avait été filmée en train de dérober une babiole. Le juge des enfants avait cru en son histoire, confirmée par cinq camarades de lycée, et l'avait laissée partir sous caution, mais ses empreintes avaient été relevées

182

à tout hasard par la police new-yorkaise, puis transmises au IAFIS. « Bon, je vais peut-être enfin pouvoir coincer ces salauds », avait noté en apprenant la nouvelle le sergent Austin, de la brigade des mœurs de Portsmouth.

Le téléphone avait sonné dans leur appartement du Bronx par un autre hideux matin d'hiver, pas assez épouvantable cependant pour qu'ils renoncent à demander à un père de parcourir plus de cinq cents kilomètres en voiture afin de venir identifier son unique enfant. Assis sur le bord du lit, la tête dans les mains, Cal Dexter s'était dit qu'il aurait mieux valu périr dans les tunnels de Cu Chi plutôt que de recevoir un tel coup. Il avait fini par mettre Angela au courant, l'avait soutenue tandis qu'elle s'effondrait en sanglots. Il avait appelé sa belle-mère, qui était arrivée aussitôt.

Il ne pouvait supporter l'idée d'aller à La Guardia et de courir le risque d'attendre un avion pour Norfolk qui serait retardé par le brouillard, la grêle, la saturation des aéroports new-yorkais. Il avait pris sa voiture et il était parti par le pont de Newark, à travers ce New Jersey qu'il connaissait comme sa poche pour l'avoir parcouru de chantier en chantier, puis une portion de Pennsylvanie, puis le Delaware, toujours plus au sud, Baltimore, Washington et les confins de la Virginie.

À la morgue de Norfolk, il avait écarquillé les yeux sur ce visage jadis adorable et toujours adoré avant de hocher la tête maladroitement à l'intention de l'inspecteur qui l'accompagnait. Dans un bureau à l'étage, devant un gobelet de café, il avait entendu le résumé des faits, qu'il savait volontairement succinct. Sa fille avait été battue à mort par un ou des inconnus, elle avait succombé à plusieurs hémorragies internes. Les coupables avaient probablement chargé le corps dans le coffre d'un véhicule, s'étaient rendus dans les zones les moins peuplées du premier district de Virginia City et avaient jeté le cadavre quelque part. L'enquête était en cours.

Il avait fait une longue déposition, leur avait expliqué tout ce qu'il connaissait de cet « Emilio », sans que cette mention ne mette la puce à l'oreille des détectives de Norfolk. La police ne voyait pas d'objection à ce qu'il remporte la dépouille de sa fille, non, mais il fallait pour cela l'accord de la Direction de la médecine légale. Encore des formalités, qui avaient traîné en longueur et dont il avait attendu l'issue à New York. Puis il était revenu à Norfolk et il avait refait le trajet inverse dans le corbillard, avec sa fille. Le cercueil était scellé, à sa demande. Il ne voulait pas que sa femme ou quiconque de la famille Marozzi voie ce qu'il y avait à l'intérieur. Amanda Jane avait été inhumée trois jours avant son dix-septième anniversaire. Une semaine plus tard, son père était de retour en Virginie.

Dans son bureau au siège de la police de Portsmouth, 711, Crawford Street, le sergent Austin avait eu une moue étonnée lorsque l'accueil l'avait prévenu qu'un certain Calvin Dexter désirait lui parler. Ce nom ne lui disait rien, et surtout ne présentait pour lui aucun lien avec le portrait pénible à voir d'une fille de joie assassinée. Le visiteur ayant insisté, et affirmé qu'il pouvait apporter une contribution à l'une de ses enquêtes en cours, il avait demandé qu'on le laisse monter.

Fondée par les Anglais bien avant la Révolution américaine, Portsmouth est la plus ancienne des six villes du sud de la Virginie. Aujourd'hui, c'est un alignement d'immeubles en briques qui contemple tristement la modernité scintillante des gratte-ciel de Norfolk de l'autre côté de l'Elizabeth River, mais c'est aussi une destination prisée par les militaires basés dans la zone lorsqu'ils cherchent à prendre « un peu de bon temps » après le crépuscule. La brigade des mœurs locale n'est donc pas là pour faire de la figuration.

Face à l'impressionnante carrure de l'ancien footballeur devenu policier, le visiteur semblait plutôt frêle. Mais c'était d'une voix ferme qu'il avait commencé, planté devant la porte du sergent : « Vous vous souvenez d'une fille entraînée dans la prostitution et la drogue, violée et battue à mort ? Il y a un mois ? Je suis son père. »

Sourcils froncés, Austin avait retiré la main qu'il tendait déjà à l'inconnu. Il était sur ses gardes, soudain. Il comprenait la colère de certains de ses concitoyens, mais il n'en était pas responsable, ni prêt à ce qu'ils la défoulent sur un policier en fonction. Ils étaient fatigants, ceux-là, et même parfois dangereux.

« Je suis désolé, monsieur. Je vous assure que nous n'épargnons aucun effort pour...

— Du calme, sergent. J'ai juste besoin de vérifier un point. Et ensuite, je vous laisse en paix.

— Je sais ce que vous devez ressentir, Mr Dexter, mais je ne suis pas autorisé à... »

Le visiteur avait plongé la main droite dans la poche intérieure de sa veste. Est-ce que les gars de la sécurité avaient bâclé leur travail, à l'entrée ? Portait-il une arme ? Celle d'Austin était à trois mètres de là, derrière lui, dans un tiroir de son bureau.

« Qu'est-ce que vous faites, monsieur ?

– Je vais poser quelques bouts de ferraille sur votre table, sergent. »

Il s'était avancé et exécuté méthodiquement. Le sergent Austin, qui avait le même âge et avait servi dans l'armée, mais sans quitter le territoire américain, voyait s'aligner sous ses yeux deux Étoiles d'argent, trois de bronze, la médaille du Mérite militaire, quatre Purple Hearts attribués aux soldats blessés au combat. Impressionnant.

« Il y a longtemps, loin d'ici, j'ai payé d'avance pour le droit de connaître l'assassin de ma fille. Je l'ai acheté avec mon sang. Vous me le devez, sergent. Vous me devez son nom. »

Austin avait fait deux pas vers la fenêtre, le regard sur Norfolk de l'autre côté du fleuve. C'était contraire à tous les règlements, de quoi lui coûter sa place, mais...

« Madero. Benyamin Madero, dit Benny. Le chef d'un gang de Latinos. Une bête féroce. Très dangereux. Je suis certain que c'est lui mais je n'ai pas assez de preuves pour décrocher un mandat d'arrêt.

– Merci. »

Derrière lui, Dexter reprenait ses décorations une à une.

« Mais si vous avez l'intention de lui rendre une petite visite, vous arrivez trop tard. Moi aussi. C'est trop tard pour nous tous. Il est déjà parti. Retourné au pays natal. Au Panama. »

Un homme pousse la porte d'un petit magasin d'art oriental de la 28e Rue, non loin de Madison Avenue à Manhattan, déclenchant les tintements d'une clochette. Il examine en silence les rayonnages chargés de jade et de céladon, de lave et de porcelaine, d'ivoire et de céramique, les éléphants, les divinités, les paravents, les tapisseries, les parchemins et les innombrables bouddhas. Le propriétaire apparaît dans le fond de la pièce.

« Il faut que je devienne quelqu'un d'autre », annonce Calvin Dexter.

Quatorze ans se sont écoulés depuis que celui-ci a offert une nouvelle vie à l'ancien combattant viêtcong et à sa femme, mais le commandant Nguyen n'a pas une seconde d'hésitation.

« Bien sûr, approuve-t-il en inclinant le torse avec cérémonie. Suivez-moi, je vous prie. »

15

Une réparation

Juste avant l'aube, la vedette de pêche *Chiquita* se glisse hors du port de plaisance de Golfito, remontant le goulot vers la haute mer. À la barre, son propriétaire et capitaine, Pedro Arias, a peut-être des doutes quant à son passager américain, mais il n'en dit rien. Le client est apparu la veille sur une moto de cross munie de plaques costaricaines, achetée d'occasion – et en excellent état – plus haut sur la Panaméricaine, à Palmar Norte, où il est arrivé en avion de San José.

Il a parcouru à plusieurs reprises la jetée, examinant les nombreux bateaux de pêche sportive amarrés là, avant de faire son choix et d'approcher Arias. Avec sa moto appuyée contre un lampadaire et son paquetage à l'épaule, il avait tout l'air d'un routard attardé.

La liasse de dollars qu'il a posée sur la table de la cabine n'évoquait pourtant en rien le globe-trotter musant sac au dos. C'était assez pour prendre beaucoup de poisson, et cependant le passager ne manifeste aucun goût pour la pêche, ce qui explique que les longues cannes restent à leur place sur le pont tandis que le *Chiquita* entre dans le Golfo Dulce après avoir passé Punta Voladera, cap au sud pour atteindre Punta Banco en une heure.

Ce qui intéressait le gringo, ce sont les deux gros bidons en plastique attachés à la poupe, une réserve d'essence supplémentaire qu'il a exigée parce qu'il veut quitter les eaux territoriales du Costa Rica et gagner la côte du Panama. Ses explications selon lesquelles sa famille se trouverait en vacances à Panama City et il aurait éprouvé le désir de « voir un peu mieux le pays » en remontant sa côte ont paru à Pedro Arias aussi fumeuses que les bancs de brume matinale que le soleil montant dissipe rapidement, mais bon : si un inconnu surgi de nulle part a décidé d'entrer dans l'État voisin en se dispensant de certaines formalités, le skipper n'est pas du genre à s'étonner et à poser des questions inutiles, au contraire.

À l'heure du petit déjeuner, assurant gaillardement ses douze nœuds sur une mer d'huile, le Bertram Moppie de neuf mètres et demi dépasse Punta Banco pour s'engager en plein Pacifique. Arias vire alors de quarante degrés à bâbord afin de suivre la côte encore deux heures jusqu'à l'île de Burica, ligne frontalière virtuelle entre les deux pays. À dix heures, ils aperçoivent le phare de l'île, index tendu vers le ciel. Trente minutes plus tard, ils ont contourné l'île et mettent le cap au nord-est. Sur leur gauche, la côte de la péninsule de Burica qu'Arias désigne d'un geste en observant : « Tout ça, c'est le Panama. » Son passager le remercie d'un signe, puis abat son doigt sur la carte maritime étalée devant eux : « *Por aquí* », ordonne-t-il. Par ici. Il s'agit d'une zone sans village ni station touristique, visiblement un univers de plages désertes où quelques pistes s'enfoncent dans la jungle. Le capitaine pèse sur la barre, établissant une route plus courte pour traverser la baie Charco Azul. Quarante kilomètres, soit un peu plus de deux heures. Ils parviennent à l'objectif en tout début d'après-midi, sans avoir attiré l'attention des rares bateaux de pêche essaimés dans l'immensité de la baie.

L'Américain demande à suivre la côte sur une centaine de mètres. Cinq minutes plus tard, à l'est de Chiriqui Viejo, ils découvrent une plage de sable avec une rangée de paillotes, de celles que les pêcheurs se construisent quand ils veulent passer la nuit sur place. Une piste part vers l'intérieur des terres, impraticable pour un 4 × 4 mais non pour une moto de cross.

Ils suent un peu pour la débarquer sur la rive, puis Arias tend son sac à dos au passager et ils se séparent. Cinquante pour cent au départ, cinquante à l'arrivée. Le gringo paie volontiers. « Drôle de type », pense le capitaine, mais lorsqu'il s'agit de nourrir quatre enfants toujours affamés les dollars n'ont pas d'odeur. Le *Chiquita* revient en eau plus profonde. Le temps de transférer le contenu des deux bidons dans les réservoirs et la vedette repart rapidement vers son port d'attache au sud.

Sur la plage, Cal Dexter a déjà sorti un tournevis de son paquetage. Il démonte les plaques minéralogiques de la moto, les jette le plus loin possible dans les vagues, et les remplace par des plaques panaméennes. Œuvre de Mrs Nguyen, son passeport est un bijou : américain, mais avec un autre nom, et frappé d'un tampon qui paraît avoir été apposé quelques jours plus tard à l'aéroport de Panama. Pour compléter sa nouvelle identité, il y a aussi un permis de conduire. Son espagnol est sommaire, quelques mots glanés auprès de sa clientèle new-yorkaise qui est à vingt pour cent d'origine hispanique, et lui interdirait de se faire passer pour un natif du cru. Mais un Yankee circulant en moto à la recherche d'une bonne base de pêche, cela reste tolérable. Il y a tout juste deux ans, en décembre 1989, les États-Unis ont dévasté des zones entières du pays afin de renverser et de capturer le dictateur Noriega, et Dexter est presque sûr que la plupart des flics panaméens ont retenu la leçon donnée par cette démonstration de force.

La piste étroite qui serpente dans la jungle s'élargit au bout d'une quinzaine de kilomètres, puis se transforme en route secondaire bordée par quelques fermes éparses. Ensuite, Dexter sait qu'il va retrouver la Panaméricaine, cette prouesse du génie civil qui relie l'Alaska aux derniers confins de la Patagonie.

Il fait le plein de carburant à David City avant d'entamer les cinq cents kilomètres d'autoroute qui le conduiront à la capitale. À la nuit tombée, il s'arrête dans une *cantina* de routiers pour manger, reprend de l'essence, repart. Le soleil point lorsqu'il atteint le faubourg de Balboa après avoir franchi le pont à péage, payant en pesos. Il trouve un banc public, cadenasse sa moto et s'accorde trois heures de sommeil.

Le reste de la journée est consacré à l'exploration de la ville, dont il possède une carte à très grande échelle qu'il a achetée à New York. Ici s'étend le bidonville de Chorillo, un quartier très dur où Noriega mais aussi Benny Madero ont tous deux grandi. Mais les voyous qui ont réussi préfèrent la belle vie, c'est connu.

D'après ses informations, les bars favoris de Madero se trouvent dans la zone résidentielle de Paitilla, de l'autre côté de la baie, loin des rues misérables de la Vieille Ville.

À deux heures du matin, le malfrat rentré au pays décide qu'il a suffisamment honoré de sa présence la discothèque Papagayo. Ses deux gorilles sortent les premiers par la discrète porte noire simplement munie d'un œilleton et d'une grille. Le premier mastard s'installe au volant de la limousine Lincoln garée devant, lance le moteur tandis que le second inspecte les alentours.

Assis sur le trottoir, les pieds dans le caniveau, un clochard relève la tête et lui adresse un sourire édenté. Il est enveloppé dans un vieil imperméable puant, ses mèches grises tombant sur ses épaules voûtées. Lentement, il enfonce la main dans un sac en papier kraft qu'il serre contre sa poitrine. Le garde du corps se raidit, fait un geste vers le holster à son aisselle gauche, mais l'épave exhibe alors une bouteille de mauvais rhum, en avale une longue rasade puis l'offre à l'armoire à glace avec la générosité des ivrognes. L'autre se racle la gorge, crache sur le trottoir et se détend. À part ce pathétique clodo, la rue est vide. Il frappe deux fois sur la porte du club. Emilio, celui qui a entraîné la fille de Dexter dans la perdition, sort le premier, suivi par son chef. Le clochard attend qu'ils fassent quelques pas. La main revient dans le sac et en ressort, cette fois avec un 44 Magnum à canon court.

Le gorille n'aura jamais vu sa mort arriver. La balle

se sépare en quatre projectiles qui, tirés à trois mètres, pénètrent tous de plein fouet dans son torse, provoquant des lésions considérables. Emilio a à peine le temps d'ouvrir la bouche pour crier qu'une deuxième décharge vient déchiqueter son visage de bellâtre, son cou, une épaule et un poumon, tout cela simultanément. L'autre garde du corps a passé la moitié du buste hors de la voiture quand il reçoit un rendez-vous imprévu avec son Créateur sous la forme de quatre fragments de métal arrivés de nulle part.

Quant à Benyamin Madero, il est atteint par les quatrième et cinquième balles alors qu'il se bat contre la porte fermée. À l'intérieur, un inconscient entrouvre le battant mais le referme précipitamment lorsqu'un éclat de bois vole dans ses cheveux. Sans cesser de tambouriner, le gangster s'affaisse, sa chemise tropicale laissant de longues traînées rouges sur la portière. Tranquillement, sans hâte, le clochard s'approche de lui, s'accroupit, le retourne sur le dos et regarde dans ses yeux vitreux mais encore vivants. « *Para Amanda Jane, mi hija* », prononce-t-il, et il lui tire sa sixième balle dans le ventre. La dernière minute de Madero sur cette terre est peu enviable.

Une voisine dira plus tard à la police avoir vu de sa fenêtre dans les étages un sans-abri s'éloigner sur le trottoir jusqu'au coin de la rue, puis avoir entendu une moto ou un scooter démarrer. C'est le seul témoignage. Avant l'aube, la moto de cross est abandonnée contre un mur à deux quartiers de là, la clé sur le contact. Il suffira d'une heure pour qu'elle disparaisse, engloutie dans la chaîne alimentaire de toute grande ville. La perruque, les fausses dents et l'imperméable échouent dans la poubelle d'un jardin public. Le sac à dos, allégé de la tenue de rechange qu'il contenait, est enterré sous les gravats d'un chantier.

À sept heures du matin, un respectable Américain en pantalon de toile, polo, veston léger et mocassins, un sac de voyage Abercrombie & Fitch en tissu à la main, arrête un taxi devant l'hôtel Miramar. Trois heures après, il s'installe dans son siège de la classe affaires sur le vol Continental pour Newark, l'un des aéroports new-yorkais.

Et le Smith & Wesson adapté au corps-à-corps avec ses balles se séparant en quatre projectiles mortels ? Il est quelque part dans les égouts de l'immense métropole qui s'efface rapidement sous l'aile de l'avion. Finalement interdit dans les tunnels de Cu Chi, il n'en a pas moins fait des merveilles vingt ans plus tard, par une nuit sombre de Panama.

Dès qu'il enfonce sa clé dans la serrure de leur appartement du Bronx, Dexter a la sensation qu'un malheur est arrivé. À l'intérieur, il découvre le visage baigné de larmes de Mrs Marozzi, sa belle-mère.

Il y a eu la souffrance, mais aussi la culpabilité : Angela Dexter avait pensé qu'Emilio était un soupirant digne de leur fille, elle avait approuvé les « vacances » au bord de l'Atlantique que le jeune Panaméen proposait. Et lorsque son mari lui a expliqué qu'il devait partir une semaine pour mettre le point final à un dossier, elle a pensé qu'il s'agissait de son travail d'avocat. Il aurait dû rester. Ou tout lui dire. Il aurait dû deviner ce qui se passait en elle. Abandonnant la maison de ses parents où elle s'était réfugiée depuis l'enterrement d'Amanda Jane, Angela Dexter est revenue à l'appartement chargée de barbituriques, et elle s'est supprimée.

L'ancien prolo et soldat d'élite, l'avocat arrivé à la force du poignet, le père ayant vengé sa fille, sombre alors dans une profonde dépression. Après des jours douloureux, il prend une décision. Ce travail de défenseur juridique courant de tribunal en centre de détention provisoire n'est plus pour lui. Il transmet ses affaires en cours, vend l'appartement, fait de tristes adieux à la famille Marozzi, qui l'a toujours accueilli comme l'un des siens, et retourne dans le New Jersey.

Son choix finit par se fixer sur la petite ville de Pennington, aux rues arborées et qui ne compte aucun avocat dans sa population. Il suspend son enseigne à la porte du bureau qu'il a acheté avec une modeste maison sur l'avenue Chesapeake, et un pick-up. Et il commence à se soumettre à la rude discipline du triathlon, pour endormir et effacer la douleur.

Il est parvenu à une autre conclusion : Madero est mort trop facilement. Son châtiment aurait dû consister à être présenté à un juge américain et à entendre la sentence de détention à vie, ferme. Sa punition aurait dû être de se réveiller chaque matin sans voir le ciel, de savoir qu'il allait payer son crime jusqu'à son dernier jour.

Cal Dexter est conscient des dangereuses compétences qu'il a accumulées par son passage dans l'armée américaine et deux années dans l'enfer puant des tunnels de Cu Chi. Il a appris le silence, la patience, l'obstination du chasseur, la ténacité du limier.

Dans les journaux, il lit l'histoire d'un père dont

l'enfant a été enlevé et tué par un assassin qui s'est enfui à l'étranger. Il obtient les détails par une série de contacts confidentiels, passe la frontière, revient avec le coupable. Puis il redevient le paisible, inoffensif avocat de Pennington, New Jersey. À trois reprises en sept ans, il va ainsi accrocher l'affichette « FERMÉ POUR CONGÉ » sur la porte de son étude et partir à travers le monde sur les traces d'un criminel pour le traîner ensuite par l'échine devant « qui de droit ». Trois fois, il a remis le coupable à la police fédérale avant de se fondre à nouveau dans l'anonymat.

Chaque fois que la revue *Avions d'autrefois* atterrit sur son perron, il consulte en hâte la courte section des annonces classées, le seul et unique moyen dont disposent quelques initiés pour l'alerter. C'est ce qu'il fait encore par un beau matin ensoleillé, le 13 mai 2001. Et le texte est là, sous ses yeux : « Cherche VEN-GEUR. Offre sérieuse. Pas de limite de prix. Merci appeler... »

16

Un dossier

Le sénateur Peter Lucas connaît toutes les ficelles du Capitole. Il sait que pour obtenir une réaction officielle au dossier de Ricky Colenso, il va devoir le porter en très haut lieu. Les chefs de département et les sous-secrétaires se contenteraient de se repasser la balle, peu désireux de s'aventurer dans une affaire aussi complexe. Il faut aller à l'étage supérieur.

Vieil ami de George Bush père, ce Républicain aguerri peut avoir un accès direct au secrétaire d'État Colin Powell, ainsi qu'au nouveau directeur du Département de la Justice, John Ashcroft. Ce sont les deux secteurs de l'appareil qui sont le plus à même de tenter quelque chose. Mais ce n'est pas si simple. Les dignitaires de cette envergure préfèrent qu'on leur apporte des solutions, non des questions. Et puis le sénateur est peu familier avec les problèmes d'extradition et il doit donc mesurer tout d'abord ce que son pays est en droit d'exiger sur ce plan. Pour ce faire, il a toute une équipe de jeunes stagiaires prêts à mener les recherches nécessaires, qu'il met aussitôt au travail. Une semaine plus tard, l'un de ses meilleurs éléments, une fille du Wisconsin bourrée d'intelligence, revient devant lui pour lui annoncer que « cette brute de Zilic peut être appréhendée et présentée à la justice américaine au titre de la Loi générale sur le contrôle de la criminalité, 1984 ».

Elle a découvert un passage dans les minutes de la commission du Congrès sur la sécurité, en 1997, avec pour intervenant Robert M. Bryant, vice-directeur du FBI. Les phrases essentielles sont soulignées au marqueur. Après l'avoir remerciée, le sénateur se penche sur le texte. « Les responsabilités extraterritoriales du FBI remontent au milieu des années quatre-vingt, quand le Congrès a adopté les premières lois autorisant cette agence à représenter l'autorité judiciaire fédérale à l'étranger dans le cas du meurtre d'un ressortissant américain. » Le changement auquel il est fait allusion ici, même s'il est alors passé largement inaperçu, était considérable. Auparavant, il était communément admis qu'un assassinat relevait des autorités judiciaires correspondant au territoire où le crime avait été commis. En d'autres termes, si un meurtre était commis en France ou en Mongolie, les tribunaux français ou mongols étaient seuls compétents à en juger, que la victime soit française, mongole ou un Américain de passage. Avec la loi de 1984, les États-Unis s'accordaient le droit de poursuivre le meurtrier d'un citoyen américain dans le monde entier de la même manière qu'il aurait eu à répondre de son forfait en plein Broadway. La juridiction américaine devenait applicable à toute la planète, et ce sans qu'aucune conférence internationale n'en décide. L'Amérique l'avait dit, point final. Et avait poursuivi dans cette voie avec la Loi sur la sécurité du corps diplomatique et la lutte antiterroriste de

1986 qui, ainsi que le rappelait Robert M. Bryant, « établit un nouveau code d'extraterritorialité pour les agressions terroristes contre des citoyens américains à l'étranger ».

« Pas mal, pense le sénateur. Zilic n'était ni un officier de l'armée yougoslave ni un policier. Il agissait pour son propre compte et ses activités peuvent être caractérisées de terroristes. Il est passible de l'extradition à ces deux titres. » Bryant poursuivait son exposé : « Avec l'accord du pays concerné, le FBI dispose de l'autorité légale pour conduire sur place sa propre enquête, permettant éventuellement aux États-Unis d'inculper des terroristes pour crimes commis contre ses citoyens. »

Ici, le sénateur fronce les sourcils. « Avec l'accord du pays concerné... » C'est bien trop limitatif. Et de toute façon, la collaboration entre polices nationales n'a rien de nouveau. Depuis des années, le FBI a été invité à se rendre dans tel ou tel point du monde pour mener une enquête. Et puis, quel besoin de deux lois sur le même sujet, en 1984 et en 1986 ? La réponse, dont Lucas ne dispose pas à ce stade, est que la deuxième loi était justement allée beaucoup plus loin sur ce terrain, et que la formule employée par Bryant visait uniquement à rassurer les membres du Congrès les plus sceptiques. Ce dont il est question, sans jamais employer le mot, c'est de « reddition ».

Avec la loi de 1986, les États-Unis se sont arrogé le droit non seulement de demander poliment l'extradition de l'assassin d'un Américain, mais de prendre leurs propres dispositions au cas où leur requête serait refusée ou ignorée pendant assez longtemps. Bref, envoyer une équipe d'agents secrets attraper le suspect par le collet et le ramener pour être jugé. À l'époque, le « chasseur de terroristes » du FBI, John O'Neill, constatait qu'« à partir de maintenant, l'approbation du pays concerné compte pour du beurre ». Et de fait, depuis l'adoption de cette loi sous l'administration Reagan, une dizaine d'opérations de ce genre, appelées « redditions » dans le jargon des services de renseignements, ont été réalisées par des équipes conjointes de la CIA et du FBI.

Cette pratique a commencé à cause d'un paquebot de croisière italien. En octobre 1985, l'*Achille Lauro*, parti de Gênes, suivait la côte nord de l'Égypte, avec plusieurs escales prévues en Israël, quand le bateau et sa cargaison de touristes, parmi lesquels quelques Américains, avait été détourné par quatre militants du Front de libération de la Palestine, un groupe terroriste rattaché à l'OLP de Yasser Arafat, lui-même alors en exil en Tunisie.

Le plan originel du commando était d'attendre l'escale d'Ashdod pour y prendre des otages israéliens. Le 7 octobre, cependant, entre Alexandrie et Port-Saïd, un steward était entré par mégarde dans la cabine où ils étaient en train d'inspecter leurs armes. Il avait donné l'alerte, les Palestiniens avaient paniqué et décidé de s'emparer du paquebot. Quatre jours de négociations aussi confuses que tendues avaient suivi. Débarquant de Tunis, Abou Abbas s'était présenté comme le négociateur nommé par Arafat, provoquant l'indignation des autorités israéliennes qui faisaient remarquer que cet individu, étant le chef du FPLP, ne pouvait se prétendre médiateur. Finalement, elles avaient accepté que les terroristes quittent le navire et soient reconduits en Tunisie par avion égyptien. Sous la menace des armes, le commandant de l'*Achille Lauro* avait été contraint de mentir, affirmant que tous les passagers et membres d'équipage étaient saufs : après le dénouement, on avait découvert que le commando avait assassiné un infirme de soixante-dix-neuf ans résidant à New York, Leon Klinghoffer, avant de le jeter avec sa chaise roulante en pleine mer.

Pour Ronald Reagan, cette nouvelle annulait l'accord péniblement négocié. Mais les meurtriers avaient déjà décollé à bord d'un avion de ligne d'un pays souverain et allié des États-Unis. Ils volaient dans l'espace aérien international, ce qui les rendait intouchables. En théorie, du moins. Le porte-avions USS *Saratoga* se trouvait justement au sud de l'Adriatique, avec des F-16 prêts à décoller. Au crépuscule, l'avion égyptien était repéré au large de la Crète, en route vers Tunis. Soudain, le pilote horrifié s'était vu entouré de quatre chasseurs. Il avait demandé à être autorisé à un atterrissage d'urgence à Athènes. Refusé. Reliés par l'avion d'observation EC2 « Œil d'Aigle » qui avait trouvé l'appareil égyptien, les pilotes de chasse avaient fait comprendre à celui-ci qu'il devait les suivre, ou subir les conséquences de son choix. Bientôt, l'appareil commercial, avec les meurtriers et Abou Abbas à son bord, se posait sous escorte à la base américaine de Sigonella, en Sicile. Et là, les choses allaient encore se compliquer.

Formellement, ces installations étaient territoire italien loué à l'armée américaine. En proie à une vive surexcitation, les autorités de Rome avaient réclamé le droit de juger les terroristes. Le paquebot n'était-il pas italien, et la base où se trouvaient les coupables aussi ? Il avait fallu que Ronald Reagan appelle en personne l'antenne des forces spéciales à Sigonella pour que les Palestiniens soient remis à la police italienne. Le menu fretin avait finalement écopé de peines de prison à Gênes, port d'attache de l'*Achille Lauro*. Mais leur chef, Abou Abbas, avait pu s'en aller libre comme l'air dès le 12 octobre, sans être inquiété. Écœuré, le ministre italien de la Défense avait présenté sa démission. Le chef du cabinet de l'époque, Bettino Craxi, devait mourir plus tard lui aussi en exil à Tunis, ayant fui les graves charges de corruption qui pesaient sur lui. Et la réponse de Reagan à ce marché de dupes allait être la loi de 1986 déjà citée, également désignée par « loi du Plus jamais ça ».

Au bout du compte, ce n'est pas la brillante stagiaire du Wisconsin mais un vétéran de la chasse antiterroriste au FBI, Oliver « Buck » Revell, qui est invité à un excellent dîner par le sénateur Lucas, désireux de tout apprendre sur le complexe processus des « redditions ». À ce stade, pourtant, il ne pense pas que le cas Zilic exigera qu'on en arrive là. La Yougoslavie de l'après-Milosevic ne souhaite que revenir rapidement au sein des nations civilisées. Elle a grand besoin des prêts du Fonds monétaire international et d'autres organisations afin de reconstruire ses infrastructures endommagées par soixante-dix-huit jours de bombardements de l'OTAN. Son nouveau Président se souciera sans doute comme d'une guigne que Zilic soit arrêté et extradé aux États-Unis. C'est avec ces arguments que le sénateur présente donc sa requête à Colin

Powell et à John Ashcroft, remettant à plus tard la demande d'une opération secrète, en dernière extrémité.

Ses collaborateurs résument en une page le long rapport du Limier narrant le tragique parcours bosniaque du jeune Ricky Colenso, en deux le témoignage direct de Milan Rajak, dont les passages les plus accablants sont imprimés en gras. Le court dossier, avec une lettre de présentation signée par le sénateur, part dans les hautes sphères : ce que Lucas a appris au Capitole, aussi, c'est que plus on est bref, plus on a de chances de se faire entendre. Fin avril, il est reçu par chacun des deux dignitaires, qui l'écoutent d'un air grave et promettent de transmettre la demande aux départements concernés. Et c'est ce qu'ils font, mais...

L'appareil d'État américain ne compte pas moins de treize agences dont la mission est de recueillir du renseignement. À elles toutes, elles brassent sans doute quatre-vingt-dix pour cent des informations confidentielles recueillies plus ou moins légalement en une seule journée à travers toute la planète. Cette masse de données, de proportions industrielles, n'est évidemment pas simple à absorber, analyser, filtrer, recouper et stocker. Ce qui rend la tâche encore plus difficile, c'est que ces différents services répugnent à se parler entre eux, au point que l'on a pu entendre des responsables du renseignement américain, tard le soir dans quelque bar, soupirer qu'ils donneraient tout ou partie de leur retraite contre l'équivalent du Joint Intelligence Committee (JIC) britannique.

Cette Commission de coordination des renseignements se réunit chaque semaine à Londres, sous la présidence d'un haut fonctionnaire chevronné, afin de synthétiser les données glanées par les quatre services spécialisés de la Grande-Bretagne, à savoir le célèbre MI6 (contre-espionnage), les MI5 (sécurité intérieure), la Direction des communications gouvernementales, les « oreilles » de l'appareil d'État avec leur batterie de satellites, et enfin le Bureau spécial de Scotland Yard. Ce travail est essentiel pour éviter les doublons ou les pertes, mais aussi quand il s'agit de réunir des bribes d'informations collectées par différentes sources jusqu'à obtenir l'image du puzzle que tous cherchent à élucider.

Le rapport du sénateur Lucas, quant à lui, a atterri dans six des treize services américains, lesquels ont tous commencé à piocher obligeamment dans leurs archives à la recherche d'une trace éventuelle d'un gangster yougoslave nommé Zoran Zilic. L'ATF, agence spécialisée dans la lutte contre le trafic d'alcool ou de tabac, n'a rien puisque Zilic n'a jamais opéré aux États-Unis et que cet organisme ne va pratiquement jamais voir ce qui se passe ailleurs. Il y a ensuite la DIA, qui s'intéresse au commerce illégal des armes ; la NSA, le plus puissant service de sécurité nationale avec sa « Caverne » d'Annapolis Junction, dans le Maryland, où des milliards de mots circulant par téléphone, e-mail ou fax sont lus et écoutés grâce à des ressources technologiques qui dépassent parfois la science-fiction ; la DEA, qui a pour mission de ficher et surveiller les trafiquants de drogue du monde entier ; et enfin le FBI et la CIA, bien entendu, engagés dans une traque permanente aux terroristes, assassins, chefs de guerre, régimes « hostiles » aux États-Unis. Là, les recherches sont plus longues mais elles sont rigoureusement menées, car la demande est venue des sommets de l'appareil d'État.

En mai, de gros dossiers parviennent de la DIA, de la DEA et de Fort Meade. Chacun de ces services, dans son propre champ d'action, a eu à s'intéresser à Zoran Zilic depuis des années. Ses relations privilégiées avec Milosevic, son rôle dans le trafic de drogue et d'armes, les bénéfices qu'il a tirés du crime sont bien documentés. Mais ils n'ont rien quant à son implication dans le meurtre du jeune Américain et, quand bien même ils ne demanderaient qu'à aider, tous ces rapports présentent un point commun : ils s'interrompent brusquement quinze mois avant la requête formelle du sénateur. Le bonhomme s'est volatilisé, apparemment. Désolé.

Au siège de la CIA, niché dans la végétation estivale des abords de Washington, le directeur a transmis la demande au chef du département opérationnel, qui a lui-même interrogé cinq sous-sections, quatre d'entre elles étant « Balkans », « Terrorisme », « Opérations spéciales » et « Trafic d'armes ». Il consulte même – plus comme une formalité, à vrai dire – la petite cellule formée un an auparavant après la mort de dix-sept marins américains dans un attentat contre l'USS *Cole* dans le port d'Aden, une unité baptisée « Faucon pèlerin » qui garde jalousement ses secrets. À chaque fois, la réponse est la même : « Nous avons un dossier, oui, mais les données s'arrêtent il y a un an et trois mois. Nous sommes du même avis que tous nos collègues : il n'est plus en Yougoslavie, quant à savoir où il est passé, mystère. Comme il ne s'est pas signalé à notre attention depuis longtemps, il n'y a pas eu de raison de lui consacrer du temps et des deniers publics. »

Reste un grand espoir, le FBI. Quelque part dans l'immense immeuble à l'angle de Pennsylvania et de la 9e Rue, il doit forcément exister un dossier permettant de localiser, appréhender et traduire le criminel devant la justice. Robert Mueller, le remplaçant de Louis Freeh – qui a dirigé le service fédéral de 1993 à 2001 –, a transmis la demande d'information avec la mention « Urgent ». Elle atterrit sur le bureau du vice-directeur Colin Fleming, un Écossais élevé dans la foi presbytérienne, la dévotion envers la loi, l'ordre, la justice et le Bureau fédéral.

C'est un fondamentaliste du service de la nation, qui hait les compromis, les concessions, tout ce qui peut paraître affecter la pureté de la cause. Né sur les collines granitiques du New Hampshire, là où un dicton populaire veut que la pierre et les hommes ne fassent qu'un, c'est un Républicain convaincu, qui a donc fait campagne pour le sénateur Lucas sur place. Après avoir lu le résumé, il contacte l'assistante de ce dernier afin d'obtenir le rapport du Limier et le témoignage de Milan Rajak dans leur version intégrale. Parvenus par courrier spécial dans l'après-midi, ces documents l'emplissent d'une vertueuse indignation. N'a-t-il pas, lui aussi, un fils dont il est très fier, pilote dans la Navy ? L'affreux destin de Ricky Colenso réclame vengeance, et le FBI en sera l'instrument tout désigné. Ayant la charge de toutes les activités antiterroristes du Bureau à l'étranger, il se fait fort d'organiser la « reddition » du meurtrier.

Son problème, c'est que l'organisation à laquelle il appartient n'a pas plus d'éléments pour localiser Zoran Zilic que les autres agences de sécurité du pays. Tout gangster et trafiquant qu'il ait été, le mafieux serbe n'a jamais formellement été impliqué dans un acte de terrorisme anti-américain, et de ce fait aucune enquête spécifique n'a été diligentée sur son compte. Aucune piste ne permet de savoir à quel État demander officiellement son extradition, ni a fortiori de lancer une équipe à ses trousses. Dans sa lettre personnelle au sénateur, Fleming reconnaît son impuissance, et cependant l'obstination du Highlander qui est inscrite dans ses gènes refuse ce constat. Deux jours plus tard, il rencontre à déjeuner, sur sa demande, Fraser Gibbs.

Le FBI compte alors deux cadres à la retraite qui ont atteint un statut de légende, et dont la seule apparition dans la salle de conférences de Quantico attire des nuées de jeunes agents. L'un d'eux est l'ancien footballeur et marine Oliver « Buck » Revell, avec lequel Lucas s'est déjà entretenu. L'autre, Fraser Gibbs, a passé la première partie de sa carrière à infiltrer le « milieu » de la côte Est, et la seconde à infliger de sérieux revers à la Cosa Nostra grâce aux informations accumulées. Limité à un travail bureaucratique à Washington après avoir été sérieusement blessé par balle à la jambe gauche, il s'est vu confier par le FBI le recrutement et la supervision des mercenaires, francs-tireurs et autres chasseurs de têtes. Après avoir écouté l'histoire que lui a contée Fleming, il réfléchit un instant.

« J'ai entendu parler de quelqu'un qui serait idéal, oui... Une sorte de chasseur de primes, mais très particulier. Il avait un nom, un code...

– Un tueur, lui aussi ? Vous savez bien que ce serait impossible, dans un cadre officiel...

– Justement ! reprend le vieux briscard. D'après ce qu'on m'a raconté, il ne tue jamais personne. Il les attrape et il les ramène. Ah, mais comment il se faisait appeler, déjà ?

– C'est un détail important, oui.

– C'est qu'il a la manie du secret. Mon prédécesseur a essayé de l'identifier, une fois. Il lui a envoyé un agent qui jouait au client potentiel mais l'autre a reniflé quelque chose de louche, il s'est levé en s'excusant, s'est absenté pour une minute et il a pris la poudre d'escampette.

– Pourquoi est-ce qu'il n'a pas essayé de régulariser sa situation ? S'il n'a pas de meurtres à se reprocher, ce serait facile.

– J'imagine qu'il s'est dit que nous avions décidé de le neutraliser, sachant que le Bureau n'aime pas qu'on opère individuellement sur son terrain à l'étranger. Il avait sans doute raison, d'ailleurs. Enfin, il est resté dans l'ombre et je n'ai jamais pu en savoir plus, moi.

– Cet agent, il a sans doute laissé un rapport, non ?

– Pour ça, oui ! Paperasserie et compagnie. Ce sera probablement classé sous son sobriquet, qui était... Ah, ça me revient ! "Le Vengeur". Demandez à l'ordinateur ce qu'il peut vous trouver là-dessus. »

Le dossier craché par l'imprimante n'est pas épais, certes. Une petite annonce dans une revue pour fanas d'avions d'époque, visiblement seul et unique moyen d'entrer en contact avec le bonhomme. Sous un pré-texte soigneusement élaboré, un rendez-vous a été obtenu pendant lequel le chasseur de primes a tenu à rester assis dans la pénombre, son visage dissimulé der-rière une lampe de forte puissance. D'après l'agent, il s'agissait d'un homme de taille moyenne, très mince. Au bout de trois minutes, quelque chose a éveillé ses soupçons car il a brusquement éteint la lumière. Le temps que les yeux de l'envoyé du FBI se soient habi-tués à l'obscurité, l'autre avait disparu. Le seul signe distinctif que l'informateur a pu repérer, à un moment où l'inconnu avait posé la main gauche sur la table entre eux, ç'a été un tatouage révélé sous la manche de chemise : un rat qui grimaçait un sourire tout en mon-trant son derrière à qui voulait le voir...

Aucun intérêt pour le sénateur Lucas ni pour son ami canadien, le grand-père du jeune Américain assassiné, pense Colin Fleming. Toujours aussi scrupuleux, cependant, il informe Lucas du nom de guerre de l'in-connu et du moyen de le contacter, à tout hasard. Trois jours après, dans son bureau, Stephen Edmond ouvre la lettre qu'il vient de recevoir de Washington. Il a déjà pratiquement abandonné tout espoir après les résultats négatifs communiqués par six services de renseigne-ments. Cette fois, la déception est encore plus cuisante. Lui qui avait imaginé l'hyper-puissance américaine mettant ses ressources au service de la traque d'un meurtrier, il n'a pas encore accepté l'idée que celui-ci se soit tout bonnement évanoui dans les airs, que des institutions au budget astronomique, à Washington, se révèlent incapables de retrouver sa trace et donc de le ramener menottes aux poignets.

Après avoir médité une dizaine de minutes, il appuie sur le bouton de l'interphone. Une simple intuition : « Jean ? Je voudrais passer une petite annonce dans une revue américaine. C'est la première fois que j'en entends parler, il va falloir que vous la cherchiez. *Avions d'autrefois*, ça s'appelle. Et le texte... Eh bien, mettez : "Cherche VENGEUR. Offre sérieuse. Pas de limite de prix. Merci appeler..." mon numéro de portable et ma ligne privée. D'accord ? »

En tout, vingt-six fonctionnaires des services de renseignements dans la capitale des États-Unis et ses environs ont eu sous les yeux la requête du sénateur. Tous ont répondu qu'ils ignoraient où Zoran Zilic pouvait se trouver.

Mais l'un d'eux a menti.

DEUXIÈME PARTIE

17

Une photographie

Depuis que le FBI a essayé de l'identifier six ans plus tôt, Cal Dexter a renoncé aux rendez-vous directs, développant au contraire une série de barrages et de lignes de défense afin de protéger son anonymat. Dans ce dispositif figure le petit studio meublé qu'il loue à New York, mais pas dans le Bronx, où il risquerait d'être reconnu. Il paie le loyer avec ponctualité, toujours en liquide, et utilise l'appartement avec la plus grande discrétion.

Il ne se sert que de téléphones mobiles à cartes, achetés d'occasion dans d'autres États. Même la NSA, avec ses systèmes d'écoutes ultrasophistiqués, ne peut identifier l'appelant ni prévenir à temps la police si l'utilisateur se limite à une brève conversation et se débarrasse de l'appareil ensuite. Il y a aussi la vieille technique de la cabine publique. Là, le numéro peut être retrouvé facilement, certes, mais il en existe des millions à travers le pays, qu'il serait impossible de surveiller en permanence. Enfin, il lui arrive d'avoir recours à la poste américaine, qui jouit d'une si mauvaise réputation : une petite épicerie coréenne à deux pâtés de maisons de son QG new-yorkais lui tient lieu de boîte aux lettres.

Cette fois, il a appelé le numéro de cellulaire indiqué dans l'annonce de la revue après s'être rendu loin dans la campagne du New Jersey, sur un portable qui n'aura servi qu'une fois. Stephen Edmond s'est volontiers présenté et lui a résumé en cinq phrases ce qui était arrivé à son petit-fils. Après l'avoir remercié, le Vengeur a coupé la communication.

Plus tard, il mène une recherche concernant Edmond sur LexisNexis, trouve une ample documentation sur les activités industrielles de son interlocuteur, ainsi que deux articles relatifs à la disparition de Ricky Colenso, publiés par le *Toronto Star*. Désormais convaincu de la sincérité du Canadien, il le rappelle pour fixer ses conditions : une avance importante, la couverture de tous ses frais et une prime lorsque Zilic se retrouvera aux mains des autorités américaines, non payable en cas d'échec.

« C'est beaucoup d'argent pour quelqu'un que je n'ai pas rencontré et que je ne verrai sans doute jamais, objecte Edmond. Et si vous le mettez dans votre poche sans plus donner signe de vie ?

– Alors vous pourriez reprendre contact avec l'administration américaine. Ce que vous avez déjà fait, j'imagine. »

Un silence, puis :

« Entendu. Où dois-je vous le faire parvenir ? »

Dexter lui donne un numéro de compte aux îles Caïmans, une adresse postale à New York : « L'argent à la première destination, tout ce qui concerne l'affaire à la seconde. » Et il raccroche. Tout en faisant tourner la

214

somme sur une douzaine de comptes différents, la banque des Caraïbes ouvrira une ligne de crédit dans un établissement new-yorkais en faveur d'un citoyen hollandais détenteur d'un passeport en règle.

Trois jours plus tard, une grosse enveloppe parvient à l'épicerie coréenne, destinée à un Mr Armitage. Elle contient la copie des deux rapports du Limier, celui de 1995 et celui de ce printemps 2001, ainsi que de la confession de Milan Rajak. Le Canadien n'a pu fournir les dossiers accumulés par les différents services de renseignements américains, ceux-ci ne lui ayant pas été transmis. Il n'a aucune information personnelle concernant Zilic, aucune photographie. Dexter doit donc revenir aux archives de presse, mais contrairement à Zeljko Raznatovic, « Arkan », toujours ravi d'entendre crépiter les flashs, Zoran Zilic avait horreur d'être pris en photo. Sa farouche discrétion n'est pas sans rappeler celle de terroristes palestiniens tels que Sabri al-Banna, dit Abou Nidal.

Dexter finit par tomber sur un grand reportage de *Newsweek* consacré aux « seigneurs de guerre » serbes, dans lequel Zilic n'est mentionné qu'en passant, sans doute par manque d'informations fiables. Il y a aussi deux clichés de lui, l'un plutôt flou car visiblement agrandi et recadré, où on le voit au cours d'une réception quelconque, l'autre sorti d'un dossier de police : un adolescent, Zilic au temps où il était un voyou des rues de Belgrade. Aucun de ces documents ne permettrait de le reconnaître s'il devait le croiser quelque part.

L'Anglais, auteur des rapports d'enquête, a fait allusion à un détective privé avec lequel il a travaillé dans la capitale serbe. C'est désormais une autre ville que celle où Zilic a grandi ; la guerre et Milosevic paraissent déjà loin. Dexter s'envole pour Belgrade avec une escale à Vienne. De sa chambre au dixième étage du Hyatt, il a une vue panoramique de la ville balkanique encore marquée par les bombardements. À moins d'un kilomètre de là, il aperçoit l'hôtel où Arkan a été abattu malgré la nuée de gardes du corps qui se pressaient autour de lui.

En taxi, il se rend à l'agence Chandler, toujours dirigée par le Philip Marlowe de Belgrade, Dragan Stojic. Sa couverture, c'est de préparer un grand portrait de Raznatovic pour le *New Yorker*. Avec l'un de ses grognements caractéristiques, le détective privé va droit au but :

« Tout le monde le connaissait, ici. Sa femme était une chanteuse de pop très lancée. Une vedette. Bien, qu'attendez-vous de moi, exactement ?

– En fait, j'ai pratiquement réuni tout le matériel qu'il me fallait, affirme Dexter, qui voyage avec un passeport américain au nom d'Alfred Barnes. Mais il y a un aspect que je voudrais développer un peu, une sorte de comparaison avec un autre chef de gang de la même époque qu'Arkan : Zoran Zilic. »

Stojic pousse un long soupir.

« Ah, celui-là, c'est autre chose... Il n'a jamais aimé qu'on s'intéresse à lui. Articles, photos, il détestait ça. Et même qu'on parle de lui. Ceux qui ne jouaient pas le jeu sur ce plan-là ont, comment dire, "reçu de la visite". Vous ne trouverez pas des masses d'infos sur lui, franchement.

– Je comprends. Quelle est la meilleure agence d'archives de presse, ici ?

– Facile. Il n'y en a qu'une, en fait. VIP, ça s'appelle. Leur bureau est à Vracar et le patron s'appelle... Slavko Markovic, oui.

– Merci, fait Dexter en se levant.

– Quoi, c'est tout ? s'étonne le Marlowe des Balkans. Ça vaut à peine que je vous facture quoi que ce soit ! »

L'Américain étale un billet de cent dollars sur le bureau.

« Toute information a son prix, Mr Stojic. Même un nom et une adresse. »

Un taxi le conduit au siège de VIP. M. Markovic étant sorti déjeuner, Dexter trouve un café dans le voisinage, tue le temps devant un casse-croûte et un verre de vin rouge yougoslave. Après avoir écouté sa question, le directeur de l'agence se montre aussi dubitatif que le détective privé, mais il n'en accepte pas moins d'aller chercher dans sa base de données.

« Nous n'avons qu'un seul article de presse. C'est en anglais, d'ailleurs. »

Il s'agit du reportage de *Newsweek* que Dexter a déjà consulté.

« Comment, c'est tout ? Un personnage aussi puissant, avec de telles relations ? Il doit forcément y avoir autre chose...

– Mais c'est là le problème, justement. Il était tout ça, et il était très violent, aussi. Au temps de Milosevic, personne ne lui aurait cherché des histoires. Et ensuite, il a apparemment effacé toutes les traces qu'il aurait pu laisser derrière lui. Dossiers de police ou de justice, apparitions à la télé officielle, etc. Même ses anciens camarades d'école, ou sa famille lointaine, ou d'ex-associés, tous se taisent quand on prononce son nom. Il les tient tous. L'homme invisible, c'est lui.

– Vous vous rappelez la dernière fois où quelqu'un a tenté d'écrire quelque chose à son sujet ? »

Markovic réfléchit un instant.

« Maintenant que vous en parlez, ça me revient, oui. Il y a eu des rumeurs là-dessus après la chute de Milosevic et la disparition de Zilic. Quelqu'un a voulu enquêter sur lui, mais ça n'est pas allé plus loin. La rédaction n'a pas voulu, je crois.

– Quel journal était-ce ?

– Mon petit doigt me dit que c'était un hebdomadaire d'ici, de Belgrade. *Ogledalo*. Ça signifie "le Miroir". »

Le titre existe toujours, et reste dirigé par un certain Vuk Kobac. Bien qu'en plein bouclage, ce dernier accepte de recevoir quelques minutes le journaliste américain. Mais sa bonhomie s'efface au seul nom mentionné par Dexter.

« Cette brute... Je préférerais ne jamais avoir entendu parler de lui.

– Pourquoi ? Qu'est-ce qui s'est passé ?

– Un jeune pigiste. Débutant mais très bien, tout à fait convaincant. Il voulait une place dans l'équipe, je n'avais rien à l'époque, mais il m'a supplié de lui confier un sujet et j'ai accepté. Petrovic. Srechko Petrovic. À peine vingt-deux ans, le pauvre...

– Que lui est il arrivé ?

– Il s'est fait écraser par une voiture. Il s'était garé en face de l'immeuble où il vivait avec sa mère. Il a traversé la rue, une Mercedes est arrivée de nulle part et lui est passée dessus.

– Un chauffard.

– Avec de la suite dans les idées, alors. Parce qu'il est revenu en arrière pour lui repasser dessus. Et ensuite, il s'est enfui.

– De quoi décourager les curieux.

– Radicalement, oui. Même en exil, il peut payer pour avoir la peau de qui il veut à Belgrade.

– Vous auriez l'adresse de la mère ?

– Eh bien... Oui, nous avons envoyé une couronne. Ce devait être à leur appartement. »

Après l'avoir trouvée, il s'apprête à prendre congé de son visiteur.

« Une dernière question, dit Dexter. Quand cela s'est-il passé ?

– Il y a six mois. Juste après le nouvel an. Mais si je peux vous donner un conseil, Mr Barnes : limitez votre papier à Arkan. Il est mort et enterré, lui. Plus de danger. Oubliez Zilic. Il n'hésitera pas à vous tuer. Bien, je dois y aller, nous imprimons ce soir... »

L'adresse est simple : Bloc 23, Novi Beograd, la « Nouvelle Belgrade », une zone assez lugubre où se trouve son hôtel, ainsi qu'il l'a repéré sur la carte achetée au kiosque à journaux du hall. Elle s'étend sur la péninsule prise entre la Save et le Danube, qui ici n'a absolument rien de bleu ni de beau. À l'ère communiste, le nec plus ultra architectural était constitué par d'immenses barres de logements ouvriers. Ces tristes immeubles ont envahi la zone, telles de vastes ruches de béton dont chaque alvéole est un appartement étriqué donnant sur un long couloir à ciel ouvert, érodé par les intempéries.

Certains ont mieux résisté au temps que d'autres, la

qualité de l'entretien dépendant du niveau de vie de chaque colonie. Le Bloc 23, quant à lui, est le paradis des cafards. Mrs Petrovic habite au neuvième étage. L'ascenseur étant hors d'usage, Dexter attaque les escaliers en se demandant comment les résidents les plus âgés se tirent de cette épreuve tous les jours, d'autant qu'ils paraissent en général fumer comme des pompiers.

Il n'est pas seul. La probabilité qu'elle parle anglais étant des plus réduites, c'est l'une des jolies réceptionnistes du Hyatt qui a accepté son offre. Comme elle économise en vue de son mariage, deux cents dollars pour une heure à jouer l'interprète après la fin de sa vacation ne pouvaient se refuser. Ils arrivent à l'appartement à sept heures, juste à temps. Mrs Petrovic doit bientôt prendre son service de nuit : elle est femme de ménage dans les immeubles de bureaux qui se dressent sur l'autre rive.

C'est l'un de ces êtres qui ont été vaincus par la vie et dont le visage harassé raconte toute la sombre histoire. Elle ne doit pas avoir cinquante ans mais en paraît vingt de plus. Le mari est mort, victime d'un accident du travail pour lequel l'État lui verse une pension ridicule, puis son fils a été assassiné sous sa fenêtre... Elle a la réaction des plus démunis lorsqu'ils se voient aborder par des inconnus apparemment prospères : la méfiance.

Dexter a apporté un grand bouquet de fleurs et cela fait longtemps, si longtemps que personne ne lui en a offert ! Rapidement, Anna, la fille de la réception, les répartit en trois arrangements floraux qui égaient un peu la sombre pièce.

220

« Je veux raconter ce qui est arrivé à votre enfant, à Srechko. Cela ne peut lui rendre la vie mais je pourrai peut-être dénoncer et faire condamner le coupable. Seriez-vous prête à m'aider ? »

Elle écoute la traduction en serbo-croate, hausse les épaules.

« Je ne sais rien, moi. Je ne lui posais jamais de questions sur son travail.

– Le soir où il a été tué, est-ce qu'il avait quelque chose avec lui ?

– Je ne sais pas. Ils l'ont fouillé et ils ont tout pris.

– Son corps a été fouillé ? Comme ça, en pleine rue ?

– Oui.

– Est-ce qu'il gardait des documents ici, chez vous ?

– Des papiers ? Oh oui, plein. Des liasses entières, à côté de sa machine à écrire et de ses stylos. Mais je n'ai jamais rien lu, moi.

– Je pourrais les voir ?

– Ils ne sont plus là.

– Plus là ?

– Ils les ont pris. Tous. Même le ruban de la machine, ils l'ont emporté.

– Qui ? La police ?

– Non. Eux.

– Qui, "eux" ?

– Ils sont revenus. Deux nuits après. Ils m'ont obligée à m'asseoir dans ce coin, ici, et ils ont cherché partout. Ils ont pris tout ce qu'il avait.

– Il ne reste rien de ce sur quoi il travaillait ? La commande de Mr Kobac ?

– Non. Si ! Rien que la photo. J'avais oublié.

221

– Oui ? Quelle photo ? »

Par courtes bribes traduites mot à mot, le récit se développe. Trois jours avant sa mort, le journaliste en herbe s'est rendu à une soirée pour la nouvelle année. Sa veste en jean ayant reçu quelques gouttes de vin rouge, sa mère l'a mise dans le panier à linge, comptant la laver ultérieurement. Après sa mort brutale, elle n'y a plus pensé, évidemment, et les malfrats n'ont pas pensé à inspecter le linge sale. Plusieurs jours plus tard, alors qu'elle réunissait les quelques vêtements de son fils disparu, la veste s'est échappée du tas, tombant par terre. En tâtant les poches pour voir s'il avait pu oublier quelque argent, elle a senti un papier assez rigide sous ses doigts. Une photographie.

« Vous l'avez encore ? Je pourrais la voir ? »

Elle s'en va comme une souris grise vers sa boîte à tricot, à l'autre bout de la pièce, et rapporte à Dexter une photo en noir et blanc. Celle d'un homme en chemise à manches courtes et pantalon de toile qui s'est laissé surprendre par l'objectif. Il tente de cacher ses traits derrière sa main levée mais l'appareil a été plus rapide, et l'on distingue nettement son visage. Ce n'est pas l'œuvre d'un professionnel mais le cliché pourra être facilement recadré et agrandi. Dexter se souvient des deux photos qu'il a trouvées à New York et qu'il a dissimulées sous la doublure de son attaché-case. C'est lui, c'est Zilic.

« J'aimerais vous acheter cette photographie, Mrs Petrovic. »

Elle marmonne quelque chose en serbo-croate, qu'Anna traduit aussitôt :

« Elle dit que vous pouvez la prendre. Elle n'y tient pas du tout. Elle ne sait même pas qui est cet homme.

– Encore un point, si vous voulez bien : est-ce que Srechko a effectué un voyage juste avant sa mort ?

– Un voyage ? Oui, en décembre. Il est parti une semaine. Il n'a pas raconté où il était allé mais il avait un coup de soleil sur le nez, en revenant. »

Elle les raccompagne à la porte, qui donne sur le couloir balayé par les courants d'air. Tandis qu'Anna s'engage déjà dans les escaliers, Dexter attend qu'elle soit hors de portée de voix pour murmurer quelques mots en anglais à cette mère serbe qui a perdu son enfant, elle aussi : « Vous ne comprenez pas ce que je vous dis, madame, mais je vous jure que si j'arrive à faire coffrer cette ordure dans mon pays, ce sera en partie pour vous. Et ce sera un cadeau. »

Elle n'a rien saisi, bien sûr, mais elle répond à son sourire par un : « *Hvala* », et il a suffi à Dexter d'une journée à Belgrade pour déduire que ce mot signifie : « Merci. »

Au chauffeur de taxi qui les a attendus, il demande de déposer Anna à son domicile en banlieue. Elle lui dit au revoir, serrant l'argent américain dans sa paume. En route vers le centre-ville, il observe encore la photo.

Zilic semble se tenir sur une grande esplanade, de ciment ou de bitume. Derrière lui, on devine des bâtiments bas qui font penser à des entrepôts. Un drapeau flotte sur l'un d'eux mais il est partiellement coupé par le cadrage. Il y a encore quelque chose qui retient son attention sans qu'il puisse définir pourquoi. Tentant sa chance, il tape sur l'épaule du chauffeur : « Vous auriez une loupe, par hasard ? » Grâce à force mimiques, Dexter parvient à se faire comprendre et oui, justement, le taxi en garde une dans la boîte à gants, pour s'aider à déchiffrer le guide des rues de la capitale.

Cette surface plane qui pointe à gauche de la photo n'est autre que l'extrémité d'une aile d'avion. Elle est à deux mètres du sol, guère plus. Il ne s'agit donc pas d'un appareil commercial, mais sans doute d'un jet privé. Et ces entrepôts à l'arrière-plan sont des hangars destinés à ce genre d'aéronefs, non les vastes structures destinées aux gros-porteurs. Zilic se trouve dans la zone réservée d'un aéroport quelconque.

À la réception de son hôtel, on ne demande encore une fois qu'à l'aider. Oui, il existe plusieurs cybercafés à Belgrade, ouverts tard le soir. Après un rapide dîner au snack-bar, il se rend à l'établissement le plus proche, se connecte au moteur de recherche qu'il utilise habituellement et demande les drapeaux de tous les pays existant sur la planète.

Celui qui se profile au-dessus du hangar sur la photographie prise par le journaliste assassiné n'a pas de couleur, certes, mais il est visiblement formé de trois bandes horizontales. Celle du bas est si foncée qu'elle pourrait être noire, ou bleu marine. Il tente la première hypothèse. S'il existe plusieurs emblèmes nationaux à trois bandes, une bonne moitié d'entre eux portent en surimpression un symbole, croissant de lune ou autre. Celui qu'il recherche n'en a pas, ce qui limite sa quête à l'autre moitié. Une douzaine de drapeaux à trois bandes horizontales sans autre motif, et sur ceux-là, cinq dont le bas est noir ou d'une couleur très foncée : bleu soutenu pour le Gabon, les Pays-Bas, la Sierra

Leone, noir pour le Soudan et encore un autre pays. Mais l'emblème national soudanais présente un diamant vert sur le côté de la hampe, alors que celui de la photographie... En regardant encore, Dexter croit distinguer une quatrième bande, verticale celle-là.

Une ligne rouge verticale contre la hampe, trois bandes horizontales verte, blanche et noire : Zilic est debout sur le tarmac d'un aéroport des Émirats arabes unis.

Et même en décembre, la peau blanche d'un Slave est sujette à de sérieux coups de soleil dans ces parages.

18

Un émirat

Composés de sept émirats, les EAU sont surtout connus pour trois d'entre eux, les plus vastes et les plus riches : Dubaï, Abu Dhabi et Sharjah, les autres se fondant dans un quasi-anonymat. Ils s'étendent à l'extrémité sud-est de la péninsule Arabique, une langue de désert pointée entre le golfe d'Arabie au nord et celui d'Oman au sud.

Un seul d'entre eux, Fujaïrah, s'ouvre sur ce dernier. Les six autres s'alignent sur la côte septentrionale, avec l'Iran sur la rive d'en face. Cinq des sept capitales sont dotées d'un aéroport, ce qui est aussi le cas de l'oasis d'Al-Aïn.

À Belgrade, Dexter a trouvé un studio photographique assez bien équipé pour produire un agrandissement amélioré du cliché. Pendant que le spécialiste travaille sur le tirage, il retourne au cybercafé et réunit toutes les informations sur les Émirats arabes unis qu'il peut glaner. Le lendemain, il prend le vol régulier de la JAT pour Dubaï, via Beyrouth.

Ces petites mais prospères principautés ont bâti leur richesse sur le pétrole, en essayant d'élargir leurs acti-

vités économiques au tourisme et au commerce en
duty-free. La plupart des gisements se trouvant au
large, les plates-formes pétrolières doivent constamment être réapprovisionnées. Les liaisons sont assurées
par barges pour le ravitaillement lourd mais les compagnies préfèrent assurer les rotations de personnel par
hélicoptères, dont elles possèdent une flottille. Cet
important trafic laisse amplement la place pour des
sociétés de location de transport héliporté. Dexter en a
repéré trois dans ses recherches sur Internet, toutes à
Dubaï. Devenu Alfred Barnes, un avocat d'affaires
américain, il choisit la plus modeste, supposant qu'elle
sera la moins à cheval sur les formalités et la plus intéressée à être payée en liquide. Il a vu juste.

Leur bureau est une roulotte de chantier aux abords
de Port Rachid. Le directeur technique et commercial,
un ancien pilote de l'armée britannique, essaie de
joindre les deux bouts. Ses manières sont simples et
directes.

« J'ai un problème à régler, peu de temps et un gros
budget », annonce Dexter en lui tendant sa fausse carte
de visite.

L'ex-commandant de l'Air Corps hausse poliment
un sourcil. Dexter pose la photo sur la table parsemée
de brûlures de cigarettes.

« Mon client est quelqu'un de très riche. Ou était,
plutôt.

– Il a tout perdu ?

– On peut le dire. Il est mort. Mon cabinet a la
charge de faire exécuter le testament. Et cet homme,
sur cette photo, est le principal légataire. Le problème,

c'est qu'il l'ignore. Et que nous n'arrivons pas à le localiser.

– Je loue des avions, je ne dirige pas le service des personnes disparues. Et de toute façon, sa tête ne me dit rien.

– C'est très compréhensible. Mais ce qui m'intéresse, c'est l'arrière-plan de la photo. Regardez bien, s'il vous plaît. C'est un aéroport, non ? Selon les plus récentes informations que nous avons à son sujet, il travaillait dans l'aviation civile des Émirats. Si j'arrive à savoir de quelle piste il s'agit, je pourrai sans doute le retrouver. Alors, qu'en pensez-vous ? »

Le pilote étudie le cliché un moment.

« Ici, les aéroports sont divisés en trois secteurs : militaire, civil et privé. Cette aile que l'on voit est celle d'un jet privé, c'est évident. Il y en a des centaines, dans le Golfe. Souvent aux couleurs de compagnies aériennes. Comment voulez-vous vous y prendre ? »

En visitant chacun des aéroports grâce à la licence de vol de l'ex-commandant, explique Dexter. Ce qui va demander deux jours entiers, et une belle somme en dollars. Officiellement, ils arrivent pour embarquer un client. Au bout d'une heure passée dans la section des jets privés, le pilote informe la tour de contrôle qu'il renonce au contrat, puisque ledit client ne s'est pas présenté, et ils reprennent les airs.

À Dubaï, Abu Dhabi et Sharjah, les installations aéroportuaires sont gigantesques, beaucoup plus imposantes que sur la photographie. Les deux émirats les plus proches de Sharjah étant desservis par l'aéroport de cette ville, il reste Al-Aïn dans le désert, Fujaïrah à l'extrême sud et enfin, tout au nord, le moins connu d'entre eux, Ras al-Khaimah.

C'est au matin du deuxième jour qu'ils font mouche. À l'atterrissage sur la piste que le pilote britannique surnomme « Al K. », ils ont sous les yeux l'alignement de hangars et le drapeau flottant au vent qu'ils cherchaient. Dexter, qui a pris sa valise avec lui, paie en billets de cent dollars, serre la main du capitaine et quitte l'appareil, qu'il regarde s'envoler. En observant les alentours, il se rend compte qu'il se tient presque exactement à la place occupée par Zilic quand le jeune Srechko Petrovic a pris la photo qui allait lui coûter la vie. Sorti d'un bureau, un policier lui fait déjà signe d'approcher pour passer le contrôle.

Neuf et pimpant, c'est un terminal de poche, qui malgré son intitulé – Aéroport international Al-Qassimi, en hommage à la famille régnante de l'émirat – ne semble pas figurer sur la carte des grandes compagnies aériennes mondiales. Stationnés devant les installations, quelques Antonov ou Tupolev attendent, et même un vieux biplan Yakovlev. L'un des appareils plus modernes est peint aux couleurs des Tajikistan Airlines. Après avoir pris un café au bar du toit-terrasse, Dexter repère au même étage un bureau baptisé avec un remarquable optimisme « Département des relations publiques ». La seule âme en vue est une jeune femme effarouchée, dont le tchador noir ne révèle que les mains et le visage livides. Reconverti en chef de projet dans une grande compagnie de tourisme américaine, Alfred Barnes souhaite étudier les infrastructures que Ras al-Khaimah pourrait offrir à quelque symposium d'hommes d'affaires organisé hors des sentiers battus. Il voudrait notamment s'assurer que l'aéroport local serait en mesure d'accueillir les nombreux jets privés qu'une telle conférence attirerait ici.

Dans un anglais hésitant, la jeune femme coupe court à ses explications : toute requête de ce type doit être présentée au ministère du Tourisme, installé dans le centre commercial de la capitale, juste à côté de la Vieille Ville. Dexter gagne donc en taxi un petit immeuble cubique au milieu d'un terrain à bâtir, à cinq cents mètres du Hilton, tout près du port de plaisance flambant neuf. Et apparemment, les visiteurs désireux de développer un projet touristique ne font pas la queue, ici.

Si d'aucuns lui posaient la question, Hussein al-Khoury estimerait qu'il est au total un brave homme, ce qui ne signifie pas pour autant un homme comblé. Il n'a qu'une seule épouse, mais il la traite avec bonté. Il s'efforce d'élever dignement ses quatre enfants. Il se rend à la mosquée chaque vendredi, dispense son obole aux pauvres dans la mesure de ses moyens et ainsi que le Coran le prescrit. Il aurait dû aller loin dans la vie, avec la grâce d'Allah, et cependant il semble que le Tout-Puissant l'ait oublié ici, dans ce petit cube en briques, employé de rang modeste que personne ne vient jamais solliciter.

Jusqu'à ce jour où un Américain souriant a surgi dans son petit bureau. Et là, Hussein al-Khoury est aux anges. Enfin un peu de distraction, ainsi qu'une occasion de pratiquer un peu cette langue anglaise qu'il a étudiée pendant des heures et des heures ! Après de longues amabilités, qui prouvent que ce charmant étranger a compris que les Arabes n'aiment pas entrer brutalement dans le vif du sujet, ils conviennent que la climatisation en panne et la canicule régnante leur conseilleraient plutôt de reprendre le taxi de l'Américain et d'aller poursuivre ce plaisant échange au bar du Hilton.

Dans l'agréable fraîcheur du grand hôtel, c'est l'homme du cru qui finit par s'étonner que le visiteur n'aille pas au fait. Ne pouvant plus résister à sa curiosité, il risque un : « Alors, en quoi puis-je vous aider ? » L'Américain le considère d'un œil grave, puis :

« Vous savez, mon ami ? Ma philosophie, c'est que notre puissant et miséricordieux Créateur nous a fait naître sur cette terre dans le but de nous entraider. Ainsi, je suis convaincu que c'est moi qui suis là pour vous aider... » Comme s'il était seul, il entreprend de vider ses poches sur la table. Un passeport, plusieurs lettres de recommandation et un rouleau de billets de cent dollars devant lequel al-Khoury en oublie de respirer. « Oui, voyons si nous ne pouvons pas nous entraider, vous et moi.

— Si... si je suis en mesure de faire quoi que ce soit..., chuchote le fonctionnaire, les yeux sur l'argent.

— Je vais être très franc avec vous, Mr al-Khoury. En réalité, je suis agent de recouvrement de dettes. C'est une activité qui peut paraître peu sympathique mais qui n'en est pas moins nécessaire. À chaque fois que nous achetons quoi que ce soit, nous devons le payer, n'est-ce pas ?

— Assurément !

— Eh bien, il y a quelqu'un qui fréquente régulièrement votre aéroport à bord de son jet privé. Lui. »

Hussein al-Khoury contemple la photographie que Dexter lui tend. Ses yeux reviennent au rouleau de billets. Combien ? Quatre mille, cinq ? De quoi envoyer son fils aîné à l'université, et même...

« Malheureusement, il ne l'a jamais payé, cet avion. On peut dire qu'il l'a volé, je pense. Il a versé un acompte, il est parti avec et on ne l'a jamais revu. Le numéro de série a probablement été modifié depuis. Mais nous parlons de grosses sommes, là. Vingt millions pièce, pour tout dire. Conclusion : les propriétaires de cet appareil se montreraient très, très reconnaissants envers quiconque les aiderait à retrouver l'appareil.

— Mais s'il est dans le pays, il suffit de l'arrêter, de saisir l'avion. Nous avons des lois qui...

— Oui. Il est reparti, hélas. Mais à chaque fois qu'il atterrit ici, il y a une trace écrite, un mouvement inscrit dans les dossiers de l'aéroport de Ras al-Khaimah. Un fonctionnaire de votre rang peut avoir accès à ces archives. »

L'intéressé sort un mouchoir immaculé de sa poche et le passe sur ses lèvres.

« Quand c'était, la dernière fois ?

— En décembre. »

Avant de quitter Mrs Petrovic, Dexter a appris que le fils de cette dernière s'était absenté du 13 au 20 décembre. En admettant que Srechko ait pris cet instantané avant d'être découvert et de devoir rentrer précipitamment à Belgrade, la photo pourrait dater du 18. Impossible de savoir comment l'apprenti reporter a remonté la piste. Il devait être extrêmement doué, ou très chanceux. Dans les deux cas, Kobac aurait été avisé de l'embaucher sur-le-champ.

« Les jets qui se posent ici sont nombreux, observe al-Khoury.

– Tout ce qu'il me faut, ce sont les immatriculations, numéros de série, types des avions privés stationnés ici entre le 15 et le 19 décembre, notamment ceux dont le propriétaire est européen. En quatre jours, combien cela ferait ? Dix ? »

Par-devers lui, il prie pour que son interlocuteur ne s'étonne pas qu'il ignore jusqu'à la marque et au type d'appareil que ses commanditaires tentent de retrouver. Et il se met à étaler des billets sur la table.

« Ceci est une preuve de ma bonne foi et de mon entière confiance en vous, mon ami. Et il y en aura encore quatre mille plus tard. »

L'Arabe semble partagé entre l'incrédulité, la peur d'être berné et la tentation. L'Américain se sent obligé de trouver de nouveaux arguments :

« Si ce que je vous demandais allait contre les intérêts de votre pays, je ne me permettrais même pas cette conversation. Simplement, cet homme est un voleur. Lui reprendre ce qu'il s'est approprié est une bonne action, non ? C'est ce que le Coran recommande, n'est-ce pas ? Justice pour celui qui a été trompé. » Hussein al-Khoury pose sa main sur le tas de billets. « J'ai une chambre ici. Quand vous serez prêt, demandez Alfred Barnes. »

L'appel se produit deux jours plus tard, dans la matinée. Le fonctionnaire prend son rôle d'agent secret très au sérieux, visiblement, car il téléphone d'une cabine publique et chuchote dans le combiné :

« C'est votre ami...

– Bonjour. Vous voulez me voir ?

– Oui. J'ai le paquet.

– Ici, ou à votre bureau ?

– Non. Trop risqué. Le fort Al-Hamra. À déjeuner. »

Pour n'importe quelle oreille indiscrète, sa prestation aurait paru plus que suspecte mais Dexter ne croit pas vraiment que les services secrets de l'émirat soient déjà sur la piste. Sa valise prête, il fait appeler un taxi par la réception. Le fort Al-Hamra, une ancienne place fortifiée reconvertie en hôtel de luxe, se trouve à une vingtaine de kilomètres sur la côte, en direction de Dubaï, ce qui lui convient très bien. Arrivé vers midi, bien trop tôt pour un déjeuner selon les habitudes du Golfe, il s'installe dans un fauteuil avec une bière, un œil sur la voûte de l'entrée. Peu après une heure, son contact apparaît, suant à grosses gouttes pour avoir seulement traversé le parking. Sur les cinq restaurants disponibles, ils choisissent le buffet libanais.

« Tout s'est bien passé ? demande Dexter tandis qu'ils avancent le long des tables chargées d'une profusion de mets.

– Oui, oui. J'ai dit que le ministère avait besoin des coordonnées de tous les visiteurs pour leur envoyer une brochure sur nos nouvelles activités touristiques.

– Bien joué ! Et personne n'a trouvé ça bizarre ?

– Au contraire. Ils ont même tenu à me donner la liste de tous les mouvements en décembre.

– Vous avez insisté sur les appareils en provenance d'Europe ?

– Oui, mais il n'y en a que quatre ou cinq, et ce

sont des compagnies pétrolières pas très... fameuses ?
Alors, on s'assoit ? »

Ils choisissent une table retirée et commandent deux
bières, al-Khoury ne voyant aucune objection à boire
un peu d'alcool. L'impressionnante assiette de mezze
qu'il a rassemblés semble lui convenir tout à fait, et il
plonge gaillardement une feuille de vigne farcie dans
le hoummous après avoir tendu à Dexter une liasse de
feuilles tapées à la machine, le manifeste des escales
de jets privés à l'aéroport pour le mois de décembre.

Au feutre rouge, Dexter délimite les mouvements
compris entre le 15 et le 19 de ce mois. Deux Grumman 3 et 4, appartenant à des magnats américains du
pétrole que tout le monde connaît, un Mystère français
et un Falcon d'Elf Aquitaine. Ceux-là sont exclus. Il y
a ensuite un Learjet, propriété d'un prince saoudien, et
un Cessna Citation qui appartient à un riche homme
d'affaires de Bahreïn. Restent un Vent d'Est de fabrication israélienne arrivé de Bombay, et un Hawker 1 000
en provenance du Caire, avec la même ville pour destination. Une annotation en arabe à côté du Vent d'Est
attire l'attention de Dexter :

« Et ça ?

– Oh, rien. C'est un habitué, celui-ci. Un producteur
de cinéma de Bombay. Ils l'adorent, dans tous ces fes-
tivals, Londres, Cannes, Berlin. Les contrôleurs de la
tour, ils le connaissent bien.

– Oui. La photo, vous l'avez toujours ? »

Al-Khoury lui rend le cliché qu'il lui a confié.

« Celui-là, hein ? Ils pensent qu'il est venu avec le
Hawker. »

P4-ZEM, indique le numéro d'identification de ce

jet déclaré sous le nom de la compagnie Zeta Corporation, dont le siège social se trouve aux Bermudes. Dexter remercie son informateur et lui remet la somme promise. Au total, ce sera beaucoup d'argent pour une liste toute bête, mais Dexter n'a pas le sentiment de l'avoir dépensé en vain.

Sur le chemin du retour à Dubaï, Dexter se souvient d'une réflexion qu'il a jadis entendue, selon laquelle rares sont ceux qui changent d'identité sans conserver une allusion, même minime, à leur vie passée. Z-E-M, ce sont ainsi les trois premières lettres de Zemun, le quartier de Belgrade où Zoran Zilic a grandi. Et « Zeta », en grec et en espagnol, désigne la lettre Z, la double initiale du mafieux. Mis à part ces clins d'œil, toutefois, le voile du secret pèse sur sa résidence, sur les sociétés-écrans qu'il a constituées et même sur son jet privé, si c'est bien de celui-ci qu'il s'agit. Toutes ces données sont certainement stockées dans une mémoire informatique quelque part. Bien qu'à l'aise avec un ordinateur personnel, Dexter n'est pas capable de pénétrer des archives informatiques bien gardées. Mais il se rappelle avoir connu quelqu'un qui serait en mesure de le faire.

19

Une explication

Lorsqu'il est question de bien et de mal, de décence et de vilenie, le vice-directeur du FBI Colin Fleming se révèle un véritable intégriste. La haine du péché est inscrite dans ses gènes, apportée des rues pavées de Portadown jusqu'en Amérique un siècle plus tôt. Encore deux cents ans auparavant, ses ancêtres sont passés de la côte orientale écossaise à l'Ulster sans rien perdre de leurs principes presbytériens.

Pour lui, la tolérance face à une mauvaise action s'apparente à la pleutrerie, et celle-ci à la capitulation. Ce qui est tout bonnement impensable. Parvenu au récit de la mort de Ricky Colenso dans sa lecture du dossier transmis par le sénateur Lucas, Fleming a décidé que tout doit être mis en œuvre pour que le responsable de cette abomination soit traduit devant la justice du plus grand pays du monde, en l'occurrence le sien.

Parmi tous ceux qui ont reçu la demande approuvée par le secrétaire d'État Colin Powell et le procureur général. John Ashcroft, il a pris comme un échec personnel le fait que son organisation ne soit pas en mesure d'aider à localiser et punir Zoran Zilic. Pour se racheter à ses propres yeux, il a cependant transmis aux trente-huit attachés judiciaires américains en poste dans le monde un portrait photographique du gangster serbe, de meilleure qualité que les rares clichés de presse disponibles, même si bien moins récent que la photo confiée à Dexter par une humble femme de ménage à Belgrade. Si elle est techniquement aussi bonne, c'est parce qu'elle a été prise au téléobjectif sur les ordres du chef de l'antenne de la CIA dans la capitale serbe cinq ans plus tôt, au temps où Zilic faisait encore la pluie et le beau temps à la cour de Milosevic. Le photographe l'a surpris en train d'émerger de sa voiture, le torse incliné mais le regard levé vers l'appareil qu'il ne pouvait pas deviner à quatre cents mètres de là. Le représentant du FBI à l'ambassade de Belgrade en a obtenu une copie de son collègue de la CIA.

En simplifiant les choses, on dit souvent que cette dernière organisation a à charge l'extérieur des États-Unis, alors que le FBI s'occupe des affaires de sécurité intérieure. Dans sa bataille permanente contre l'espionnage, le terrorisme et le crime organisé, toutefois, le Bureau fédéral a besoin de collaborer étroitement avec des pays étrangers, surtout lorsqu'il s'agit d'alliés, et c'est dans ce but qu'il maintient des représentants à travers le monde. En apparence, ces « attachés judiciaires » sont des diplomates placés sous l'autorité du Département d'État. En réalité, ils sont les oreilles et le bras du FBI au sein des ambassades américaines. Ce sont eux qui ont reçu la photo que Fleming a voulu faire circuler à tout hasard, avec pour instructions de l'afficher à un endroit fréquenté des installations consulaires. Le sous-directeur a tenté sa chance, et elle va se matérialiser contre toute attente sous la forme de l'inspecteur Moussa Ben Zayid.

Ce dernier pourrait lui aussi répondre qu'il est un brave homme, servant son émir – le cheikh Maktoum de Dubaï – avec la plus grande loyauté, refusant les pots-de-vin, payant ses impôts et craignant son Créateur. Que personne ne se méprenne : le petit extra obtenu en jouant les informateurs pour son ami à l'ambassade américaine n'est qu'une preuve de sa volonté de coopérer avec le grand allié de sa nation.

C'est ainsi qu'il se retrouve un jour dans le hall d'entrée de l'ambassade et sa fraîcheur conditionnée, une bénédiction quand on arrive de la fournaise au-dehors. En attendant que son ami descende le rejoindre pour qu'ils aillent déjeuner ensemble, il jette un coup d'œil machinal au panneau d'information. Soudain, il sursaute, se lève et s'approche de l'habituel fouillis d'affichettes annonçant des soirées d'anniversaire ou des réunions de clubs. Parmi elles, il y a une photo accompagnée d'une question en gros caractères : AVEZ-VOUS DÉJÀ VU CETTE PERSONNE ?

« Alors, vous l'avez vue, ou non ? » lance une voix amusée dans son dos, puis une main amicale se pose sur son épaule. C'est celle de Bill Brunton, le « contact » de l'inspecteur de la police spéciale à l'ambassade et l'homme du FBI. Ils se saluent en camarades, puis Ben Zayid lâche sa bombe :

« Eh oui, je l'ai vu. Il y a une quinzaine de jours. »

Le sourire de Brunton s'efface. Leur déjeuner au restaurant de poisson de Djoumaïrah qu'ils apprécient tous deux attendra un peu.

Après lui avoir fait signe de remonter avec lui dans

son bureau, l'« attaché judiciaire » entame sans tarder son interrogatoire :

« Où et quand, vous vous rappelez ?

– Bien sûr. Il y a deux semaines environ, j'ai dit. Je rendais visite à un parent qui habite Ras al-Khaimah. Sur la route Fayçal, vous voyez ? Celle qui suit la côte en sortant de la Vieille Ville ?

– Oui.

– Il y avait un camion qui essayait d'entrer en marche arrière dans un chemin conduisant à un chantier, et donc j'ai dû m'arrêter. Sur ma gauche, il y avait une terrasse de café, et trois hommes à une table. Dont celui-là, fait-il en désignant le cliché posé sur la table de Brunton.

– Vous n'avez aucun doute là-dessus ?

– Aucun.

– Et les deux autres, vous les connaissiez ?

– L'un de nom, le second seulement de vue. Le premier, c'était Bout. »

Bill Brunton se raidit sur sa chaise. Dans les services secrets occidentaux et de l'ancien bloc soviétique, presque tout le monde a entendu parler de Vladimir Bout. Cet ex-officier du KGB est devenu l'un des trafiquants d'armes les plus célèbres au monde, un marchand de mort comme il y en a peu. Le fait qu'il soit moitié tadjik, né à Douchanbe, rend sa trajectoire et sa réussite au sein du « milieu » russe encore plus exceptionnelles. Au temps de l'Union soviétique, les Russes, qui sont peut-être le peuple le plus raciste de la planète, avaient l'habitude de désigner sous le terme aucunement flatteur de *Tchornii*, « Noirs », les résidents de toutes les Républiques caucasiennes et d'Asie centrale,

240

seuls les Biélorusses et les Ukrainiens échappant à ce mépris tenace envers les non-Slaves. Qu'un demi-Tadjik soit brillamment sorti de l'Institut militaire des langues étrangères de Moscou, espèce d'« école des cadres » du KGB, avant d'atteindre le rang de major au sein de la police secrète soviétique, est certes peu courant.

Il a longtemps été affecté au régiment de transport aérien de l'armée de l'air soviétique, un paravent destiné à fournir en armes les guérillas anti-occidentales et les régimes du tiers monde hostiles à l'Occident. Cette expérience lui a permis de mettre à profit sa maîtrise impeccable du portugais lors de la guerre civile angolaise, et de tisser un impressionnant réseau de connaissances au sein des forces aériennes. Après l'effondrement de l'URSS en 1991 et le chaos qui en a résulté, au cours de cette période de confusion où les commandants d'unité livrés à eux-mêmes vendaient le matériel qu'ils avaient sous la main, Bout a carrément acheté les seize Iliouchine-76 de son régiment, et ce pour une bouchée de pain, avant de se lancer dans le transport aérien et la location d'appareils.

En 1992, il est de retour dans son pays natal. La guerre civile vient de reprendre en Afghanistan, juste de l'autre côté de la frontière avec le Tadjikistan, et c'est un meneur d'origine tadjik, le général Dostum, qui s'affirme comme l'un des principaux prétendants au pouvoir. Par « fret », cet homme brutal et sans scrupules n'entend qu'armes et munitions. Bout va les lui acheminer en grande quantité.

Un an après, il apparaît à Ostende, en Belgique, une tête de pont importante vers le Congo, ancienne colonie belge déchirée par d'incessants conflits internes. Ses réserves de matériel sont quasi inépuisables : il s'agit de l'arsenal de l'ex-URSS, dont les stocks et les dépôts restent pleins, d'après les inventaires fictifs fournis par une hiérarchie militaire corrompue, mais en réalité se vident peu à peu. Parmi ses nouveaux clients figurent les responsables du génocide du Rwanda, ce qui finit par gêner les autorités belges : contraint d'abandonner Ostende, Bout refait surface en Afrique du Sud en 1995. De là, il fournit en armes aussi bien le gouvernement du MPLA que la guérilla angolaise qui tente de le renverser. À l'arrivée au pouvoir de Nelson Mandela, néanmoins, le climat se gâte pour lui et il est obligé de refaire ses valises.

En 1998, il est à Sharjah, l'un des Émirats arabes unis. Les services britanniques et américains ayant transmis son dossier à l'émir, Bout est à nouveau mis à la porte, et ce seulement trois semaines avant la rencontre entre Bill Brunton et Ben Zayid à l'ambassade américaine. Cette fois, il se contente de remonter la côte d'une vingtaine de kilomètres pour s'installer à Ajman, où il prend plusieurs bureaux dans les locaux de la Chambre de commerce et d'industrie. Ce modeste émirat de quarante mille âmes, dépourvu de pétrole et sans grandes industries, n'a pas les moyens de se montrer aussi sourcilleux que les autorités de Sharjah.

Pour Bill Brunton, cette information sur le compte de Vladimir Bout signifie beaucoup. Autant il ignore pourquoi Colin Fleming, son supérieur direct, manifeste tant d'intérêt à retrouver le Serbe de la photographie, autant il est certain que son rapport va lui gagner une estime accrue au Hoover Building, le siège central du FBI.

« Et le troisième ? demande-t-il. Vous dites que vous l'avez déjà vu ? Vous vous rappelleriez où ?

— Mais oui. Très facile : ici même. C'est l'un de vos collègues. »

Si Brunton pensait qu'il avait eu assez de surprises pour la journée, il se trompait. Son estomac effectue quelques acrobaties assez périlleuses. Lentement, il sort de l'un de ses tiroirs un dossier cartonné, le rôle de l'ambassade avec un portrait de chaque membre du personnel. Sans hésitation, Ben Zayid pose le doigt sur le visage de l'attaché culturel.

« C'est lui. Le troisième homme à la table. Vous le connaissez bien ? »

Assez, oui. Bien que les échanges culturels entre Dubaï et les États-Unis ne soient pas particulièrement intenses, ce diplomate est un monsieur très occupé : derrière sa façade d'organisateur de tournées de concerts, il n'est autre que le chef de l'antenne de la CIA.

En prenant connaissance des informations en provenance de Dubaï, Colin Fleming voit rouge. Ce qui le met dans une telle fureur, ce n'est pas que le principal agent de la CIA là-bas ait été vu en train de tailler une bavette avec un trafiquant tel que Vladimir Bout : il pourrait s'agir d'un contact indispensable au travail de renseignements, après tout. Non, le plus grave, c'est qu'un responsable de la CIA, et haut placé qui plus est, a évidemment menti au secrétaire d'État et à son autorité de tutelle, le procureur général des États-Unis. Les irrégularités abondent, ici, et il a l'impression très nette de savoir qui les a commises. Décrochant son téléphone, il appelle un poste au siège de la CIA, à Langley.

Les deux hommes se connaissent et s'estiment peu, notamment depuis une vive controverse qui les a opposés en présence de la conseillère du Président en matière de sécurité nationale, Condoleezza Rice. Il arrive que des personnalités fortement opposées s'attirent mutuellement, mais ce n'est pas leur cas.

Paul Devereaux III est le descendant de l'une de ces anciennes familles qui ont constitué une sorte d'aristocratie de la Nouvelle-Angleterre, si l'on osait ce terme. Bostonien jusqu'au bout des ongles, il a démontré précocement sa vive intelligence avant un brillant passage au lycée classique de la ville, principale porte d'entrée pour l'un des établissements universitaires d'obédience jésuite les plus réputés du pays. Ses professeurs au Boston College, où il a obtenu haut la main sa maîtrise de lettres, étaient tellement impressionnés par sa culture philosophique et théologique qu'ils l'auraient bien imaginé rejoignant la Compagnie de Jésus et devenant peut-être l'un de leurs plus distingués collègues. Dévorant tous les classiques, d'Ignace de Loyola à Teilhard de Chardin, il pouvait passer de longues heures à ratiociner avec son maître de conférences sur la doctrine du moindre mal, l'idée que la fin peut justifier les moyens, sans entraîner la damnation de l'âme à condition de rester dans les limites du permissible.

Il a dix-neuf ans en 1966, en pleine apogée de la

Guerre froide, quand la galaxie communiste semble encore capable de rallier à elle le tiers monde et d'isoler l'Occident, et au moment où Paul VI appelle les jésuites à se transformer en fer de lance du combat contre l'athéisme. Aux yeux de Paul Devereaux, les deux mots sont synonymes. Les athées ne sont pas tous communistes, mais tous les communistes sont athées. Et c'est alors qu'il entrevoit son avenir : il va se mettre au service de son pays non en rejoignant l'Église ou le corps universitaire, mais en entrant dans cette institution qu'un homme se présentant comme un collègue de son père lui a décrite à voix basse, tout en tirant sur sa pipe, un certain jour au country-club.

Une semaine après avoir obtenu son diplôme au Boston College, Paul Devereaux prête serment pour intégrer les rangs de l'Agence centrale de renseignements, la CIA. Tout lui semble pur et clair dans cet engagement. Les scandales tonitruants qui affecteront la réputation de ce service n'ont pas encore éclaté. Grâce à ses origines patriciennes, il monte rapidement dans la hiérarchie, protégé des rivalités et des jalousies par son charme naturel, son esprit astucieux, mais aussi par une qualité alors fort prisée au sein de la CIA et dont il a d'abondantes réserves : le dévouement à la « maison ». À celui qui se montre loyal en toute occasion, ses chefs peuvent pardonner beaucoup, et même parfois un peu trop. Il est affecté avec le même succès aux trois principaux départements de l'Agence, « Opérations », « Analyse » et « Sécurité intérieure ». Sa fulgurante ascension est cependant interrompue par l'arrivée de John Deutsch à la tête de la CIA.

Entre le nouveau directeur et l'étoile montante, l'antipathie est immédiate. Ce sont des choses qui arrivent. Sans aucune expérience préliminaire dans le renseignement, Deutsch représente la continuation d'une longue série de nominations « politiques » – plutôt catastrophique, si on la considère a posteriori. Il soupçonne Devereaux, qui pratique sept langues étrangères, de le prendre pour un demeuré. Il n'a sans doute pas tort : l'ambitieux Bostonien voit en Deutsch un opportuniste assez godiche, choisi par ce plouc de l'Arkansas que le pays s'est choisi pour président, un homme que Devereaux méprise quand bien même ils appartiennent au même parti, et cela bien avant l'entrée en scène des Paula Jones et Monica Lewinsky... Bref, leur relation n'a rien d'une idylle, et finit par frôler le divorce lorsque Devereaux s'exprime en faveur d'un responsable de l'Agence en Amérique du Sud accusé d'avoir recours à des informateurs peu recommandables.

De haut en bas, et à l'exception de quelques dinosaures hérités de la Seconde Guerre mondiale, l'Agence s'est alors résignée à appliquer l'ordonnance présidentielle numéro 12 333, signée par Gerald Ford, laquelle interdit le recours au procédé expéditif des « éliminations ». Devereaux est lui-même assez sceptique quant à cette décision, mais il est trop nouveau dans la maison pour qu'on lui demande son avis. Il ne lui paraît pas que, dans cet univers du renseignement et du contre-espionnage, fondamentalement imparfait, le choix d'éliminer préventivement un traître soit par définition répréhensible. En d'autres termes, il peut être justifié de mettre fin à une vie pour en sauver dix autres. C'est une lourde responsabilité, certes, mais si le directeur de la CIA ne manifeste pas la force morale de l'assumer, c'est qu'il ne mérite pas ce poste.

Avec le triomphe du « politiquement correct » sous l'administration Clinton, l'idée s'impose que l'Agence ne doit avoir recours qu'à des sources éthiquement justifiables. Par conviction et sur la foi de l'expérience accumulée, Devereaux trouve que cela revient à demander aux défenseurs de l'Amérique de ne traiter qu'avec des enfants de chœur et des moines. Ainsi, lorsqu'un agent opérant en Amérique du Sud est mis à l'index pour avoir traité avec d'anciens terroristes afin d'en neutraliser de bien réels, il écrit un commentaire si caustique que le texte va circuler au sein du département des Opérations avec la même ferveur qu'un samizdat au temps de l'URSS disparue.

Pour Deutsch, c'est la goutte d'eau qui fait déborder le vase : il veut exiger la démission de Devereaux, mais son vice-directeur, George Tenet, lui conseille la prudence. Au bout du compte, ce sera Deutsch qui partira, remplacé par... Tenet. À l'été de cette même année 1998, les développements en Afrique amènent le nouveau chef de la CIA à recourir aux compétences de ce fauteur de troubles, et ce malgré l'aversion de ce dernier pour Bill Clinton. Deux ambassades américaines sur le continent africain ont été détruites par des attentats. À Langley, même le plus humble employé du service d'entretien sait que la nouvelle « guerre froide » ouverte depuis 1991 se situe dans le constant développement du terrorisme international. Dans ce contexte, la création de la « cellule antiterroriste » au sein de la division opérationnelle de la CIA est tout un événement.

Connaissant l'arabe, ayant assuré un poste dans trois pays musulmans, Paul Devereaux est alors le numéro deux de la division du Moyen-Orient. L'onde de choc des explosions de 1998 le propulse à la tête de la petite et très confidentielle unité, qui n'a de comptes à rendre qu'au directeur de l'Agence et dont le nom de code, « Faucon pèlerin », évoque cet oiseau de proie capable d'observer sa proie de très haut, presque immobile, avant de fondre sur elle avec une rapidité et une précision mortelles.

Dans ses nouvelles fonctions, Devereaux a accès à toutes les informations qu'il juge nécessaires, et entière latitude pour former son équipe. Pour plus proche collaborateur, il a choisi Kevin McBride, moins brillant que lui, certes, mais qui se révèle expérimenté, plein de bonne volonté et d'une fidélité à toute épreuve. C'est lui qui reçoit l'appel téléphonique dont il a été question. Une main sur le combiné, il se tourne vers son patron :

« Fleming, du FBI. Pas très content, on dirait. Je vous laisse ? »

Devereaux lui fait signe de rester, prend la communication :

« Colin ? Oui, c'est moi. Que puis-je pour vous ? – Il fronce les sourcils, se redresse sur son siège. – Mais oui, bien sûr. Voyons-nous chez vous, bonne idée. »

L'endroit est idéal pour une petite explication qui s'annonce orageuse : les écoutes clandestines sont traquées chaque jour, les conversations enregistrées avec le plein accord des participants, et il suffit de décrocher le téléphone pour que des rafraîchissements soient servis.

Dès qu'il s'assoit en face de lui, Fleming jette le rapport de Bill Brunton devant Devereaux, qui le parcourt rapidement, impassible.

« Oui, et alors ?

– S'il vous plaît, ne me racontez pas que notre homme à Dubaï s'est mépris. Zilic a été le principal trafiquant d'armes de Yougoslavie. Brusquement, il disparaît, et le voici en train de discuter avec le plus gros marchand d'armes dans le Golfe et en Afrique. C'est d'une logique impeccable.

– Si vous le dites...

– Et à cette petite réunion, qui trouve-t-on aussi ? Votre responsable régional !

– Pourquoi vous en prendre à moi ? Je suis dans un autre département.

– Parce que c'était vous qui dirigiez le Moyen-Orient, même si vous étiez seulement numéro deux, sur le papier. Parce qu'à cette époque tous les chefs d'antenne de la région vous adressaient leurs rapports, à vous. Parce que cela reste le cas, que vous soyez maintenant chargé d'un "projet spécial" ou pas. Parce que je doute fort que Zilic n'ait jamais hanté ce trou paumé avant d'y être vu il y a quinze jours. Conclusion, j'estime que vous étiez au courant de sa présence là-bas quand la demande de localisation a été reçue, ou au moins qu'il se trouvait dans le Golfe et qu'il était possible de lui mettre la main dessus à un moment ou un autre.

– Vraiment ? Dans notre métier, un soupçon, c'est encore très loin d'être une preuve...

– Ne prenez pas cela à la légère, voulez-vous ? Vos agents et vous-même frayez avec des criminels patentés, et du pire acabit. C'est une atteinte à toutes les règles, sans contestation possible.

– Et alors ? Quelques règles idiotes n'ont pas été respectées. Notre métier n'est pas fait pour les nez délicats. Même le FBI doit parfois tolérer tactiquement un moindre mal afin d'atteindre le bien général.

– Pas de sermon, je vous prie.

– Entendu, réplique avec superbe le Bostonien. Bien, je vois que vous êtes fâché. Et que comptez-vous faire, exactement ? »

Les politesses ne sont plus de mise, maintenant que le gant a été jeté.

« Je ne pense pas que je vais laisser passer ça. Ce Zilic est une abomination. Vous avez dû lire le traitement qu'il a infligé à ce pauvre garçon, ce volontaire humanitaire de Georgetown. Et vous, vous frayez avec lui. Par procuration, mais cela revient au même. Vous savez de quoi il est capable, et ce qu'il a déjà commis. Tout est documenté, vous ne pouvez l'ignorer. Il y a ce témoignage, du temps où il n'était qu'un vulgaire maître chanteur : il a suspendu par les pieds au-dessus d'un gril électrique un commerçant qui refusait de payer, jusqu'à lui faire bouillir la cervelle. C'est un dangereux sadique. En quoi peut-il vous être utile, bon sang ?

– Si tel est le cas, cela est une information confidentielle. Même pour un directeur adjoint du Bureau.

– Donnez-nous cette crapule. Dites-nous où nous pouvons le coincer.

– Quand bien même je le saurais, ce que je nie fermement, ce serait non.

– Comment osez-vous aller si loin dans l'opportunisme ? s'emporte Fleming d'un ton révolté. En 1945, nos services de renseignements en Allemagne occupée ont pactisé avec des nazis sous le prétexte qu'ils aideraient à combattre le communisme. Nous n'aurions jamais dû ! Il ne fallait pas approcher ces ordures, même de loin ! C'était une erreur à l'époque, c'en est une maintenant ! »

Devereaux soupire. Cette conversation est non seulement sans objet mais elle devient fatigante, aussi.

« Épargnez-moi vos cours d'histoire. Je répète : qu'avez-vous l'intention de faire ?

– Je vais soumettre ce que j'ai en main à votre directeur.

– Oui ? – Paul Devereaux se lève. – Laissez-moi vous dire une chose : en décembre dernier, vous auriez pu me griller mais maintenant, je suis en amiante. Les temps ont changé. »

Ce qui a changé, c'est qu'en janvier 2001, après un sombre cafouillage dans le décompte des bulletins de vote en Floride, un certain George W. Bush a été proclamé Président. Et il se trouve que son plus ardent supporter n'est autre que le directeur de la CIA, George Tenet.

« On en reparlera, lance Fleming au visiteur qui lui a déjà tourné le dos. Je vous garantis qu'on le coincera et qu'on le ramènera ici. »

Dans sa voiture, sur le chemin du retour vers Langley, Devereaux médite l'avertissement. Trente ans passés dans le nid de vipères de l'Agence lui ont appris à savoir reconnaître un ennemi personnel, et celui-ci pourrait se révéler des plus néfastes. « On le coincera et on le ramènera ici »... Qui ? Comment ? Qu'est-ce qui rend ce père la morale du FBI si sûr de lui ? Il pousse un soupir : encore un nouveau souci, dans ce monde tellement stressant. Il va falloir avoir constamment Colin Fleming à l'œil. Comme un faucon pèlerin, tiens ! L'idée amène sur ses lèvres un sourire qui ne dure pas longtemps.

20

Un jet

En arrivant à l'adresse indiquée, Cal Dexter est bien obligé d'admirer les farces que peut vous jouer le destin : la belle maison à Westchester, ce n'est pas lui, l'ancien GI devenu avocat, qui a fini par l'avoir, mais un petit garnement du ghetto. En l'espace de treize années, Washington Lee a fait du chemin. Ce dimanche matin de la fin juillet, quand il lui ouvre la porte, Dexter note tout de suite que ses dents ont été rectifiées, son nez un peu crochu retouché, et l'exubérante coiffure afro de jadis remplacée par une coupe propre et nette. Il a devant lui un consultant en informatique de trente-deux ans, raisonnablement prospère, avec une femme, deux jeunes enfants et une jolie villa.

Tout ce que Cal Dexter a jadis eu, il l'a perdu. Tout ce dont Washington Lee n'avait jamais osé rêver, il l'a obtenu. C'est la première fois que l'avocat revoit l'ancien pirate informatique, dont il a retrouvé la trace et qu'il a appelé pour convenir de sa visite.

« Entrez, cher maître ! »

Une fois qu'ils se sont installés sur la pelouse du jardin, un verre de soda à portée de main, Dexter tend à son hôte une brochure dont la couverture présente la photographie d'un biréacteur d'homme d'affaires virant au-dessus de l'océan.

« Ça, c'est du domaine public. Ce que je veux, c'est retrouver un appareil de ce même type. J'ai besoin de savoir qui l'a acheté, quand, qui en est le propriétaire actuel, et surtout où il habite.

— Et vous pensez que le ou les intéressés n'ont pas envie que vous l'appreniez ?

— Si le bonhomme en question vit au grand jour et sous son vrai nom, c'est que j'ai eu un mauvais tuyau. Mais si j'ai raison, il se terre quelque part, sous une fausse identité, avec des gardes du corps armés et des données informatiques soigneusement protégées.

— Et c'est à elles que vous voulez accéder ?

— Exact.

— C'est que les choses se sont compliquées, en treize ans. Eh, je suis l'un de ceux qui ont contribué à ça, moi ! Sur le plan technique, je veux dire. Sur le plan juridique aussi, c'est devenu beaucoup plus strict. Ce dont vous parlez, là, c'est de violer un système. Une fois, ou deux, ou trois. C'est complètement illégal.

— Je sais. »

Washington regarde autour de lui. Plus loin sur le gazon, deux fillettes gloussent en barbotant dans une piscine gonflable. Cora, sa femme, est en train de préparer le déjeuner dans la cuisine.

« Il y a treize ans, j'étais bon pour passer un sacré bout de temps à l'ombre, note-t-il à voix basse. J'en serais sorti pour revenir glander dans le ghetto. Au lieu de ça, j'ai eu ma chance. Quatre années avec la banque, et ensuite je suis devenu mon propre patron, et je mets au point les systèmes de sécurité les plus performants du pays, sans vouloir me vanter... L'heure est venue de payer ma dette envers vous. Expliquez ce que vous attendez de moi. »

D'abord, ils étudient l'avion, dont le nom, Hawker, remonte à l'époque pionnière de l'aviation britannique, au cours de la Première Guerre mondiale. C'est aux commandes d'un Hawker « Hurricane » que Stephen Edmond a volé en 1940, tandis que le dernier chasseur traditionnel a été le très polyvalent Harrier. À partir des années soixante-dix, pourtant, les petits constructeurs n'ont plus été en mesure de supporter par eux-mêmes les coûts de recherche-développement. Seuls les géants de l'industrie aéronautique pouvaient se permettre de fabriquer de nouveaux appareils de combat, et ils devaient eux aussi en passer par des accords et des fusions. La firme Hawker allait alors se tourner de plus en plus vers le marché civil.

Durant la décennie quatre-vingt-dix, la quasi-totalité des constructeurs d'aéronefs britanniques se sont retrouvés sous le chapeau de British Aerospace. Après les réductions d'effectifs décidées par le conseil d'administration, Hawker allait être racheté par une compagnie de Wichita (Kansas), Raytheon. Seuls un petit bureau de vente à Londres et le service d'entretien de Chester devaient être conservés en Angleterre. Contre leurs dollars, les gens de Raytheon obtenaient un appareil extrêmement prisé par la clientèle à la recherche de biréacteurs de courte portée, le HS125, ainsi que le Hawker 800, et enfin le fleuron de la flottille, avec ses près de cinq mille kilomètres de rayon d'action, le Hawker 1 000.

Dexter a appris au cours de ses recherches que la fabrication de ce dernier modèle a cessé en 1996. Si Zoran Zilic est bien propriétaire de cet avion, c'est donc qu'il l'a acheté d'occasion. De plus, cinquante-deux unités seulement ont été produites, dont trente appartiennent à une société de louage basée en Amérique. Sur les vingt-deux restantes, trois au plus ont changé de propriétaire au cours des deux dernières années. Sur l'étroit marché existant pour des appareils aussi coûteux, les revendeurs ne sont pas légion. Par ailleurs, il est très probable que le Hawker 1 000 a dû subir une révision complète avant d'être repris par un nouvel homme d'affaires, et donc passer par les services de Raytheon. Que ce soit la compagnie elle-même qui ait négocié la vente est donc une possibilité.

« Rien d'autre ? interroge Washington Lee.

— Le numéro d'immatriculation, P4-ZEM. Il ne renvoie à aucun des principaux registres de l'aviation civile internationale, mais correspond à une toute petite île, Aruba.

— Jamais entendu parler.

— Dans les anciennes Antilles néerlandaises, avec Curaçao et Bonaire. Ces deux-là sont restées possessions néerlandaises mais Aruba a décidé de jouer cavalier seul en 1986. C'est un centre de banques offshore, de sociétés-écrans, etc. Un vrai casse-tête pour les commissions antifraude du monde entier, mais c'est aussi une source de revenus importante dans une île qui n'a pratiquement rien, à part une minuscule raffinerie de pétrole et le tourisme, essentiellement attiré par de très beaux bancs de corail. Je suis prêt à parier que celui que je recherche a changé l'ancien numéro de l'appareil.

– Et donc ils n'auraient aucune trace de ce P4-ZEM, à Raytheon ?

– Sans doute que non. En plus, dans ce milieu, on ne communique aucun détail sur les clients. C'est impensable.

– Je vois... »

En treize ans, le petit génie de l'ordinateur a beaucoup appris, notamment en inventant beaucoup. Que les grosses têtes informatiques, surtout concentrées à Silicon Valley, aient développé une réelle admiration pour ce franc-tireur de la côte Est prouve le haut, très haut niveau auquel il est parvenu. Et chaque jour depuis sa mésaventure initiale, Washington Lee s'est juré qu'il ne se ferait plus jamais pincer dans quelque chose d'illicite. Alors qu'il envisage pour la première fois de se risquer sur le terrain de l'illégalité après toutes ces années, il se promet d'abord et avant tout de tout mettre en œuvre pour que personne ne puisse jamais remonter la piste cybernétique jusqu'à certaine maison de Westchester.

« Vous avez un gros budget, Cal ?

– Conséquent, disons. Pourquoi ?

– Il me faut un mobil-home, un Winnebago. Avec une alimentation électrique transportable, bien sûr, mais dès que j'aurai transmis, je lève le camp et je disparais. Deuxièmement, il me faut le meilleur ordinateur personnel qui puisse exister. Qui finira au fond d'un fleuve dès que j'aurai terminé.

– Pas de problème. Par où allez-vous attaquer ?

– Par tous les points. Le service d'immatriculation

aéronautique d'Aruba, pour commencer. Il faudra qu'ils crachent quel était le numéro de ce Hawker la dernière fois que les techniciens de Raytheon l'ont vu. Ensuite, cette compagnie des Bermudes dont vous m'avez parlé, Zeta : siège social, destination de toutes leurs communications, mouvements de fonds, la totale... Troisièmement, nous devons avoir tous les plans de vol qu'ils ont déposés. Pour arriver dans cet émirat, Ras...

— Ras al-Khaimah.

— Ouais. Ras Machin. Enfin, pour y arriver, ils sont forcément partis de quelque part, non ?

— On le sait, ça. Du Caire.

— Donc le plan de vol doit être dans les archives du contrôle aérien égyptien. Informatisées, bien entendu. Il faut que je leur rende une petite visite, mais ça m'étonnerait que leur babase soit hyperprotégée...

— Vous aurez besoin d'aller au Caire ?

— Hein ? – Le jeune Lee le regarde comme si Dexter était devenu subitement fou. – Au Caire ? Qu'est-ce que j'irais fabriquer là-bas, voyons ?

— Vous avez parlé d'une "petite visite"...

— Dans le cyberespace, oui ! Je peux très bien fouiner dans leurs archives depuis une aire de pique-nique dans le Vermont. Bon, et si vous rentriez chez vous pour attendre que je m'y mette, cher maître ? Tout ça, ça a l'air d'être du chinois, pour vous ! »

Washington Lee loue son mobil-home, achète le PC et tous les programmes nécessaires à ses projets. Il paie à chaque fois en liquide, ignorant le regard étonné des vendeurs, et fait également l'acquisition d'un générateur à essence, afin de disposer de son propre « jus ».

Il n'y a que pour la location du Winnebago qu'il doit montrer son permis de conduire, mais partir en balade avec l'une de ces maisons roulantes ne signifie pas forcément qu'on est un pirate informatique en pleine offensive...

La première – et la plus facile – de ses incursions consiste à pénétrer dans le registre des immatriculations aéronautiques d'Aruba, géré par un bureau à Miami. Évitant les week-ends, où une visite non autorisée serait signalée par le système le lundi matin, il choisit un jour ouvrable, quand l'ordinateur doit répondre à plusieurs sollicitations à la fois. Sa « visite » se noie dans le flot des connexions et il a bientôt le résultat de sa demande. Le Hawker 1 000 P4-ZEM était jadis l'appareil VP-BGG, ce qui signifie qu'il était enregistré quelque part en zone britannique.

Pour parvenir à ses fins, Lee utilise un software qui lui permet de dissimuler à la fois son identité et sa localisation. Connu sous le nom de PGP, Pretty Good Privacy – « Pas Mal Discret » –, c'est un programme tellement fiable qu'il est interdit par la loi, et qui autorise à établir deux lignes de communication, l'une publique, l'autre privée. Il faut envoyer les demandes sur la première, parce qu'elle ne peut que coder, et recevoir les réponses sur la seconde, qui est seulement en mesure de décoder. L'avantage, pour lui, est que le système de codage, mis au point par quelque patriote passionné de mathématiques pures, interdit à quiconque de déceler l'origine de la requête. En veillant à ne demeurer que de courts moments en ligne et à changer de place très souvent, il double ses chances de ne pas être repéré.

L'autre astuce, beaucoup plus rudimentaire, consiste à n'envoyer des e-mails qu'à partir de cybercafés dans les villes qu'il traverse. De cette façon, il entre dans le système du contrôle aérien cairote, qui lui apprend que le Hawker P4-ZEM arrivait à chaque fois des Açores lorsqu'il s'arrêtait en escale technique au pays des pharaons. Cette route indique clairement que, si l'avion s'arrêtait dans l'archipel portugais perdu au milieu de l'Atlantique, c'est parce qu'il commençait son périple vers les Émirats arabes unis en provenance des Caraïbes ou de l'Amérique du Sud. Depuis une aire de repos sur une autoroute de Caroline du Nord, Lee réussit à convaincre la gestion des données du contrôle aérien portugais pour la zone des Açores de confirmer que l'appareil est arrivé par l'ouest, mais qu'il s'est posé sur une piste privée appartenant à la compagnie Zeta. Du coup, les recherches de ce côté parviennent à une impasse. Quant au filon des Bermudes, le secret bancaire et la confidentialité garantis aux plus riches clients qui règnent là-bas rendent le piratage pratiquement impossible. La « taupe » implantée par Washington Lee dans un système informatique de Hamilton finit par obtenir la confirmation que la société Zeta Corporation a ici son siège. Ses trois gérants déclarés sont des prête-noms locaux, tous d'impeccable réputation. Pas la moindre mention de Zoran Zilic, ni de quoi que ce soit de serbe.

À New York, pendant ce temps, Cal Dexter travaille sur l'hypothèse émise par Lee et selon laquelle le Hawker aurait sa base quelque part aux Caraïbes. Il reprend contact avec un pilote de jet indépendant qu'il a un jour défendu contre un riche plaignant, ce dernier s'estimant en droit de l'attaquer en justice parce qu'il avait été très malade à bord à cause du pilote, lequel aurait dû choisir une route avec de meilleures conditions climatiques...

« Essayez les RIF, propose son ancien client. Je veux dire les Registres d'information de vol. Ils savent tout sur tout, dans la zone qu'ils couvrent. » Basé à Caracas, le RIF chargé des Caraïbes-Sud confirme que l'appareil en question est en effet basé au Venezuela. À cette nouvelle, Dexter se dit que toutes les autres pistes constituent peut-être une perte de temps : ne suffit-il pas de demander au RIF de le retrouver ?

« Ne croyez pas ça, réplique son ami pilote. Il est enregistré là-bas, ce zinc, mais ça ne veut pas dire qu'il "est" là-bas.

– Mais encore ?

– Très simple : un yacht peut très bien avoir "Wilmington, Delaware" en grosses lettres sur la poupe et trimbaler toute l'année des touristes au large des Bahamas. Le hangar où ce Hawker passe ses nuits est sans doute à des lieues de Caracas. »

Washington Lee explique alors à Dexter la solution qu'il a imaginée en dernier recours. Deux jours entiers sur la route et il le rappelle de Wichita, dans le Kansas, pour lui dire qu'il est prêt à passer à l'action.

Quelques moments plus tard, le téléphone sonne dans le bureau du directeur des ventes au cinquième étage du siège de la compagnie. Un appel en provenance de New York.

« Bonjour, je vous contacte de la part de Zeta Corporation, aux Bermudes. Vous vous rappelez que vous nous avez vendu un Hawker 1 000, numéro VP-BGG, il y a quelques mois ? L'ancien propriétaire était britannique. Je suis le nouveau pilote ici.

– Parfaitement. Et vous êtes monsieur...

– C'est simplement que Mr Zilic voudrait changer l'aménagement de la cabine. Vous pouvez vous charger de ça, je présume ?

– Tout à fait. Nos ateliers assurent toutes les modifications souhaitées, monsieur...

– Et dans ce cas, vous seriez en mesure d'assurer la révision mécanique en même temps ? »

Le directeur se redresse sur son fauteuil. Il se rappelle très bien cette vente. L'appareil a été dûment révisé et, à moins que son nouveau propriétaire ait volé sans arrêt depuis, il n'y a aucune raison de procéder à une nouvelle vérification si tôt.

« Puis-je demander à qui j'ai l'honneur ? Je ne pense pas que les réacteurs de cet avion nécessitent une révision à court terme.

– Ah oui ? Eh bien... Ah, désolé ! Je dois confondre avec un autre, alors... »

Quand son mystérieux interlocuteur raccroche en catastrophe, le responsable des ventes est traversé de soupçons. Cet inconnu en savait à la fois trop et pas assez sur une vente qui devait rester confidentielle. Il décide d'alerter les services de sécurité pour qu'ils retrouvent l'origine de l'appel. C'est trop tard, évidemment, car le téléphone cellulaire en question est déjà au fond de l'Hudson. Mais le directeur des ventes s'est entre-temps rappelé le pilote de la Zeta Corporation venu à Wichita prendre livraison du Hawker : un Yougoslave fort sympathique, ancien colonel de l'armée de l'air de son pays, dont les papiers parfaitement en règle comprenaient l'homologation par la Direction de l'aviation fédérale de sa qualification sur ce type d'appareil dans une école de pilotage américaine.

Dans le dossier de vente, il y a son nom, commandant Svetomir Stepanovic, et une adresse e-mail. Aussitôt, il rédige un court message informant le véritable pilote du préoccupant coup de fil qu'il vient de recevoir. Garé derrière un bosquet au-delà du parc paysagé qui entoure l'immeuble de la société aéronautique, Washington Lee, les yeux sur son moniteur électromagnétique, remercie sa bonne étoile de ce que le directeur des ventes n'utilise pas le système Tempest qui protège justement les ordinateurs de ce genre d'interférences. Il observe comment l'EEM, l'Electronic Engineers Master, intercepte le message. Il ne lit même pas le texte, sans aucun intérêt pour lui : c'est l'adresse de destination qu'il voulait.

Trois jours plus tard, le mobil-home est rendu à l'agence de location, tout le matériel informatique utilisé déjà balancé au fond du fleuve Missouri. Avec Dexter, Lee se penche sur une carte et montre un point du bout de son stylo : « L'île de Saint-Martin. À une centaine de kilomètres de la ville du même nom. Le pilote est un Yougoslave, aussi... Je crois que je tiens votre homme, cher maître. Et maintenant, si vous voulez bien m'excuser mais j'ai une maison, une femme, des enfants et un travail qui m'attendent. Bonne chance. »

Le Vengeur s'est muni de la carte à la plus grande échelle qu'il ait pu trouver, et il l'agrandit encore. Juste en bas de l'isthme en forme de lézard qui unit les deux Amériques, la masse imposante du Sud commence avec la Colombie à l'ouest et le Venezuela au centre. À l'est de ce dernier pays se trouvent les quatre Guyanes. Il y a d'abord l'ancienne colonie britannique, aujourd'hui simplement appelée Guyana. Ensuite vient l'ex-Guyane hollandaise, désormais connue sous le nom de Surinam, puis la Guyane française avec son île du Diable et son légendaire Papillon, qui abrite à Kourou le complexe spatial européen. Pris en sandwich entre ces deux territoires, Cal Dexter considère le triangle de jungle qui formait jadis la Guyane espagnole et qui, après être parvenu à l'indépendance, a pris le nom de San Martin, Saint-Martin.

Quelques recherches lui ont appris qu'il s'agit sans doute de l'ultime spécimen d'authentique république bananière, sous la botte d'un dictateur militaire et affligée par l'opprobre international, la pauvreté et la malaria. Bref, l'endroit typique où l'argent peut vous obtenir toutes sortes de passe-droits et de protections.

La première semaine d'août, un Piper Cheyenne II survole la côte à la rassurante altitude de quatre cents mètres, assez haut pour donner l'impression qu'il s'agit de l'appareil d'un homme d'affaires se rendant du Surinam en Guyane française, mais assez bas pour prendre de bonnes photos, aussi. Affrété à Georgetown, l'avion a suffisamment d'autonomie – deux mille kilomètres – pour passer la frontière française et revenir à sa base. Le client, un nommé Alfred Barnes d'après son passeport américain, s'est présenté comme un professionnel du tourisme à la recherche de nouveaux emplacements. Le pilote guyanais s'est dit qu'il faudrait le payer cher pour qu'il aille passer des vacances à Saint-Martin, mais cela ne l'a pas empêché d'accepter ce travail facile, rétribué en dollars.

Ainsi qu'il lui a été demandé, il suit la ligne de la côte de sorte que son client, assis dans le siège de droite, puisse utiliser son appareil photo à zoom quand il le juge nécessaire. Après le fleuve Commini qui marque la fin du Surinam, il n'y a plus de plages de sable dignes d'un projet touristique sur des kilomètres, le littoral étant formé d'une succession de mangroves et de marais infestés de serpents. Ils passent au-dessus de la capitale, Saint-Martin, confite dans la chaleur moite. La seule plage intéressante, à l'est, est malheureusement réservée à l'usage des riches et des puissants locaux, à savoir le despote et sa clique.

Enfin, à une quinzaine de kilomètres des rives du Maroni, au-delà duquel commence la Guyane française, il y a El Punto, une péninsule triangulaire en forme de dent de requin, dont l'accès terrestre est protégé par une chaîne de montagnes. Une seule piste la traverse, car l'endroit est inhabité. Le pilote, qui n'est encore jamais allé aussi loin à l'est et pour lequel El Punto restait jusque-là un simple triangle côtier sur ses cartes de navigation, discerne les traces d'une immense propriété privée. Son passager a commencé à utiliser son Nikon F5 35 mm, dont le moteur lui permet de prendre cinq photos à la seconde. Il a choisi la vitesse d'obturation maximale, une nécessité à cause des vibrations du Piper. Avec une pellicule 400 asa, c'est le mieux qu'il puisse tenter.

Au premier passage, il obtient de bonnes vues de la grande demeure bâtie tout au bout de la péninsule, avec son mur d'enceinte, ses champs où s'activent des péones, ses granges et plus loin, séparée par une barrière, une grappe de cabanes blanches qui semble le village des employés de la propriété.

Ils sont plusieurs à lever la tête au bruit de l'avion, dont deux hommes en uniforme que Dexter voit se mettre à courir. Déjà, le Piper se rapproche de la Guyane française et il demande au pilote de revenir au-dessus du domaine par la terre, afin qu'il puisse avoir une vue sous ce nouvel angle. En passant, il a le temps de remarquer un poste de garde dans la cordillère qui barre l'accès à la péninsule, et le vigile qui a pu relever le numéro de l'avion.

Dexter consacre sa deuxième pellicule à la piste d'atterrissage tapie au pied des montagnes et aux bâtiments avoisinants. À ce moment même, une plate-forme de traction entraîne un biréacteur à l'intérieur du hangar principal. Dexter a juste le temps d'apercevoir l'empennage avant qu'elle ne disparaisse dans la pénombre. L'immatriculation lui est bien connue : P4-ZEM.

21

Un jésuite

Aussi convaincu soit-il que le FBI ne sera jamais autorisé à mettre fin au programme « Faucon pèlerin », *son* projet, Paul Devereaux garde une mauvaise impression de sa houleuse rencontre avec Colin Fleming. Ne sous-estimant ni l'intelligence, ni la résolution, ni l'influence de ce dernier, il craint que le facteur temps joue contre lui.

Au bout de deux ans à la barre d'une opération tellement secrète que seuls le directeur de la CIA, George Tenet, et l'expert antiterroriste de la Maison Blanche, Richard Clarke, connaissent son existence, Devereaux brûle d'actionner enfin le piège qu'il s'est donné tant de mal à tendre. Il se sent prêt à passer à l'action.

Le nom de code de sa cible est UBL. Tout simplement parce que tous les services de renseignements de Washington préfèrent orthographier « Usama », au lieu du O utilisé par les médias.

À l'été 2001, l'ensemble des collègues de Devereaux attend avec une certitude angoissée un acte de guerre contre les États-Unis de la part d'UBL. Quatre-vingt-dix pour cent d'entre eux estiment que l'attaque aura lieu contre quelque intérêt stratégique américain à l'étranger ; dix pour cent seulement osent envisager qu'elle puisse frapper le territoire américain. Cette obsession est particulièrement vive au sein des départements antiterroristes de la CIA et du FBI, où chacun se fait fort de découvrir ce qu'UBL a réellement en tête et donc de trouver une parade efficace avant que l'irréparable ne se produise.

Peu impressionné par l'ordonnance présidentielle 12 333 interdisant les liquidations préventives, Devereaux n'a pas pour but de neutraliser UBL ni de le prendre de vitesse, mais de l'éliminer physiquement. Dès le début de sa carrière, le lettré bostonien a compris que l'avancement au sein de son institution dépendait de la condition de « spécialiste » dont on peut exciper. En son jeune temps, dans le contexte du Viêtnam et de la Guerre froide, bien des débutants ont choisi la Division soviétique au sein de l'Agence : l'ennemi étant forcément l'URSS, il fallait apprendre le russe, accumuler des connaissances sur ce pays. Contre cette tendance majoritaire, qui accaparait maints postes de choix, il a lui-même choisi l'arabe et l'étude de l'islam, passant alors pour un original un peu fou.

Ses formidables ressources intellectuelles lui ont permis de s'exprimer comme un Arabe de souche, et d'accumuler le savoir d'un maître coranique. Sa revanche, elle, allait venir le jour de Noël 1979, quand l'URSS envahirait un obscur pays appelé Afghanistan, que la plupart de ses collègues à Langley auraient été incapables de situer sur une carte. Il appert alors que, en plus de l'arabe, Devereaux se débrouille bien en urdu, langue majoritaire au Pakistan, et qu'il a de solides bases en pachtou, pratiqué par les tribus du Nord pakistanais et de la région frontalière afghane.

C'est à ce moment que sa carrière va décoller pour de bon. Il est l'un des premiers à prédire que l'URSS s'est attaquée à plus coriace qu'elle ne pensait, que les tribus afghanes rejetteront farouchement l'occupation étrangère, d'autant que l'athéisme soviétique est une injure à leur islam fanatisé, et qu'avec le soutien matériel des États-Unis un mouvement de résistance doit être encouragé au sein de ces montagnards, qui finira par mettre en pièces la XIVe armée du général Gromov.

De fait, les moudjahidines renverront au pays quelque vingt-cinq mille soldats russes dans des cercueils de zinc, et les forces d'occupation, malgré les atrocités commises, vont voir leurs positions s'affaiblir sans cesse, de même que leur moral. C'est à la fois l'Afghanistan et l'arrivée au pouvoir de Mikhaïl Gorbatchev qui entraîneront l'URSS sur la dernière pente avant la désintégration, mettant ainsi fin à la Guerre froide. Paul Devereaux, qui est entre-temps passé aux « Opés » de l'agence, est avec Milt Bearden celui qui se charge de distribuer la manne de l'armement américain, à raison d'un milliard de dollars annuels, parmi les combattants afghans.

En vivant sur le terrain avec ces derniers, en esquivant et attaquant les forces soviétiques à leurs côtés, il n'a pu que remarquer l'arrivée croissante de centaines de jeunes volontaires en provenance du Moyen-Orient, que leur farouche idéalisme prépare à mourir loin de chez eux, dans des contrées dont ils ne parlent pas la langue. Devereaux sait pour quelle raison il se trouve dans ces montagnes : il est venu combattre la superpuissance qui menaçait celle à laquelle il appartient. Mais ces jeunes Saoudiens, Égyptiens, Yéménites, qu'est-ce qui les a conduits ici ? Washington ignore superbement tous les rapports que l'agent de la CIA leur consacre. Il n'en est pas moins fasciné par eux. Peu à peu, en les écoutant converser en arabe alors qu'il prétend ne comprendre qu'une vingtaine de mots, il en vient à comprendre que ce n'est pas le communisme qu'ils détestent, mais l'athéisme, et qu'ils vouent une haine non moins implacable au monde chrétien, à l'Occident en général et à l'Amérique en particulier.

Il y a parmi eux le rejeton d'une richissime famille saoudienne, un garçon gâté, colérique, imprévisible, qui finance à millions des camps d'entraînement de guérilleros sous l'aile protectrice du Pakistan et des centres de réfugiés, et dispense des distributions de nourriture et de médicaments aux « combattants de la Foi ». Il s'appelle Ousama, ou Osama.

Ce dernier rêve d'être un illustre guerrier, à l'instar de Massoud, mais en réalité il n'a vu le feu qu'une seule fois, au cours d'une escarmouche à la fin du printemps 1987. Tandis que Milt Bearden le considère comme un insupportable fils à papa, Devereaux observe ses faits et gestes avec attention : derrière les pieuses invocations à Allah du jeune homme, il a perçu une haine brûlante qui finira un jour ou l'autre par se tourner vers un autre objet que la Russie.

L'agent spécial finit par rentrer à Langley couvert de lauriers. Il a préféré rester célibataire, plaçant l'étude et le travail plus haut que les joies domestiques. Son père lui a laissé un confortable héritage, son élégante maison recèle une collection d'art islamique et des tapis persans qui font l'admiration des connaisseurs. De retour aux États-Unis, Devereaux ne cesse de mettre en garde contre l'erreur d'abandonner l'Afghanistan aux démons de la guerre civile après la défaite de Gromov. Seulement, la chute du mur de Berlin a suscité en Occident un optimisme facile, l'idée qu'avec la dislocation de l'URSS, la poussée de ses anciens satellites vers l'Ouest et la disparition du mouvement communiste international, la seule superpuissance demeurée sur la planète ne court plus aucun danger.

Paul Devereaux a tout juste repris ses habitudes à Washington lorsque Saddam Hussein envahit le Koweït en août 1990. Réunis à Aspen, George Bush père et Margaret Thatcher, les deux triomphateurs de la Guerre froide, s'accordent à penser qu'une telle impudence ne peut rester sans réponse : en l'espace de quarante-huit heures, les premiers F-15 arrivent à leur base d'Oman et Devereaux rejoint l'ambassade américaine à Riyad, la capitale saoudienne.

Dans cette brusque accélération de l'Histoire et la confusion des premiers jours de crise, il lui échappe qu'un jeune Saoudien, lui aussi revenu d'Afghanistan, vient offrir au roi Fahd ses services et ceux de son organisation militante au nom volontairement simple, « la Base ». Confronté à la menace venue du nord, le souverain saoudien ne prête sans doute guère attention à ce blanc-bec et ses rodomontades, choisissant plutôt d'accueillir dans son pays une armada d'un demi-million de soldats envoyés par une coalition de cinquante nations dans le but de chasser les Irakiens du Koweït et de protéger les gisements pétroliers saoudiens.

L'écrasante majorité de ces combattants sont des

« infidèles », des chrétiens dont les rangers vont fouler le sol proche des lieux saints de La Mecque et de Médine. Quatre cent mille d'entre eux sont américains. Aux yeux du zélote éconduit, cela est un sacrilège, une insulte à Allah et à son Prophète qui le conduit à déclarer sa propre guerre sainte, pour commencer contre la dynastie saoudienne qui a permis une telle profanation. La colère fanatique que Devereaux a vue bouillir dans les replis de l'Hindu Kuch a enfin trouvé sa cible véritable : UBL se dispose à prendre les armes contre le géant américain.

Si le spécialiste arabophone avait été nommé à la direction antiterroriste de la CIA aussitôt après la guerre du Golfe victorieusement terminée, le cours de l'Histoire aurait peut-être été modifié. En 1992, toutefois, cette activité est encore jugée mineure. C'est aussi l'époque où l'Agence et le FBI traversent les moments les plus difficiles de leur existence respective. Dans le cas de la CIA, la crise est précipitée par la révélation qu'Aldrich Ames trahit son pays depuis plus de huit ans. Le même type de scandale touche le FBI peu après, en la personne de Robert Hanssen. Au lieu de savourer la victoire obtenue au terme de quatre décennies de lutte acharnée contre l'URSS, les deux institutions se retrouvent en plein marasme, accablées par l'incompétence et la démoralisation.

Au cours de nombre de dîners de têtes dans la capitale américaine, Paul Devereaux se contente de sourire poliment lorsque sénateurs ou membres du Congrès soupirent avec ravissement que le monde arabe, lui au moins, aime l'Amérique. Ils veulent parler des huit ou dix princes ou hauts dignitaires qu'ils ont pu rencontrer. L'ancien élève des jésuites, qui depuis des années a su écouter l'homme de la rue musulman, se tait mais n'en pense pas moins. « Non, ils ne peuvent pas nous sentir », réplique-t-il en son for intérieur.

Le 26 février 1993, quatre terroristes arabes pénètrent au second niveau du parking souterrain du World Trade Center à bord d'une camionnette de location bourrée de quelque sept cents kilos d'explosif fabriqué artisanalement à partir de fertilisant, du nitrate d'urée. Heureusement pour New York, c'est loin d'être le plus puissant du genre mais le choc n'en est pas moins grand. Rares sont ceux qui perçoivent alors qu'il s'agit de la première salve d'une nouvelle guerre.

Devereaux est alors le chef adjoint de l'importante section moyen-orientale de l'Agence. Basé à Langley, il voyage cependant beaucoup, et c'est ce qu'il apprend de ses pérégrinations, ainsi que de la masse de rapports parvenus des diverses antennes locales, qui le pousse à prendre ses distances avec les chancelleries et les palais du monde arabe : il faut aller voir ailleurs, dans la réalité de cet univers si mal connu. De sa propre initiative, il demande à ses hommes de compléter leurs informations sur le terrain, de moins se concentrer sur les déclarations de tel ou tel Premier ministre et de davantage travailler sur l'humeur de la rue, des souks, des mosquées et des écoles coraniques d'où seront issues les prochaines générations musulmanes. Ce qu'il voit de ses yeux et ce qu'il lit déclenche la sonnette d'alarme. « Ils ne peuvent pas nous sentir, répète cette voix en lui, qui complète : Tout ce dont ils ont besoin, c'est d'un organisateur un peu doué. »

Au cours de ses recherches, il retombe sur la trace

du fanatique saoudien qu'il a jadis croisé en Afghanistan. Il apprend qu'UBL a fini par être expulsé d'Arabie Saoudite, tant ses critiques de la famille régnante au nom de la pureté religieuse étaient devenues virulentes. Le contestataire est maintenant basé au Soudan, autre État arabe dominé par le fondamentalisme. Khartoum propose aux États-Unis de leur livrer le trouble-fête mais l'idée n'intéresse personne, la réponse tarde et UBL disparaît bientôt, de retour dans les montagnes impénétrables de l'Afghanistan où la guerre civile vient d'être remportée par la faction la plus extrémiste, les ultra-religieux du parti taliban.

Devereaux prend note de la prodigalité avec laquelle le Saoudien traite le régime taliban, qu'il couvre de millions de dollars, devenant rapidement une des personnalités marquantes du pays. Arrivé sur place avec une cinquantaine de gardes du corps, il retrouve plusieurs centaines de moudjahidines non afghans qui sont restés là-bas. Sur les marchés de Quetta et Peshawar, les agglomérations de la frontière pakistanaise, la rumeur se répand que le nouveau venu s'est attelé sans relâche à deux objectifs : creuser un réseau complexe de refuges et de passages souterrains dans une douzaine d'endroits secrets, créer de nouveaux camps d'entraînement qui ne sont pas destinés aux militaires afghans mais à des terroristes venus de partout. La haine islamiste de l'Occident a donc trouvé son organisateur, se dit Devereaux.

En Somalie, où l'intervention américaine connaît des déboires dus aux piètres performances des services de renseignements, la situation est encore plus préoccupante qu'elle ne paraît. Non seulement l'opposition au

273

chef de guerre Aïdid a été sous-estimée mais il n'y a pas que des Somaliens actifs militairement, il y a aussi des Saoudiens, mieux entraînés et plus aguerris. En 1996, une terrible explosion détruit les tours Al-Kobar à Dharan, en Arabie Saoudite, faisant dix-neuf morts et plusieurs blessés parmi les troupes américaines. C'est alors que Paul Devereaux demande à être reçu par le grand patron de la CIA, George Tenet.

« Laissez-moi rejoindre le service du contre-terrorisme, plaide-t-il.

— Ils sont au complet et ils font du très bon travail.

— Six morts au World Trade Center, dix-neuf à Dharan... C'est Al-Qaïda qui est derrière. UBL et sa bande. Même si ce ne sont pas eux qui ont posé concrètement les bombes.

— Nous le savons, ça, mon cher Paul. Nous travaillons là-dessus, et le Bureau également. Personne ne va laisser passer une chose pareille, croyez-moi.

— Le Bureau n'a pas la queue d'une idée de ce qu'Al-Qaïda représente, George. Ils ne connaissent pas la langue, ni la psychologie, rien. Ils sont bons pour chasser les gangsters mais tout ce qui est à l'est du canal de Suez, c'est la face cachée de la Lune, pour eux. Moi, je peux apporter une nouvelle perspective dans ce travail.

— Et c'est pour cette raison que je veux que vous restiez sur le Moyen-Orient, Paul. J'ai plus besoin de vous là où vous êtes. Le roi de Jordanie est mourant, nous ignorons qui va lui succéder, son fils ou son frère. Le dirigeant syrien est sur le déclin, là encore c'est l'incertitude. Saddam rend la vie toujours plus impossible aux inspecteurs internationaux : qu'arrivera-t-il s'il les met à la porte ? Quant au conflit israélo-palestinien, c'est de plus en plus la folie. Alors c'est le Moyen-Orient pour vous, Paul. »

Ce sont les attentats conjugués du 7 août 1998, à Nairobi et Dar es-Salam, qui vont assurer à Devereaux sa mutation. Deux cent treize morts dans la capitale kenyane, dont douze Américains de l'ambassade, et près de cinq mille blessés. Le bilan est un peu moins affolant en Tanzanie, mais il y a tout de même onze morts et soixante-douze blessés, dont deux ressortissants américains. La responsabilité d'Al-Qaïda derrière les deux attaques est rapidement établie et Paul Devereaux passe au « contre-terrorisme » après avoir confié ses responsabilités régionales à un jeune arabisant dont il a surveillé les progrès.

En fait, sa situation n'a rien de confortable puisqu'il obtient le rang de directeur adjoint sans remplacer le titulaire du poste, devenant ainsi une sorte de consultant. Et il est atterré par les règles en vigueur, notamment celle dont il a déjà été question : ne recourir qu'à des informateurs moralement impeccables lui semble une totale aberration, venue du même esprit qui a présidé à la lamentable riposte apportée aux attentats en Afrique : quelques missiles détruisant une usine pharmaceutique aux abords de Khartoum, sous prétexte qu'UBL y aurait concocté des armes chimiques alors qu'il a quitté le Soudan depuis belle lurette. Après vérification, c'était vraiment de l'aspirine qui sortait de ce bâtiment...

Soixante-dix autres Tomahawk tombent sur l'Afghanistan dans le but de tuer le félon. À plusieurs millions de dollars l'unité, c'est assez cher payé pour transformer de gros rochers en pierraille, d'autant qu'il se révèle qu'UBL se trouvait alors à l'autre bout du pays. Prenant ces fiascos pour argument, Paul Devereaux arrive enfin à obtenir de se voir confier une mission spéciale, le projet Faucon pèlerin. Le petit monde de Langley bruit de rumeurs à propos de la carte blanche qui lui a été donnée : à part George Tenet, le seul responsable auquel le jésuite doit des comptes est le chef de la cellule antiterroriste à la Maison Blanche, Richard Clarke, un rescapé de l'administration Bush qui a gardé sa place sous le mandat de Bill Clinton. Là encore, Devereaux ne suit pas la tendance générale à Langley, où l'on déteste Clarke parce qu'il ne mâche pas ses mots quand il s'agit de critiquer la CIA. Il a besoin de l'homme de la Maison-Blanche et il compte sur lui pour plusieurs raisons : Clarke devra approuver les méthodes expéditives que Devereaux a en tête, il saura se taire quand il faudra et, plus encore, il est en mesure de fournir au cerveau du programme Faucon pèlerin les moyens et ressources dont il aura besoin.

D'entrée de jeu, Devereaux se voit garantir la permission d'envoyer à la trappe les codes de conduite « déontologiques » imposés au reste des services de renseignements. Dès lors, il devient un funambule donnant son spectacle dans le plus grand secret, et sans aucun filet. Il constitue son équipe à sa guise, se moquant des hurlements de protestation que ses choix suscitent au sein de l'Agence. N'ayant jamais eu la mentalité d'un bâtisseur d'empire, il veut autour de lui un petit groupe très soudé et hautement spécialisé. Et il s'installe dans trois bureaux au sixième étage du bâtiment principal de la CIA, caché par les bouleaux et les roseaux de la rive du Potomac jusqu'à ce que l'hiver vienne dépouiller les arbres.

Il a cherché un bras droit solide, digne de confiance, d'une fidélité à toute épreuve, capable d'exécuter les ordres sans broncher, et il a trouvé Kevin McBride. Hormis le fait qu'ils sont tous deux de « purs produits de la maison », avec trente années de carrière derrière eux, ils ne se ressemblent en rien. Autant le jésuite se maintient sans un pouce de graisse à force d'exercices dans sa salle de gymnastique privée, autant McBride, plus que guetté par la calvitie, a pris du poids avec les années et le rituel pack de six chaque week-end. Les rapports de moralité annuels le concernant montrent que son épouse Molly et lui sont vraiment unis pour le meilleur et pour le pire, que leurs deux enfants viennent de parvenir à l'âge où ils peuvent voler de leurs propres ailes et qu'ils possèdent un petit pavillon dans une résidence au-delà du périphérique. Pas de fortune personnelle, une vie frugale assurée par son seul salaire. Il a passé la majeure partie de sa vie professionnelle dans des ambassades, sans jamais parvenir à devenir chef d'antenne. Bref, c'est le numéro deux idéal. Pas de blabla pseudo-intellectuel, pas de mauvaise surprise prévisible. McBride est un homme de tradition, les pieds arrimés sur terre, foncièrement américain.

La mission Faucon pèlerin achève sa première année d'existence lorsque Al-Qaïda frappe à nouveau, le 12 octobre 2000, cette fois par le truchement de deux Yéménites qui ont décidé de se donner la mort en perpétrant leur forfait. Depuis 1983, avec l'attentat contre un QG des forces américaines à Beyrouth, c'est la première fois que le concept d'attentat-suicide est mis en application. Auparavant, UBL n'a pas demandé le sacrifice suprême à ses exécutants. Dans le port d'Aden, c'est ce qu'il fait, plaçant ainsi la barre un peu plus haut.

Le destroyer USS *Cole* relâche alors dans l'ancien port de ravitaillement britannique à l'extrémité de la péninsule Arabique. Le père d'UBL est originaire du Yémen, ce qui explique sans doute qu'une présence militaire américaine dans ce pays lui reste sur le cœur. Juchés sur un dinghy chargé de dynamite, les deux terroristes se faufilent entre le navire et le quai avant de mettre leur charge à feu. La compression produite entre la coque et le béton occasionne une grande cavité dans le bateau. Dix-sept marins américains périssent, trente-neuf sont blessés.

Paul Devereaux a étudié avec passion la logique de la terreur, qu'elle soit d'ordre étatique ou assumée par un groupe agissant pour son propre compte. Il sait qu'elle se développe toujours sur cinq niveaux différents. Au sommet, d'abord, il y a les planificateurs, les comploteurs, les inspirateurs. Ensuite viennent les relais, ceux qui ont pour charge de recruter, entraîner, approvisionner, remplacer les exécutants, cette troisième catégorie étant formée d'êtres étrangers à l'éthique commune, capables de mettre les capsules de Zyklon B dans les chambres à gaz, de poser les bombes, d'appuyer sur la détente. En quatrième arrivent les collaborateurs agissants, ceux qui donnent les pistes aux tueurs, dénoncent leurs voisins, conduisent aux cachettes des victimes, trahissent jusqu'à leurs anciens camarades d'école. Enfin, il y a la base : les masses bovines, abruties, qui acclament le tyran et couvrent de lauriers l'assassin.

Dans la mouvance terroriste anti-occidentale, et notamment anti-américaine, Al-Qaïda assume les deux premières fonctions. Ni UBL, ni son bras droit idéologique, l'Égyptien Aïman Al-Zawahiri, ni son chef des opérations, Mohammed Attaf, ni son représentant international, Abou Zoubaïdeh, n'ont jamais eu besoin de faire détoner des explosifs ou de se mettre au volant d'un camion-suicide. Les médersas, écoles coraniques, procurent un flot ininterrompu d'adolescents fanatisés qui vouent une haine féroce à tout ce qui n'est pas fondamentaliste et se contentent de fausses vérités construites sur des extraits manipulés du Coran. On peut ajouter à cette cohorte quelques néophytes convertis à la foi, qui ont bien voulu gober la promesse que le meurtre à grande échelle garantissait l'entrée au Paradis des fidèles. Puisant dans ce vivier, Al-Qaïda se contente de concevoir, d'organiser, d'équiper, de financer, de diriger, et de surveiller les résultats.

Dans la limousine qui l'entraîne loin de sa difficile entrevue avec Colin Fleming, Devereaux s'interroge une nouvelle fois sur la pertinence morale de son action. D'accord, cet ignoble Serbe a tué un Américain. Mais quelque part se cache quelqu'un qui en a assassiné des dizaines, et qui se prépare à pire encore.

Il se rappelle la devinette édificatrice que le père John Heaney a un jour posée à sa classe : « Un inconnu s'approche de vous avec l'intention évidente de vous tuer. Il est armé d'un couteau. Avec la longueur de la lame, il peut frapper à un mètre vingt. Vous, vous êtes en situation de légitime défense. Vous n'avez rien pour vous protéger, mais vous avez une lance. Grâce à elle, votre coup peut porter à deux mètres cinquante. Que faites-vous ? Vous attaquez ou vous attendez ? » L'enseignant avait demandé tour à tour à deux élèves de plaider chacune des options, mais pour Devereaux la cause était entendue. Un plus grand bien contre un moindre mal. Est-ce l'individu muni de la lance qui a cherché le combat ? Non. En conséquence, il a le droit moral d'attaquer et pas seulement de contre-attaquer – en admettant qu'il ait survécu à la charge de son assaillant. Une frappe préventive. Dans le cas d'UBL, Devereaux n'a aucune hésitation. Il est prêt à tuer afin de protéger son pays, et à avoir recours aux moins présentables des alliés pour ce faire. Fleming a tort : on a besoin de Zilic.

Il revient encore à l'énigme insoluble que lui posent les relations du reste du monde avec sa patrie, mais désormais il pense avoir la solution. Au moment de sa naissance et durant la décennie suivante, avec le début de la Guerre froide, les États-Unis n'étaient pas seulement la plus grande puissance économique et militaire, mais aussi l'objet de l'amour, de l'admiration et du respect universels. Cinquante ans plus tard, leur suprématie est encore plus patente. La seule superpuissance de la planète semble maîtresse des terres et des mers et cependant des pans entiers de la planète – l'Afrique, le monde islamique, toute une Europe gauchisante – lui vouent une absolue détestation. Que s'est-il passé ? Qu'est-ce qui s'est mis à clocher ? Le Capitole, la presse tournent et retournent la question sans trouver de réponse.

Il sait bien que sa nation n'est pas parfaite, loin de là. Des erreurs ont été commises, trop souvent. Mais la bonne volonté a toujours été au cœur de ses actes, ce qui n'est pas le cas de beaucoup d'autres. Voyageur accompli, Devereaux a pu observer de près ces « autres », et la plus grande partie de ce qu'il a vu était carrément repoussante. La plupart de ses concitoyens, qui n'arrivent plus à comprendre cette dégradation de l'image internationale des États-Unis entre 1951 et 2001, font comme si elle n'existait pas, et prennent pour argent comptant la politesse derrière laquelle le tiers monde masque ses véritables sentiments. Enfin, est-ce que l'Oncle Sam n'a pas prêché partout la démocratie contre la tyrannie, dispensé des sommes colossales en aides diverses, payé la note des dépenses militaires de l'Europe occidentale depuis cinquante ans ? Quelle justification à ces manifestants criant leur haine, à ces ambassades mises à sac, à ces bannières étoilées brûlées sur les places publiques, à ces vociférations ?

C'est un vieux cadre des services secrets britanniques qui, dans un club londonien à la fin des années soixante, lui a donné un début d'explication. Les États-Unis s'enfonçaient alors dans le bourbier du Viêtnam, les protestations se faisaient de plus en plus violentes à travers le monde. « Mon petit, lui avait confié le maître espion blanchi sous le harnais, si vous autres Américains étiez faibles, vous ne seriez pas détestés. Pauvres, non plus. Ils ne vous haïssent pas malgré vos milliards de dollars, mais "à cause" d'eux ! » Il avait pointé un doigt vers Grosvenor Square, où au même moment opposants professionnels et étudiants chevelus s'apprêtaient à assaillir l'ambassade américaine à coups de pierres : « Ils ne vous vomissent pas parce que vous attaquez leur pays, mais parce que vous protégez sa sécurité. Croyez-moi, il ne faut jamais chercher l'approbation générale. Vous pouvez avoir la suprématie, ou l'affection générale, mais non les deux. Ce qui s'exprime contre vous, c'est pour dix pour cent un sincère désaccord et, pour le reste, de la jalousie pure. N'oubliez jamais deux choses : la première, c'est que personne ne pardonne à son protecteur de l'avoir été ; la seconde, c'est qu'il n'y a pas de haine plus intense que celle dirigée contre celui qui a été bon avec vous. »

Même si son interlocuteur n'est plus en vie depuis longtemps, Devereaux a pu vérifier la pertinence de son apparent cynisme dans une bonne cinquantaine de capitales. Oui, son pays est le plus fort de tous, que cela plaise ou non. Ce difficile honneur est revenu aux Romains, jadis. Et ils ont répliqué à l'animosité par le recours à la force, sans états d'âme. Un siècle plus tôt, l'Empire britannique a été le coq de la basse-cour mondiale, mais il a répondu à ses ennemis par un dédain amorphe. Désormais, ce sont les Américains qui sont face à ce défi, et ils réagissent en fouillant leur conscience pour savoir ce qui a pu aussi mal tourner. Le lettré, le jésuite, l'agent secret a sa réponse : pour défendre sa patrie, il est prêt à faire ce qu'il croit sincèrement nécessaire. Un jour, il se présentera devant son Créateur et demandera pardon, mais pour l'heure ceux qui professent et pratiquent la haine de l'Amérique n'auront pas volé leur châtiment.

À son retour au bureau, il remarque la mine soucieuse de Kevin McBride. « Notre ami a établi le contact, lui explique celui-ci. Il est furieux, et inquiet. Il a l'impression d'être filé.

— Qu'il aille au diable ! s'écrie Paul Devereaux, qui pense alors à Fleming et à sa promesse, non à l'homme auquel McBride vient de faire allusion. Qu'il y aille et qu'il y brûle ! Je n'aurais jamais cru qu'il fasse ça. Pas aussi vite, en tout cas. »

22

Une péninsule

Entre le rivage de la République de Saint-Martin et le bureau de McBride, il existe une connexion informatique sécurisée par des cybercodes impossibles à percer : le système PGP, celui-là même que Washington Lee a utilisé. La différence, c'est qu'il est ici employé ouvertement.

En se penchant sur le texte du message, Paul Devereaux déduit aussitôt qu'il a été rédigé par le chef de la sécurité du domaine, Van Rensberg, un Sud-Africain, dont l'anglais châtié à l'extrême trahit qu'il ne s'agit pas de sa langue maternelle. Quelle que soit la forme, en tout cas, l'information est très claire : la veille au matin, un Piper Cheyenne a effectué deux passages à vingt minutes d'intervalle. Quand il a survolé à basse altitude la barrière rocheuse escarpée, un garde a remarqué plusieurs éclairs de flash d'appareil photo venus du hublot de droite, et il a même pu noter le numéro d'immatriculation de l'appareil.

Devereaux relève les yeux de la feuille : « Vous allez me retrouver cet avion, Kevin. Je veux savoir qui est son propriétaire, qui le pilote et qui l'a affrété hier. Et je veux ça plutôt hier que demain. »

284

Dans son terne appartement de Brooklyn, Cal Dexter a développé ses deux rouleaux et agrandi autant qu'il pouvait les soixante-douze clichés en sa possession. Il a aussi tiré des Ekta à partir des mêmes négatifs, afin de les projeter pour vérifier des détails. Après avoir obtenu un montage photo dessinant le contour de la péninsule sur tout un mur de la salle de séjour, il étudie cette vue générale pendant des heures. La première conclusion, c'est que le maître des lieux, quelle que soit son identité, a dépensé des millions dans le but de transformer astucieusement cette langue de terre en forteresse inexpugnable.

La nature l'a aidé dans ses desseins, évidemment. Pointant dans la mer telle une dague acérée, l'isthme est séparé de la jungle étouffante qui constitue l'essentiel du pays par cette chaîne élevée, barrière naturelle soulevée par quelque formidable mouvement sismique il y a des millions d'années et dont chaque flanc se termine en pan vertical tombant dans l'océan. Impossible de la contourner par voie de terre. Quant à la gravir en venant du continent, il faudrait escalader parmi une végétation très dense avant de rencontrer une falaise vertigineuse qui forme une véritable muraille. Est-ce l'aridité du sol ou le fruit d'un patient défrichage ? De ce côté, le terrain est entièrement nu, de sorte que n'importe qui muni de jumelles pourrait repérer immédiatement un intrus descendant en rappel.

Il n'y a qu'une seule ouverture, une passe naturelle reliée au reste du pays par une piste étroite. Elle est gardée par une barrière et un poste de contrôle que

Dexter a repérés trop tard, au moment où ils disparaissaient déjà sous l'aile du Piper.

Après une étude détaillée jusqu'à l'extrême, il dresse la liste de l'équipement dont il va avoir besoin. Pénétrer à l'intérieur ? Il pense que ce ne sera pas trop difficile. Mais repartir indemne, et avec sa proie, et en dépit d'une escouade de gardes puissamment armés, cela relève du pari impossible.

« Ce zinc appartient à une compagnie qui n'en a qu'un, apprend Kevin McBride à son chef le même soir : Lawrence Aero Enterprises, dont le directeur, pilote, comptable, etc., est George Lawrence, un citoyen guyanais. Apparemment très légal. Il gagne sa vie en trimbalant des visiteurs à l'intérieur du pays. Ou sur la côte, dans le cas présent.

– Et il a un téléphone, ce Lawrence ?

– Bien sûr. C'est là.

– Vous avez essayé de le joindre ?

– Non. La ligne ne serait pas sûre, et puis pourquoi accepterait-il de parler de l'un de ses clients à quelqu'un qu'il ne connaît ni d'Ève ni d'Adam ? Il pourrait même le prévenir que quelqu'un s'intéresse à lui.

– Oui, c'est logique. Il faut que vous alliez sur place, donc. Vols réguliers. Demandez à Cassandra de vous prendre une réservation dès que possible. Parlez à Lawrence, payez-le si besoin est. Glanez tout ce que vous pouvez sur ce photographe qui se mêle de ce qui ne le regarde pas. On a une antenne à Georgetown ?

– Non, mais pas loin : Caracas.

– Réquisitionnez-les pour toutes vos communications. Je vais prévenir leur chef. »

Les yeux de Cal Dexter sont fixés sur le mur de son living, sur la péninsule d'El Punto. Occupant les deux tiers du contrefort de cinq cents mètres qui court le long de la falaise, la piste d'atterrissage est, du côté du domaine, entourée d'une enceinte grillagée qui protège également les ateliers, les cuves de carburant, le générateur et le hangar. Après en avoir estimé la longueur totale à cent mètres, Dexter le prend pour étalon afin d'évaluer les distances et les superficies à l'aide d'un compas. Il estime ainsi l'étendue des terres cultivées à près de quinze cents hectares de sol rendu fertile par des siècles de guano et de poussière d'érosion accumulés, visiblement, car il peut distinguer sur ses diapositives des troupeaux en train de paître et de nombreuses parcelles de cultures diversifiées. Retranché derrière les remparts de la montagne et de la mer, l'homme à la tête d'El Punto a poursuivi d'emblée l'objectif de parvenir à l'autosuffisance. L'irrigation est assurée par ce ruban argenté sur ses photos, un torrent venu des hauteurs qui traverse tout le domaine avant de se jeter dans la mer en cataracte. Son origine se trouve selon toute vraisemblance sur le plateau précédant la falaise, à travers laquelle il a dû se creuser un passage souterrain. Sur son carnet de notes, Dexter griffonne : « Courant ? », réfléchit encore, raie ce qu'il vient d'écrire. Même pour quelqu'un qui a su déjouer les barrages aquatiques dans les tunnels de Cu Chi, ce serait pure folie que de se risquer dans le goulot d'un torrent, sur des kilomètres peut-être et sans exploration préalable.

Au départ de la piste d'aviation, de l'autre côté du grillage, il dénombre environ cinq cents petits cubes blancs alignés le long de plusieurs allées en terre battue, avec de plus importantes constructions, dont ce qui paraît une église. Une sorte de village créé de toutes pièces, mais qui a l'air étrangement désert. Les hommes sont occupés dans les champs et les granges, certes, mais il ne distingue pas de femmes ou d'enfants vaquant à leurs occupations, ni jardins, ni bétail. Cela ressemble plus à une colonie pénitentiaire qu'à un paisible hameau. Ceux qui travaillent ici pour le compte de l'individu qu'il recherche n'ont visiblement d'autre choix que de rester là et de trimer.

En étudiant l'exploitation agricole, il a distingué au-delà des champs, des pâturages et des granges, une deuxième agglomération formée de bâtiments de plain-pied, également peints en blanc. Les silhouettes apparemment revêtues d'uniformes, la physionomie générale des lieux font penser à un camp militaire destiné aux gardes de la péninsule. Par un rapide calcul basé sur la taille des baraquements, il estime leur nombre à une centaine. Il a aussi noté cinq villas de taille substantielle, entourées de jardins, qui selon ses déductions sont destinées aux principaux responsables de l'escouade et au personnel navigant.

Son analyse photographique achevée, il lui manque encore deux importantes perceptions du terrain considéré : sa réalité tridimensionnelle, d'abord, et une connaissance des habitudes et des règles en vigueur dans le domaine. La première demanderait une maquette réaliste de la péninsule, la seconde des jours et des jours de discrète observation.

Ayant trouvé un vol direct depuis Washington, Kevin McBride découvre l'aérogare de Georgetown à deux heures de l'après-midi le lendemain. Comme il n'a qu'un sac de cabine avec lui, et que les formalités requises par la police guyanaise sont des plus simples, il est bientôt dans un taxi et trouve facilement le siège de Lawrence Aero Enterprises, un petit bureau donnant sur une ruelle derrière Waterloo Street. Il frappe à la porte plusieurs fois, sans obtenir de réponse. Dans la chaleur moite, tropicale, sa chemise commence à être trempée de sueur. Après un coup d'œil par la fenêtre poussiéreuse, il tente encore sa chance.

« Y a pas ni personne, l'ami. »

McBride se retourne au son de cette voix amicale. Un vieil homme au visage émacié est assis à l'ombre, un éventail en feuilles de palmier tressées à la main.

« Je cherche George Lawrence.

– Vous êtes z'anglais ?

– Américain. »

Le papy réfléchit longuement, comme si l'accès au pilote dépendait entièrement de la nationalité du solliciteur.

« Vous êtes un compain à lui ?

– Non, je pensais louer son avion pour une sortie, si c'est possible.

– L'ai pas vu depuis hier, non. Depuis qu'ils l'ont emmené.

– Emmené ? Qui ? »

Le vieil homme hausse les épaules. On croirait que les enlèvements de voisins sont pratique courante, à voir son air placide.

« La police ?

– Pas police, non. Des Blancs. Ils avaient une auto de location.

– Des touristes ? Des clients ?

– Peut-être, réplique la sibylle, qui médite encore avant d'avoir une idée : Hé, vous pourriez voir à l'aéroport. Là où il met son avion. »

En nage, McBride refait le chemin inverse, cherche le service de l'aviation privée, demande à voir George Lawrence et se retrouve devant Floyd Evans, ou plutôt l'inspecteur en chef Evans, de la police de Georgetown. À nouveau c'est le trajet jusqu'au centre-ville, cette fois dans une voiture de patrouille, puis un bureau où l'air conditionné lui fait l'effet d'un bain rafraîchissant, longtemps attendu.

« Et que faites-vous exactement en Guyane, Mr McBride ? demande le policier en examinant son passeport sous toutes les coutures.

– J'avais idée d'une petite visite d'exploration dans le but d'amener ma femme en vacances ici.

– En août ? Ici même les salamandres se tiennent à l'ombre, à cette période de l'année. Vous ne saviez pas ça, Mr McBride ?

– Eh bien non. C'est un ami de Washington qui m'a donné le tuyau. Il m'a dit que je devais aller voir l'intérieur du pays et qu'il y avait, ici, un pilote très compétent, Mr Lawrence. J'ai cherché à le contacter à son bureau. C'est tout. Qu'est-ce que j'ai fait de mal ? »

L'inspecteur Evans referme le passeport, le rend à son titulaire.

« Vous êtes arrivé de Washington aujourd'hui, ainsi que votre billet et le tampon le confirment. C'est assez clair, oui. Et on nous a dit au Méridien que vous aviez une chambre réservée pour une nuit.

– Écoutez, inspecteur ! Je ne comprends toujours pas pourquoi on m'a conduit ici. Est-ce que vous savez où je peux joindre George Lawrence ?

– Mais oui. À la morgue de notre hôpital. Il semble qu'il ait été enlevé hier par trois hommes arrivés à son bureau dans un 4 × 4 de location, qu'ils ont rendu hier soir. Puis ils ont disparu. Est-ce que ces noms vous disent quelque chose, Mr McBride ? »

Il fait glisser une feuille de papier sur sa table. L'agent de la CIA contemple ces identités. Il sait qu'elles sont fausses, puisque c'est lui qui les a inventées.

« Non, désolé mais ça ne me dit rien. Pourquoi Mr Lawrence est-il à la morgue ?

– Parce qu'il a été découvert à l'aube par un agriculteur qui venait vendre ses légumes au marché. Dans le fossé le long de la route, juste avant la ville. À ce moment, vous étiez encore dans les airs, vous.

– C'est affreux. Je ne le connaissais pas mais je suis vraiment navré.

– N'est-ce pas ? Nous avons perdu notre seul pilote privé, Mr Lawrence a perdu la vie ainsi que, oui, huit de ses ongles. Son bureau a été fouillé, tous les dossiers de ses clients récents ont disparu. D'après vous, que cherchaient ses meurtriers, Mr McBride ?

– Aucune idée.

– Bien sûr. J'oubliais que vous n'êtes qu'un voyageur lambda, n'est-ce pas ? Alors je vous conseille de reprendre votre voyage pour rentrer chez vous, Mr McBride. Vous êtes libre. »

Plusieurs heures plus tard, sur la ligne protégée qui relie l'antenne de Caracas à Langley, Kevin McBride exprime sa réprobation à Devereaux :

« Ces gens sont de vraies brutes, tout de même.

– Revenez au bercail, Kevin, réplique son supérieur. Je vais demander à notre ami s'il a découvert quoi que ce soit. »

Convaincu qu'on n'a jamais assez de sources d'information dans ce métier, et que le FBI sera toujours réticent à partager avec lui ce qui constituerait la preuve d'un sincère respect confraternel, Paul Devereaux entretient depuis longtemps ses propres contacts au sein du Bureau. L'une de ses « taupes », chargée de vérifier pour lui les dossiers que le vice-directeur Colin Fleming a consultés au service central des archives depuis que la demande d'enquête au sujet de l'assassinat d'un jeune Américain en Bosnie est parvenue des hautes sphères, rapporte que l'un d'eux porte la mention laconique : « Vengeur ».

Le lendemain, un Kevin McBride assez défraîchi après toutes ces heures en avion se présente dans le bureau de son chef, lui-même très matinal et tiré à quatre épingles comme de coutume. Devereaux lui tend un classeur :

« Voilà l'intrus. J'ai parlé à notre ami, par ailleurs. Comme il fallait s'y attendre, ce sont bien trois de ses sbires qui ont liquidé le pilote. Vous avez raison, ce sont de vraies brutes. Et absolument indispensables, pour l'instant. C'est malheureux, mais c'est ainsi. Et donc... – Il abat sa main sur le dossier. – Nous l'avons ici. Il se surnomme "le Vengeur". La cinquantaine. Son signalement approximatif est donné dans le rapport. Actuellement, il se fait passer pour Alfred Barnes, citoyen américain. C'est lui qui a affrété l'avion de ce pauvre Mr Lawrence afin de survoler l'hacienda de notre ami. Inutile de dire que, dans les archives du service des passeports du Département d'État, aucun Alfred Barnes ne correspond à cette description. Trouvez-le, Kevin, et retenez sa main. Pour de bon.

– J'espère que vous ne parlez pas de... mesure extrême.

– Non, cela nous est interdit. Je veux seulement connaître son identité. Il utilise un faux nom, il doit en avoir d'autres. Celui sous lequel il est entré à Saint-Martin, notamment. Et quand vous aurez cette info, transmettez-la au patibulaire mais fort efficace colonel Moreno, là-bas. Je suis certain qu'il fera ce qui se révélera nécessaire. »

Kevin McBride se retire dans son bureau pour consulter le dossier. Il a déjà eu à traiter avec le responsable de la police secrète de Saint-Martin autrefois. Tous les opposants au dictateur qui sont passés entre ses mains ont connu une mort lente et douloureuse. Avec le soin méticuleux qui le caractérise, McBride épluche le maigre dossier concernant le Vengeur.

Deux États plus loin, à New York, le passeport d'Alfred Barnes finit dans les flammes. Même s'il n'a pas la moindre preuve d'avoir été repéré, il se rappelle encore le visage levé vers le Piper au moment de leur deuxième passage, au-dessus du poste de garde. Par simple précaution, il est préférable qu'Alfred Barnes quitte la scène.

Ensuite, il s'attelle à sa maquette de la péninsule fortifiée. Quelque part dans la ville, Mrs Nguyen Van Tran braque ses lunettes de myope sur trois nouveaux passeports à réaliser.

Cela se passe le 3 août 2001.

23

Une voix

Ce que l'on ne peut pas trouver à New York n'existe sans doute tout bonnement pas. Chez un vendeur de bois de la ville, Cal Dexter réussit à se procurer une planche de contreplaqué de trois centimètres d'épaisseur qui occupe presque l'entièreté de sa salle de séjour. Les magasins d'art disposent de toutes les nuances nécessaires pour recréer l'apparence de la mer et de la terre, tandis que du feutre vert débusqué dans une surface de bricolage sera parfait pour les champs et les pâturages. Les blocs de balsa représentant les bâtiments, la colle instantanée, les décalcomanies figurant les fenêtres, les portes et même le dessin des briques sont disponibles dans l'un des centres de la chaîne L'Univers du Modéliste. Le palais du fugitif sera construit en Lego, et c'est une petite échoppe destinée aux fanatiques de trains électriques qui offrira tous les autres éléments du décor, d'un réalisme étonnant, depuis la vache en train de paître jusqu'aux collines prémoulées.

En trois jours, il a reconstitué l'ensemble du domaine à échelle réduite. Il a sous les yeux tout ce que son appareil photo a pu restituer, mais non les pièges, les mines antipersonnel, les horaires du service de sécurité, la complexité des serrures, la solidité des chaînes, l'efficacité de l'armée privée entretenue là-bas, et tout ce qui se trouve à l'intérieur des bâtiments. La liste des questions est longue, et ne peut être résolue que par des jours et des jours d'observation. Mais il a déjà décidé comment parvenir là-bas, comment agir sur place et comment en sortir. Alors, il repart faire des courses : bottes, quelques tenues tropicales, rations de survie, cutters, les jumelles les plus puissantes sur le marché, encore un téléphone mobile... Son sac pèse bientôt une cinquantaine de kilos, et ce n'est pas fini : il y a le matériel qu'il doit aller chercher dans les coins d'Amérique où les lois sont moins rigides, et celui pour lequel il est obligatoire d'entrer en relation avec la pègre, et celui qui est officiellement légal mais qui peut attirer les soupçons sur l'acquéreur. Le 10 août, il est pratiquement prêt. Sa nouvelle identité aussi.

« Vous avez un moment, Paul ? »

Kevin McBride a passé sa tête de fidèle second par la porte. Devereaux lui fait signe d'entrer. Il a apporté avec lui une carte à grande échelle de la côte sud-américaine, depuis le Venezuela jusqu'à la Guyane française. Après l'avoir étalée sur le bureau, il trace du doigt le triangle formé par les fleuves Commini et Moroni : la République de Saint-Martin.

« M'est avis qu'il va arriver par la route, déclare-t-il. L'avion ? Il n'y a qu'un seul aéroport, Saint-Martin, et ce n'est pas grand-chose : deux vols par jour, uniquement des liaisons locales, depuis Cayenne à l'est ou Paramaribo à l'ouest. La situation politique est tellement moche que les hommes d'affaires sont rares, et les touristes encore plus. Nous savons que notre bonhomme est un Blanc américain dont nous avons la taille et la corpulence approximatives dans le dossier, sans compter ce que le pilote a pu décrire de lui avant de succomber. Les sbires du colonel Moreno le repéreraient au bout de cinq minutes à sa descente d'avion. En plus, il lui faudrait un visa en règle, et il n'y a que deux consulats où il pourrait l'obtenir, à Paramaribo et Caracas. Conclusion, je ne crois vraiment pas qu'il essaie l'aéroport.

– Ça me paraît logique, oui. Il n'empêche que Moreno devrait renforcer la surveillance, nuit et jour. Qui sait, il pourrait affréter un jet privé.

– Je vais le lui dire. L'autre possibilité, c'est par la mer. Un seul port, celui de Saint-Martin encore. Pas un seul paquebot de croisière ne relâche ici, rien que des cargos, et pas des masses, en plus. Les équipages sont en majorité indiens, philippins ou créoles. Il ne passerait pas inaperçu là-dedans, croyez-moi.

– D'accord, mais il pourrait approcher la côte et terminer avec un dinghy.

– En effet. Sauf qu'il devrait l'acheter ou le louer en Guyane française ou au Surinam. Ou bien, il y aurait la possibilité qu'il soudoie un capitaine de tanker pour le laisser à une vingtaine de miles des côtes, et ensuite qu'il gagne la terre sur une embarcation gonflable et qu'il la crève pour la faire disparaître au fond de l'eau. Mais après, qu'est-ce qu'il fait ?

– Oui, qu'est-ce qu'il fait ?

297

– J'imagine qu'il aura besoin de pas mal d'équipement, assez lourd. Où est-ce qu'il accoste ? La seule plage praticable, c'est celle de la Bahia, et elle est bordée de villas de richards, surveillées vingt-quatre heures sur vingt-quatre par des vigiles et des chiens. À part ça, il n'y a que des marais pleins de crocodiles et de serpents. Comment il pourrait traverser ça et rejoindre la route côtière ? Même si c'est un ancien para, je ne le vois pas tenter une chose pareille.

– Et toucher terre juste sur la péninsule de notre ami ?

– Impossible, Paul. Il n'y a que des falaises à pic sur tout le pourtour, avec des vagues en permanence. Même s'il arrivait à approcher et à escalader avec des grappins, les chiens laissés en liberté le long de la côte donneraient l'alerte tout de suite.

– OK, ce sera la route, donc. Par où ? »

L'index de McBride se déplace encore sur la carte.

« D'après moi, il va arriver par l'ouest. Du Surinam. Par le ferry qui traverse le fleuve jusqu'au poste-frontière de Saint-Martin. Il aura une voiture. Et de faux papiers, évidemment.

– Mais il lui faudra toujours ce visa, Kevin.

– Oui, et pourquoi ne pas l'obtenir au Surinam, justement, tant qu'il y sera ? Je crois que c'est l'endroit qui s'impose pour se procurer à la fois un véhicule et le visa.

– Bien. Quel est votre plan, alors ?

– L'ambassade du Surinam ici, à Washington, et leur consulat à Miami. Parce qu'il aura besoin d'un visa pour aller là-bas, aussi. Je veux leur demander de me signaler toutes les demandes de visa touristique

298

depuis une semaine. Et ensuite, je vérifierai chaque passeport avec le Département d'État.

– Vous mettez tous vos œufs dans le même panier, il me semble.

– Pas vraiment. Moreno et ses Ojos Negros vont surveiller la frontière orientale, le terrain d'aviation, le port et la côte. Mais je suis prêt à parier gros que ce fouineur va tenter de transporter son matériel par la route en venant du Surinam. C'est la voie d'accès la plus empruntée, et de loin. »

Devereaux ne peut réprimer un sourire devant le piètre accent espagnol de son adjoint. Les Ojos Negros, les « Yeux noirs » de la police secrète de Saint-Martin, doivent leur surnom aux grandes lunettes de soleil qu'ils portent toujours et dont la seule vue inspire la crainte parmi la population locale. Quoi qu'il en soit, compte tenu de l'aide financière américaine reçue par ce pays, il ne fait pas de doute que les autorités du Surinam se montreront très enclines à coopérer.

« Entendu. Ça me plaît. Allez-y, mais ne perdez pas une minute, surtout. »

McBride le regarde, estomaqué.

« Pourquoi ? Nous avons une date limite, là ?

– Plus proche que vous ne pouvez l'imaginer, mon cher. »

Wilmington est l'un des ports les plus importants et les plus actifs de la côte est des États-Unis. Tout en haut de la baie de la Delaware, ses immenses docks accueillent les grands navires assurant la liaison trans-atlantique mais aussi une vaste flottille de bateaux de cabotage. À la Compagnie de transports maritimes des Caraïbes, qui affrète nombre d'entre eux, personne n'est surpris par la visite de Ronald Proctor, un très poli et charmant gentleman qui a garé son pick-up de location devant les locaux de l'agence et qui, en guise de documentation, présente à l'employé de service rien de moins qu'un passeport diplomatique. Les documents du Département d'État qu'il produit établissent qu'il vient d'être muté au consulat américain de Paramaribo.

« Notre déménagement est pris en charge, explique l'amène diplomate, mais il se trouve que nous dépassions le volume autorisé. C'est que ma femme garde des souvenirs de tous les pays où nous avons été en poste, et ça s'est accumulé, accumulé... Vous connaissez le problème, j'imagine. Elles sont toutes pareilles, quand il s'agit de collectionner et de conserver...

– Ne m'en parlez pas ! s'exclame le préposé qui, comme la plupart des hommes, est toujours ravi de soupirer avec l'un de ses semblables sur les manies de leur épouse respective. Nous avons un cargo qui fait Miami, Caracas et Parbo. »

Il s'agit d'un diminutif couramment employé pour désigner la capitale du Surinam. Le contrat de transport est rapidement signé, avec garantie d'acheminement dans les deux jours puis stockage dans les dépôts de la compagnie sur le port à partir du 20. Et comme il s'agit d'un déménagement diplomatique, aucune formalité de douane ne sera demandée à la récupération.

Ayant présenté son accréditation de la CIA à l'ambassade du Surinam, 4301, Connecticut Avenue à Washington, Kevin McBride est aussitôt reçu par le responsable du service consulaire, visiblement très impressionné par cette visite. Ce pays n'attirant pas les foules, l'accueil du public et l'émission des visas sont assurés par une seule personne.

« D'après nos informations, il trafique de la drogue et entretient des relations étroites avec des réseaux terroristes, affirme l'homme de la CIA. Pour l'instant, il reste difficile à cerner. Son nom n'a aucune importance, puisqu'il va sans doute se présenter sous un alias. Ce dont nous sommes presque certains, c'est qu'il va essayer d'entrer au Surinam pour rejoindre la Guyane et, de là, rejoindre ses complices au Venezuela.

– Vous avez une photo de lui ?

– Pas encore, hélas. C'est justement là que nous comptons sur votre aide s'il arrive vraiment chez vous. Nous avons une description de lui, en tout cas. »

McBride lui remet une feuille de papier avec en tout et pour tout deux lignes d'un signalement succinct : environ un mètre soixante-dix, trapu et mince, yeux bleus, cheveux blond paille. En échange, il reçoit les photocopies des dix-neuf demandes de visa déposées et accordées la semaine précédente. En trois jours, l'identité des voyageurs est dûment vérifiée et confirmée par le Département d'État. Ce « Vengeur » au sujet duquel Devereaux lui a demandé de retenir en mémoire les maigres informations récoltées ne semble pas avoir décidé de se manifester.

Le problème, c'est que McBride a frappé à la porte du mauvais consulat. Outre Washington et Miami, le

Surinam n'a les moyens d'entretenir qu'une représentation consulaire à Munich – pas même dans la capitale allemande, donc – et deux autres au sein de l'ancienne puissance coloniale, les Pays-Bas. L'une d'elles se trouve à La Haye mais la plus importante est située au 11 de la Cuserstraat, à Amsterdam. Et c'est là que Mme Amelie Dykstra, une employée locale payée par le ministère hollandais des Affaires étrangères, se montre des plus prévenantes envers un très courtois demandeur de visa.

« Vous êtes britannique, Mr Nash ? »

C'est ce qu'indique en effet le passeport du visiteur, Henry Nash, homme d'affaires de son état.

« Et quelle est la raison de votre voyage au Surinam, Mr Nash ?

– Ma société construit des centres touristiques dans le monde entier, notamment des hôtels de plage. Je voudrais étudier un peu les potentialités de votre pays, je veux dire du Surinam, avant de continuer sur le Venezuela.

– Euh... Il faudra consulter le ministère du Tourisme, je pense », risque la bonne dame hollandaise qui n'a jamais mis les pieds dans cette lointaine contrée.

Ayant vérifié que la côte surinamaise est surtout connue pour son taux élevé de malaria, Cal Dexter trouve hautement optimiste l'idée qu'un tel ministère puisse même exister.

« C'est ce que je compte bien faire, dès que je serai là-bas, chère madame. »

Après avoir invoqué l'heure qui tourne et l'avion qu'il doit prendre d'ici peu à Schiphol, il verse les trente-cinq florins du timbre et empoche son visa.

302

Contrairement à ce qu'il a dit, ce n'est pas vers Londres qu'il s'envole, mais New York.

McBride reprend la route du sud, cette fois pour Miami et le Surinam. Une voiture venue de Saint-Martin l'attend devant l'aéroport de Parbo et le conduit directement à la frontière est. Les Ojos Negros qui l'escortent ne feignent même pas de faire la queue devant le ferry ni de payer la traversée.

L'envoyé de la CIA sort un moment du véhicule pour regarder l'eau brunâtre qui défile le long du bateau avant de se perdre dans la mer vert émeraude, mais le nuage de moustiques qui l'entoure aussitôt et la chaleur étouffante l'obligent vite à se retrancher dans l'air conditionné de la Mercedes. Les sbires du colonel Moreno s'autorisent quelques sourires entendus devant une réaction aussi ridicule, mais derrière leurs lunettes noires leurs yeux restent sans vie.

Ensuite, il y a soixante-cinq kilomètres de route cahoteuse jusqu'à la ville de Saint-Martin, traversant la jungle avec quelque part à gauche cet endroit trouble où les arbres cèdent la place aux palétuviers, puis aux marais, puis à l'océan inaccessible. À droite, la végétation luxuriante s'étend vers le continent en une légère montée en direction du confluent du Commini et du Moroni, puis du Brésil. « Au bout de moins d'un kilomètre, n'importe qui se perdrait là-dedans », se dit McBride tout en remarquant de rares pistes serpentant dans la jungle, qui certainement parviennent à quelques plantations retirées mais encore accessibles depuis la route. Durant leur périple, ils ne croisent que de rares fourgonnettes à plateaux, ou de vieilles Land Rover rouillées qui appartiennent visiblement à des fermiers plus prospères, ou encore un cycliste avec un panier de légumes sur le porte-bagages, son gagne-pain qu'il va vendre au marché.

En passant dans la douzaine de villages qu'ils ont à traverser, l'Américain est frappé par la diversité ethnique qui se donne à voir ici. La raison est connue : tous les pouvoirs coloniaux partis à l'assaut de ces contrées sauvages ont eu besoin de main-d'œuvre pour défricher, planter, entretenir. Ayant constaté de quoi il retournait, les aborigènes se sont volatilisés dans la jungle. Les colons ont alors importé des esclaves africains depuis leurs possessions sur le continent noir ou en marchandant le long de la côte ouest-africaine. Les descendants de ces hommes, mêlés aux Indiens et aux Blancs, ont fini par former la population actuelle. Dans le cas de l'Empire espagnol, cependant, qui n'avait presque pas d'accès à l'Afrique, l'importation de péones s'est faite à partir du vivier humain mexicain. La distance entre le Yucatan et la Guyane espagnole était également beaucoup plus réduite. Ces paysans que McBride aperçoit sur son chemin ne doivent donc pas leur peau ambrée au seul soleil tropical. Ils ne sont ni noirs, ni créoles, mais d'ascendance hispanique.

Lorsque le César de Shakespeare exprimait le souhait de n'avoir que des gros autour de lui, il pensait qu'ils seraient immanquablement d'humeur joviale et de bonne composition. Il n'imaginait certes pas quelqu'un du genre du colonel Hernan Moreno. Le responsable de la sécurité du président Muñoz, le dictateur arborant une brochette de décorations improbables et retranché dans un palais au style tapageur sur une colline surplombant la capitale de l'ultime République bananière au monde, est aussi gras et enflé qu'un crapaud en colère mais il n'a rien d'aimable. Et c'est seulement à voix basse, dans la plus grande discrétion, que ses concitoyens osent faire allusion aux souffrances qu'il peut imposer à ceux chez lesquels il soupçonne un esprit séditieux, ou qu'il croit susceptibles de détenir la moindre information à propos d'éventuels opposants.

La rumeur veut qu'il y ait une prison, quelque part à l'intérieur du pays, d'où personne n'est jamais ressorti vivant. Point n'est besoin de jeter les cadavres à la mer, ainsi que le faisait la police secrète de Galtieri en Argentine, ni de s'éreinter avec une pioche et une pelle : un corps abandonné en pleine jungle est la proie idéale pour les fourmis géantes, qui sont capables de faire disparaître en une nuit ce qui demanderait des mois ou des années à la nature.

Prévenu de la visite de l'homme de Langley, il l'invite à déjeuner au yacht-club de Saint-Martin. Situé au pied de l'enceinte du port, face à la mer scintillante, il s'agit du meilleur restaurant de la ville, en tout cas du plus exclusif. Et là, au moins, la brise marine parvient à dissiper l'odeur d'égout qui règne dans toutes les rues.

Contrairement à son chef suprême, le responsable de la police secrète ne donne pas dans l'ostentation, les uniformes chamarrés, les rangées de médailles, les tambours et trompettes. Il contient ses formes gélatineuses dans un costume et une chemise noirs. McBride se dit que s'il y avait eu un tantinet de distinction dans son maintien, il aurait pu ressembler à Orson Welles au crépuscule de sa vie. Le visage, quant à lui, fait plutôt penser à Hermann Goering.

Conscient du pouvoir qu'il exerce sur ce petit pays maintenu dans la pauvreté, parfaitement au courant du statut du fugitif yougoslave luxueusement installé sur un terrain que le Président et lui-même, Moreno, avaient pensé s'annexer un jour, connaissant à la virgule près le « loyer » exorbitant que le réfugié paie à la dictature afin de garantir son immunité, il écoute avec attention l'envoyé de la CIA. Ce qu'il ignore, c'est que le choix de mettre en relation le transfuge serbe et le tyran sud-américain a été décidé en très haut lieu à Washington. Mais peu importe, après tout. Le Serbe a dépensé cinq millions pour bâtir sa demeure, dix autres pour organiser et protéger le domaine et à chaque fois le colonel Moreno a reçu une commission sur les frais engagés à Saint-Martin. Plus directement encore, il a été appointé pour fournir la main-d'œuvre forcée qui travaille sur la péninsule et qu'il remplace régulièrement par de nouveaux détenus venus de ses prisons. Comme aucun péon ne s'est jamais échappé d'El Punto, ni n'en est sorti vivant, c'est un négoce aussi lucratif que sans surprise. Bref, McBride n'a nul besoin d'insister afin d'obtenir sa pleine collaboration.

« À l'instant où il mettra un pied à Saint-Martin, je le coince, assure le colonel d'une voix oppressée par l'emphysème. Vous n'entendrez plus parler de lui, mais la moindre information qu'il pourra lâcher vous sera transmise. Vous avez ma parole. »

Roulant vers le ferry, puis l'aéroport du Surinam, McBride médite sur le défi que s'est lancé l'énigmatique chasseur de primes, sur les défenses qu'il devra franchir et sur les conséquences de son échec assuré : la mort administrée par le colonel Moreno et ses bourreaux aux yeux noirs. Quand il frissonne, ce n'est pas à cause de l'air conditionné.

Grâce aux miracles de la technologie, Calvin Dexter peut se dispenser de retourner à Pennington dans le seul but d'écouter ses messages sur son répondeur. Une simple cabine téléphonique sur un trottoir de Brooklyn suffit, et c'est ce qu'il utilise le 15 août. La plupart des voix lui sont immédiatement familières : voisins, clients, hommes d'affaires locaux, qui lui souhaitent du bon temps pour son expédition de pêche et demandent quand il sera de retour à son étude.

Le troisième appel avant la fin de la liste, cependant, produit sur lui un tel choc qu'il en lâche presque le combiné et jette un regard égaré sur le flot de voitures qui passe de l'autre côté de la paroi vitrée. En raccrochant, il a surmonté sa stupéfaction, mais pour en arriver au temps des questions : comment cela a-t-il pu arriver ? Qui a éventé son secret ? Et surtout, cette voix anonyme est-elle celle d'un ami, ou d'un traître ? Elle est sans timbre, monocorde, comme si l'homme parlait à travers plusieurs couches de mouchoirs en papier.

Le message, quant à lui, est d'une remarquable brièveté : « Faites attention, le Vengeur. Ils savent que vous allez venir. »

24

Un plan

Lorsque le professeur Medvers Watson quitte le consulat du Surinam, le responsable du service des visas est
plongé dans une telle perplexité qu'il en oublierait
presque d'ajouter le nom du digne universitaire à la liste
qu'il transmet régulièrement à Kevin McBride via une
adresse privée quelque part à Washington.

« *Callicore maronensis !* » a trompeté le professeur
quand il lui a été demandé pour quelle raison il désirait
se rendre au Surinam. Notant l'étonnement sur les traits
du consul, il a sorti de sa serviette l'œuvre de référence
d'Andrew Neild, *Les Papillons du Venezuela*. « Des
gens l'ont vu ! a poursuivi Watson. Et de l'espèce V,
en plus ! C'est incroyable ! »

Il a feuilleté la grosse thèse pour trouver une page de
photos en couleurs. Rien que des papillons, qui aux yeux
du diplomate se ressemblaient tous, mis à part quelques
différences dans la forme des taches sur les ailes. « C'est
l'un des *Limentidinæ*, voyez-vous ? Un sous-groupe, bien
entendu. Comme les *Charaxinæ*. Les deux provenant de
la famille des *Nymphalidæ*, s'entend. »

Bouche bée, le diplomate a écouté une docte conférence d'entomologie avant d'oser demander :

« Et qu'est-ce que vous comptez faire, avec ces papillons ?

– Mais les photographier, mon cher ! s'est exclamé le savant en refermant son almanach d'un coup sec. Les localiser et les prendre en photo. Ils ont été vus, je vous l'ai dit. Jusqu'ici, l'*Agrias narcissus* était déjà rare dans vos jungles, mais le *Callicore maronensis* ? Ce serait un événement historique, rien de moins ! Voilà pourquoi je dois me rendre sur place au plus vite. La mousson d'automne, vous comprenez ? Il faut saisir le moment. »

Le consul a examiné le passeport américain de Medvers Watson, couvert de nombreux visas vénézuéliens, ou du Brésil et de la Guyane. La lettre de recommandation de la faculté d'entomologie du Smithsonian Institute – département des lépidoptères – se répandait en éloges sur le chercheur. Et comme de nos jours tout ce qui a trait à la science, à l'environnement et à l'écologie doit être considéré avec grand respect, il a apposé le tampon du consulat. Le professeur n'ayant pas repris la lettre, elle est restée sur son bureau après que le représentant du Surinam a tenté un timide : « Eh bien, bonne chasse ! » en guise d'au revoir.

Deux jours plus tard, Kevin McBride surgit dans le bureau de son chef avec un grand sourire. « Nous le tenons, je crois ! » lance-t-il en présentant à Paul Devereaux un formulaire de demande de visa du Surinam dûment rempli et complété d'une photo d'identité.

« Oui, et alors ? demande son supérieur en considérant rapidement le papier.

– Il y a encore ça. – McBride lui tend la lettre du

Smithsonian Institute, que Devereaux lit en quelques secondes.

– Je répète : et alors ?

– Et alors, c'est un montage. Le Département d'État n'a jamais émis un passeport au nom de Medvers Watson. Il aurait dû en choisir un moins bizarre, entre nous. De quoi se faire remarquer. Mais enfin, vérification faite, personne n'a entendu parler de lui au Smithsonian, ni nulle part ailleurs dans la communauté des docteurs ès papillons ! »

Devereaux observe le visage de celui qui a tenté de torpiller sa mission secrète, se transformant de cette manière, même à son insu, en un ennemi à abattre. Des yeux de hibou derrière de grosses lunettes, une maigre barbiche plutôt ridicule...

« Bien joué, Kevin ! Excellente stratégie. Et qui a marché, en plus. Vous communiquez sur-le-champ tous les détails au colonel Moreno, et vous lui dites de se tenir prêt.

– Et les autorités du Surinam, aussi ?

– Non, pas eux, non. Inutile de troubler leur sieste permanente.

– Mais, Paul, ils pourraient l'arrêter dès son arrivée à l'aéroport de Parbo ! Notre ambassade là-bas confirmerait que son passeport est un faux. Il serait renvoyé ici dans le premier avion, avec deux de nos Marines de chaque côté. De cette façon, on l'aura derrière les verrous tout de suite, hors d'état de nuire.

– Écoutez-moi, Kevin. Je connais la réputation de Moreno, et je suis au courant de ses méthodes, mais si ce type a les poches pleines de dollars, il sera très capable d'échapper à une arrestation au Surinam. Et

ici, rien ne l'empêchera de payer sa caution et de s'évanouir dans les airs.

– Paul ! Moreno n'a rien d'humain. Vous ne souhai-
teriez pas à votre pire ennemi de se retrouver face à
lui, et...

– Et vous ne mesurez pas l'importance que le Serbe
a pour nous. Ni l'ampleur de sa paranoïa, ni ce que
prévoit son programme à court terme. Il est indispensable qu'il se sente hors de danger, totalement, ou il
pourrait s'esquiver quand j'aurai besoin de lui.

– Vous ne pouvez toujours pas me dire de quoi il
s'agit ?

– Non, pas encore, désolé.

– D'accord, concède l'adjoint avec un soupir discipliné. Ce sera sur votre conscience, pas sur la
mienne. »

C'est bien là le problème, considère Devereaux une
fois qu'il est à nouveau seul dans la pièce, les yeux
perdus sur les lourdes frondaisons le long du Potomac :
est-il en mesure de forcer sa conscience à accepter ce
qu'il s'apprête à accomplir ? Mais il n'a pas le choix.
Le moindre mal, etc. L'inconnu au faux passeport
n'aura pas une mort facile, « vers minuit et sans douleur ». Mais c'est lui qui a décidé de se risquer dans des
eaux aussi troubles, en toute connaissance de cause.

Ce jour-là, le 18 août, tout le continent américain
baigne dans une vague de chaleur étouffante. Au nord,
les gens qui le peuvent se réfugient sur les plages, au
bord des lacs et des rivières ou dans les montagnes. Au
sud, l'humidité qui monte de la jungle surchauffée vient
s'ajouter aux effets d'un soleil ardent. Sur les quais du
port de Paramaribo, le long du fleuve Surinam couleur

de teck, à une vingtaine de kilomètres de la pleine mer, la chaleur pèse comme une grosse couverture sur les bâtiments et les hommes, presque palpable. Les chiens errants se terrent à l'ombre et attendent la nuit en haletant, les humains patientent sous de lents ventilateurs qui brassent le malaise plutôt qu'ils ne le dissipent. Les naïfs engloutissent sodas et boissons sucrées qui ne font qu'accentuer leur soif et les risques de déshydratation. Les plus sages ont à portée de main un verre de thé brûlant, boisson qui semble insupportable dans un tel contexte mais que les bâtisseurs de l'Empire britannique, deux siècles plus tôt, ont découverte comme la meilleure parade aux températures extrêmes.

Après s'être traîné en amont du fleuve et amarré au dock qui lui a été assigné, le *Tobago Star*, un cargo de quinze cents tonnes, guette lui aussi le crépuscule. Lorsque le thermomètre descend un peu, les opérations de déchargement commencent. Parmi sa cargaison se trouve le cadre de déménagement d'un diplomate américain, Ronald Proctor. Ce container est stocké dans la zone grillagée du port pour récupération ultérieure par son propriétaire.

Après avoir passé des années à étudier le terrorisme en général et, parmi cette diversité, celui émanant du monde arabe ou musulman, Paul Devereaux est parvenu à la conclusion que les pleurnicheries convenues en Occident, selon lesquelles ces formes de violence naîtraient de la pauvreté et de la marginalisation de ceux que Frantz Fanon a appelés « les damnés de la

312

terre » relevaient ni plus ni moins du baratin politiquement correct, si doux aux oreilles des bonnes âmes.

Des anarchistes de la Russie des tsars jusqu'à la fondation de l'IRA irlandaise en 1916, de l'Irgoun et du groupe Stern aux séparatistes chypriotes, du groupe Baader-Meinhof aux CCC belges, à l'Action directe française, aux Brigades rouges italiennes, à la Fraction armée rouge allemande ou au Rengo Sekigoun japonais, du Sentier lumineux péruvien à l'ETA au Pays basque, le terrorisme a au contraire toujours été prêché par des individus bien éduqués, issus de classes moyennes confortablement installées dans la vie, mais dont l'ego surdéveloppé et la propension à trouver des excuses à leurs propres limites conduisaient à de tels extrêmes.

Selon la théorie de Devereaux, les individus capables de convaincre des exécutants de poser une bombe dans un restaurant et de se repaître ensuite des images du carnage ont tous un point commun, à savoir une réserve de haine aussi effrayante qu'inépuisable. C'est un facteur génétique, ni plus ni moins. La haine est là, en premier ; il s'agit ensuite de trouver la cible, ce qui est toujours faisable. Quant à la motivation, à la justification, elle est elle aussi secondaire. Qu'il s'agisse de prôner la révolution bolchevique, la libération nationale ou leurs dix mille variantes, de la ferveur anticapitaliste au martyre religieux, la haine est à chaque fois présente, avant tout le reste. Suivent la raison invoquée, puis la cible, puis le choix des méthodes et enfin l'autojustification. Ensuite, ainsi que Lénine aimait à le dire, les masses crédules sont toujours prêtes à avaler.

Devereaux est convaincu que la direction d'Al-Qaïda correspond exactement à ce modèle. Pour ses cofondateurs – un millionnaire saoudien et un médecin cairote –, peu importe que leur haine des Américains et des juifs soit fondée sur des principes religieux ou non. À part accepter de disparaître de la face de la Terre, rien, absolument rien de ce que les États-Unis ou Israël peuvent faire n'est en mesure de les apaiser ou de les satisfaire. L'un et l'autre se soucient comme d'une guigne des Palestiniens, sinon lorsqu'il s'agit de les instrumentaliser ou de les invoquer. Et ils détestent l'Amérique non pour ses actes, mais par essence.

Il se souvient toujours du vieil espion britannique assis à une fenêtre de Whites tandis que les manifestants de gauche défilaient dehors, inévitables socialistes aux cheveux blancs qui n'avaient jamais pu se remettre de la mort de Lénine, mais aussi garçons et filles d'Angleterre qui finiraient un jour par payer un crédit immobilier tous les mois et par voter conservateur, et enfin le flot des étudiants émigrés du tiers monde. « Ils ne vous pardonneront jamais, mon cher, avait-il affirmé. N'y comptez même pas, c'est la meilleure façon de ne pas être déçu. Votre pays est un constant reproche adressé à eux : sa force ne fait que souligner leur faiblesse, son esprit d'entreprise leur léthargie, ses innovations les réactionnaires qui les gouvernent, son audace leurs fatalistes inutiles. Il suffit que le premier démagogue venu apparaisse et se mette à clamer que tout ce que possède l'Amérique leur a été volé pour qu'ils y croient. Tel le Caliban de Shakespeare, leurs fanatiques se regardent dans la glace et enragent de se voir comme ils sont. Puis leur colère se transforme en haine, à laquelle il faut trouver un objet. Les classes travailleuses du tiers monde ne vous détestent pas, loin de là. Ce sont ses intellectuels, ou plutôt ceux qui se prétendent tels. Vous pardonner, ce serait pour eux se condamner eux-mêmes. Jusqu'ici, il ne leur a manqué que les instruments de leur haine, leur armement. Ils finiront par l'avoir, et alors ce sera la lutte à mort contre vous. Et ils ne partiront pas au combat par dizaines, mais par dizaines de milliers. »

Trente ans plus tard, Devereaux est certain que le vieil Anglais avait vu juste. Après la Somalie, le Kenya, la Tanzanie, Aden, son pays est entré dans une nouvelle guerre sans même s'en rendre compte. Le jésuite a demandé à être envoyé en première ligne, il a obtenu satisfaction et il a désormais sous ses ordres la force de frappe adéquate, le programme Faucon pèlerin. Il n'a aucune intention de chercher la négociation avec UBL, ni même de répliquer à la prochaine attaque, mais entend bien détruire l'ennemi de sa nation avant même que ce dernier ne se manifeste : suivant l'image du père Heaney, il est décidé à utiliser sa lance sans permettre au poignard de l'approcher. La question qui demeure, c'est « où ? ». Sur ce plan, aucun à-peu-près n'est possible, aucun « quelque part en Afghanistan ». Dix mètres, trente minutes pourront faire la différence.

Il sait que l'agression est imminente, comme tous les spécialistes, Dick Clarke à la Maison Blanche, Tom Pickard à la direction du FBI, George Tenet un étage au-dessus. Dans les milieux informés, la rumeur veut qu'« un gros coup » soit sur le point d'arriver. Mais les agents ne disposent d'aucune information spécifique, en raison de l'aberrante réglementation qui leur interdit d'interroger les gens louches et de l'incapacité à synthétiser les multiples débuts de piste dont ils disposent.

C'est en réponse à l'inanité de ce système que Paul Devereaux a conçu son programme secret, et il est résolu à le garder tel. Tout au long des milliers de pages de documentation qu'il a consultées à propos du terrorisme en général et d'Al-Qaïda en particulier, il est parvenu à la conclusion que ce groupe ne se contentera pas de quelques victimes américaines à Mogadiscio ou Dar es-Salam. Al-Qaïda veut les compter par dizaines, centaines de milliers. La prédiction du vieil Anglais est sur le point de se réaliser.

Dans ce but, le réseau terroriste a besoin de moyens technologiques dont il est encore loin de disposer. Même si Devereaux sait que nombre de grottes de la montagne afghane ont été transformées en laboratoires souterrains, où des armes bactériologiques et chimiques sont d'ores et déjà testées, il est certain que les fanatiques sont encore très loin de l'objectif rêvé : acquérir les instruments d'une destruction de masse. À l'instar d'une bonne douzaine d'organisations similaires, leur plus chère ambition, celle pour laquelle ils donneraient un bras ou une jambe, est de pouvoir accéder à la maîtrise nucléaire. Au contraire de la logique ultramoderne des frappes sélectives et « propres », ils veulent les pires radiations possibles, des ravages à grande échelle. Leurs scientifiques n'ont pas besoin d'atteindre de hauts niveaux pour comprendre qu'une quantité suffisante de matière fissile, associée à un explosif assez puissant, pourrait transformer une ville de la taille de New York en un désert inhabitable pendant vingt ou trente ans, sans parler des trois millions de citoyens rayés de la carte par les radiations cancérigènes.

En une décennie, cette guerre jamais déclarée a atteint une intensité alarmante. Coûteuse, aussi : si l'Occident a jusqu'ici survécu, avec le soutien récent de Moscou, des sommes considérables ont été dépensées pour racheter le moindre gramme d'uranium 235 ou de plutonium susceptible d'être vendu à des personnes privées. Grâce au traité de Nunn-Lugar, plusieurs anciennes Républiques soviétiques, ou plutôt leurs nouveaux despotes, se sont grassement enrichies de cette manière. Mais le stock était trop important, et de trop grosses quantités s'étaient déjà volatilisées.

Peu après avoir constitué sa petite unité au sein du département antiterroriste de la CIA, Paul Devereaux a fait une découverte troublante : cinquante kilos de plutonium militaire de la meilleure qualité étaient conservés en secret à l'Institut Vinca, en plein cœur de Belgrade. À la suite de la chute de Milosevic, Washington a déployé de grands efforts pour racheter ce stock, dont un tiers aurait suffi à fabriquer une bombe atomique. Au même moment, ayant senti le vent tourner depuis longtemps, un puissant chef de gang proche du despote yougoslave réclamait une « couverture » afin de tirer un trait définitif sur son ancienne vie. De nouveaux papiers, une protection permanente, un endroit où se faire oublier de tous. Devereaux a vu le marché possible, l'occasion à saisir. Il était exclu d'accorder asile à cet individu aux États-Unis, évidemment, mais non de convaincre un pays « allié » de le faire. En échange, le stratège de la CIA ne demandait qu'un geste, et pleine coopération.

Juste avant que Zilic ne disparaisse de Belgrade, une petite quantité d'uranium 235 est dérobée à l'Institut Vinca. Le registre officiel est falsifié de manière à faire apparaître que quinze kilogrammes manquent au stock originel. Six mois plus tard, par l'intermédiaire du marchand d'armes Vladimir Pout, le fugitif serbe fait savoir que ces quinze kilos sont en sa possession. Bientôt, l'échantillon se retrouve entre les mains d'Abou Khabab, le chimiste et physicien attitré d'Al-Qaïda, encore un Égyptien au cursus universitaire impeccable qui a cédé à l'appel des sirènes du fanatisme. Afin de vérifier sa teneur en uranium enrichi, celui-ci quitte sa planque afghane pour se rendre discrètement en Irak, où un autre projet de développement nucléaire est en cours, qui nécessite également de l'uranium 235 mais utilise pour ce faire des méthodes surannées telles que des séparateurs d'isotopes aussi primitifs que ceux employés en 1945 au laboratoire expérimental d'Oak Ridge, dans le Tennessee. L'arrivée de l'échantillon provoque, dans ce cadre, le plus grand intérêt.

Exactement un mois avant l'apparition de ce malheureux dossier où un milliardaire canadien revient sur la mort déjà ancienne de son petit-fils, Paul Devereaux a reçu la nouvelle tant attendue : Al-Qaïda est prêt à faire une offre. Il a du mal à garder son calme. Pour porter le coup fatal, il a initialement voulu se servir d'un drone volant à haute altitude, le « Prédateur », mais cet appareil s'est écrasé avant de parvenir au-dessus de l'Afghanistan. Les débris ont été rapportés aux États-Unis, où la structure doit être perfectionnée et « potentialisée » par l'ajout d'un missile « Feu de l'enfer », de sorte que l'avion téléguidé puisse non seulement localiser une cible depuis la stratosphère mais aussi la pulvériser. Comme la reconversion prend trop de temps, cependant, Devereaux est obligé de modifier ses plans et de changer d'arsenal. C'est seulement lorsque tout sera prêt que le

Serbe pourra accepter l'invitation de se rendre à Peshawar, au Pakistan, afin d'y rencontrer les responsables d'Al-Qaïda et leur chimiste, Abou Khabab. Il aura sur lui quinze kilos d'uranium, mais du simple isotope 238, raffiné à trois pour cent au lieu des quatre-vingt-huit exigés pour une utilisation militaire.

Ce contact crucial doit permettre à Zoran Zilic de payer en retour pour toutes les protections et les facilités qui lui ont été accordées. Au cas où il se déroberait à la dernière minute, il suffira d'un coup de fil aux services secrets pakistanais, l'ISI, toujours prêts à aider Al-Qaïda, pour l'éliminer. Selon le plan conçu, il doit réclamer soudain le double du prix négocié avec les terroristes, et menacer de s'en aller avec sa cargaison si ses conditions ne sont pas acceptées. Le pari de Devereaux, c'est qu'un seul homme sera alors en mesure de répondre oui ou non : UBL, que ses collaborateurs devront consulter. Quelque part en Afghanistan, il prendra cette communication téléphonique, immédiatement détectée par un satellite espion de l'Agence à la sécurité nationale, qui donnera la localisation de l'ennemi à trois mètres près. Alors même que le chef du réseau sera en train de se demander s'il va finalement acquérir assez de plutonium pour mettre en pratique ses rêves les plus meurtriers, le sous-marin nucléaire USS *Columbia*, posté au large, éjectera de ses soutes un seul et unique missile Tomahawk, guidé dans sa course par les systèmes informatiques les plus perfectionnés au monde. Le projectile réduira en poussière les trente mètres carrés entourant le téléphone cellulaire sur lequel le deuxième appel en provenance de Peshawar devait se produire, y compris son destinataire.

Le facteur temps constitue le principal défi pour Paul

Devereaux. Le moment où il faudra que Zilic se mette en route pour Peshawar, avec un arrêt à Ras al-Khaimah afin de prendre le Russe avec lui, est de plus en plus proche. Il ne peut pas se permettre de laisser le fugitif céder à la panique, prétexter l'apparition d'un intrus pour déclarer que leur accord est désormais nul et non avenu, puisque sa sécurité n'est plus garantie. Il est nécessaire d'arrêter le Vengeur avant, voire de l'éliminer. La fin, une fois encore, justifie tous les moyens.

Le 20 août, un passager descendu de l'avion de KLM opérant la liaison entre Curaçao et Paramaribo traverse sans encombre les filtres de la police et de la douane. Il ne s'agit pas du professeur Medvers Watson, pour lequel un redoutable comité d'accueil a été mis sur pied plus loin sur la côte, ni même du diplomate américain Ronald Proctor, qu'un container attend toujours sur les quais de déchargement du port.

Henry Nash, cadre de l'industrie du tourisme britannique, est muni du visa obtenu très régulièrement au consulat du Surinam d'Amsterdam. Il aurait été tentant de réserver au Torarica, le meilleur hôtel de la ville, mais il aurait alors risqué de rencontrer de vrais Anglais, là-bas, et c'est donc au Krasnopolsky, Dominiestraat, qu'il se fait conduire en taxi. Sa chambre est au dernier étage, avec un balcon à l'est. Le soleil décline dans son dos lorsqu'il sort contempler la ville à ses pieds. À cette hauteur, la chaleur est tempérée par une légère brise. Loin vers le levant, à plus de cent kilomètres de l'autre côté du fleuve, la jungle de Saint-Martin est aux aguets.

TROISIÈME PARTIE

25

Une piste

C'est Ronald Proctor, le diplomate américain, qui se charge de trouver la voiture. Il ne s'adresse pas à un garage, mais à un simple particulier dont il a repéré l'annonce dans le journal local.

La Jeep Cherokee n'est pas de la plus grande fraîcheur, certes, mais cet ancien de l'armée américaine se fait fort de la retaper pour qu'elle assure la mission qu'on attend d'elle. Le marché est conclu sans effort : dix mille dollars en liquide immédiatement, dont le vendeur rendra la moitié lorsque le diplomate aura reçu son propre tout-terrain des États-Unis un mois plus tard et restituera la Jeep Cherokee. Un leasing, en quelque sorte, d'autant plus intéressant que les impôts n'en sauront rien, puisque le très arrangeant visiteur a lui-même proposé de conserver les papiers au nom de l'actuel propriétaire. L'Américain a également loué le garage, dont la porte est munie d'un cadenas, derrière un marché aux légumes et aux fleurs. Une fois qu'il a repris sa cargaison au port, c'est là, dans ce coin paisible et discret, qu'il distribue soigneusement son matériel entre deux lourds sacs à dos en toile. Cela fait, Ronald Proctor cesse d'exister, tout simplement.

À Washington, chaque jour qui passe ronge un peu plus Paul Devereaux d'anxiété, mais aussi d'une brûlante curiosité : où est passé ce mystérieux Vengeur ? Est-il déjà entré au Surinam ? Va-t-il y atterrir incessamment ? Il serait facile de céder à la tentation, d'interroger les autorités du Surinam par le truchement de l'ambassade américaine, sise Redmondstraat à Parbo, mais cela ne servirait qu'à éveiller leurs soupçons, à les encourager à poser des questions. Sa proie pourrait alors déjouer le piège tendu, recouvrer la liberté et repartir sur la piste du Serbe. Lequel, déjà très tendu à la perspective de la rencontre de Peshawar, est certainement à l'affût du moindre prétexte pour se désister... Alors, le cerveau de l'opération Faucon pèlerin doit se contenter d'arpenter son bureau, de calculer, de recalculer, et d'attendre.

À Paramaribo, le tout petit consulat de Saint-Martin a été informé par le colonel Moreno qu'un Américain se faisant passer pour un collectionneur de papillons risque de demander un visa. L'ordre est de le lui accorder sur-le-champ, et de prévenir le chef de la police secrète aussi vite.

Aucun voyageur répondant au nom de Medvers Watson ne se présente, toutefois. L'homme que Moreno guette avec impatience est assis à une terrasse de café, en plein centre de la capitale du Surinam, avec à ses pieds un sac contenant ses dernières emplettes. On est le 24 août.

Il est allé chercher ce qui lui manquait à l'unique magasin de camping et de chasse de la ville, rue Zwarten Hovenbrug. Henry Nash, l'homme d'affaires londonien, n'a rien dans ses bagages qui pourrait lui être utile de l'autre côté de la frontière. Mais le container du diplomate américain offrait tout ce qu'il fallait, ou presque. Alors il savoure sa bière Parbo, sachant que ce sera la dernière avant un certain temps.

L'attente se révèle payante au matin du 25 août.

Comme toujours, la queue devant le poste-frontière ne bouge que lentement, et comme toujours un nuage de moustiques vrombit autour des candidats au passage dont les vélos, les mobylettes ou les fourgonnettes à plateau sont chargés de produits locaux. Dans cette foule, la Cherokee noire ne reste pas inaperçue. Son conducteur non plus : c'est un Blanc, affublé d'une veste en crépon toute froissée, d'un panama crème et de grosses lunettes. Il patiente, avançant de quelques mètres vers le ferry, s'arrêtant à nouveau avant que le transbordeur ne revienne de son périple sur le Commini.

Au bout d'une heure, il peut enfin abandonner son véhicule sur le pont en métal, et se dégourdir les jambes en regardant le fleuve. De l'autre côté, six voitures qui le précèdent attendent l'autorisation d'entrer à Saint-Martin.

Ici, une tension perceptible règne parmi la douzaine de gardes qui s'agitent autour de la guérite. Deux bidons d'huile lestés de béton supportent une longue perche, en guise de barrage de contrôle visiblement créé depuis peu. Un représentant du service d'immigration penche la tête par le guichet, inspectant les documents des automobilistes et des piétons. Les visiteurs du Surinam, venus ici voir de la famille ou négocier quelque troc, doivent être étonnés de cet accès de zèle, mais patience et résignation sont partie intégrante de la vie du tiers monde, alors ils attendent une nouvelle fois. Le soir arrive quand la Cherokee parvient devant la barrière. D'un claquement de doigts, le soldat réclame son passeport au conducteur et le passe à travers le guichet.

Noyé de sueur, le Blanc paraît nerveux, le regard fixé devant lui comme s'il évitait de croiser celui des gardes. De temps à autre, pourtant, il jette un coup d'œil hâtif à la guérite. C'est ainsi qu'il voit le bureaucrate sursauter et s'emparer fébrilement de son téléphone. Et c'est alors que le voyageur à la barbiche filasse perd le contrôle de ses nerfs : soudain, le moteur de la Jeep rugit, le gros 4 × 4 s'élance en avant, renverse un soldat avec son rétroviseur droit, fait sauter la barrière puis zigzague follement entre les camionnettes qui roulent au ralenti et s'éloigne à toute allure. Derrière, c'est le chaos. Le chef du petit détachement a été blessé au visage par un éclat de la barrière en bois. Le préposé de l'immigration a bondi sur la route, brandissant avec indignation un passeport américain portant le nom du professeur Medvers Watson. Deux sbires du colonel Moreno, qui battaient la semelle sur le côté, s'élancent dans la direction qu'a prise la Jeep, pistolets dégainés. L'un d'eux renonce aussitôt pour venir se jeter sur le téléphone et tenter de joindre la capitale, à une soixantaine de kilomètres de là.

Cornaqués par l'officier qui plaque une main sur son nez en sang, les soldats s'entassent dans un camion vert olive pour engager la poursuite, suivis par les deux hommes de la police secrète dans une Land Rover bleue. La Jeep est hors de vue.

À Langley, l'ampoule de la ligne directe reliant Kevin McBride au colonel Moreno à Saint-Martin s'est mise à clignoter. L'adjoint de Paul Devereaux décroche, écoute sans un mot, pose deux ou trois questions, griffonne quelques notes. Deux secondes plus tard, il est dans le bureau de son supérieur.

« Ils l'ont eu !

– Arrêté, vous voulez dire ?

– Presque. Il a essayé d'entrer comme je l'avais prévu, depuis le Surinam par le fleuve. Il a dû trouver qu'ils gardaient son passeport trop longtemps, ou bien ils n'ont pas été assez discrets. En tout cas, il a défoncé le barrage et il s'est tiré. Moreno affirme qu'il ne peut aller nulle part. De chaque côté de la route, c'est la jungle, et tous les axes sont patrouillés. Ils l'auront pincé d'ici demain matin.

– Le malheureux, soupire Devereaux. Il aurait mieux fait de rester chez lui... »

Le colonel Moreno a été trop optimiste, pourtant. Il leur faut deux jours pour le repérer, grâce à un fermier qui vit en pleine jungle, au bout d'une piste sur la droite de la route principale. Il déclare avoir entendu le bruit d'un puissant moteur non loin de sa cahute la veille au soir. Sa femme a entraperçu un gros tout-terrain montant la piste et ils ont pensé qu'il devait s'agir d'un véhicule officiel, car aucun paysan du cru ne pourrait s'offrir pareil véhicule. Ne l'ayant pas entendu repasser, il est allé sur la grand-route et il a confié son témoignage à une patrouille.

Les soldats découvrent la Jeep à deux kilomètres au-dessus de la fermette. Son capot est enfoncé à quarante-cinq degrés dans une crevasse que le conducteur n'a pas vue assez tôt. Les traces de pneus montrent qu'il a essayé désespérément de dégager le 4×4, l'enferrant encore plus, au point qu'il faudra faire venir une grue de la capitale pour le dégager. Le colonel Moreno se déplace en personne sur les lieux, inspecte la terre retournée, les buissons écrasés, les lianes brisées.

« Mettez les chiens policiers là-dessus. Je veux le véhicule et tout ce qu'il contient à mon QG. Tout de suite. »

Seulement, la nuit tombe déjà et les maîtres-chiens ne sont pas disposés à affronter les esprits de la jungle en pleine obscurité. Les recherches ne commencent qu'au matin suivant. Le gibier est enfin débusqué à midi. L'un des hommes de Moreno est avec eux, et il est muni d'un téléphone cellulaire, grâce auquel il prévient son chef. Une demi-heure plus tard, McBride surgit devant la table de Devereaux.

« Ils l'ont eu. Il est mort. »

Instinctivement, Devereaux regarde le calendrier devant lui. 27 août.

« Je pense que vous devriez aller là-bas, Kevin.

— Arrgh ! grogne le fidèle adjoint. C'est un voyage épouvantable, Paul ! À travers ces saletés de Caraïbes...

— Je réquisitionne un avion de l'Agence. Vous serez sur le terrain demain matin. Ce n'est pas seulement moi qui dois avoir la certitude que cette fichue histoire est terminée, vous comprenez ? Zilic aussi, et même plus encore. Alors allez-y, et rassurez-nous tous les deux. »

Celui que la CIA ne connaît que sous le surnom du Vengeur a repéré la piste à son premier passage en avion au-dessus de la zone. Il en existe une douzaine qui rejoignent ainsi la route principale entre la frontière et la capitale. Elles desservent une ou deux petites plantations puis se terminent en culs-de-sac dans l'épaisse végétation. Sur le moment, il n'a pas eu l'idée de les photographier, préférant réserver ses pellicules à El Punto, mais il ne les a pas oubliées. Et au retour, assis à côté de l'infortuné pilote, il a décidé d'utiliser la troisième à partir du Commini.

Il avait un bon kilomètre d'avance sur ses poursuivants quand il a ralenti pour ne pas laisser de traces de pneus en virant sur la droite et en s'engageant sur la piste. Dissimulé après un tournant, moteur coupé, il a entendu les deux véhicules passer en trombe dans la direction de la capitale. Ensuite, il a repris l'ascension, assez facile jusqu'à la fermette : en première, avec les quatre roues motrices. Plus haut, cela devenait nettement plus pénible. Il a continué encore, s'enfonçant dans la jungle, s'est arrêté une nouvelle fois pour inspecter le terrain, a choisi une crevasse dans laquelle il a précipité la Jeep. Ayant abandonné ce qu'il voulait que les autres trouvent, il s'est chargé du reste de son équipement et il est parti, suant et peinant dans la chaleur toujours oppressante malgré la nuit. La jungle n'a rien de paisible, dans la complète obscurité. Elle résonne de bruits inquiétants, mais il n'y a pas d'esprits, pas de fantômes.

Aidé de sa boussole, il a marché vers l'ouest puis le sud pendant environ un kilomètre, se frayant un passage avec l'une de ses machettes. Là, il a laissé encore un paquet pour le bénéfice de ses poursuivants, rendant son sac enfin moins pénible à porter, et a mis le cap sur le fleuve. Il a atteint la berge à l'aube, très en amont du poste-frontière. Le matelas pneumatique bleu marine n'était pas idéal, pour la traversée, mais c'était la solution la plus pratique. Il s'est servi de ses mains comme de rames, les retirant brusquement lorsqu'une vipère d'eau l'a frôlé de son contact mortel, son œil fixe et glauque à quelques centimètres, mais le serpent a continué sa route.

Au bout d'une heure pénible, il était de retour au Surinam. Ayant joué son rôle, le matelas pneumatique a disparu dans les flots sombres, percé de coups de couteau. En milieu de matinée, persécuté par les moustiques, trempé, les vêtements couverts de sangsues, il avait déjà parcouru dix kilomètres sur la route de Parbo quand un marchand de pastèques compatissant l'a invité à monter à l'arrière de son pick-up.

Même si le Krasnopolsky n'avait rien d'un établissement hôtelier guindé, l'apparition d'un homme d'affaires britannique dans cet état aurait causé une certaine surprise. Il s'est donc arrêté au garage qu'il avait loué pour se changer, se délivrant des dernières sangsues au moyen d'un briquet. Après avoir déjeuné d'un steak-frites accompagné de plusieurs bières, il est monté dans sa chambre et s'est endormi.

« C'est un moyen de transport auquel je m'habituerais facilement », pense Kevin McBride alors que le Learjet de l'Agence glisse au-dessus de la côte est des États-Unis, avec lui pour unique passager. Une escale carburant à la base protégée d'Eglin en Floride, puis à la Barbade, et c'est l'aéroport de Saint-Martin, où une voiture le conduit aussitôt au quartier général du colonel Moreno, dissimulé dans une palmeraie aux abords de la ville.

La masse de graisse lui montre une bouteille de whisky sur le bureau.

« Euh, c'est sans doute un petit peu trop tôt pour moi, colonel...

– Mais non. Il n'y a pas d'heure pour porter un toast. Allez, allez ! Je propose : "Mort à nos ennemis !" »

Ils trinquent, même si McBride, par cette chaleur et à ce moment de la matinée, aurait préféré de loin une tasse de café.

« Eh bien, colonel ? Qu'est-ce que vous avez d'autre pour moi ?

– Une exposition, je dirais. Venez, que je vous montre. »

La salle de réunion adjacente a été aménagée pour une macabre mise en scène : une longue table au centre, couverte d'un drap blanc, et quatre plus petites sur le côté, présentant des objets relatifs à la pièce maîtresse de « l'exposition ». C'est devant l'une d'elles que Moreno s'arrête d'abord.

« Je vous avais dit que notre ami Watson était fou de croire qu'il pouvait nous échapper dans la jungle ?

Oui ? Il s'est retrouvé avec son tout-terrain en carafe. Nous l'avons ici, dans la cour en bas. Et voici ce qu'il y avait dedans. » Tenues de travail, bottes, épuisettes, filets antimoustiques, vaporisateurs, tablettes de sodium... Sur la deuxième table, une tente, une lampe-tempête, une cuvette en toile sur un trépied, des articles de toilette.

« L'équipement de n'importe quel campeur, non ? s'étonne McBride.

— Presque, très cher. Il a dû penser qu'il allait devoir se cacher un bon moment dans la jungle. Sans doute pour préparer une embuscade contre son objectif sur la route d'El Punto. Ce qu'il ne savait pas, c'est que l'hôte de la péninsule ne la quitte presque jamais par la route, ou alors c'est dans une limousine blindée. Pas très futé, notre tueur... Enfin, il a laissé aussi derrière lui ça. Parce que c'était trop lourd, je pense. »

Le colonel soulève la pièce de tissu qui dissimulait les objets de la table numéro trois. Il y a là un Remington 3006, une énorme lunette de visée et une boîte de cartouches. C'est un fusil de chasse que l'on peut acheter librement dans n'importe quelle boutique d'armes en Amérique, mais qui peut aussi facilement servir à décapiter une cible humaine...

« À ce stade, poursuit Moreno, encore plus enflé d'importance que d'habitude, votre homme a abandonné son véhicule et quatre-vingts pour cent de son équipement. Il marche, probablement dans le but de rejoindre le fleuve. Mais il n'a pas d'expérience de la jungle ni de boussole. La preuve, c'est qu'au bout de trois cents mètres il part vers le sud, alors qu'il voulait aller à l'ouest. Tout ce fouillis était éparpillé autour de lui, quand nous l'avons découvert. »

La dernière des tables latérales présente une gourde vide, un chapeau de toile, une machette, une torche. Il y a aussi une paire de rangers, un pantalon et une chemise de treillis en loques, des lambeaux de veste en crépon qui détonnent dans ce contexte, une ceinture en cuir avec une boucle en cuivre et un couteau de chasse encore dans son fourreau.

« C'est tout ce que vous avez trouvé sur lui ?

– C'est tout ce qu'il avait quand il est mort. Dans l'affolement, il a jeté ce qu'il aurait dû garder jusqu'au bout : son fusil, pour se défendre.

– Vous voulez dire que vos hommes l'ont rattrapé et l'ont abattu ? »

Le colonel lève les deux mains devant lui avec une mimique d'innocence outragée.

« Nous ? Tirer sur quelqu'un sans défense ? Allons ! Nous le voulions vivant, au contraire ! Non, il est mort dès la première nuit dans la jungle. Ceux qui ne la connaissent pas ne devraient jamais s'y aventurer. Certainement pas avec tout ce barda inutile, et en pleine obscurité. C'est un enchaînement de causes inexorable. Car regardez... » D'un geste qu'il veut théâtral, il retire brusquement le drap qui couvrait la table centrale. Le squelette est encore dans le linceul en plastique où il a été jeté avant qu'un médecin de l'hôpital soit convoqué pour le reconstituer bribe par bribe. Les os ont été nettoyés avec un soin impressionnant.

« Vous avez ici la clé de ce qui lui est arrivé, annonce Moreno en posant son index sur le fémur droit, qui présente une fracture aussi nette que récente.

333

Grâce à ceci, nous pouvons reconstituer sa fin. Il panique, il se met à courir avec sa torche, sans but puisqu'il n'a pas de boussole, l'insensé ! À près de deux kilomètres de sa Jeep, il se prend le pied dans une racine, une liane, ou je ne sais quoi. Crac ! Une jambe cassée ! Impossible d'avancer, même en rampant. Il ne peut même pas tirer en l'air pour demander de l'aide, il n'a plus son fusil. Il peut crier, oui, mais pour qui ? Savez-vous que nous avons encore des jaguars, par ici ? Pas beaucoup, mais tout de même : si quatre-vingts kilos de chair humaine veulent absolument se faire remarquer par des couinements et des hurlements, l'un d'eux finira par les trouver. Ou d'autres bêtes de proie. Les membres étaient tous éparpillés dans une petite clairière. Un festin inattendu. Les ratons laveurs aiment bien la chair fraîche, les pumas aussi, et les coatis... Et ensuite, quand il fait assez jour, les vautours arrivent. Vous voyez le résultat ? Du travail systématique, terminé par les fourmis rouges. Ah, la nature aime nettoyer, c'est sûr ! Nous avons trouvé leur nid à une cinquantaine de mètres des restes. Elles envoient des éclaireuses, savez-vous ? Elles sont aveugles mais elles ont un odorat incroyable. Et dans cette chaleur, bien évidemment, l'odeur était déjà intéressante ! Alors, cela vous suffit ?

– Je crois », murmure McBride, qui ne refuserait pas un second whisky, maintenant.

De retour dans le bureau du colonel, ce dernier montre au visiteur quelques autres babioles : une montre en acier avec les initiales MW, une chevalière. « Pas de portefeuille, observe Moreno. Il devait être en cuir et l'une de ces bestioles s'en est emparée. Mais l'idiot nous a laissé

334

ceci, à la frontière. » Il brandit un passeport américain au nom de Medvers Watson, dont McBride reconnaît aussitôt la photo, qu'il a vue sur la demande de visa au consulat du Surinam : mêmes lunettes, même barbichette, même expression un peu égarée. Il faut convenir que le chasseur de papillons et de fugitifs a quitté ce monde.

« Puis-je me mettre en contact avec Washington ?

– Certainement. Faites comme chez vous. Je vous laisse. »

Resté seul, McBride ouvre son ordinateur portable, entre une série de chiffres qui garantit la confidentialité de l'appel, connecte son cellulaire à l'appareil. Il raconte par le menu ce qu'il vient de voir et d'entendre à Paul Devereaux. Celui-ci reste silencieux quelques secondes, puis :

« Je veux que vous rentriez tout de suite.

– Avec plaisir.

– Moreno peut garder tout ce fourbi, y compris le fusil, mais il me faut le passeport. Ah, et aussi quelque chose... »

En l'écoutant, McBride ouvre de grands yeux.

« Vous voulez... "ça" ?

– Faites ce que je dis, Kevin. Et bon vol. »

Lorsqu'il explique ensuite au colonel ce qui lui a été demandé, Moreno se contente de hausser les épaules.

« Bah ! Mais tout de même, vous vous en allez déjà ? Moi qui pensais vous inviter à déjeuner sur mon yacht en mer ! Langouste et oave bien frappé... Non, vraiment ? Alors, d'accord, prenez le passeport... et le reste. » Il réfléchit une seconde. « Tout le reste, même, si vous y tenez.

– Un seul suffira, d'après les ordres que j'ai reçus. »

26

Une mise en scène

Le 29 août, Kevin McBride est de retour à Washington. Ce même jour, à Paramaribo, Henry Nash, porteur d'un passeport délivré par le premier secrétaire d'État aux Affaires étrangères et du Commonwealth de Sa Majesté, pour employer son titre complet, se présente au consulat de Saint-Martin dans le but d'obtenir un visa. L'unique employé le lui établit sans hésitation. Quelques jours plus tôt, il y a bien eu un peu d'agitation, quand un exilé politique a tenté de regagner son pays en déjouant l'attention des services consulaires, mais l'affaire a été vite réglée : l'impudent est mort.

L'ennui, avec le mois d'août, c'est que l'on ne peut rien obtenir rapidement. Même à Washington, même lorsqu'on s'appelle Paul Devereaux. C'est toujours la même excuse : « Je suis désolée, monsieur, mais untel est en vacances, il ne sera là que la semaine prochaine. » Et ainsi de suite, jusqu'à ce que septembre revienne enfin.

Le 3 de ce mois, Devereaux obtient enfin la première

des deux réponses qu'il attendait. « Sans doute le meilleur faux que nous ayons jamais vu, affirme l'un des responsables du service des passeports au Département d'État. Au départ, c'est l'un de nos documents, authentique. Mais quelqu'un de très fort a retiré deux pages et les a remplacées par d'autres, avec le nom et la photo de ce Medvers Watson. À notre connaissance, aucun passeport n'a été accordé à cet individu.

– Il est assez bon pour être utilisé afin d'entrer ou de sortir des États-Unis ?

– Oui et non. Pour sortir, ce n'est pas difficile puisque les passeports sont seulement contrôlés par les compagnies aériennes. Pour rentrer... Ce serait un problème si le contrôleur de l'INS décidait de vérifier le numéro de série dans le fichier central. L'ordinateur répondrait qu'il est inconnu.

– D'accord. Je peux le récupérer ?

– Désolé, Mr Devereaux. Nous ne demandons qu'à vous aider mais c'est une pièce trop rare, elle va aller droit à notre musée des horreurs. Des générations vont se pencher sur un bijou pareil ! »

Toujours rien du côté du service de médecine légale de l'hôpital de Bethesda, par contre, où Devereaux entretient quelques contacts toujours utiles. Mais ce même jour, le 4 septembre, au volant d'une petite voiture de location, un simple sac de voyage sur la banquette arrière, Henry Nash arrive devant le ferry qui assure la traversée du Commini.

Si l'accent british qu'il affecte ne duperait aucun ancien d'Oxford ou de Cambridge, il est assez convaincu qu'il suffira auprès des habitants du Surinam, d'expression néerlandaise, et encore plus auprès des hispanophones de la République de Saint-Martin. Sur ce point, il ne se trompe pas.

Contemplant les flots brunâtres qui défilent à ses pieds, le Vengeur souhaite que ce soit la dernière fois qu'il ait à traverser ce satané fleuve. Sur la rive de Saint-Martin, le barrage a disparu, tout comme les soldats et les sbires de la police secrète. Au poste-frontière revenu à sa léthargie habituelle, Henry Nash présente son passeport avec le sourire le plus niais qu'il puisse produire et s'évente en attendant que les formalités se terminent.

Déjà habitué à courir en short et tee-shirt par tous les temps, il a acquis un hâle auquel quinze jours sous les tropiques ont donné une nuance acajou. Par les soins d'un coiffeur de Paramaribo, ses cheveux blonds sont maintenant d'un noir profond, ce qui correspond à la description de Mr Nash, homme d'affaires londonien. Après une inspection superficielle de son coffre à bagages et de son sac, le fonctionnaire lui rend son passeport, qui retrouve sa place dans la pochette de sa chemise, et le visiteur s'engage sur la route de la capitale.

Arrivé à la troisième piste sur la droite, il vérifie qu'il n'est pas suivi dans son rétroviseur avant de s'enfoncer une nouvelle fois dans la jungle. À mi-chemin de la ferme, il fait demi-tour et s'arrête. L'énorme baobab n'est pas difficile à se remémorer, et la grosse corde noire se trouve toujours dans l'entaille qu'il a pratiquée sur le tronc une semaine plus tôt. Quand il la déroule, le havresac en toile de treillis qu'il a dissimulé dans les branches descend lentement. Il contient, espère le Vengeur, tout ce dont il aura besoin pendant les quelques jours où il va se dissimuler sur les hauteurs dominant la forteresse du Serbe avant de risquer la descente.

Le douanier n'a pas été surpris par le bidon en plastique de dix litres qu'il avait à l'arrière. « *Agua* », s'est borné à déclarer le voyageur, et l'autre a refermé le bouchon sans discuter. Avec le sac, cette charge suffirait à épuiser quiconque a décidé d'escalader une montagne, fût-il un coureur de triathlon, mais il aura absolument besoin de deux litres d'eau par jour. Ensuite, il reprend tranquillement sa route vers Saint-Martin, passe devant la palmeraie au milieu de laquelle le colonel Moreno trône à son bureau et poursuit vers l'est, atteignant la station balnéaire de La Bahia à une heure de l'après-midi, quand tout le monde vient de commencer sa sieste.

Sa voiture désormais munie de plaques d'immatriculation de Saint-Martin, il décide de cacher l'arbre dans la forêt, c'est-à-dire d'abandonner son véhicule sur le parking public. Son gros sac en bandoulière, il se met en marche vers l'est, excursionniste anonyme.

Le soir tombe lorsqu'il aperçoit les sommets de la chaîne montagneuse qui retranche la péninsule de la jungle. Il abandonne la route au moment où elle oblique vers le Moroni et la frontière avec la Guyane française. L'ascension commence, sur une trajectoire qu'il a définie grâce aux photos aériennes et qui le tient loin de la piste d'accès au domaine. Quand il fait décidément trop sombre pour continuer, il pose son sac à terre, avale un dîner sommaire, une tasse de l'eau qu'il transporte, et s'endort au sol. Dans un magasin de camping new-yorkais, il a trouvé des rations de combat de l'armée américaine, dont les soldats de la guerre du Golfe ont abondamment plaisanté le goût ignoble. À partir de ces éléments déshydratés, il a préparé ses propres réserves de survie en y incluant du concentré de bœuf, des raisins secs, des noix et du dextrose : constipation assurée, mais haute valeur énergétique.

À l'aube, il reprend la montée. Dans les premiers rayons du soleil, il repère le toit du poste de garde en contrebas, là où les arbres sont moins denses. Il sort à découvert à deux cents mètres de l'endroit choisi sur ses photos, qu'il gagne en rampant. C'est une légère déclivité au sommet de la cordillère, envahie par les derniers buissons avant les flancs arides qui descendent sur la péninsule. Avec son treillis, son visage passé à la suie, ses jumelles vert olive, immobile derrière les branches, il sera invisible d'en bas, tout en ayant une vue imprenable sur le domaine. Lorsqu'il sera fatigué de rester tapi pendant des heures, il regagnera à plat ventre le campement qu'il a établi plus haut, pour quatre jours de guet et de préparation.

Le petit matin teinte de rose la végétation qui déferle vers Cayenne. Sous ses yeux, El Punto ressemble en tout point à la maquette qu'il a observée des heures durant à New York, une dent de requin plantée dans la mer miroitante. Un bruit métallique et sourd lui parvient : quelque part, une barre de fer s'est abattue sur un bout de rail suspendu en l'air. C'est le signal qui indique aux esclaves de la péninsule que leur sommeil a assez duré.

C'est le 4 septembre, seulement, que le contact de Paul Devereaux au service de pathologie de Bethesda le rappelle.

« Qu'est-ce que vous fabriquez avec ce machin, Paul ?

– J'aimerais bien le savoir, justement. Dites-moi.

– Vous pillez les tombes, maintenant ?

– Mais encore ?

– Eh bien, c'est un fémur, oui. Pas de doute là-dessus. La jambe droite. Fracture nette au milieu. Pas d'esquilles, pas d'écrasement.

– Le résultat d'une chute ?

– Le résultat de l'intervention d'un objet coupant et d'un coup de marteau, vous voulez dire.

– Vous confirmez ce que je craignais plus que tout, Gary. Mais allez-y, continuez.

– À l'évidence, cet os appartient à un squelette d'enseignement anatomique, un de ceux que les étudiants en médecine utilisent depuis le Moyen Âge et qu'on peut acheter dans n'importe quelle boutique spécialisée. Une cinquantaine d'années, je dirais, mais le fémur a été cassé très récemment, et volontairement. Un coup violent, sans doute administré sur un établi. Alors, vous êtes content ?

– Accablé, oui. Mais je vous revaudrai ce service, Gary. »

Comme à son habitude, Devereaux a enregistré la conversation téléphonique et Kevin McBride ouvre des yeux effarés lorsqu'il écoute la bande.

« Bon Dieu...

– J'espère qu'Il sera bon pour votre âme immortelle,

Kevin. Parce que vous avez merdé. Il n'est pas mort du tout. C'est une mise en scène, de bout en bout. Il a berné Moreno et cet imbécile vous a convaincu, à son tour. En clair, cela signifie qu'il est vivant, qu'il va retourner là-bas ou qu'il s'y trouve déjà. Nous avons une crise majeure, là. Je veux que le jet décolle d'ici une heure. Avec vous à bord. Je vais mettre au courant Moreno moi-même. Quand vous arriverez là-bas, il sera déjà en train de parer à toute éventualité. Nous avons toujours ce fichu Vengeur dans les pattes, Kevin. Allez, en route ! »

Le 5 septembre, Kevin McBride se retrouve face au colonel Moreno. Le temps n'est plus aux amabilités sirupeuses : le visage de crapaud est congestionné par la contrariété et la fureur.

« C'est un futé, *amigo mio* ! Vous ne m'aviez pas dit à quel point. Bon, il m'a eu une fois, mais c'est fini. Regardez un peu ça ! »

Depuis que le professeur Watson a forcé le barrage frontalier, le chef de la police secrète de Saint-Martin a fait main basse sur tous les visiteurs suspects. C'est le cas de trois pêcheurs de plaisance venus de Saint-Laurent-du-Maroni, en Guyane française, dont le bateau a subi une avarie au large et qui ont été remorqués dans la marina de Saint-Martin. Ils sont désormais sous les verrous, malgré leurs protestations. Même chose pour un groupe de techniciens français de la base spatiale de Kourou, qui avaient passé la frontière dans l'espoir d'une nuit de sexe bon marché : ils doivent se contenter depuis des couchettes en bois de la prison. Quant aux quatre voyageurs arrivés du Surinam, dont un Espagnol et deux Hollandais, leur passeport a été confisqué et le colonel Moreno les a maintenant alignés sur son bureau, avec ceux des détenus.

« Lequel est un faux ? » se demande-t-il à haute voix.

McBride, lui, fait ses comptes : huit Français, deux Hollandais, un Espagnol... Il en manque un.

« Qui était le quatrième, en provenance du Surinam ?

– Un Anglais, qui a... disparu.

– Hein ? Que savez-vous de lui ? »

Le colonel examine à nouveau le rapport venu du consulat de Saint-Martin à Paramaribo et du poste-frontière sur le Commini.

« Nash, il s'appelle. Henry Nash. Passeport en règle, visa également. Un sac de voyage avec quelques vêtements d'été. Petite voiture de location, avec laquelle il serait impossible de s'aventurer dans la jungle. Mais il n'empêche, il s'est volatilisé quelque part sur la route de la capitale. Hier.

– Il avait réservé un hôtel ?

– Il a donné l'adresse du Camino Real à notre consulat, et il y a bien eu une réservation par fax, en provenance du Krasnopolsky à Parbo. Mais il n'a pas pris sa chambre.

– Ça semble louche, tout ça.

– La voiture a disparu, aussi. On ne l'a pas retrouvée, mais il ne pouvait pas s'enfoncer dans la jungle avec, donc je déduis qu'elle est quelque part dans un garage. On passe le pays au peigne fin.

– Oui, fait McBride, les yeux fixés sur les passe-ports. Enfin, il n'y a que les ambassades concernées qui peuvent dire si ces documents sont authentiques ou non. Et elles sont toutes au Surinam. L'un de vos hommes va devoir aller vérifier là-bas. »

Le colonel acquiesce d'un air sombre. Pour lui, qui se targue depuis toujours d'exercer un contrôle absolu sur ce petit pays dictatorial, les récents revers subis sont cuisants.

« Est-ce que vous avez mis au courant notre hôte serbe, vous autres ?

– Non, répond McBride. Et vous ?

– Pas encore. »

Chacun d'eux a ses raisons. Le chercheur d'asile a déjà rapporté gros au despote, le président Muñoz, et Moreno n'a certes pas envie d'avoir été celui qui a précipité son départ. Quant à McBride, il suit les ordres qui lui ont été donnés, rien de plus. Il ignore les craintes de Paul Devereaux, sa hantise que Zoran Zilic renonce finalement à se rendre à Peshawar pour ren-contrer la direction d'Al-Qaïda.

« Tenez-moi au courant, colonel, demande l'homme de la CIA en se levant. Je vais descendre au Camino Real. Ils ont au moins une chambre de libre, d'après ce que je comprends.

– Il y a quelque chose qui me chiffonne, lance le colonel au moment où McBride atteint la porte, obli-geant ce dernier à se retourner.

– Oui ? Quoi ?

– Ce "professeur". Medvers Watson. Il a essayé d'entrer ici sans visa.

– Et alors ?

– Il devait savoir qu'il lui en fallait un. Pas seulement pour le Surinam, mais aussi pour Saint-Martin. Et il n'a même pas tenté de faire la démarche.

– Vous avez raison. C'est bizarre.

– La question que je me pose, en tant que policier, c'est : pourquoi ? Et vous savez quelle réponse je trouve, señor McBride ?

– Dites.

– Parce qu'il n'a jamais eu l'intention d'entrer légalement ici. Parce qu'il n'a pas du tout perdu la tête. Parce qu'il a tout manigancé depuis le début. Le simulacre de mort, le passage au Surinam... et revenir à Saint-Martin, maintenant.

– Ça se tient, reconnaît McBride.

– Et donc je suis obligé de me demander : comment savait-il que nous l'attendions ? Parce que c'est le cas, évidemment. »

Rien qu'à imaginer toutes les implications de l'hypothèse de Moreno, McBride sent son estomac se retourner.

Pendant ce temps, caché dans une cuvette broussailleuse sur le flanc de la montagne, le chasseur observe, prend des notes, observe encore et attend l'heure qui n'a pas encore sonné.

27

Un guetteur

Contemplant ce qu'il a sous les yeux, au pied de son perchoir, Cal Dexter ne peut qu'être impressionné par ce petit monde qui paraît fonctionner en vase clos et en toute sécurité, résultat tout à la fois de la situation naturelle, de l'ingéniosité de ses créateurs et des sommes colossales qui y ont été investies. Si la péninsule n'était pas également le fruit du travail forcé et de la manipulation, ce sentiment irait jusqu'à l'admiration.

Ce triangle qui pousse sa pointe dans la mer est plus grand qu'il ne l'avait conçu avec sa maquette patiemment édifiée à New York. La base, qu'il surplombe de sa cachette, mesure au moins trois kilomètres de long, entièrement bordés de falaises et fermés de chaque côté par l'océan ainsi que ses photographies aériennes l'ont établi. En tout, il estime la surface du domaine à une dizaine de kilomètres carrés, divisés en quatre zones aux fonctions bien déterminées.

Le plus près de lui, à la base de l'escarpement, il y a d'abord la piste d'aviation et le village des travailleurs, une aire clôturée par un grillage de quatre mètres de haut hérissé de pointes, qui se termine par un enchevêtrement de barbelés sur la côte. Cette barrière infranchissable délimite une bande de terrain d'environ trois cents mètres de large sur laquelle, outre le tarmac, il a repéré avec ses jumelles une grand hangar et plusieurs bâtiments techniques. Au bout, dans la partie mieux exposée à la brise marine, la douzaine de pavillons qu'il pense être attribués aux pilotes et aux techniciens de la base. À six heures et demie du matin, celle-ci reste silencieuse derrière le grand portail, monté sur roulettes et selon toute vraisemblance télécommandé, qui barre son accès. Séparé de l'aéroport par d'autres barbelés, le village vient de s'éveiller, lui. Le signal donné par une barre de fer heurtant un rail a attiré hors des modestes cabanes des silhouettes vêtues de toile blanche, qui se regroupent rapidement devant une construction plus importante, abritant sans doute des toilettes communes. Sous l'auvent en feuilles de palmier tressées, Dexter aperçoit l'équipe assignée à la corvée du petit déjeuner, en train de garnir les longues tables de bols de soupe et de tranches de pain. En tout, il estime que les employés du domaine avoisinent les douze cents âmes. Pas de potagers ni de boutiques, pas l'ombre d'une femme ou d'un enfant : comme il l'avait deviné, c'est un camp de travail, seulement complété par un magasin général et une petite église, avec le logement du curé sur le côté. Tout est organisé autour de ces fonctions basiques : travailler, se restaurer, dormir, prier le Seigneur pour oublier la misère d'une vie d'esclave. Le rail a résonné une seconde fois et les péones sont maintenant penchés sur leurs bols.

Comme le terrain d'aviation, le village s'étend en forme de rectangle mais il est complété par une piste en lacets qui descend de la montagne par un col, unique accès au reste du pays depuis la péninsule. Constatant qu'elle est impraticable pour des véhicules lourds, Dexter se demande comment le domaine est alimenté en ressources qui ne peuvent être produites sur place, essence ou kérosène par exemple. C'est seulement quand la brume du matin commence à se dissiper qu'il trouve la réponse à sa question.

À la pointe, protégée par un haut mur, la zone résidentielle reste indistincte. Grâce à son incursion aérienne, Dexter sait que ces deux ou trois hectares abritent la demeure du mafieux serbe, des villas destinées à l'encadrement, des pelouses et des jardins soigneusement entretenus. Au centre de la muraille qui se termine en plongeant à pic dans la mer, une grande porte métallique desservie par une autre piste est contrôlée par un poste de garde. Entre le grillage enserrant le village et cette enceinte, il y a les champs, les pâturages, des cultures maraîchères sous des successions de serres en plastique, une porcherie, un grand poulailler, de riches vergers, des silos, un moulin et même un pressoir à vin, de quoi rendre le domaine entièrement autosuffisant.

Sur cette partie agricole, à droite de la péninsule, Dexter distingue les modestes baraquements réservés aux gardes, quelques constructions plus élaborées pour les officiers, un mess. À gauche, toujours du côté de la ferme, trois grands entrepôts et une haute citerne de carburant en aluminium scintillant s'alignent le long de la falaise, complétés par ce que Dexter suppose être de puissantes grues de déchargement. Il en déduit que l'approvisionnement lourd arrive par voie maritime, en contrebas. Les containers doivent être hissés dans les hangars, le carburant acheminé par des tankers et pompé d'en haut.

Un troisième signal métallique annonce la fin du petit déjeuner collectif et déclenche une soudaine activité dans le casernement sur la droite. Avec ses jumelles, Dexter voit des gardes en uniforme surgir dehors. L'un d'eux porte un sifflet à sa bouche, qui n'émet aucun son audible mais provoque l'arrivée en trombe d'une douzaine de dobermans, qui s'élancent dans leur enclos, visiblement affamés car ils se jettent sur les quartiers de viande laissés pour eux. Dexter en déduit ce qui se passe sur le domaine chaque soir, après la sonnerie du coucher, quand esclaves et gardes sont bouclés dans leurs quartiers respectifs. Les mille cinq cents hectares de terres arables sont alors laissés à ces bêtes féroces, qui ont dû être dressées à ne pas s'attaquer au bétail mais qui mettront immédiatement en pièces le moindre intrus. Leur présence et leur nombre interdisent toute incursion nocturne.

Le guetteur s'est tellement bien tapi dans les buissons, en tenue de camouflage, que personne en contrebas ne pourrait même surprendre un reflet du soleil dans ses jumelles. Il observe comment les péones se regroupent devant la porte qui relie le village à la ferme. Derrière, cinq tables attendent, avec un garde assis à chacune d'elles. Tandis que d'autres vigiles surveillent les alentours, les esclaves avancent en autant de colonnes, présentant l'un après l'autre aux contrôleurs la plaque d'identification qu'ils portent au cou. Chaque numéro est vérifié, puis tapé sur l'ordinateur portable dont les cinq gardes disposent. Une fois cette formalité accomplie, ils se rangent devant un contre-maître par pelotons d'une centaine d'hommes et partent aux corvées qui leur ont été assignées pour la journée, s'arrêtant devant un hangar afin de se munir des outils spécifiques dont ils auront besoin. Certains vont aux champs, d'autres dans les vergers ou les vignes, d'autres encore se rendent à l'immense jardin potager ou aux étables, et ainsi la vaste ferme retrouve la vie sous les yeux de Dexter, sans que le dispositif de sécurité ne se relâche un instant. C'est sur ce dernier que l'attention du guetteur va maintenant se porter, à la recherche d'une possible faille.

En milieu de matinée, le colonel Moreno reçoit le rapport des deux émissaires qu'il a envoyés dans les pays voisins, chacun muni d'un petit tas de passeports à contrôler. À Cayenne, la capitale de la Guyane française, les autorités n'ont guère apprécié l'arrestation arbitraire des trois plaisanciers et des cinq techniciens de la base de Kourou. Après avoir garanti l'authenticité de tous les passeports concernés, elles réclament leur remise en liberté immédiate.

À l'ouest, à Paramaribo, l'ambassade hollandaise s'étonne elle aussi du traitement reçu à Saint-Martin par ses deux ressortissants. Celle d'Espagne est fermée mais Moreno sait que l'homme recherché par la CIA est de taille moyenne, alors que le citoyen espagnol appréhendé dépasse le mètre quatre-vingts. Il ne reste donc plus que le sieur Henry Nash, de Londres, qui de plus a eu le mauvais goût de s'éclipser dans la nature...

Le chef de la police secrète donne l'ordre à son

envoyé à Cayenne de rentrer sur-le-champ, et à celui de Parbo d'écumer toutes les agences de location de voitures dans le but de retrouver la trace du très suspect Britannique.

À l'approche de midi, le soleil tape dur sur le sommet des montagnes. Glissant sur les pierres assez surchauffées pour y faire cuire un œuf, un lézard à crête rouge s'arrête à quelques centimètres des traits immobiles du guetteur. Ne détectant aucun danger potentiel, il poursuit sa route. Cal Dexter, lui, a remarqué de l'agitation autour des grues dressées sur la falaise. Quatre hommes jeunes, apparemment bien bâtis, viennent de descendre d'une Land Rover remorquant une embarcation d'une dizaine de mètres dont ils sont en train d'emplir les réservoirs à une pompe à essence. Avec sa coque métallique, le bateau pourrait être destiné à une paisible partie de pêche s'il n'était pas équipé d'une grosse mitrailleuse Browning placée au milieu. Une fois prêt à prendre la mer, il est placé dans un quadruple harnais relié au crochet de l'une des grues, puis descendu le long du précipice avec ses quatre occupants à bord. Ce patrouilleur improvisé disparaît un instant, caché par la falaise, avant de réapparaître à quelques centaines de mètres de la côte. L'équipage remonte deux filets qui avaient été laissés pour la nuit, cinq ou six cages à langoustes qui sont regarnies et redescendues, puis continue à caboter.

Dexter a déjà conclu que ce petit univers dépend entièrement de deux élixirs de vie : l'essence, d'abord, qui alimente le grand générateur installé derrière les hangars portuaires, lequel fournit à son tour l'électricité indispensable à toutes les activités du domaine ; l'eau, ensuite, qui est dispensée gratuitement par la nature sous la forme de l'impétueux torrent de montagne qu'il a repéré sur ses photos et qu'il a maintenant à sa gauche, émergeant de son cours souterrain à une vingtaine de mètres de hauteur avant de cascader jusqu'à un canal en béton conçu tout exprès par le maître du domaine : à partir de là, ce n'est plus la nature qui commande, mais l'homme.

Pour atteindre les champs, l'eau doit donc passer par une ou plusieurs conduites enfouies sous la piste d'aviation. Elle ressort ensuite dans un flot discipliné, s'écoule sous l'enceinte par un passage sans doute grillagé, lui aussi, car autrement il s'agirait d'une issue trop tentante pour les esclaves du domaine.

Plus tard, Dexter remarque que le Hawker 1 000 est sorti du hangar. Au début, il craint que l'avion soit préparé pour emporter le Serbe quelque part mais il se révèle que l'opération était seulement destinée à libérer la voie. Les techniciens sortent en effet un autre appareil, un hélicoptère de poche, de la taille de ceux dont se sert la police pour surveiller la circulation automobile. L'engin serait capable d'approcher de tout près le flanc de montagne où Dexter se dissimule, mais pour l'heure il reste sur l'esplanade, pales toujours pliées, tandis que l'on procède à des réglages sur le moteur.

Soudain, venu de la ferme, un tout-terrain s'approche du portail télécommandé. Après l'avoir ouvert et refermé derrière lui sans quitter son siège, le conducteur ralentit devant les mécanos, qu'il salue en agitant la main hors de la vitre, et continue sur la piste jusqu'au point où le torrent va redevenir souterrain. Descendu à terre, il jette plusieurs carcasses de poulets dans l'eau, en amont, traverse la piste pour aller surveiller les flots de l'autre côté. Les poulets ont dû être bloqués par une grille souterraine, ou bien il se trouve là-dessous quelque créature aquatique friande de chair fraîche. Sous ces latitudes, ce sont certainement des piranhas, déduit Dexter. Le problème n'est plus seulement de savoir si la conduite est assez large pour accueillir un nageur. Le problème, c'est qu'il y a là un bassin de trois cents mètres infesté de poissons carnivores.

Ressorti à l'air libre, le torrent traverse les terres cultivées, avec de temps à autre des pompes d'extraction, puis il incurve sa surface scintillante en approchant de la falaise et va se perdre dans la mer.

Désormais, la chaleur pèse sur la péninsule comme un édredon suffocant. Après cinq heures de labeur ininterrompu, les péones ont été autorisés à s'asseoir à l'ombre pour manger les casse-croûte qu'ils ont apportés dans de petits sacs en coton fixés à la ceinture. Ils ont droit à une sieste jusqu'à quatre heures, avant de trimer à nouveau de quatre à sept.

Dexter reste tapi, haletant, enviant la salamandre qui se prélasse non loin de lui, satisfaite par les impitoyables rayons du soleil. Il est tenté de s'humecter la gorge à sa gourde mais il sait qu'économiser ses réserves d'eau est pour lui une question de vie ou de mort, et s'interdit donc ce réconfort.

À quatre heures, un autre coup assené sur le rail annonce la reprise du travail. Rampant jusqu'à l'extrémité des buissons, Dexter observe les petites silhouettes surmontées de larges sombreros en train de s'escrimer sur leurs pioches et leurs houes dans la guerre incessante que la ferme modèle livre aux mauvaises herbes.

À sa gauche, un vieux pick-up vient se garer près des grues de déchargement, l'arrière tourné vers la mer. Un péon à la salopette couverte de taches sombres – des éclaboussures de sang, dirait-on – se hisse sur la plate-forme et, muni d'une sorte de gaffe en acier, peine à pousser un tas indistinct par-dessus le bord de la falaise. Ajustant le viseur de ses jumelles, Dexter a le temps de distinguer la dépouille d'un veau noir, avec la tête entière, qui bascule dans le vide. Cette scène macabre répond à l'une des questions qu'il s'est posées à New York en examinant ses photos : pourquoi le domaine tourne-t-il si résolument le dos à un océan aussi immaculé ? Aucun ponton, aucune volée de marches dans les roches, aucune plage aménagée, aucune jetée, rien que les falaises à pic. L'offrande animale à laquelle il vient d'assister prouve que les eaux autour de la péninsule grouillent de requins-marteaux, de squales voraces. Un être humain ne survivrait pas à quelques brasses dans ces eaux en apparence idylliques.

Au même instant, le colonel Moreno répond à l'appel que son envoyé au Surinam lui a passé sur son téléphone cellulaire. Nash, l'énigmatique Anglais, a loué sa voiture à la plus petite des agences locales, c'est pourquoi il a fallu si longtemps pour retrouver sa trace. C'est une Ford Fiesta, dont il dicte le numéro à son chef. Celui-ci donne immédiatement l'ordre à ses troupes de passer le pays au peigne fin pour retrouver ce véhicule, avec l'immatriculation correspondante. Peu après, il modifie ses instructions : à partir du lendemain à l'aube, toutes les Ford de ce type devront être stoppées et contrôlées.

Sous les tropiques, le crépuscule arrive avec une soudaineté étonnante. Cela fait une heure que le soleil a décliné derrière le guetteur, autorisant enfin un semblant de fraîcheur. Dexter voit les péones quitter le travail d'une démarche harassée, rendre leurs outils et repasser le poste de contrôle au portail, en cinq colonnes de deux cents hommes chacune. Ensuite, ils rejoignent au village leurs semblables qui n'étaient pas de corvée ce jour-là.

Dans les villas et les baraquements, des lumières apparaissent. Tout au bout du triangle, un halo blanc indique que la demeure du Serbe s'est illuminée. À leur tour, les techniciens de la base aérienne repartent à la maison sur leurs motos. Tout est cadenassé, contrôlé. Tandis que le 6 septembre s'achève, les dobermans redeviennent les maîtres de la péninsule et le guetteur se prépare à y descendre.

28

Un visiteur

En une journée de patiente observation depuis son promontoire, Cal Dexter a fait deux constats que ses photographies aériennes ne lui avaient pas permis. Le premier, c'est que le flanc de montagne de son côté n'est pas aussi abrupt qu'il l'avait cru : ce n'est que dans les trente derniers mètres qu'il est nécessaire de descendre en rappel, et il a bien assez de longueur de corde pour cela.

Le second, c'est que la nudité du terrain est ici due à l'homme, non à la nature. Le seigneur de la péninsule a envoyé ses hommes dépouiller la paroi de la moindre végétation, scier les buissons, les arracher avec des filins lorsqu'ils se trouvaient dans des fissures difficilement accessibles. Mais toutes les souches n'ont pu être sorties du sol pierreux, et elles offrent des appuis et des prises à celui qui voudrait tenter l'escalade, ou la descente. À l'abri de l'obscurité, il suffit d'être aussi silencieux que possible pour déjouer la surveillance.

À dix heures, un mince croissant de lune dispense assez de lumière pour permettre à l'intrus de se repérer, mais non pour que son ombre se détache sur la paroi de schiste. Veillant à ne faire rouler aucun caillou sous ses pieds, Dexter descend vers la piste d'atterrissage à l'aide des souches, et il est bientôt à pied d'œuvre.

Des années auparavant, l'un de ses « clients » enfermé aux Tombes de New York lui a tout appris de l'art de forcer les serrures. Dédaignant le portail principal du hangar, qui ferait trop de bruit en s'ouvrant, il repère une porte latérale dont la serrure, des plus simples, cède sous ses doigts en trente secondes.

Il faut être un bon mécanicien pour entretenir un hélicoptère, un meilleur encore pour le saboter sans que le responsable de sa maintenance ne remarque le moindre détail suspect. Dexter est excellent, sur ce terrain. Arrivé devant l'appareil, il reconnaît aussitôt le modèle : un Eurocopter EC120, version monomoteur de l'EC135 à double turbine. La bulle de Plexiglas à l'avant offre une remarquable facilité de vision au pilote et à son coéquipier, ainsi qu'aux trois passagers qu'ils peuvent prendre derrière eux.

Dexter choisit de s'attaquer à l'hélice secondaire, sur la queue de l'hélico. Une panne à ce niveau empêcherait l'appareil de décoller. Celle qu'il provoque ne sera pas facile à réparer. Ensuite, comme la porte du Hawker 1 000 est ouverte, il monte vérifier que le jet privé n'a pas subi de transformation majeure. Sans laisser de traces, il passe ensuite à l'atelier afin de s'emparer de ce dont il a besoin, puis il trotte discrètement au bout de la piste, s'attarde derrière les villas jusqu'à ce qu'il ait réalisé ce qu'il s'était fixé. Au matin, l'un des techniciens constatera avec irritation que son vélo n'est plus contre la palissade où il l'avait laissé.

Revenu à sa corde, Dexter parcourt le chemin

inverse. De retour dans son perchoir, il est noyé de sueur, ses vêtements sont trempés, mais dans sa situation personne ne va le blâmer pour une odeur corporelle un peu forte... Pour se réhydrater, il s'autorise une rasade à sa gourde. Après avoir vérifié le niveau d'eau potable qui lui reste, il s'étend par terre et s'endort. La micro-alarme de sa montre le réveillera le lendemain, juste avant que la barre de fer ne vienne cogner le rail pour la première fois. En tout, il a passé trois heures à la base aérienne.

À sept heures, Kevin McBride est tiré de son lit à l'hôtel Camino Real par la sonnerie du téléphone.

« Du nouveau ?

– Rien, répond-il à Paul Devereaux. Apparemment, il est revenu ici sous l'identité de Henry Nash, soi-disant professionnel du tourisme britannique. Et ensuite, il s'est évaporé. Sa voiture doit être une Ford louée au Surinam. Moreno commence les recherches maintenant, donc on devrait en savoir plus dans la journée... »

Assis devant son petit déjeuner dans sa résidence de Virginie, encore en robe de chambre, le responsable de la cellule contre-terroriste à Langley observe un silence désapprobateur avant de reprendre la parole :

« C'est insuffisant. Je suis obligé d'alerter notre ami. La conversation ne va rien avoir d'agréable, croyez-moi. Bon, j'attends jusqu'à dix heures. S'il y a quoi que ce soit de tangible à propos de sa capture imminente d'ici là, prévenez-moi, bien entendu.

– Promis. »

N'ayant eu aucune nouvelle avant l'heure dite, Paul Devereaux empoigne son téléphone, la mort dans l'âme. Il doit patienter un bon quart d'heure, le temps que le Serbe sorte de sa piscine et se rende dans sa salle de communications, dans le sous-sol de sa demeure, une pièce truffée d'appareils sophistiqués et de dispositifs anti-écoutes.

À dix heures et demie, Cal Dexter repère un soudain regain d'activité sur la péninsule. Plusieurs 4 × 4 quittent la demeure du Serbe, laissant une traînée de poussière derrière eux. Plus près de lui, l'EC120 a été sorti du hangar, son hélice principale déployée.

« Tiens, tiens, chuchote-t-il. Quelqu'un a dû donner l'alerte... »

Déjà l'équipage de l'hélico arrive par la piste sur deux scooters. En quelques minutes, ils s'installent aux commandes et les pales commencent à fouetter l'air chaud, d'abord lentement puis en prenant de la vitesse. L'hélice arrière, essentielle à la stabilité de l'appareil, fonctionne elle aussi mais soudain le moteur interne paraît s'affoler, un affreux grincement métallique s'élève et l'axe d'entraînement casse brutalement. Au sol, un mécano adresse des signes désespérés aux deux pilotes avant de porter ses deux mains à sa gorge dans un geste éloquent. Les contrôles du tableau de bord ont pour leur part signalé un incident technique majeur, car la turbine s'arrête et les aviateurs sautent à terre. Bientôt, un petit groupe est rassemblé à l'arrière de l'hélico, visages perplexes levés vers l'empennage.

Pendant ce temps, des gardes en uniforme se sont

répandus dans le village déserté par les péones au travail. Ils fouillent les huttes, les bâtiments communs et même l'église, tandis que des 4 × 4 sillonnent la péninsule pour répandre la nouvelle qu'un espion s'y est introduit. C'était vrai neuf heures plus tôt.

Il y a une centaine de gardes, estime maintenant Dexter. Plus une douzaine d'employés à l'aérodrome, plus les mille deux cents esclaves, plus les vigiles et les domestiques qu'il n'a pu dénombrer dans la demeure du Serbe, plus une vingtaine de techniciens dans la zone du générateur et des entrepôts... C'est à de tels effectifs qu'il doit se confronter, et au dispositif de sécurité certainement renforcé autour de Zilic lui-même.

Juste avant midi, Paul Devereaux contacte son représentant dans l'œil du cyclone :

« Kevin ? Il faut que vous alliez rendre visite à notre ami, immédiatement. Je lui ai parlé, il est dans tous ses états. Je ne peux pas vous donner de détails mais j'insiste encore sur la place cruciale que ce misérable occupe dans nos plans. Il est exclu qu'il nous laisse tomber, à ce stade. Un jour, je pourrai tout vous expliquer. Pour l'instant, vous allez rester auprès de lui jusqu'à ce que l'intrus soit attrapé et neutralisé. L'hélicoptère de notre ami est en panne, me dit-on. Demandez une Jeep au colonel et partez tout de suite là-bas. Vous m'appellerez dès que vous y serez. »

À peu près au même moment, Dexter attrape dans ses jumelles un petit cargo en train de se rapprocher des falaises. Il est bientôt arrêté sous les grues, cales ouvertes, et des containers sont hissés à terre, attendus par plusieurs camions à plate-forme. Il s'agit sans doute de biens de consommation non essentiels qui ne peuvent être produits sur l'hacienda et doivent être importés. La dernière livraison déchargée est une citerne de carburant de cinq mille litres, en aluminium. Elle est remplacée dans les soutes par une autre, vide, que les grues ont descendue. Peu après, le cargo repart sur l'océan turquoise.

Il est une heure passée quand, sur sa droite, un tout-terrain arrivé du poste de garde dans la montagne peine sur la piste conduisant au village. Le véhicule porte les insignes de la police de Saint-Martin mais le passager assis à côté du chauffeur est habillé en civil. Parvenu devant le portail, le policier descend présenter ses papiers aux gardes en faction. Dexter en voit un sortir un téléphone portable, sans doute pour obtenir l'autorisation de ses supérieurs. Pendant ce temps, le passager est sorti du Land Rover bleu, observant les alentours avec un étonnement évident. Il se retourne, porte le regard sur la sierra qu'il vient de franchir. Là-haut, une paire de jumelles zoome sur son visage.

Comme le guetteur dans son nid, Kevin McBride est très impressionné par la péninsule. Appartenant au projet Faucon pèlerin depuis deux ans, il a participé aux premiers contacts exploratoires avec le Serbe, puis à son recrutement. S'il a eu accès à la plupart des dossiers, il n'a cependant jamais eu l'occasion de rencontrer Zilic en personne, Paul Devereaux se réservant ce

361

douteux privilège. Le Land Rover roule maintenant en direction de la muraille, vers l'ultime portail d'où un homme corpulent vient de sortir. Ce dernier porte un pantalon de toile et une chemise tropicale qu'il laisse flotter autour de lui, non par souci esthétique mais pour dissimuler le Glock 9 mm qu'il cache à sa ceinture. McBride le reconnaît grâce aux photos dont dispose la CIA : c'est Kulac, l'irremplaçable garde du corps, le seul collaborateur à avoir eu l'honneur d'accompagner Zilic dans sa fuite de Belgrade.

Planté devant la voiture, il fait signe au passager de le suivre. Deux ans après avoir quitté son pays natal, il ne parle toujours que le serbo-croate, rien d'autre.

« *Muchas gracias, adios* », lance McBride à son conducteur, qui hoche distraitement la tête, pressé de quitter cet étrange endroit.

De l'autre côté de l'énorme porte en bois massif à l'entrée de la demeure, le visiteur subit une fouille au corps systématique, puis sa valise est contrôlée sous les yeux d'un majordome en costume blanc empesé, qui attend en silence la fin de ces formalités. Lorsque Kulac manifeste d'un grognement que tout est en ordre, le trio s'engage dans l'immense escalier et McBride, dont le bagage est porté par le domestique, peut enfin observer les lieux à loisir. La maison de trois étages, enchâssée dans des jardins fleuris, ressemble aux villas les plus luxueuses que l'on peut trouver sur la Côte d'Azur française ou les Rivieras italienne et croate. Les hautes persiennes sont fermées, repoussant la chaleur. Le patio dallé de pierres qu'ils atteignent se trouve encore en dessous du sommet de l'enceinte générale, par-dessus laquelle on aperçoit la cordillère que

362

McBride vient de traverser mais qui ne laisse aucune chance à un franc-tireur d'atteindre sa cible depuis l'extérieur.

Au milieu, une piscine d'un bleu intense est flanquée d'une grande table en marbre de Carrare blanc, dressée pour le déjeuner. L'argenterie et le cristal étincellent dans la vive lumière du jour. Un peu plus loin, quelques chaises longues entourent un guéridon sur lequel trône un seau à glace qui accueille une bouteille de Dom-Pérignon. Le majordome invite McBride à s'asseoir, tandis que le garde du corps reste debout, les yeux aux aguets. Au bout de quelques minutes, un homme en pantalon de lin et chemise de safari en soie crème émerge de la pénombre dans laquelle baigne l'intérieur du manoir.

Cette fois, McBride a du mal à retrouver les traits de celui qui a jadis été Zoran Zilic, le petit malfrat de Zemun devenu gangster en Allemagne et en Suède, chef de guerre redouté en Bosnie, grand pourvoyeur de prostituées, de drogues et d'armes, pilleur des caisses de l'État yougoslave et enfin fugitif international. Au printemps de la même année, une équipe de chirurgiens esthétiques suisses a opéré une transformation radicale sur le visage que McBride croyait si bien connaître. La pâleur d'Europe centrale a disparu sous un hâle profond, seules quelques lignes de cicatrices refusant de foncer sous le soleil des tropiques. L'envoyé de la CIA se rappelle avoir lu que seules les oreilles d'un individu ne changent jamais, de même que ses empreintes digitales. Et quand ils échangent une poignée de main il reconnaît les yeux noisette, le regard de bête féroce qu'il a déjà vus sur les photographies.

S'installant à la table en marbre, Zoran Zilic désigne à McBride l'unique autre siège avant de se livrer à un rapide échange en serbo-croate avec le fidèle Kulac, qui s'éloigne enfin, sans doute pour aller se sustenter hors de la présence de son maître. Une ravissante indigène en tenue de femme de chambre, à peine pubère, s'est approchée pour remplir deux flûtes de champagne. Sans proposer de toast, Zilic contemple un instant le nectar ambré avant de la vider d'un coup.

« Ce type, qui est-ce ? commence-t-il dans un anglais très correct mais non dépourvu d'accent.

— Nous ne le savons pas exactement. Il agit pour son propre compte. Il a une vraie manie du secret. Nous ne le connaissons que par le surnom qu'il s'est choisi.

— Et qui est quoi ?

— Le Vengeur. »

Le Serbe médite un instant, hausse les épaules. Deux autres filles entreprennent de servir les entrées, œufs de caille en tartelettes et asperges accompagnées de beurre fondu.

« Tout vient du domaine ? s'enquiert McBride, obtenant un vague hochement de tête de la part de son hôte. Oui, blé, légumes, lait, huile d'olive, raisins... J'ai vu tout ça en passant, de la voiture.

— Pour quelle raison me poursuit-il ? » coupe Zilic.

McBride hésite. S'il lui communique le vrai motif, le Serbe, supposant que les États-Unis ne lui pardonneront pas son crime, pourrait renoncer à toute coopération ultérieure avec l'appareil d'État américain. Or, Devereaux a été formel : il doit tout faire pour garder Zilic au sein du projet Faucon pèlerin.

« Nous ne le savons pas. Il a été mis sur votre piste

364

par quelqu'un, peut-être un de vos anciens ennemis en Yougoslavie. »

Le Serbe étudie cette hypothèse quelques secondes, fait non de la tête.

« Pourquoi avez-vous tant tardé à réagir, Mr McBride ?

– Nous n'avions aucune idée de l'existence de cet individu jusqu'à ce que vous nous ayez alertés à propos de l'avion suspect. Nous avons remonté la piste, oui, et puis vous avez envoyé votre propre équipe là-bas... Mr Devereaux a pensé que nous pouvions le retrouver nous-mêmes, l'identifier et le neutraliser. Seulement, il est passé entre les mailles du filet. »

Suivent des langoustes froides, relevées d'une onctueuse mayonnaise, puis du muscat et des pêches, et du café corsé. Le majordome propose des Cohibas et ne se retire qu'une fois les cigares bien allumés. Le Serbe semble perdu dans la contemplation des volutes de fumée. Les trois jolies domestiques attendent, alignées contre un mur du patio. Soudain, Zilic pivote sur sa chaise, montre l'une d'elles de sa main tendue et claque des doigts. L'intéressée tressaille, baisse le front et entre dans la maison d'un pas résigné, certainement pour se préparer à l'arrivée de son seigneur et maître.

« Je fais toujours la sieste, à cette heure, commente le Serbe. C'est une coutume locale que je trouve excellente. Mais avant que je me retire, laissez-moi vous dire une chose : ici, c'est une forteresse que j'ai conçue entièrement avec le commandant Van Rensberg. Vous allez faire sa connaissance. Je pense qu'il n'y a pas de refuge plus sûr au monde. Je ne crois pas que votre chasseur de têtes puisse arriver ne serait-ce qu'à entrer ici, mais si jamais c'est le cas il n'en ressortira pas vivant. Notre dispositif de sécurité a déjà été mis à l'épreuve. Ce bonhomme a pu déjouer votre vigilance, pas la nôtre. Pendant que je vais me délasser, Van Rensberg va vous offrir une visite guidée. Ensuite, vous pourrez dire à Mr Devereaux que ses inquiétudes ne sont pas fondées. À plus tard. »

D'un seul geste, il se lève et quitte le patio. Resté seul, McBride entend la lourde porte s'ouvrir en bas, des bruits de pas dans l'escalier. Il fait mine de ne pas connaître le nouveau venu, dont il a cependant vu la photo, également. Car Adrian Van Rensberg a un dossier, lui aussi. Au temps où le parti de l'apartheid régnait sur l'Afrique du Sud, il a été un élément actif du Bureau de la sûreté nationale, le BOSS de sinistre renom, au sein duquel il s'est imposé par son absence de scrupules quand il s'agissait d'employer les méthodes les plus répréhensibles. Après l'arrivée au pouvoir de Nelson Mandela, il a rejoint la formation d'extrême droite dirigée par Eugene Terre Blanche, puis il a jugé préférable de s'exiler. Ayant servi de conseiller en matière de sécurité auprès de plusieurs mouvements fascistes en Europe, il a attiré l'attention de Zoran Zilic et fini par décrocher le contrat rêvé, celui qui consistait à concevoir, réaliser et commander la forteresse d'El Punto. Il est aussi volumineux que le colonel Moreno, mais chez lui toute cette masse est faite de muscles, non de graisse. Seule la brioche pointant par-dessus son gros ceinturon de cuir trahit un goût immodéré pour la bière, et sa consommation en quantités industrielles.

L'envoyé de la CIA remarque que le Sud-Africain a

conçu un uniforme spécial pour ses nouvelles fonctions : rangers, treillis tropical, chapeau de brousse en peau de léopard et une brochette d'insignes.

« Vous êtes Mr McBride ? Arrivé des États-Unis ?

– En effet.

– Commandant Van Rensberg, chef de la sécurité d'El Punto. J'ai pour mission de vous montrer la péninsule. Demain matin, disons ? À huit heures et demie ? »

Un policier finit par retrouver la Ford sur le parking de la plage à La Bahia. Les plaques d'immatriculation locale sont fausses. Le guide du constructeur dans la boîte à gants est en hollandais, la langue officielle du Surinam... Bien plus tard, un témoin se rappelle avoir vu un homme muni d'un gros sac à dos quitter la zone à pied. En direction de l'est, croit-il. Le colonel Moreno consigne toutes ses forces, ainsi que la petite armée locale, dans leurs casernements. Ses ordres sont de se tenir prêts à partir à l'assaut de la cordillère le lendemain matin et d'en retourner chaque pierre, depuis la route d'accès jusqu'à la cime.

29

Un tour du propriétaire

Pour Cal Dexter, c'est le second coucher de soleil dans sa cachette au sommet de la sierra. Le dernier, aussi.

Toujours immobile, il attend que les lumières s'éteignent à travers la péninsule avant de se préparer. En bas, les journées commencent tôt. La population d'El Punto dort peu, et lui-même n'aura pas de repos d'ici longtemps.

Il termine son ultime ration de combat avant de glisser dans ses poches des tablettes de vitamines pour deux jours, vide le reste de sa réserve d'eau, de quoi garder son corps hydraté pendant les prochaines vingt-quatre heures. Il abandonne son plus gros sac, se limitant à un petit chargement et à un rouleau de corde maintenu sur ses épaules. Il est minuit passé quand il quitte son campement. Cette fois, il part sur la droite, se servant d'une branche de buisson pour effacer ses traces derrière lui, car il a décidé d'opérer la descente en surplomb du village, non du terrain d'aviation. Il a bien calculé le temps qu'il lui a fallu : le croissant de lune apparaît quand il commence l'escalade à rebours, finissant en rappel et arrivant sur le méplat derrière l'église. Après avoir récupéré la corde – tout en espérant que le curé n'a pas le sommeil léger –, il se rend à pas de loup jusqu'aux latrines collectives, unisexes puisque aucune femme n'est autorisée dans le village. En guise de cuvettes, il y a de simples planches de bois percées de trous circulaires et posées au-dessus d'une longue tranchée d'évacuation. C'est là qu'il jette sans bruit la corde d'alpiniste.

Dehors, les cabanes des péones sont alignées face à face, cinquante de chaque côté des allées qui se succèdent, parallèles à la route d'accès. Elles sont minuscules, de la taille d'une cellule de prison, mais chaque ouvrier dispose de la sienne. Évitant de traverser l'esplanade éclairée par la lune, Dexter longe les bâtiments communs pour revenir à l'église, dont la porte est fermée par un cadenas qui ne lui résiste pas longtemps. L'intérieur est modeste, même si ces lieux représentent une consolation importante pour les péones, dans un pays de longue tradition catholique. Dexter trouve ce qu'il cherchait dans la petite sacristie, à la droite de l'autel.

Il se rend maintenant à la cabane qu'il a repérée et choisie de son perchoir. Troisième rue en partant de la place, cinquième sur la gauche. Pas de serrure mais un simple loquet en bois. Il se faufile dedans, laisse ses yeux s'accoutumer à l'obscurité. Les ronflements du travailleur épuisé montent du fond de l'unique pièce et bientôt il arrive à distinguer la forme recroquevillée sous une couverture de coton. Après avoir sorti un flacon de son sac, il s'approche de la couchette. L'odeur douceâtre du chloroforme parvient à ses narines.

Le péon pousse un unique grognement, s'agite quelques secondes et retombe dans un sommeil encore plus profond. Dexter appuie une nouvelle fois la compresse pour s'assurer que l'homme restera plusieurs heures inconscient, puis il le charge prestement sur une épaule, tel un pompier évacuant une victime inanimée, et revient une nouvelle fois à l'église.

Dans la sacristie, il ligote son prisonnier avec du ruban adhésif renforcé, le bâillonne. En refermant la porte principale de la nef derrière lui, il contemple la note affichée sur le panneau des annonces. La chance est avec lui, se dit-il.

De retour dans la cabane déserte, il inspecte au moyen d'une lampe de poche les quelques biens personnels de son occupant. Sur le mur, il y a un portrait de la Vierge avec une photo d'une jeune femme souriante glissée sous le cadre. Fiancée, sœur, fille ? Difficile de décider. Dans ses jumelles, l'homme lui a semblé à peu près de son âge, mais les prisonniers du colonel Moreno vieillissent plus vite, sans doute. L'important, c'est qu'il avait la même taille et corpulence que lui, raison pour laquelle Dexter l'a choisi.

Suspendus à un crochet, deux pantalons en toile blanche et deux chemises du même tissu, l'uniforme des esclaves de l'hacienda. Au sol, une paire d'espadrilles usées mais encore solides. Il y a aussi un sombrero en paille, et un sac en tissu muni d'un cordon destiné au casse-croûte dans les champs. Dexter consulte sa montre. Quatre heures cinq. Il se déshabille rapidement, ne gardant que son caleçon. Ayant enveloppé ce dont il a encore besoin dans son tee-shirt trempé de sueur, il place le tout dans la musette du péon. Le superflu, resté dans son propre sac, connaît le même sort que la corde lors d'une seconde visite aux toilettes collectives.

De retour dans la cabane, il attend la sonnerie du réveil, à six heures et demie comme chaque matin. Le ciel est encore noir, avec une mince ligne rosée à l'est. Autour de Dexter, le village revient à la vie. Vingt minutes plus tard, il constate par une fente dans la porte que son allée est à nouveau vide, les péones s'étant rendus aux latrines puis regroupés devant le réfectoire. Tête basse, chapeau de paille bien enfoncé, il se glisse aux toilettes et s'accroupit au-dessus d'un trou pendant que les autres prennent leur petit déjeuner. C'est seulement lorsque les péones commencent à s'aligner devant le portail accédant à la ferme qu'il se fond parmi eux.

Les gardes assis aux cinq tables de contrôle vérifient le numéro de chaque travailleur, l'assignent à une équipe de travail, complètent leur liste informatique et font signe au suivant d'avancer. Quand son tour arrive, Dexter tend sa plaque d'identification au contrôleur et s'abandonne à une quinte de toux. Le garde se recule, révulsé par la forte odeur de piment qui se dégage du paysan, et note son numéro avant de lui faire signe de continuer. La nouvelle recrue va prendre sa houe en traînant les pieds. Son travail, ce jour-là, consiste à désherber les plantations d'avocatiers.

À sept heures et demie, Kevin McBride est assis tout seul sur la terrasse de la demeure devant son petit déjeuner. Le pamplemousse, les œufs frais, les toasts et la confiture de prunes sont dignes d'un hôtel cinq étoiles, pense-t-il.

Trois quarts d'heure plus tard, le Serbe apparaît. « Je crois que vous devriez préparer votre valise, lui annonce-t-il tout de go. Après avoir vu ce que le commandant Van Rensberg va vous montrer, vous conviendrez que ce chasseur de têtes n'a pratiquement aucune chance d'entrer ici, encore moins de m'approcher et absolument aucune d'en ressortir vivant. Votre présence ne serait donc pas utile. Vous pouvez dire à Mr Devereaux que j'assurerai ma part de notre contrat comme convenu, à la fin du mois. »

Peu après, McBride lance sa valise sur le siège arrière de la Jeep et s'installe aux côtés du Sud-Africain.

« Par quoi voudriez-vous commencer ? s'enquiert le responsable de la sécurité dans la péninsule.

– Eh bien, on m'a répété qu'il était à peu près impossible de s'introduire ici à votre insu et j'aimerais savoir pourquoi.

– Très bien, Mr McBride. Quand j'ai conçu tout ceci, j'avais un double projet. D'abord, celui de créer un domaine produisant de quoi combler la quasi-totalité de ses besoins, et ensuite d'en faire un sanctuaire, un refuge face à n'importe quelle menace. Évidemment, s'il était question de lancer une véritable opération militaire contre nous, avec parachutistes, tanks et je ne sais quoi encore, une invasion serait possible. Mais un mercenaire agissant seul ? C'est exclu.

– Même s'il tente d'arriver par la mer ?

– Je vais vous montrer, si vous voulez bien. »

Van Rensberg démarre dans un panache de poussière. Ils parviennent rapidement au bord d'une falaise surplombant l'océan. « D'ici, vous voyez que tout le domaine est entouré par l'eau, avec un escarpement qui va de vingt à dix mètres, jamais moins. Ces antennes satellites, là, sont en réalité des receveurs de signaux radar qui nous permettent de contrôler tous les accès maritimes.

– Et s'il fallait intercepter une embarcation ?

– Deux vedettes patrouillent la côte vingt-quatre heures sur vingt-quatre. De plus, l'approche de la péninsule est interdite dans un périmètre d'un mile marin. À part un cargo d'approvisionnement de temps à autre, bien sûr.

– Et sous l'eau ? Un commando amphibie, par exemple ?

– Un commando réduit à un seul kamikaze ? plaisante Van Rensberg avec un sourire sardonique. Permettez que je vous montre ce qui arriverait, dans ce cas. »

Sur son talkie-walkie, il demande à la salle des communications de le mettre en relation avec l'abattoir du domaine. Ensuite, ils roulent jusqu'au pied des grues, de l'autre côté de la résidence, où McBride a droit au spectacle d'un container de déchets animaux déversé dans la mer. Un aileron affilé comme un cimeterre tranche bientôt les eaux calmes, puis un autre, un autre encore, et soudain l'endroit bouillonne frénétiquement, ce qui provoque un rire satisfait chez le Sud-Africain.

« C'est que nous mangeons bien, ici ! Le meilleur bœuf qui soit. Mon employeur ne consomme pas de viande rouge mais il ne nous en prive pas. Un bon nombre de gardes viennent de mon pays, voyez-vous, et nous autres, nous sommes friands de *braa*... De barbecue, comme vous dites en Amérique.

– Oui, et donc ?

– Chaque fois qu'une bête est tuée, qu'il s'agisse d'un veau, d'un mouton ou d'un porc, la carcasse est jetée dans l'océan. Le sang également. En conséquence, ces eaux sont littéralement infestées de requins de toutes sortes. Le mois dernier, j'ai perdu l'un de mes hommes de cette manière. Il est tombé par-dessus bord et le temps que la vedette fasse demi-tour pour le sauver, c'était trop tard...

– Il a disparu ?

– Ses deux jambes. Et il est mort deux jours plus tard.

– Vous l'avez enterré sur le domaine ?

– Non, ici, en mer.

– Donc, les requins ont fini par l'avoir...

– On ne peut se permettre aucune erreur, dans ces contrées.

– Et passer la barrière de montagnes, comme je l'ai fait hier ?

– Regardez, commande Van Rensberg en lui tendant des jumelles militaires. La paroi tombe à pic, des deux côtés et tout du long. Vous tentez la descente en plein jour, vous êtes vu en deux secondes.

– Mais la nuit ?

– Admettons que vous arriviez en bas. Vous avez encore deux enceintes à franchir. Vous n'êtes pas un péon ni un garde. Vous êtes immédiatement repéré et... châtié.

– Et ce torrent que j'ai vu ? Ce ne serait pas un accès possible ?

– Vous raisonnez bien, Mr McBride. Mais venez que je vous montre. »

Van Rensberg conduit la Jeep jusqu'au portail du grillage, qu'il ouvre avec sa télécommande, puis au point de la piste d'atterrissage où le cours d'eau devient souterrain. Avant de disparaître, le torrent scintille gaiement dans le soleil, entre les herbes hautes.

« Vous remarquez quelque chose ?

– Non, rien.

– Bien sûr. Parce qu'ils restent à l'ombre, là-dessous... »

Le Sud-Africain est visiblement arrivé à l'apogée de son tour du propriétaire. Il va chercher dans la voiture un sachet de bœuf séché, en jette un morceau dans l'eau. La réaction est immédiate : sortis de l'obscurité, les piranhas fondent sur la viande, un tourbillon de dents acérées dans l'eau transparente.

« C'est suffisant ? Suivez-moi, vous allez voir que nous prenons au sérieux la sécurité tout du long. »

De retour à la ferme, ils roulent le long du torrent et de ses méandres. McBride remarque qu'après la dernière dérivation vers les canaux d'irrigation, en amont de la cascade finale sur les falaises, le courant devient de plus en plus impétueux.

« Juste là, avant la chute, tout le fond est couvert de pointes, déclare avec satisfaction Van Rensberg. Un type essaie de s'échapper en nageant ? Il sera emporté par les remous, incapable de s'assurer une prise sur les bords en béton, et sera traîné sur les pointes avant de basculer dans la mer. En sang, donc. Idéal pour les requins.

– D'accord. Mais vos gardes ne peuvent pas tout voir quand il fait nuit, non plus.

– Ah, mais il y a les chiens ! Une meute de douze dobermans méchants comme la gale. Ils ont été dressés de telle manière qu'ils ne toucheront à personne revêtu de notre uniforme. Une question d'odorat, vous comprenez ? Une fois qu'ils sont lâchés le soir, le moindre péon qui voudrait quitter le village, et a fortiori un complet étranger, ne leur échapperait que quelques minutes, pas plus. Que voulez-vous qu'il fasse dans ces conditions, cet aventurier que vous avez l'air de prendre tellement au sérieux ?

– Pas la moindre idée. S'il a un restant de bon sens, j'imagine qu'il est déjà reparti, après avoir vu tout ça.

– Ha ! ha ! Ce serait intelligent de sa part, en effet ! Laissez-moi vous dire que dans le temps, chez moi, nous avions un camp spécial pour les *mundts* qui créaient des histoires dans les townships. J'en ai été le commandant, pendant une période. Et vous savez quoi, cher monsieur de la CIA ? Personne ne s'en est échappé. Jamais.

– Impressionnant.

– Vous voulez connaître ma méthode ? Pas de champs de mines, pas de projecteurs, rien de tout ça ! Deux enceintes de barbelés et au milieu des deux, les bestioles qu'il nous faut : crocodiles dans l'eau, lions sur terre. Avec un tunnel pour sortir de là, point final. Ah, c'est que je suis un amoureux de la nature, moi ! – Il consulte sa montre. – Bien, il est déjà onze heures. Je vais vous reconduire au poste de garde dans la mon-

376

tagne. La police de Saint-Martin enverra un véhicule vous chercher pour vous ramener à votre hôtel. »

Ils s'apprêtent à traverser à nouveau le village, en route vers la sierra, lorsque la radio de bord se met à grésiller. Le message que le Sud-Africain reçoit du centre opérationnel dans les sous-sols du manoir semble le ravir. Il éteint le poste et, montrant du doigt les sommets devant eux :

« Ce matin, les hommes du colonel Moreno ont passé la cordillère au peigne fin. Ils ont trouvé le campement de l'Américain. Abandonné. Vous deviez avoir raison : il en a assez vu et il s'est dégonflé. »

Les yeux sur l'alignement de cabanes blanches de l'autre côté du grand portail, McBride demande :

« Parlez-moi un peu de votre force de travail, commandant.

– Que voulez-vous savoir ?

– Combien en avez-vous ? D'où viennent-ils ?

– Mille deux cents, en général. Tous des délinquants de Saint-Martin. Ne prenez pas des airs outragés, Mr McBride : en Amérique aussi, vous avez vos pénitenciers. Ceci en est un, mais au final ils ont plutôt la bonne vie, ici.

– Et au bout de combien de temps peuvent-ils rentrer chez eux, une fois purgée leur peine ?

– Rentrer ? Non, Mr McBride, cela ne se produit pas. »

Condamnation à perpétuité, pense l'Américain. Prononcée par Moreno et son comparse Van Rensberg. Pour quels crimes ? Traverser la rue au feu vert ? Jeter un papier sur le trottoir ? Parce qu'il faut qu'il y en ait toujours un grand nombre, si Moreno veut être à la hauteur de son contrat...

« Et les gardes ? Le personnel de la résidence ?

– Ça, c'est autre chose. Nous sommes des employés. Quand on est affecté à la résidence, on vit là-bas. Domestiques, femmes de chambre, jardiniers... Seuls les gardes et moi-même sommes autorisés à entrer dans l'enceinte. Les péones, en aucun cas. Ils ont leur village. Ils sont tous célibataires, soit dit en passant.

– Pas de famille, jamais ?

– Mais non ! Ils ne sont pas là pour procréer, diable ! Mais ils ont une église, dont le curé n'a qu'un seul thème pour ses prêches : résignation et obéissance. » Il passe sous silence qu'il a gardé de l'ancien temps son *sjambok*, son fouet en peau de rhinocéros, pour le cas où ces exhortations ne seraient pas suffisamment écoutées.

« Est-ce qu'un intrus pourrait se faire passer pour l'un de vos travailleurs, commandant ?

– Non. Chaque soir, les équipes de travail du lendemain sont sélectionnées par notre régisseur. Leur immatriculation est contrôlée ici, au petit matin. Pas un de plus, pas un de moins.

– Et ils sont combien ?

– Un millier, chaque jour. Environ deux cents pour les emplois techniques dans les ateliers, à la minoterie, à l'abattoir, ou pour la conduite des engins, les autres aux tâches agricoles. Donc deux petites centaines restent au village : ceux qui sont affectés à la collecte des ordures ou aux cuisines, et bien sûr les malades. Pas les simulateurs, quoique...

– Je vois... Et je suis plutôt convaincu, j'avoue.

– Je vous l'avais dit, monsieur de la CIA. Votre surhomme a pris ses jambes à son cou. »

À cet instant, la radio grésille à nouveau. Cette fois, le front de Van Rensberg se plisse tandis qu'il écoute son interlocuteur.

« Comment ça, paniqué ? Dites-lui de se calmer ! Je serai là-bas dans cinq minutes. – Il repose son micro, sourcils froncés. – Le père Vicente a des soucis, visiblement. Je vais devoir faire un crochet par l'église avant de vous raccompagner. Quelques minutes, pas plus. »

Une colonne de péones chargés d'outils agricoles passe à leur gauche sous le soleil ardent. Quelques-uns relèvent brièvement la tête pour regarder le véhicule transportant celui qui exerce un pouvoir de vie et de mort sur eux. Les visages sont fatigués, hérissés de barbe. Tous les yeux sont couleur café, sauf une paire, d'un bleu profond.

30

Un coup de bluff

Un petit homme rondouillet aux joues porcines sautille d'énervement sur les marches du perron, affublé d'une soutane qui a jadis été blanche : le père Vicente, guide spirituel des égarés, berger des âmes condamnées à l'esclavage.

L'espagnol de Van Rensberg, des plus basiques, a surtout pour fonction d'exprimer des ordres sans appel. Ce que le curé pense être de l'anglais est tout aussi rudimentaire, sinon plus. « Fenez fite ! » lâche-t-il avant de se jeter dans la nef, suivi par les deux hommes.

La soutane maculée de taches flotte dans la pénombre, contourne l'autel et s'engouffre dans la minuscule sacristie, où un placard en bois sommairement fixé au mur contient les vêtements sacerdotaux. « Regardez », s'écrie le prêtre. Ainsi font-ils. Le péon est dans la même position que tout à l'heure, lorsque le père Vicente l'a découvert ici. Poignets et chevilles toujours entravés, une large bande d'adhésif couvrant ses lèvres, derrière lesquelles résonnent des protestations étouffées. La terreur se lit dans ses yeux lorsqu'il reconnaît le Sud-Africain, qui se penche sur lui et arrache le bâillon sans égard.

« Qu'est-ce que tu fiches là, bon sang ? »

L'homme bredouille des explications que le curé tente de traduire tant bien que mal : « Il pas savoir. Il va dormir hier, il se réveillait ici. Mal à tête, beaucoup. Il se souvient rien du tout. »

Cherchant par où attraper ce pauvre hère seulement vêtu d'un slip, Van Rensberg finit par lui agripper une épaule pour le tirer du placard et l'obliger à se mettre debout.

« Dites-lui qu'il ferait mieux de se rappeler ! hurle-t-il au prêtre.

– Commandant ? risque McBride. Et si vous commenciez par le début ? Son nom, par exemple.

– Lui, c'est Ramon, lance le curé, qui a deviné plutôt que compris le sens de la remarque.

– Ramon comment ? »

Vicente hausse les épaules. Il n'est pas censé se rappeler le nom de famille du millier d'ouailles qu'il a sous sa tutelle, tout de même !

« Quelle cabane occupe-t-il ? » poursuit l'Américain.

Un dialogue en espagnol s'ensuit, que McBride n'arrive pas à suivre. L'accent local et la vitesse d'élocution sont trop pour lui.

« C'est trois cents mètres de cette église, explique le curé.

– On y va ? » propose l'envoyé de la CIA, qui a déjà sorti un couteau de poche pour couper les liens.

Le péon, qui n'en mène pas large, précède McBride et Van Rensberg à travers l'esplanade avant d'obliquer dans la troisième allée. Le doigt pointé sur sa porte, il se tient en retrait pendant que les deux hommes entrent à l'intérieur. Ils n'y trouvent rien de suspect, à part une boule de coton que l'Américain a remarquée sous le lit et qu'il renifle avant de la tendre au chef de la sécurité.

« Chloroforme. En plein dans son sommeil. Pas étonnant qu'il ne se souvienne de rien. Il ne ment pas, je pense. Il est juste encore groggy, et mort de peur, aussi.

– Mais qu'est-ce que ça signifie ?

– Vous m'avez dit que tous les travailleurs ont une plaque d'identification au cou, pour le contrôle au portail, non ?

– Oui. Pourquoi ?

– Ramon n'en a pas. Et elle n'est pas ici, non plus. Je pense que quelqu'un se fait passer pour lui, en ce moment même. »

Après quelques secondes pour digérer cette information, le Sud-Africain bondit dehors, court à la Jeep restée sur la place et s'empare du talkie-walkie.

« Il y a un problème ! aboie-t-il au planton de la salle de communications. Déclenchez la sirène, le signal qu'un prisonnier s'est échappé ! Tous les accès à la résidence sont interdits, à part pour moi. Alertez toutes les forces ! Rassemblement général devant la porte principale ! »

Presque tout de suite, la péninsule résonne du signal d'alerte. Il est entendu dans les champs, les granges, les vergers, les cuisines, la porcherie, les entrepôts. « Tous les gardes à la porte Un ! diffusent les haut-parleurs dans le village. Je répète : tous les gardes à la porte Un ! Urgent ! »

Ce jour-là, ils sont une soixantaine de service, le reste se trouvant en congé dans leurs baraquements. Juchés sur des remorques agricoles ou courant à travers les blés, ils convergent vers le lieu de rassemblement indiqué, que Van Rensberg a déjà atteint au volant de sa Jeep. Il se juche sur le capot, un mégaphone en main.

« Ce n'est pas une évasion, déclare-t-il quand tous les hommes sont là. C'est le contraire : quelqu'un est entré sur le domaine. Il s'est déguisé en péon. Mêmes habits, même chapeau, mêmes chaussures. Il a une plaque numérotée, aussi. Ceux qui sont en service vont regrouper tous les travailleurs au village. Les autres contrôlent tous les bâtiments, sans exception, puis les mettent sous scellés. Restez en contact radio permanent. Officiers, vous me signalez le moindre problème. Allez-y. Et vous êtes autorisés à tirer à vue sur tout homme qui s'enfuit. Allez ! »

Les gardes commencent à se déployer mais le territoire qu'ils ont à patrouiller est énorme, même pour une centaine d'hommes, et ce sont des heures de recherches qui s'annoncent.

Pris de court par les événements, Van Rensberg a oublié son hôte et sa promesse de le reconduire au poste de contrôle. Assez stupéfait, McBride est revenu à pied devant l'église. Son regard perplexe se pose sur l'affiche près de l'entrée. « *Obsequias por nuestro hermano Pedro Hernandez a las once de la mañana.* » Ses modestes talents d'hispanisant lui permettent de comprendre qu'un enterrement était prévu ce matin-là. Est-ce que l'annonce a échappé au Vengeur ? N'a-t-il pas été capable de déchiffrer le message en espagnol ? En temps normal, le curé ne serait sans doute pas allé à son placard avant le dimanche mais là, au contraire, il était prévisible qu'il irait chercher sa chasuble peu avant onze heures, et qu'il découvrirait alors le prisonnier... Pourquoi ne pas l'avoir abandonné sur sa couchette ?

Ces questions laissées sans réponse, McBride finit par rejoindre Van Rensberg, en train d'admonester les mécaniciens de la base aérienne sur son talkie-walkie : « Quoi, en panne ? Je m'en fous ! Vous devez vous débrouiller pour qu'il vole ! Et vite ! » Découvrant l'homme de la CIA devant lui, il coupe le contact et lui lance d'un ton rageur : « Votre compatriote a commis une erreur, voilà tout ! Qui lui coûtera cher. La vie, elle va lui coûter ! »

Une heure s'écoule. Même sans jumelles, McBride peut voir les premières colonnes de péones traverser les champs et s'approcher du portail, houspillés par les gardes. Il est midi, et la chaleur pèse comme une enclume sur les têtes. Le rassemblement à l'entrée du village grossit sans cesse, les radios de campagne ne cessent de crachoter des ordres et des rapports.

Le contrôle commence à une heure et demie, aux cinq tables traitant chacune deux cents travailleurs, Van Rensberg ayant exigé que la procédure habituelle soit appliquée à la lettre. Mais d'habitude, les esclaves subissent ces tracasseries à l'aube ou au crépuscule : là, en plein milieu de journée, ils ont l'impression de brûler vivants. Deux ou trois s'évanouissent, frappés d'insolation, et sont emportés par leurs camarades. Lorsque la dernière blouse blanche regagne le village en titubant, chaque numéro a été vérifié, compté et recompté. Le responsable des opérations relève la tête :

384

« Il en manque un. – Van Rensberg vient se pencher par-dessus son épaule pour regarder les listes. – Le numéro 53-108.

– Son nom ?

– Ramon Guttierez.

– Lâchez les chiens ! »

Le Sud-Africain fond sur McBride, resté à l'écart : « À ce stade, tous les techniciens sont cantonnés chez eux, sous bonne garde. Les clebs n'attaqueront pas mes hommes, je vous l'ai dit. Ils sentent leur uniforme. Ce qui ne nous laisse qu'un seul gus dehors : un inconnu en tenue de paysan, avec une odeur forte. C'est la cloche du déjeuner, pour ces dobermans. Qu'il soit perché dans un arbre ou caché dans un étang, ils vont le retrouver, l'encercler et hurler jusqu'à ce que les maîtres-chiens arrivent. Je donne à ce fou une demi-heure pour se rendre ou pour crever ! »

L'objet de son courroux est présentement en train de trotter en plein milieu du domaine, entre deux rangées de maïs qui le dissimulent des pieds à la tête, se guidant sur le soleil et les crêtes de la montagne.

Le matin, il lui a fallu deux heures de course silencieuse pour parvenir à la base de l'enceinte protégeant la résidence. La distance n'était rien, pour quelqu'un habitué aux demi-marathons, mais il devait éviter les gardes et les équipes de travail. La vigilance reste de mise : arrivé à l'extrémité du champ, il se jette sur le ventre et surveille les alentours. À gauche, un tout-terrain occupé par deux vigiles passe à toute allure, en direction du portail. Il attend qu'il s'éloigne pour traverser la piste et disparaître dans un verger.

Sa connaissance du terrain est si parfaite, désormais, qu'il avance sans aucune hésitation, encore moins chargé qu'au matin. Il a remis sa montre de plongée à son poignet, sa ceinture autour de la taille et son couteau est à nouveau glissé sur ses reins. Le bandage, le sparadrap et ce dont il a besoin se trouvent dans la pochette de la ceinture.

Portant à nouveau son regard sur la cordillère, il oblique de quelques degrés puis s'arrête, l'oreille tendue. Un murmure d'eau courante s'élève non loin. Arrivé au bord du torrent, il se retire dans les buissons et se déshabille, ne gardant que sa ceinture, son couteau et le slip qu'il portait sous son caleçon.

Au-delà des champs, dans l'air vibrant de chaleur, il entend les premiers aboiements des chiens lancés sur sa piste. La brise marine ne suffit pas à le rafraîchir mais elle portera son odeur jusqu'à leur museau en quelques minutes. Après s'être activé rapidement, il revient au cours d'eau, se glisse dedans et se laisse emporter par les remous.

Bien qu'ayant proclamé que les dobermans ne s'approcheraient jamais de lui, Van Rensberg a remonté presque entièrement toutes les vitres tandis qu'il roule lentement sur l'une des principales pistes du domaine, suivi par un camion à la porte arrière entièrement grillagée. Le chef des maîtres-chiens est assis à côté de lui, la tête près de la vitre à peine entrouverte. Soudain, il se redresse, ayant noté que les aboiements gutturaux de ses bêtes ont fait place à des jappements surexcités.

« Ils ont trouvé quelque chose !

– Où ça, vieux ? lance le Sud-Africain, dont le visage s'éclaire. Où ça ?

– Par là ! »

Sur la banquette arrière, Kevin McBride garde le silence. Il n'aime pas les chiens de ce genre, et encore moins quand ils se déplacent à douze. Le véhicule contourne un verger et s'approche enfin de la meute. Ils s'affairent autour de quelque chose mais maintenant leurs glapissements semblent exprimer la douleur plus que la joie. Van Rensberg distingue un tas de vêtements ensanglantés entre leurs pattes.

« Remettez-les dans le camion ! »

Le maître-chien descend à terre, siffle ses bêtes qui obéissent sur-le-champ. C'est seulement quand elles ont été enfermées à nouveau derrière le grillage que Van Rensberg et McBride quittent la Jeep.

« Donc c'est là qu'ils l'ont eu ! » constate le Sud-Africain.

Encore étonné par le comportement de sa meute, ses gémissements plaintifs, le maître-chien ramasse la chemise en coton blanc, la porte à son nez... et rejette la tête en arrière.

« Le cochon ! s'exclame-t-il. Ce n'est pas que du sang, il y a aussi du piment rouge ! En poudre ! Ces frusques en sont pleines. Pas étonnant qu'ils aient réagi comme ça, les pauvres ! Ils souffrent le martyre !

– Quand est-ce qu'ils retrouveront leur odorat ?

– Ah, pas aujourd'hui, patron ! Peut-être même pas demain... »

Le pantalon, le chapeau et même les espadrilles sont imprégnés de la poudre écarlate, mais ils ne trouvent ni corps ni débris humains.

« Pourquoi ce sang sur la chemise, alors ? s'étonne Van Rensberg.

– Il s'est blessé volontairement, l'enfoiré ! déduit le maître-chien. Avec un couteau. Qu'il y ait assez de sang pour exciter les chiens, les rendre moins méfiants. Ils se sont rués là-dessus et ils ont aspiré le piment.

– Et il a laissé tous ses vêtements, constate le Sud-Africain en remarquant le caleçon. Nous sommes à la poursuite d'un type nu comme un ver !

– Peut-être pas », le coupe McBride.

Le chef de la sécurité a voulu pour ses hommes un uniforme composé de rangers, de larges pantalons de brousse, d'une large ceinture et d'une chemise à manches courtes en treillis très pâle que l'on appelle « léopard » en Afrique anglophone. Pour indiquer les grades, les caporaux et les sergents portent un ou deux chevrons aux épaulettes, les quatre officiers supérieurs des galons. Ce que McBride vient de découvrir sur la branche d'un épineux, près d'un endroit où le sol piétiné indique qu'une lutte s'est produite, c'est l'une de ces épaulettes. Sans galon.

« Je ne crois pas qu'il soit en tenue d'Adam, non, poursuit McBride avec une certaine ironie. Je pense qu'il a des rangers, un pantalon kaki et une chemise à laquelle il manque une épaulette. Ainsi qu'un chapeau tout comme le vôtre, commandant ! »

Les traits de Van Rensberg ont pris la couleur de la terre cuite, mais les preuves sont trop parlantes pour être rejetées. Ainsi ces deux sillons sur le sol meuble, qui évoquent deux talons de bottes traînées parmi les herbes, au bout d'un corps inanimé. Et elles vont jusqu'au torrent.

« Il l'a balancé là-dedans, murmure le Sud-Africain. Il a dû arriver à la falaise, maintenant... »

« Et nous savons tous comme vous gâtez vos requins », a envie de compléter McBride, qui choisit toutefois de se taire.

Peu à peu, l'énormité de son échec commence à se dessiner dans l'esprit de Van Rensberg : quelque part sur les trois mille hectares du domaine, le visage dissimulé par un chapeau de broussard, en mesure de réquisitionner une arme ou un véhicule, un chasseur de têtes professionnel est plus que jamais déterminé à aller au bout de son contrat. Lequel, présume Van Rensberg, consiste à loger au moins une balle dans la cervelle de son employeur...

Il gronde quelques mots peu châtiés en afrikaans, retourne au véhicule, arrache presque le micro du tableau de bord pour éructer : « Il me faut vingt gardes en relève à la résidence ! Des hommes reposés. Personne d'autre n'entre là-bas, à part eux et moi ! Armement complet pour tous. Qu'ils se déploient autour de la maison et qu'ils attendent les prochains ordres ! Immédiatement ! »

Déjà, ils sont repartis. En route vers l'extrémité de la péninsule et sa résidence fortifiée. Il est quatre heures moins le quart.

31

Un passager clandestin

Après la brûlure du soleil sur sa peau nue, l'eau vive du ruisseau a l'effet d'un baume. Elle n'est pas sans danger, toutefois : peu à peu, sa course entre les deux parois de béton devient de plus en plus rapide. Dexter pourrait encore s'en extraire, mais il est trop loin en amont du point qu'il doit atteindre, et il entend les chiens aboyer dans le lointain. Par ailleurs, il se souvient très bien de l'arbre, remarqué pendant son observation du terrain et même auparavant, sur les photos aériennes.

Le dernier équipement dont il ne s'est pas encore servi consiste en un grappin pliable relié à six mètres de corde tressée. Ballotté par les flots, luttant contre le tourbillon, il déploie les trois pointes, les bloque en position et enroule deux fois la corde autour de son poignet.

L'arbre en question surgit dans un coude que forme le torrent, sur la berge du côté de l'aéroport. Deux grosses branches se sont étendues au-dessus de la surface de l'eau. Se redressant autant qu'il le peut, Dexter arme son bras et lance le grappin vers le haut. En une seconde, c'est le fracas des pointes qui s'enfoncent dans la ramure, la douleur à son poignet droit sous la brusque tension du filin et la sensation d'être arrêté abruptement au milieu des flots déferlants.

Cramponné des deux mains à la corde, il se guide jusqu'au bord, arrive à hisser son torse du torrent, qui ne happe désormais plus que ses jambes. Les doigts plantés dans la terre meuble de la berge, il se dégage entièrement.

Comme le grappin s'est perdu loin dans les branchages, il se contente de couper la corde le plus haut possible et l'abandonne au courant. Estimant qu'il se trouve maintenant à une centaine de mètres du grillage de l'aéroport qu'il a découpé quarante heures plus tôt, il n'a d'autre choix que de continuer en rampant. D'après ses calculs, les chiens les plus proches sont de l'autre côté du torrent, à plus d'un kilomètre, et il leur faudra un certain temps pour trouver les ponts jetés par-dessus le cours d'eau.

Deux nuits plus tôt, il a taillé deux lignes dans le grillage, verticale et horizontale, début d'un triangle inachevé afin de maintenir l'ensemble bien tendu, puis il a recréé chaque lien sectionné avec du fil de fer de jardinage. Les tenailles dont il s'est servi avant de les cacher dans l'herbe sont toujours à leur place. En moins d'une minute, il a dénoué les liens qu'il a pratiqués et fait sauter les derniers maillons avant de se glisser à travers le passage et de le refermer derrière lui. À dix mètres, son rafistolage est impossible à repérer.

Régulièrement coupées dans la partie cultivée pour servir de fourrage, les hautes herbes poussent librement le long de la piste d'atterrissage. C'est parmi elles que Dexter retrouve le vélo et les objets qu'il a dérobés. Après s'être rhabillé pour se protéger des rayons du soleil, il s'étend sur le sol et attend. Mille cinq cents mètres plus loin, il entend les jappements surexcités des chiens, qui viennent de découvrir les vêtements maculés de sang.

Quand le commandant Van Rensberg atteint le portail de la résidence au volant de son Land Rover, le renfort de gardes qu'il a demandé est déjà arrivé. Sautant à bas d'un camion de transport, les hommes lourdement équipés, fusil d'assaut M-16 à la main, se rangent en files devant les hauts battants en chêne qui viennent de s'ouvrir. Répondant aux ordres du jeune officier, ils se déploient au trot dans les jardins. Van Rensberg entre à son tour, puis les portes se referment.

Ignorant le grand perron que McBride a emprunté à son arrivée, il part sur la droite, s'engage sur une rampe qui les conduit à une succession de garages en sous-sol. Le majordome, qui les attendait, les conduit par une succession de sas jusqu'à un escalier dérobé qui dessert la résidence. Ayant choisi la discrétion de sa bibliothèque, le Serbe est assis à une grande table, devant une tasse de café. Adossé à des rayonnages de livres rares qui n'ont visiblement jamais été ouverts, Kulac, le garde du corps, surveille en silence.

« Au rapport », ordonne Zilic sans cérémonie. Le commandant doit se plier à l'humiliant aveu qu'un individu, apparemment seul, a réussi à s'introduire dans la forteresse. Il est entré à la ferme en se faisant

392

passer pour un péon, a échappé aux chiens en tuant un garde dont il a revêtu l'uniforme avant de jeter le cadavre de sa victime dans le torrent.

« Oui... Et où est-il, maintenant ?

– Quelque part entre le mur d'enceinte, ici, et le grillage de la piste, monsieur.

– Et que comptez-vous faire ?

– Veiller à ce que l'identité de chaque homme sous ma responsabilité, chaque porteur de cet uniforme, soit contrôlée. Avec confirmation transmise par radio.

– *"Quis custodiet ipsos custodes ?"* – Zilic et Van Rensberg jettent un regard interloqué à McBride, qui reprend : Pardon. Cela veut dire : *"Qui garde les gardiens eux-mêmes ?"* En d'autres termes : qui contrôle ceux qui contrôlent ? Comment serez-vous certain que l'un des appels radio ne vient pas de lui, précisément ? »

Un ange passe, puis :

« Exact, reconnaît Van Rensberg. Alors il va falloir tous les regrouper dans les baraquements, et que les chefs d'unité les passent en revue. Est-ce que j'en donne l'ordre ? »

Après avoir reçu la hautaine approbation de son employeur, Van Rensberg disparaît pendant une heure. À son retour, le soleil a basculé derrière la cordillère, laissant la place à la dense obscurité de la nuit tropicale.

« Tout le monde a été contrôlé, annonce-t-il. Les quatre-vingts hommes de la force régulière. Il n'est pas parmi eux.

– Ou il est ici, peut-être, suggère McBride d'une

393

voix sourde. Parmi l'escadron que vous avez fait déployer autour de la maison... »

Zilic lance un regard noir à son chef de la sécurité.

« Comment, vous n'avez pas vérifié l'identité des gardes venus en renfort ?

– Mais non, monsieur... C'est une unité d'élite, vingt hommes triés sur le volet et qui ne font qu'un avec leur commandant, Janni Duplessis. Il remarquerait immédiatement un visage inconnu parmi eux.

– Dites-lui de venir ici immédiatement ! »

Quelques minutes plus tard, le jeune officier d'origine sud-africaine se présente devant eux, au garde-à-vous.

« Lieutenant Duplessis, vous êtes arrivé ici avec vos hommes il y a deux heures, c'est ça ?

– Affirmatif, mon commandant.

– Excusez-moi, intervient McBride, mais vous vous rappelez certainement la formation que vous avez adoptée en passant les portes de la propriété, tout à l'heure...

– Sans problème. J'étais en tête, suivi par le sergent Gray. Ensuite les hommes, en trois colonnes de six. Dix-huit gardes.

– Dix-neuf, corrige McBride. Vous oubliez le retardataire. »

Dans le silence qui s'établit soudain, le tic-tac de l'horloge sur le manteau de la cheminée semble assourdissant, presque.

« Que... Qu'est-ce que vous voulez dire ? chuchote Van Rensberg.

– Mais rien de terrible ! Pendant que nous attendions, j'ai vu un garde arriver du camion bien après les autres. Je m'en suis souvenu maintenant, sur le coup je n'ai rien trouvé de bizarre à ça. »

Six heures sonnent à l'horloge, et c'est alors que la première bombe explose. À peine plus grosses que des balles de golf, et au nombre de dix, elles sont munies d'un retardateur que Dexter a réglé avant de les envoyer dans les massifs de fleurs autour de la maison à dix heures ce matin-là. Dans sa jeunesse, il a été un pitcher plutôt bon, au base-ball. Ce sont de gros pétards, en fait, mais dont le bruit ressemble étonnamment à la détonation d'une arme de gros calibre.

« À couvert ! » crie quelqu'un dans la bibliothèque, et les cinq hommes se jettent au sol. Kulac roule jusqu'à son maître, se redresse, pistolet à bout de bras. Dehors, un garde réplique, croyant avoir compris d'où venait le tir. Avec l'explosion de deux autres mini-bombes, la fusillade s'intensifie. Un carreau de fenêtre vole en éclats. Kulac riposte, tirant à l'aveuglette.

Le Serbe décide de quitter les lieux. Plié en deux, il rejoint l'escalier, gagne le sous-sol. McBride l'a suivi et Kulac ferme la marche, surveillant les arrières. Dans la salle de communications, l'opérateur, déjà décomposé par la cacophonie d'imprécations et de cris qui vient de se déclencher sur les liaisons radio du domaine, manque de s'évanouir en voyant le maître des lieux surgir devant lui comme un diable sorti de sa boîte.

« Allô, allô ? Que se passe-t-il ? » bredouille-t-il encore dans son micro, mais personne ne prête attention à ses appels dans la confusion qui règne dehors. Zilic abaisse une manette sur la console. Brusquement, le silence se fait dans la pièce.

« Contactez le terrain d'aviation. Tout le monde est réquisitionné, là-bas. Je veux que l'hélicoptère soit prêt au départ dans dix minutes.

– Il... Il est en panne, monsieur.

– Alors le jet. Prêt à décoller, tout de suite.

– Tout de suite ?

– Mais oui ! Pas demain, ni dans une heure ! Maintenant ! »

Aux premières déflagrations, le rôdeur tapi dans les hautes herbes s'est redressé sur les genoux. Ce moment du crépuscule, propice aux ombres menaçantes, est idéal pour passer inaperçu, et ce d'autant plus dans la panique qui ne va pas manquer de se répandre dans le domaine. Après avoir posé sa boîte à outils sur le guidon du vélo, il monte sur la piste et se met à pédaler vers les installations, à l'autre bout. Dans sa combinaison de mécanicien, avec le Z de Zeta entre les épaules, il paraît faire partie du décor. Au cours de la demi-heure qui va suivre, personne ne va penser autrement.

Le Serbe s'est tourné vers Kevin McBride : « Le moment est venu de nous séparer, Mr McBride. Je crains que vous ne soyez obligé de rentrer à Washington par vos propres moyens. Le problème que nous avons ici sera résolu, croyez-moi, et je me choisirai quelqu'un d'autre pour veiller à la sécurité de la péninsule. Dites à Mr Devereaux que je ne renonce pas à notre accord. Pendant les jours qui restent avant sa mise en œuvre, j'ai simplement l'intention de goûter l'hospitalité des amis que j'ai dans les Émirats. »

Ainsi abandonné sur place, McBride regarde le rideau coulissant du garage s'ouvrir, Zilic s'installer à l'arrière de la Mercedes blindée, avec Kulac au volant, et la limousine partir en trombe, ses pneus crissant sur le gravier de la rampe.

Là-haut, au terrain d'aviation, tous les projecteurs du hangar sont allumés. Le Hawker 1 000 a déjà été remorqué dehors, et un mécanicien reboulonne la dernière trappe de visite des moteurs. Dans le cockpit illuminé par les batteries de réserve du jet, le capitaine Stepanovic et son jeune copilote d'origine française procèdent à la check-list d'avant le décollage.

Après avoir attendu que la passerelle du jet soit déployée, Kulac quitte l'abri de la Mercedes pour aller inspecter l'avion. Il traverse la cabine luxueusement décorée, va se placer devant la porte des toilettes qu'il ouvre d'un coup de pied, toujours l'arme au poing. Rassuré, il revient en haut de la passerelle pour indiquer à son patron que la voie est libre. Celui-ci gagne le jet en courant. Dès qu'il est à bord, la porte est fermée et verrouillée, les deux passagers pouvant alors s'abandonner au calme et au somptueux confort du Hawker.

Le capitaine Stepanovic lance le couple de moteurs Pratt Whitney 300, qui démarrent dans une plainte aiguë avant de commencer à vrombir. Muni de deux bâtons lumineux, l'un des techniciens de sol guide l'appareil vers sa position de départ. Après avoir vérifié les freins une dernière fois, le pilote met les gaz et le Hawker part sur la piste, prenant de la vitesse en direction du nord. À droite, les lumières de la résidence viennent de s'éteindre inexplicablement. À gauche, les pans rocheux de la montagne défilent de plus en plus vite. Un léger roulis et le jet entreprend sa souple montée au-dessus de la mer argentée par le clair de lune.

Déjà, le capitaine Stepanovic confie les commandes au copilote et s'empare de sa sacoche afin de préparer son plan de vol, qui prévoit une première escale technique aux Açores. Il a souvent assuré le vol jusqu'aux Émirats arabes unis, mais jamais avec un départ aussi précipité. Virant à tribord, le Hawker prend un cap au nord-est et passe les trois mille mètres.

Comme celles de la plupart des jets privés, les toilettes de l'appareil de Zoran Zilic sont munies, tout au fond, d'un panneau amovible qui donne accès à un petit réduit où l'on peut stocker des bagages en excédent. Kulac a tout vérifié, sauf cette niche. Cinq minutes après le décollage, l'homme en combinaison de mécano qui se cachait dedans sort prudemment. Il prend dans sa boîte à outils un 9 mm Sig Sauer, déverrouille le cran de sûreté de l'automatique et fait son apparition dans la cabine. Installés dans les deux gros fauteuils en cuir qui se font face, les deux passagers sursautent, le considèrent en silence.

« Vous n'oserez pas vous en servir, observe calmement le Serbe. Un trou dans la carlingue et tout le monde est fichu, vous comme nous.

– Ce sont des balles à ma manière, réplique Dexter d'un ton dégagé. J'ai laissé un quart de la charge seulement. De quoi vous trouer la peau et vous tuer, sans ressortir. Pas de danger pour moi, donc. Dites à votre mignon que je veux voir son flingue par terre. Il doit se servir de deux doigts, pas plus. »

Zilic lui ayant adressé quelques mots en serbo-croate, Kulac s'exécute, les traits déformés par la colère. Il sort le Glock de son holster et le laisse tomber sur la moquette.

« Poussez-le vers moi avec le pied, ordonne Dexter. Et je veux aussi l'arme qu'il a à la cheville. » Kulac renonce encore au petit revolver de secours qu'il portait sous son pantalon. Le Vengeur sort une paire de menottes de sa poche, les jette devant Zilic.

« Mettez ça à la jambe gauche de votre copain. Vous, oui. Et sans bêtises, d'accord, ou je vous explose un genou. Je suis assez bon tireur pour ça.

– Un million de dollars, souffle le Serbe.

– Faites ce que j'ai dit.

– En liquide, dans la banque que vous choisirez.

– Ma patience ne va pas durer. »

Zilic obéit.

« Serrez plus que ça ! – Kulac grimace de douleur. – Voilà. Maintenant, vous les passez derrière le montant du fauteuil et vous les attachez à son autre cheville.

– Dix millions ! Ce serait une folie de ne pas accepter. Je... »

Pour toute réponse, le Vengeur exhibe une deuxième paire de menottes.

« Vous faites la même chose pour vous, en incluant celles de votre ami dedans. Ensuite, au sol tous les deux. Ne m'obligez pas à vous bousiller une jambe. »

Bientôt, les deux otages sont accroupis côte à côte, leurs liens entremêlés les retenant au montant du fauteuil qui, espère Dexter, sera assez solide pour résister aux ruades d'un mastodonte tel que Kulac.

Il les contourne et va ouvrir la porte du cockpit. Pensant qu'il s'agit de son patron venu lui poser une question, le pilote ne se retourne même pas. Le canon du revolver se pose sans ménagement sur sa nuque.

« C'est Stepanovic, n'est-ce pas ? – Le nom lui est connu depuis que Washington Lee a intercepté l'e-mail en provenance de Wichita. – Je n'ai rien contre vous. Vous et votre compagnon, vous faites votre boulot. Comme moi. Restons-en là, d'accord ? Professionnels. Sans tenter quelque idiotie que ce soit. Entendu ? »

Le commandant de bord hoche la tête, tente de glisser un regard vers l'intérieur de la cabine.

« Votre employeur et son garde du corps sont menottés, hors d'état de nuire. Contentez-vous de faire ce que je dis et tout ira bien.

– Que voulez-vous ?

– Que vous changiez de cap. – Le pirate de l'air consulte l'écran de l'ordinateur de bord au-dessus des manettes des gaz. – Je propose trois-un-cinq degrés. Ça devrait être bon. On va contourner la pointe est de Cuba, puisqu'on n'a pas posé de plan de vol.

– Et la destination ?

– Key West, Floride.

– Quoi, en Amérique ?

– La terre de mes ancêtres, oui. »

32

Un dénouement

Dexter n'avait même pas besoin de mémoriser le tracé du trajet aérien entre Saint-Martin et Key West comme il l'a fait : l'avionique du Hawker est tellement bien conçue que même un profane arriverait à lire l'écran de cristaux liquides comparant le cap projeté et la course de l'appareil.

Quarante minutes après avoir quitté la côte, il aperçoit une vapeur de lumière sous l'aile à tribord : Grenade. Ensuite, ce sont deux heures au-dessus de l'océan pour atteindre la verticale de la République dominicaine, par le sud, puis encore deux autres entre le littoral cubain et Andros, la plus grande île des Bahamas. À ce point, il se penche pour effleurer l'oreille du Français avec le bout du pistolet automatique : « Maintenant, vous débranchez le transpondeur. »

Le copilote consulte du regard le Yougoslave, qui se contente d'acquiescer d'un air indifférent. N'émettant plus le signal d'identification que renvoie le transpondeur pendant tout le vol, le Hawker n'est plus qu'un grain sur les moniteurs radar, que seuls les yeux les plus expérimentés pourraient discerner. En coupant le transpondeur, l'appareil cesse d'exister pour le contrôle aérien, mais devient aussi un objet volant des plus suspects.

À partir du sud de la Floride et couvrant une large portion d'océan, commence la « zone défensive d'identification aérienne » des États-Unis, conçue pour protéger le flanc sud-est du continent nord-américain des incursions permanentes menées par les trafiquants de drogue. N'importe quel avion pénétrant ce périmètre sans communiquer son plan de vol s'expose à une partie de cache-cache avec le nec plus ultra de la dissuasion aérienne.

« Descendez à quatre cents au-dessus de la mer, ordonne Dexter. Immédiatement. Et vous coupez toutes les lumières, cabine et navigation.

— C'est trop bas, proteste le pilote, mais l'avion n'en pique pas moins du nez sur près de mille mètres tandis que la carlingue est soudain plongée dans l'obscurité.

— Dites-vous que c'est l'Adriatique. Vous avez déjà fait pareil. »

Ce qui n'est que pure vérité : au temps où il appartenait à l'armée de l'air yougoslave, le colonel Stepanovic a mené plus d'une attaque simulée de la côte croate à moins de cent vingt mètres d'altitude, afin de déjouer la surveillance radar. Il a raison d'être inquiet, cependant, car les reflets de la lune sur la mer sont propices aux illusions d'optique. À moins de cinq cents pieds, les altimètres doivent être constamment vérifiés et réglés. S'approchant toujours plus de l'eau, même un pilote expérimenté peut être trompé par les ombres, percuter une vague et mourir. À cent soixante kilomètres au sud-est d'Islamorada, le jet descend pourtant à très basse altitude pour planer sur la passe de Santaren en direction de la côte de Floride. Cette manœuvre réussit presque à tromper les radars.

« Aéroport de Key West, piste deux-sept », commande Dexter, qui a longuement étudié la configuration de son point de chute. Orienté est-ouest avec la piste principale s'étendant le long de cet axe, le terminal et les services techniques se trouvent tous à l'extrémité orientale. En atterrissant à l'ouest, il met toute la longueur du tarmac entre le Hawker et les véhicules qui se précipiteront pour l'encercler. « Piste deux-sept » signifie une course alignée sur le point magnétique 270, c'est-à-dire plein ouest.

C'est à quatre-vingts kilomètres de la destination qu'ils sont repérés. Un peu au nord de Key West se trouve Cudjoe Key, base d'un énorme ballon de surveillance qui se balance dans les airs au bout d'un câble de six mille mètres. Ses radars en plein ciel, dont le champ d'action est supérieur à ceux installés le long de la côte, sont capables de repérer tout appareil essayant d'entrer sans permission dans l'espace aérien de la Floride. Tous les ballons de ce type doivent de temps à autre être ramenés à terre pour entretien et réparation. Le hasard fait que celui de Cudjoe est ce soir-là en pleine remontée après une visite technique de ce genre. À trois mille mètres d'altitude, il voit le Hawker foncer juste au-dessus de la mer obscure, transpondeur coupé, sans plan de vol autorisé. Quelques secondes plus tard, deux F-16 de garde sur la base d'Elgin, à Pensacola, se ruent sur la piste d'envol, s'élèvent et passent le mur du son, filant vers le sud et le dernier des îlots de l'archipel. À quarante kilomètres de l'arrivée, le colonel Stepanovic a ralenti à deux cents nœuds et repris un peu de hauteur, tandis que les lumières de Cudjoe et de Sugarloaf clignotent à tribord. Les radars des deux chasseurs ont repéré l'intrus, qu'ils décident de rejoindre par l'arrière, à une vitesse cinq fois supérieure à celle du Hawker.

De permanence à la tour de contrôle de Key West cette nuit-là, George Tanner est à deux doigts de fermer l'aéroport lorsque l'alerte est donnée. D'après sa position, l'avion suspect va tenter d'atterrir ici, ce qui est encore le plus malin qu'il puisse faire. Après leur interception par les chasseurs, les intrus naviguant sans transpondeur ni feux de position reçoivent une seule et unique sommation leur enjoignant d'obéir à toutes les instructions et de se poser là où on le leur dira. Ensuite, l'emploi de la force est autorisé, car la guerre contre les narcotrafiquants n'est pas un petit jeu, mais il est toujours possible qu'un appareil soit réellement en difficulté, méritant alors le droit d'atterrir.

À vingt milles de l'objectif, les pilotes du Hawker voient déjà les balises de la piste briller devant eux. Derrière, et en surplomb, les deux F-16 ralentissent autant qu'ils le peuvent. Deux cents nœuds, pour ces chasseurs, c'est presque leur vitesse à l'atterrissage. Bientôt, ils repèrent visuellement le jet au rougeoiement des gaz d'échappement de chaque côté de l'empennage. En un éclair, les redoutables avions encadrent le suspect.

« Jet non identifié, préparez-vous à atterrir. Je répète, préparez-vous à atterrir. » Trains sortis, les volets à un tiers, le Hawker adopte sa position d'approche finale. Sur la droite, la station aéronavale de Chica Key passe en trombe. Les roues avant du Hawker frôlent le tarmac. L'appareil se trouve désormais sur le territoire américain. Cal Dexter, qui durant la dernière heure s'est approprié le casque et le micro supplémentaires, appuie immédiatement sur la touche de transmission.

« Hawker non identifié à tour Key West, vous recevez ?

— Reçu, cinq, répond la voix très audible de George Tanner.

— Cet appareil transporte un criminel de guerre qui est aussi l'assassin d'un ressortissant américain dans les Balkans. Il est menotté à son siège. Merci de demander à votre responsable de la police de se préparer à procéder à l'arrestation. »

Sans attendre, il coupe la liaison et se tourne vers le colonel Stepanovic : « Allez tout au bout, arrêtez-vous et je descendrai », annonce le pirate aérien. Il se lève, rempoche son arme. Loin derrière eux, les camions de pompiers et de secours sont sortis de leurs hangars pour donner la chasse au jet.

« Ouvrez la porte, s'il vous plaît. » Quittant le cockpit, Dexter traverse la cabine. Les deux prisonniers clignent des yeux sous les lampes qui viennent de se rallumer. Par la porte ouverte, Dexter aperçoit les véhicules lancés à leur poursuite, les gyrophares rouge et bleu des voitures de police. Le hurlement des sirènes se rapproche.

« Où on est ? lui crie Zoran Zilic.

— À Key West.

— Pourquoi ?

— Vous vous souvenez d'une clairière en Bosnie, au printemps 95 ? Un jeune Américain, un gosse, qui sup-

405

pliait qu'on le laisse en vie ? Eh bien, tout ça, mon vieux... – Il agite la main par la porte. – Tout ça, c'est le cadeau que te fait le grand-père de ce petit. »

L'appareil s'est immobilisé. Dexter dévale la passerelle escamotable, gagne en quelques pas le train d'atterrissage avant. Deux balles déchirent les pneus. Le grillage entourant la piste est à une vingtaine de mètres. La combinaison noire la franchit souplement et se perd dans l'obscurité, à travers la végétation tropicale.

Les lumières du terminal et les phares déjà loin derrière lui, tamisés par les feuilles, Dexter sort un téléphone cellulaire de sa poche et s'aide de la lueur du petit écran pour composer un numéro à Windsor, dans l'Ontario.

« Mr Edmond ?

– C'est... vous ?

– Le paquet de Belgrade que vous aviez commandé est arrivé à l'aéroport de Key West, en Floride. »

Il n'en dit pas plus, coupant la communication quand un cri de surprise s'élève dans le récepteur. Par simple précaution, il expédie d'un tour de poignet l'appareil dans la vase épaisse du marais.

Dix minutes plus tard, un sénateur est obligé d'interrompre son dîner à Washington. Une heure après, deux membres de la police fédérale des airs à Miami se dirigent vers le sud. À cet instant, un routier remontant la US1 juste après Key West remarque une silhouette sur le bord de la chaussée. La combinaison noire lui fait penser qu'il s'agit d'un collègue en difficulté. Il freine, se penche par la fenêtre :

« Je vais jusqu'à Marathon. Ça peut t'arranger ?

– Marathon, c'est parfait ! » réplique l'inconnu.

Il est minuit moins vingt.

Kevin McBride a besoin de toute la journée du 9 septembre pour regagner ses pénates. Toujours obsédé par l'idée de retrouver l'imposteur mais réconforté de savoir son employeur en sécurité, le commandant Van Rensberg a fait raccompagner l'homme de la CIA jusqu'à la capitale. Ensuite, le colonel Moreno a veillé à son transfert à Paramaribo, où un avion de la KLM l'a conduit à Curaçao. De là, une correspondance pour Miami puis le dernier tronçon... Il est arrivé à Washington très tard, vanné. Le lundi matin, il a tenu à être au travail de bonne heure mais son supérieur l'avait devancé.

Livide, vieilli, Paul Devereaux lui fait signe de s'asseoir et lui tend une feuille de papier d'un air accablé. N'importe quel bon journaliste est prêt à tout pour conserver d'excellents contacts dans les milieux policiers de sa ville. Le correspondant du *Miami Herald* à Key West n'étant pas une exception à la règle, une « fuite » lui a permis d'obtenir dès le lendemain un compte rendu détaillé de ce qui s'est passé le samedi soir à l'aéroport local, et son papier occupe une bonne place dans l'édition du lundi matin : l'histoire du chef de guerre et présumé criminel serbe appréhendé dans son jet privé bénéficie de la troisième manchette en une. C'est au tour de McBride de perdre ses couleurs.

« Bon Dieu... Et nous qui pensions qu'il s'en était tiré !

– Non. Apparemment, son avion a été détourné. Bien. Vous savez ce que ça signifie, Kevin ? Que le programme Faucon pèlerin est mort et enterré. Deux années de travail au fond du Potomac. Sans lui, le plan est fichu. »

Et Devereaux entreprend de lui expliquer la machination qu'il avait ourdie dans le but de réaliser le plus gros coup de filet antiterroriste du siècle.

« Quand était-il censé partir pour Karachi, et ensuite Peshawar ? s'enquiert McBride.

– Le 20. Dix jours ! J'avais juste besoin qu'on me laisse dix jours de plus. – Il se lève et va à la fenêtre, tournant le dos à son adjoint. – Je suis ici depuis l'aube, depuis que j'ai appris la nouvelle par un coup de fil. Et depuis, je n'arrête pas de me demander : comment le Vengeur a-t-il réussi une chose pareille ? Comment ? – McBride attend, compatissant mais silencieux. – Ah, ce n'est pas un imbécile. Au moins, on ne pourra pas dire que j'ai été roulé par un crétin, Kevin. Il est même encore plus intelligent que je ne le pensais. Il a gardé une longueur d'avance sur moi, depuis le début. Il devait savoir que tout ça se jouait contre moi. Il n'y a qu'une seule personne qui ait pu le mettre au courant. Et vous savez qui c'est, vous ?

– Moi ? Aucune idée, Paul.

– Un vieux salaud de moralisateur au FBI : Colin Fleming. Mais même avec ce tuyau, comment a-t-il pu m'avoir à ce point ? Il a dû deviner que nous allions demander la coopération de l'ambassade du Surinam ici, et il a inventé le chasseur de papillons, l'invraisemblable Medvers Watson. Un leurre, un canard assis. J'aurais dû piger, Kevin. J'aurais dû voir que ce professeur n'existait que pour être découvert. Nos gens à Paramaribo m'ont contacté il y a deux jours. Vous savez ce qu'ils m'ont appris ?

– Non, Paul.

– Que la "vraie" couverture du Vengeur, le Henry Nash, a obtenu son visa au consulat d'Amsterdam. Nous n'y avons jamais pensé, à Amsterdam. Très, très malin, ce type. Et donc Medvers Watson est parti mourir dans la jungle, ce qui a accordé au Vengeur six jours de répit. Le temps que nous comprenions que c'était un piège, il était déjà dans la place, à surveiller le domaine. Et là, vous avez débarqué, vous.

– Et je n'ai pas réussi à le coincer non plus, Paul.

– Parce que ce stupide Sud-Africain a refusé de vous écouter ! Et bien entendu, il fallait que le péon chloroformé soit découvert dans la matinée. Il fallait que l'alarme soit donnée, les chiens lâchés... Juste de quoi lui permettre son troisième pied de nez : nous fourvoyer dans l'idée qu'il avait tué un garde et pris son uniforme.

– Mais j'ai ma part de responsabilité, moi aussi. J'ai été sincèrement convaincu qu'il y avait un garde de trop autour du manoir. Le lendemain à l'aube, quand ils ont fait l'appel, on s'est aperçus de l'erreur...

– Et c'était trop tard. Il était déjà dans l'avion, dont il s'est emparé. »

Devereaux revient vers son numéro deux, lui tend soudain la main.

« Nous avons tous dérapé, Kevin. Tous. Il a gagné et j'ai perdu. Mais je reste reconnaissant pour tout ce que vous avez fait, vous. Quant à ce salaud de Fleming, je m'en occuperai en temps voulu. Pour l'instant, il faut qu'on recommence tout de zéro. UBL est toujours là, à comploter. Je veux que vous réunissiez toute l'équipe demain matin à huit heures. Pour un bilan et pour préparer un nouveau départ.

– Entendu. »

McBride se lève, gagne la porte. La voix de Paul Devereaux le fait piler sur place : « Vous savez quoi ? Trente ans passés à exercer ce métier m'ont appris au moins une chose : quelquefois, le sens de la fidélité et de la loyauté a encore plus d'emprise sur nous que celui du devoir... »

Épilogue

Un lien

Au fond du couloir, Kevin McBride entre dans les toilettes. Il se sent au bout du rouleau, vidé par des jours et des jours de tension, d'insomnie, de voyage. Scrutant ses traits fatigués dans la glace, il se demande ce que Paul Devereaux a voulu dire avec sa dernière remarque sibylline. Est-ce que son plan pouvait marcher ? Est-ce que le terroriste saoudien serait tombé dans le piège ? Ses acolytes se seraient-ils rendus à Peshawar le 20, et auraient-ils réalisé l'appel téléphonique autour duquel se construisait tout le stratagème ?

Trop tard, de toute façon. Zoran Zilic ne se rendra à aucun rendez-vous, sinon celui qu'il a avec la justice américaine, puis avec la prison fédérale la plus stricte. Ce qui est fait est fait.

Il s'asperge le visage à une dizaine de reprises, observe encore son reflet, cet homme de bientôt cinquante-sept ans qui doit prendre sa retraite en décembre après trente années de bons et loyaux services.

Au printemps, il réalisera la promesse faite depuis longtemps à Molly. Leurs deux enfants ont désormais

411

une carrière professionnelle solide, et il espère que leur fille et son mari lui donneront bientôt un petit-fils qu'il pourra outrageusement gâter. En attendant, oui, il achètera le mobil-home évoqué si souvent par Molly et ils iront voir les Rocheuses. Il a en tête, quant à lui, une sérieuse partie de pêche à la truite dans le Montana qu'il n'est plus disposé à remettre à plus tard.

Émergeant de l'un des boxes, un très jeune agent, un débutant, entreprend de se laver les mains à quelques mètres de lui. Malgré la différence d'âge, ils appartiennent à la même équipe et donc ils s'adressent un salut de la tête, un sourire. McBride s'éponge le visage avec une serviette en papier.

« Kevin ?

– Ouais ?

– Je peux vous poser une question ?

– Allez-y.

– C'est que c'est un peu... personnel.

– Alors je ne répondrai peut-être pas.

– Le tatouage que vous avez au bras gauche ? Le rat, avec la culotte baissée ? Ça signifie quoi ? »

Les yeux toujours braqués sur la glace devant lui, McBride a soudain l'impression de voir deux jeunes GI imbibés de bière et de vin rire et plaisanter par une chaude nuit à Saigon, et une lampe à pétrole qui brûle en chuintant, et un artiste chinois au travail. Deux Américains au début de leur vie, qui vont se séparer mais resteront à jamais liés par quelque chose d'indestructible. Puis c'est un mince dossier, parvenu sur son bureau quelques semaines plus tôt, dans lequel est mentionné un étrange tatouage, un rat sardonique sur le bras gauche d'un homme qu'il a pour mission de retrouver et de liquider.

Il repasse son bracelet-montre au poignet, redescend la manche de sa chemise. Sur le mur, l'horloge digitale indique la date : 10 septembre 2001.

« Oh, c'est une longue histoire, mon gars, répond le Blaireau. Il y a des siècles de ça, et très loin d'ici. »

Composition réalisée par NORD COMPO

Imprimé en France sur Presse Offset par

BRODARD & TAUPIN

GROUPE CPI

La Flèche (Sarthe).
N° d'imprimeur : 33186 – Dépôt légal Éditeur : 64367-01/2006
Édition 01
LIBRAIRIE GÉNÉRALE FRANÇAISE – 31, rue de Fleurus – 75278 Paris cedex 06.

ISBN : 2 - 253 - 11638 - 6   31/1638/1